JN015400

葬られた本の守り人

THE LIBRARIAN OF BURNED BOOKS

Brianna Labuskes

ブリアンナ・ラバスキス

高橋尚子＊訳

小学館

葬られた本の守り人（もびと）

THE LIBRARIAN OF BURNED BOOKS
by Brianna Labuskes

Published by arrangement with William Morrow Paperbacks,
an imprint of Harper Collins Publishers,
through Japan UNI Agency. Inc., Tokyo

主な登場人物

ヴィヴィアン〈ヴィヴ〉・チャイルズ……戦時図書審議会の広報部長
エドワード・チャイルズ……ヴィヴの夫
エメット・ヘイル……エドワードの兄、下院議員
シャーロット・チャイルズ……エドワードの母親、資産家
フィリップ・ヴァン・ドーレン・スターン……戦時図書審議会長
ロバート・タフト……上院議員
アルシア・ジェイムズ……メイン州アウルズ・ヘッド生まれの作家
ジョー……アルシアの弟、パブの経営者
ディードリッヒ・ミュラー……フンボルト大学の文学教授
デヴロー〈デヴ〉・チャールズ……アメリカ人女優、脚本家
ハンナ・ブレヒト……パリにある〈焚書された本の図書館〉の図書館員
アダム……ハンナの弟、活動家
オットー・コッホ……ハンナの幼馴染み、俳優

装幀　大野リサ
装画　agoera

本の守り人である、図書館員のみなさんへ

ニューヨーク市
一九四三年十一月

ヴィヴィアン・チャイルズのもとに夫からの最後の手紙が届いたのは、悔やみの言葉とともに彼の戦死を告げる電報を受け取ったあとのことだった。

童顔の軍曹が家のドアをノックした日から二週間後、よく見慣れたあのぞんざいな文字が封筒に書かれているのを目にしたとき、両膝からふっと力が抜けた。ヴィヴは激しい衝撃音とともに玄関ホールの大理石の床に倒れた。けがをする、頭のどこかでそう確信したが、実際にはしなかった。

エドワード。

藁(わら)にもすがる思いに駆られたほんの一瞬、ヴィヴは思った。あのおぞましい電報は間違いだったに違いない。

しかしそんなはずはなかった。それは亡霊だった。自らの運命を知らぬ死者からの言葉だった。心臓の拍動が、痛みを伴うほどの激しさで手首に、喉に伝わった。時間が経過するにつれ、大きな振り子時計の秒針の音と重なるリズムで、こめかみに脈打つような痛みを感じていた。この二週間のあいだ自分を守ってくれていた心地よい無感覚状態から引き戻されると、抑え込んでいた痛みが体中の空洞という空洞にどっと流れ込んだ。

手紙に伸ばした手首の節がテーブルのへりを打ったときには、ほとんど安堵(あんど)に近いものさえ感じた。そうした痛みであれば、理解できたから。

封筒に書かれた自分の名前をじっと見つめ、その文字に触れた。それから夫の名前にそっと触れ、封筒の一角から爪を滑り込ませた。

ぼくのヴィヴ

君からの手紙にどれだけ感謝しているか、それを言葉で言い表すことはとてもじゃないけれどできそうにない。どうか手紙を書きつづけてほしい——そして君とクロフト夫人、それに彼女の気取ったプードルとのあいだで続いている愉快な争いの成り行きを随時知らせてほしい。仲間たちもみな、ぼくと同じくらいに、〝青染め事件〟の結末に注目しているんだ。

君は、戦争が退屈だなどと思ったことはないだろう。しかし、ここにあるのは単調と忍耐ばかり。それに束(つか)の間(ま)の恐怖。その恐怖は長きにわたって人を不安な状態に留(とど)めおく。ようやくそれが薄れたとき、そこに残されているものがまた単調だけになるまでずっと。君の物語がどれほどぼくたちを楽しませているか、君には考えも及ばないだろう。

楽しみということに関していえば、ありがたいことに、ぼくたちには今より多くの娯楽が与えられるようになるかもしれない。軍が独創的な取り組みを始めて、ぼくらのような退屈した哀れな青年たちに、携帯に適した小型の本を送ってくれることになる。本がぼくたちを楽しませ、頭から数センチメートルのところに落ちてくる爆弾から気をそらしてくれることを願って。

ぼくの面白味のなさを許してほしい。でも本当に、本はぼくたちにとって天からの賜物(たまもの)なんだ。やっとのことで『オリバー・ツイスト』を手に入れることができたのだが、読んでいるとヘイルのことを考えてしまう。ヘイル、ぼくの兄は自尊心がとても高く、ぼくからは何も受け取らなかった。施しだと思ったに違いない。それでもぼくは思うんだ、ぼくたちがまだ子どもだったころに、ぼくが兄の力になる方法を見つけることができていたらよかったのに。ぼくがあれほどまでに恵まれていたころ、ヘイルは苦しみもがいていたのだと考えると……罪悪感でますます眠れなくなってしまう――わかるだろう？　そう考えると、戦争も悪くない――もっと違ったふうにできていたらと願うあらゆる事柄を思い出させてくれるから。

君の生き生きとした手紙に比べると、この手紙が色褪せたものであることはわかっている。それでも、ぼくの手紙が内容に乏しいからという理由で、君のほうでも話題を出し惜しみしてやるなどとは思わないでほしい。母によろしく。

愛を込めて
エドワード

ヴィヴは、エドワードによる兄ヘイルへの言及をこれまで以上にかたくなに無視した。脳裏によみがえる暑い夏の夜々、綿あめでべたつく唇、いたずらっぽい笑み、そして、触れては離れていく皮膚の硬い両手。悲しみに満ちた暗い夜空に、一筋の稲光が走る。

これまで考えることさえ許さずにいたことを、なぜ今考えなくてはならないのか。

代わりに手紙を読み返した。そしてこの二週間ではじめて、エドワードの姿を思い出すことを自分に許した。この二週間ずっと、彼を思い描こうとするといつでも、骨の折れたあざだらけの体、引き裂かれた皮膚と血、焼け焦げた大地と炎ばかりが見えていた。しかし今ヴィヴに見えているのは、炎の前に立つエドワードの姿だった。夜の帷の中、炎はそこでは穏やかで、エドワードは戦友たちに囲まれている。両手で本を抱え、お気に入りの一節を声高らかに読み上げている。そして仲間たちが読み上げる番になると、耳を傾けている。

ヴィヴはそのイメージにしがみつき、その心地よい温かさに浴した。

四度目に読み終えたとき、ヴィヴは片手で頰に触れ、自分の顔がほころんでいることに気づいた。エドワードの死後、はじめて自分に許した笑みだった。

第一章

ニューヨーク市
一九四四年五月

路地裏のレンガの壁に背骨を押しつけながら、ヴィヴはマンハッタンにある最高級ステーキハウスの裏口と、じわじわと大胆さを増していく好奇心旺盛な鼠(ねずみ)の両方に注意を払っていた。

この向こう見ずな計画は、ヴィヴの頭の中では、これほどまでの無駄が生じておらず、より策略に満ちたものとして展開していた。計画に根本的な欠陥があったかもしれない、そう疑いはじめていた。撤退の可能性について思案していたそのとき、買収するつもりで待っていた皿洗いの少年がようやく姿を現した。きれいに折りたたんでおいた紙幣を少年の手に滑り込ませると、興奮と、それと同等の恐怖から眩暈(めまい)がした。

古いキャベツの放つ悪臭は、レストランの厨房(ちゅうぼう)に入った途端にそれほどひどく感じられなくなった。自信を取り戻したヴィヴは、この無謀な計画のために朝から準備してきた魔性(ファム・ファタール)の女の仮面をかぶった。意図してそれらしい服装さえしてきていた。黒のスカートに、同じく黒のガーターベルト付きの、ふくらはぎに沿って縫い目の入ったストッキングを合わせた。大きく巻いた髪を顔の周りを囲うようにピンで留め、ボリュームのある完璧なヴィクトリーロールにセットしていた。普段はそんなことにかまけている時間はないのだが。それから唇をさくらんぼ色に塗った。その色は、ヴィヴの髪のブロンドが帯びる赤みと衝突するに違いないと思われたが、実際にはそんなことはなかった。

煙を吐き出すストーブと、口汚い言葉を吐き出す男たちのあいだを縫って進んだ。煙と罵(ののし)りの両方が尾を引いて絡みついてくるせいで、まるで自分はたった今恋人を殺したばかりの女で、霧の朝に波止場を歩いているような気分になった。そんな考えに、腰が左右に揺れ、背筋が伸びた。

こうした気分は重要だった。こうした気分が決意を後押しし、震える手を落ち着かせる一助となった。

なにしろこれが最初で最後のチャンスになるはずだった。このチャンスをふいにするわけにはいかない。

ロバート・タフト上院議員は翌朝午前中にワシントンDCへの帰途につくことになっていた。一度ならず送った手紙に対するタフトからの返信は、ついぞ受け取ることがなかった。直接対決は避けられず、しかもそれは今日でなくてはならなかった。

ステーキハウスのダイニングスペースに足を踏み入れたヴィヴは、すぐにタフトを見つけた。数ヶ月前に実際に会うまでは、タフトを、両肩が内側に丸まった小さな男として思い描いていた。意地の悪そうな目を持ち、やつれた顔をした男。下顎（したあご）は引っ込んでいて、彼の狭量な性格を象徴している、と。

実際には、タフトは昼食をともにするどの男よりも背が高く、ろうそくの明かりが彼の禿（は）げた頭に反射して光っていた。権力のある男たちが自然にするように、円形のブースの背に沿って片腕を大きく伸ばし、広いスペースを陣取っていた。

しかし顎に関しては、ヴィヴは正しかった。

性格に関しても。

タフトたちの集団に到達する手前で、ヴィヴは警備員に止められた。ブースのそばにかかるカーテンと同化するように立っていたこの危険な影を予測しておくべきだった。いや、実際にはしていた。ただ、警備員は店の正面玄関に配備されていて、自分を店内に入れないよう指示されているものと思っていた。

ヴィヴはこの半年間、タフト側にとっての苦痛の種以外の何ものでもなかった。ヴィヴがこの対話の実現を望んでいたのと同じだけ強く、タフトはこの対話を避けたがっていた。それゆえの厨房、皿洗いの少年、買収だった。

「タフト上院議員、少しお時間をいただけないでしょうか」ヴィヴは叫んだ。当たって砕けるつもりだった。

テーブルに着いていた全員の体がこわばり、話し声が消えた。歴史において今というのは、政治家でいるにはなんと奇妙な時期であることか。自国の青年たちを死に追いやっておきながら、自分たちは納税者の金で昼食にステーキとウィスキーを楽しんでいるのだから。

タフトの指が、ソファの上質な革を不規則なリズムで叩いていた。どれほど大げさに騒ぎ立てるか見定めようではないか、といったところだろう。いずれにせよ、この店で食事をしているのはタフトだけではなかった。タフトは何よりも自分のイメージを意識する男だった。

ヴィヴはその席に、かつて一緒に仕事をしたことのある〈ニューヨーク・ポスト〉紙の記者の姿を認めた。〈戦時図書審議会〉の広報部長として、ヴィヴはニューヨーク市で働くかなりの数の記者と親交があった。記者は挨拶するようにグラスと眉を上げた。ひどく面白がっていて、この遭遇を匿名のゴシップページに載せることをすでに計画しはじめているのが見て取れた。

その身ぶりがタフトの注意を引いたに違いない。タフトは記者の顔を見据えると、唇を真一文字に結んだ。それからヴィヴに向かって手を振り、席に座るよう合図した。男たちが足を引きずるようにして席から離れていき、ヴィヴは居心地が悪く感じるほどにタフトの近くに寄ることになった。

「チャイルズ夫人」タフトは、校長先生のところに呼び出されたいたずらっ子の相手をするかのごとく、あきれたように息を吐き出しながら言った。「今日はどうされましたかな」

ヴィヴはその言葉に噴き出しそうになった。ヴィヴがここに来た理由を知らないとでもいうつもりだろうか。

ヴィヴは何も答えずにハンドバッグに手を伸ばすと、そこから厚みのない本を数冊取り出した。それはこの男に対する聖戦の核となるものだった。ヴィヴはそのうちの一冊をテーブルの上、タフトの目の前に放った。

「『ハックルベリー・フィンの冒険』」ヴィヴはタフトの目から視線をそらさずに言った。この男は、兵隊文庫に一度でも目を通したことがあるのだろうか。ヴィヴはタフトに複数のペーパーバック版を郵送していた。しかしタフトの秘書——この昼食会に関する情報をくれたのもその人物だった——が教えてくれたところによると、ヴィヴからの、あるいは〈戦時図書審議会〉からのどんなメッセージも、すぐにメモ用紙として再利用されることになっていた。紙が配給制でなければ、火の中に投げ込まれていたことだろう。ヴィヴは二冊目を投げやった。「『怒りの葡萄(ぶどう)』」

「チャイルズ夫人、こんなばかげたことをして何を成し遂げようというのか知らないがね、これだけは伝えておこう——」

ヴィヴは手を止めなかった。「『カンディード』、『オリンパスから来たヤンキー』、『野性の呼び声』」タイトルをひとつ読み上げるたびに、テーブルの上の自分とタフトのあいだの空間に緑色の本を叩きつけていった。

「これらはすべて、あなたが新たに立案した検閲政策によって、兵隊文庫のリストから排除されることになる本です」ヴィヴは背もたれに体を預け、腕を組んで言った。体中を駆け巡る赤々と燃える激しい怒りをこらえようとしていた。「続けましょうか？　まだ山ほどあります」

「検閲政策などではありませんよ、チャイルズ夫人」タフトはあの独特な、この上なく理性的な口調で応えた。その口調にヴィヴは歯を食いしばった。「私が求めているのはね、君たちの小さな審議会が、政治的プロパガンダを遠回しに伝えるような本を我が軍に送るために納税者の金を使うのを、阻止することだけなんだよ」タフトは薄い唇のあいだに爪楊枝を滑り込ませると、口の端からもう一方の端へと転がした。「政治に触れておらず、うまく書かれていて、なおかつ面白い本というのは何百冊と存在する。そういった本であれば、いくらだって君たちの兵隊文庫に加えてもらってかまわないよ」

「文言の対象とする範囲が、あまりに広すぎます」声がわずかに震えていることに気づかれないようにと祈った。ヴィヴ自身、どこかで気づいてはいた。この一件を個人的に捉えすぎていると。ヴィヴの中では今、兵隊文庫とエドワードの最後の手紙が互いに絡み合っていた。しかし、ヒステリックな女として、あるいは、この国にあふれている悲嘆する戦争未亡人の一人としてタフトに一蹴されるつもりはなかった。「もしあなたが本当に善意でこの法律を起草したのなら、もっと違った表現になっていたはずです。今この禁令が行っていることといえば、私たちの兵隊文庫の取り組みを機能させなくすることだけです」

善意による行動がタフトにとって重要であったことなどない。タフトにもヴィヴにも、そんなことはわかっていた。タフトの主たる目的はいつでも、審議会を傷つけているように見せることなく傷つけることなのだから。

それでもやってみなくては。

「この問題については、合衆国連邦議会で議論されて、決定されている。すでに法律なんだよ、お嬢さん」タフトは言った。ヴィヴは、その言葉のあいだに含まれる〝おまえの負けだ〟という響きを感じ取った。「自分が連邦議会より優れているとでも?」

ヴィヴは、タフトがこの問題について自分に異議を唱えようとする議員たち全員に、政治的な脅しをかけたことを指摘したかった。しかしそう主張したところで、なんの成果も得られないはず――タフトは明らかに自分の卑劣な戦術に満足していたから。

「対象範囲が広すぎます」ヴィヴは繰り返した。この瞬間に舌が回らなくなることを恐れて、前の晩に何度も練習した台本を思い出そうとしていた。そして持ち込んだ本を示すように手を振って続けた。「私の目をしっかり見て言ってください。本当にこの本の中に、プロパガンダになるようなものがありますか」タフトが答えずにいるのを見て、ヴィヴはさらにたたみかけた。「あなたの政策に従えば、軍は自分たちの教範を禁じなければならなくなりますよね。ルーズヴェルト大統領の写真が掲載されているからという理由で。そんなことをして、だれの役に立つというのですか？」

「対象範囲は広く定めなければならない。でなければ、人は抜け穴を見つける」タフトが反撃を開始した。「無害の本が、目の粗い網にかかってしまう可能性もあるだろう。しかしそこは我慢しなくてはならん。法案や立法に関して少しでも知識があればわかることだろうがね。だが君は知らない。さて、そろそろ失礼するよ」

「ここに持ってきた本だけではありません」ヴィヴは必死で訴えた。「私たちのリストに載っている本のほとんどです」

「それなら、なぜ私の修正案が必要だったかわかるだろう」タフトは目尻に皺が寄るほど大きな笑みを浮かべながら言った。ヴィヴは選挙演説をするタフトの姿を想像し、人びとは本当にその姿を受け入れることができたのだろうかと訝しんだ。「君たちの審議会には、我が国の兵士たちが読むにふさわしい小説に関して、もっと具体的な指導が必要だったようだな」

ヴィヴはタフトに向けた目を瞬かせた。「私たちのために命をかけている兵士たちですよ。その兵士たちが、何を読むべきか指示されなければならないと？」

タフトは会話を誤った方向に向けてしまったことに気づいたと見えて、ナプキンを手に取ると下顎を押さえ、わずかに時間を稼いだ。「ともかくだね、私は納税者たちを守ろうとしているのだよ。自らの四期目当選を確実なものにしようとしている独裁者の満足するプロパガンダに、自分たちの金を使わせたくないと考えている納税者たちをね」

つまるところ、すべてはここから始まっていた。タフトはルーズヴェルト大統領に対して、深く根強い憎しみを抱いていた。そしてそれを隠そうともしなかった。しかしながらルーズヴェルトの人気は非常に高く、この男を攻撃しようと思えば、狡猾(こうかつ)になるよりほかなかった。それにルーズヴェルトは、〈戦時図書審議会〉と、海外で任務に当たる兵士たちに毎月何百万部というペーパーバック版の小説を送る審議会の取り組み——これは大成功を収めていた——のどちらに対しても支持を表明していた。兵隊文庫プロジェクトはすこぶる評判がよかったため、ルーズヴェルトがこれを秋の選挙戦の目玉として利用するであろうことはタフトにもわかっていた。タフトの検閲政策によって、審議会が兵士たちに送りたがっている本の九十パーセントを実質的に禁止することによって、タフトは、審議会の取り組みをどこまでも無力にしようとしていた。

「そうでしょうね、あなたが予算のことを気にかけているのは、見ていればわかります」審議会に一ヶ月分の資金を提供できるほど大量に残された料理を見回しながらヴィヴが発したその言葉に、空気が凍りついた。

タフトは急に暴力的な動きを見せ、指先をヴィヴの手首の骨に食い込ませた。明日にはあざになっているはず。

「お嬢さん、私はしばらく、君がここで小さな癇癪(かんしゃく)を起こすのを黙ってやりすごしてやったよ」タフトはその巨体で威嚇し、ヴィヴを再び背もたれに沈ませた。「しかしだ、自分がアメリカ合衆国の上院議員に向かって話していることを忘れるな」

ヴィヴは引き下がらなかった。「否定できますか？　これは審議会をつぶすための企てであり、その過程でルーズヴェルト氏を傷つけるための企てにほかならないということを、あなたは否定できるのですか？」

「君に対して否定すべきことなど何もない」タフトは〝君〟という言葉に悪意を込めて吐き捨てるように言った。タフトにとってヴィヴは、ハエにさえ劣る、なんの価値もない存在だった。

半年前までヴィヴは、金持ちの友人たちに戦時国債を売ることを目的にチャリティ昼食会を催す以上の人生経験を持たぬ、一人の女だった。そんなヴィヴは、世の中の大いなる流れの中においては、そしてこの戦争の、政治の中においては、特別な価値などない存在かもしれない。

しかし今、タフトが自分を見下ろすように目の前に立ちはだかり、周囲のあらゆる人間を威嚇と暴力によって脅してきたのとちょうど同じやり方で、自分にも脅しをかけることができると紛れもなく信じているこの瞬間、ヴィヴの心は決まった。自分はこの戦いに命をかける。

他人にとっては小さな戦いかもしれない。それでもこれはヴィヴの戦いだった。

「兵士たちは、こうした本を携えて戦っています」ヴィヴはできる限り穏やかな口調で言った。できる限り大きな衝撃を与えられることを願って。ヴィヴは自分の手首をつかむタフトの手から逃れようとはしなかった。おそらくタフトには、一定のリズムを刻むヴィヴの脈から、揺るぎない信念が感じられたはずだった。「先週、ある兵士から、血のついた状態の『トム・ソーヤーの冒険』が送られてきました。感謝を伝える意味で送ってきてくれたものでした。彼の仲間の兵士は亡くなる前の晩、その本のおかげで大笑いすることができたとのことでした」

ヴィヴは一分ほど沈黙を貫いたのち、言葉を続けた。「あなたの検閲政策があとほんの数ヶ月でも早く実施されていたら、彼の手には届かなかった本です」

注意深く見ていなければ、タフトが喉を小さく上下させ、ごくりと唾をのみ込むのに気づかなかっただろう。痛みを伴うほどに耐えがたい一瞬間、ヴィヴは、タフトの心に届いたかもしれないと思った。が、タフトは体を後ろに引くと、コートのポケットに手を入れて紙幣を数枚取り出した。

それから、ヴィヴがタフトの顔に投げつけるつもりで持ってきた兵隊文庫の上にその紙幣を放った。

「何かいいものを買ったらいいよ、かわい子ちゃん。大事な問題は男に任せておけばいいんだ」

タフトは立ち上がると、所在なげに周囲をうろついていた取り巻きたちに合図をして店を後にした。一瞬たりとも後ろを振り返ることはなかった。

第二章

ベルリン
一九三二年十二月

冷気がアルシア・ジェイムズの目をくすぐり、クリスマス市（マーケット）のブース同士をつなぐように装飾された豆電球の明かりが星々に溶け込んでいった。笑い声がまつわりつき、ひどくにぎやかなポツダム広場から数ブロック離れたところにある、普段は静かなこの広場を埋め尽くす騒音と喧騒（けんそう）の奥深くへとアルシアを引きずり込んだ。

第一次世界大戦後、長きにわたってドイツを悩ませつづけている不安定な経済状況についてアルシアが耳にしたあらゆる情報をよそに、マーケットは活気と祝賀ムードで華やいでいた。腰の曲がったおばあさんが、売り主相手に安物のアクセサリーやローストナッツの値段交渉をしていた。だまされて損をしないよう、だれもが真面目な表情を作り、その下に喜びを押し込めていた。子どもたちはくすくすと笑いながら人混みの合間をぬって走り、恋人たちは腕を組んでそぞろ歩いた。どこか近くでバンドが乗りのいい曲を演奏し、曲に合わせて歌うコーラス隊の声が大気中に織り込まれていくと、空が鼓動し、光を放った。

ベルリンは魅惑的で、アルシアはほとんど魔法にかけられたように魅了され、説き伏せられた。気がつくと——この市（まち）に到着してからの一週間、たいていずっとそうだったように——ノート片手に周囲を眺め、なんとしてもこの市（まち）の光景をとらえようと必死になっていた。生まれ育ったメイン州の田舎町での、安全で刺激のない暮らしの中では経験したこともないほど大規模で、打ちのめされるほどの力を持つこの市（まち）の光景を。

アルシアの案内係を務めるフンボルト大学のディードリッヒ・ミュラー教授が、愛情のこもったくしゃっとした笑みを浮かべてアルシアを見ていた。アルシアは思わず首をすくめ、持っていたものをすべて冬物のコートのポケットに押し込んだ。

「ああ、ぼくのせいでやめたりしないで。有名な作家さんが仕事をする姿を見て楽しんでいたんですから」ディードリッヒは、人付き合いの不得手な人間を扱うのに長(た)けた男らしい、肩の力の抜けた様子で言った。

一週間前、ニューヨークからの長い旅を終えてロストックの波止場に足を下ろしたとき、アルシアはディードリッヒを一目見て危うくつまずきそうになった。ドイツで船を下りたら文学科の教授がそこで待っていると聞かされてはいたものの、アルシアの想像していた教授は、ツイードのジャケットと難解な詩を愛してやまない年配の紳士だった。映画俳優のように華やかなディードリッヒ・ミュラーのような男性ではなかった。ディードリッヒは、温めたハチミツのような色の髪と、雪解け水のような淡い青色の目をした、止(とど)まることなく自然にあふれ出す魅力の持ち主だった。

声までもが魅力的で、その口調には、生い茂る松の木々を背後にそそり立つゴシック様式の城や、小さな少女を一口でのみ込んだ、大きくて邪悪な狼の登場する物語を彷彿(ほうふつ)とさせるところがあった。

もしアルシアがディードリッヒを小説に登場させようとしたら、編集者は彼を、完璧すぎて非現実的な人物だと判断することだろう。

「たいしたことはしていませんよ」アルシアはためらいがちに言った。興味深い発言を期待するような目で見られることにはまだ慣れていなかった。デビュー小説が思いがけず世界の注目をすっかり集めるまでは、アルシアが定期的に会話をするのは弟のジョーだけだった。なにしろ家族なのだから、会話をするのは当然なのだが。「くだらないことの走り書きにすぎません」

「それならば、あなたが次の作品に、その〝くだらないことの走り書き〟だけでなく、ぼくたちの素晴らしい市についての描写も加えるつもりでいることを願うばかりです」

「もちろんです」アルシアは、そもそもそれこそが――この国を肯定的な観点で描写することこそが――自分がドイツに招かれた理由の一つだと考えていた。

運命のいたずらによって無名の状態から引きずり出されてからというもの、物語を紡ぐ能力を失ったように感じていたのだが、そのことについては触れずにいた。新しい小説を書きはじめようとするたびに、白紙のページが嘲笑ってくるのだった。どうしたら奇跡を繰り返すことができるというのか。ベルリン到着以来、ノートいっぱいに書き連ねてきた言葉さえ空虚なものばかりで、実際に目にしているものを正確に伝えているとは言いがたかった。

「冬のベルリンほど美しいものは存在しません」ディードリッヒは、アルシアのために買ってきた香辛料入りのホットワインを差し出しながら言った。「とはいえ、この市の麗しさを真に理解できる女性については、その限りでない場合もありますが」

アルシアは頬が紅潮しないよう冷静でいようと努め、この人の、歯の浮くような台詞に慣れることなどあるのだろうかと考えた。「場合もある、ですか？」

白い歯がこぼれた。心から面白がっているのだろう。**なんて大きなお口でしょう！** 自分は『赤ずきんちゃん』なのだろうか。

ディードリッヒは身をかがめてアルシアに顔を寄せた。その唇が、アルシアの耳を軽くかすめた。

「それがどのような女性かによります」

アルシアは、すでに首まで這い上がってきていた〝紅潮〟との戦いに敗れた。ディードリッヒは自分のことを言っているのではない。そんなはずはない。

アルシアは自らの美しさについて妄想を抱いてはいなかった。魅力的なところがないと思っていたわけではなかったが、いつだって外見よりも知性を褒められるタイプの人間だった。好感は持たれるもののすぐに忘れられてしまう顔や目から、若いころにはかわいいで済まされていたが、今ではフェイスパウダーについてあれこれと悩む原因となったそばかすまで、何もかもが平凡だった。

　アルシアはこの夜、ディードリッヒが自分に抱いているはずのイメージに、紙面で伝えられている、洗練された、世界的に有名な作家のイメージにかなう姿でいようと努力した。ずっしりと重いカーテンのような髪の毛に関しては、できることがあまりなかった。きちんと整えたところで、決してそのままとどまってはくれなかった。しかし前日にブティックを訪れ——店内の何に触れるにも怯えてしまうような類の店だった——、二十年も流行遅れではないワンピースを新調していた。

　そのワンピースを着たアルシアを見たとき、ディードリッヒの笑みが色気を帯びた。その事実は、この試みが出費に見合うものだったことを裏打ちしていた。

　アルシアがワインを飲み終えると、ディードリッヒは甘いペイストリーを差し出した。「我々の文化が提供できるものを、何もかも試してくださらなくては」

「そのリストには、あなたご自身も含まれているんですか？」アルシアはそう訊きながらも、頬がこれ以上ないほどにピンクに染まっていることを自覚していた。ディードリッヒがそれを冷気のせいだと思ってくれることを願った。

「ああ、ジェイムズさん」そうつぶやいたディードリッヒの口調には、たしなめつつもどこか嬉しそうな響きがあった。故郷のアメリカで、弟の経営するパブの隅の席に着いて間接的に知るようになったことなのだが、これは特定の女性に興味があるときの男性の話し方そのものだった。

　アルシアは動揺したときによくするように、自分はこの場面を実際に生きているのではなく、書いているのだと思い込もうとした。もし自分が、対比対象を提示する目的で登場させられる冴えない友人ではなく主人公だったら、シャーロット・コリンズではなくエリザベス・ベネット（シャーロットとともに、英作家ジェイン・オースティンの小説『高慢と偏見』の登場人物。シャーロットは主人公エリザベスの親友）だったら、どのように振る舞うだろうか。

アルシアは勇気をふり絞ってディードリッヒに半歩近づいた。それから挑発的に微笑(ほほえ)み、それまで二人でのんびり散策していたよりもはるかに速いスピードでその場を離れた。暗黙の挑戦だった。

捕まえられるものなら捕まえてごらんなさい(キャッチ・ミー・イフ・ユー・キャン)。

ディードリッヒから離れてしまったら、方向感覚を失い、途方に暮れるだろうと思っていた。群衆のただ中で手綱を離されてしまえば、眩暈がして吐き気を催したっておかしくない。見知らぬ市(まち)で、なんとか通じる程度にしか言葉を話せないような場所ではなおのこと。

しかしこのマーケットには何か特別なところがあった——肩に触れていく人びとの肩、ぼんやりとかすかな笑みを浮かべて向きを変えるいくつもの顔、コートの裾を引っ張っていく子どもたち。制御不能で恐ろしい雪崩(なだれ)に巻き込まれはしなかった。むしろそこでは、アルシア自身が雪のひとひらだった。自分よりもはるかに大きな嵐の中に舞う、雪のひとひらにすぎなかった。

その感覚が、電車を降りて以来ずっとアルシアにつきまとっていた。

この旅に出るまでは、アルシアが故郷のアウルズ・ヘッドを出たのは人生でたった一度きりで、しかもそれは、自分の小説の刊行日に編集者に会うためにニューヨークを訪れたときのことだった。一人きりで異国へ行くと考えるだけで恐ろしかった。荷物をかばんから出したのは一度や二度ではなかった。

起こりうる最悪の事態とは？　アルシアは自問した。

死ぬこと、恐れが、ささやき声で答えた。

最良の出来事は？

死なないこと。

アルシアは荷物を詰め直し、崖のそばに立つコテージを出た。

アルシアはそれまでずっと、物語の登場人物たちのために創造した世界の中にいて安全だった。しかし現実の世界ではいつでも少し浮いていた。しかしこのベルリンでは、すっかりなじんでいるように思えた。

自分が人混みの真ん中に佇(たたず)んでいることに気づくのに、いくらか時間がかかった。それからようやく、自分の見つめる先に何があるのかに気づいた。

本だ。

本がアルシアを引き寄せていた。腹の柔らかい部分に釣り針がかかっていて、糸が切れんばかりにピンと張っていた。アルシアはものすごい力で引っ張られ、気づいたときには露天商の目の前にいて、陳列された革装本の上で指先をうろうろと動かしていた。

「ご婦人、ずいぶんと優れたセンスの持ち主でいらっしゃる」露天商の男は英語でそう言ったものの、言葉と言葉のあいだに間(ま)を取って話すその話し方から、男が英語を得意としているわけではないことがうかがえた。

「ラインマル・フォン・ハーゲナウ」アルシアはこの貴重な作品に誤って指紋をつけてしまわないよう、そっと手を引っ込めながら息を吐き出した。フォン・ハーゲナウは人びとに愛されたドイツの宮廷抒情詩人(ミンネザンガー)──中世フランスにおいて、オック語(ロマンス語系統の言語。南フランスやイタリアの一部で使われる)で貴婦人への憧れや恋心を歌った宮廷詩人兼作曲家トルバドゥールたちに肩を並べるほどの存在──だった。十二世紀に活躍したフォン・ハーゲナウは、当時の貴族たち──そのだれもが、宮廷における愛や名誉について謳(うた)った抒情的な詩歌を書いた──から多大な尊敬を集めた詩人だった。

露天商はその本に、親が愛(いと)しい我が子を見守るような視線を注いでいた。目を上げると、アルシアの表情から、彼女が自分と同類の魂の持ち主であることを読み取ったようだった。「高すぎる、そうだろう?」

アルシアは笑みを見せて肩をすくめると、なんとかドイツ語で答えた。「ごめんなさい」

「いいんだ、いいんだ」露天商はアルシアの謝罪を打ち消すように手を振ると、テーブルのそばにしゃがみ込んだ。それから分厚い本を、ハードカバー版で丈夫そうに見えるものの、展示されている本よりはどう見ても豪華さに欠ける本を引っ張り出すと、それを両手に持ってアルシアに差し出した。

「これをどうぞ」

　アルシアは本を受け取ると、手のひらで表紙をこすり、うっすらとかぶった汚れを払った。そしてタイトルを目にした瞬間、喜びのあまり息が止まりそうになった。それは展示されているものより簡素ではあるものの、フォン・ハーゲナウの作品集だった。

「おいくらですか？」アルシアは財布を探りながら言った。収集家向けに作られた版に比べれば手の届きやすい値段だろうが、それでも手持ちで足りるかどうか不安だった。出版社が次の小説のために提示してくれた金額は、人生を一変させるほどのものだった。しかしアルシアは金を使うのに慎重を期していた。出版社の期待に沿う作品を書くことができなかった場合、全額を返すよう要求されるのではないかと案じていた。

「プレゼントです」露天商は軽く頭を下げてそう言うと、自分の心臓のあたりを一度軽く叩いてから、アルシアを指さした。「ディー・ブッヒャーフロインディン（ザブックフレンド）」

「本の友」ディードリッヒが背後でつぶやいた。その手のひらはアルシアの腰のあたりにしっかりと添えられ、胸は息を吸い込むたびにアルシアの背中に触れるほど接近していた。

「ディー・ブッヒャーフロインディン」アルシアは自らに言い聞かせるように繰り返した。代金の支払いも申し出ずにあっさりと受け取るのは、どこか礼を欠くように思われた。が、その申し出を露天商の気前のよさに対する拒否と受け取られた場合の代償を考えると、本そのものの値段よりも高くつくように思えた。

　代わりにアルシアは、一瞬だけ人差し指を立てると、肩にかけていたバッグに手を入れ、中から

『不思議の国のアリス』を取り出した。それはアルシアが〝安心毛布〟として持ってきたものだった。不思議の国に転げ落ち、混乱して平衡感覚を失ったアリス。自分との類似性があまりに強く、そこに慰めを見出(みいだ)さずにはいられなかった。

「プレゼントです」アルシアはあえて同じ言葉を使った。とはいえ、露天商が英語を使ったのに対し、アルシアはドイツ語で伝えた。

露天商は老人特有のわずかに震える両手でその本を受け取った。それがなんの本であるかに気づくと、ふと表情を緩め、抱きしめるように本を胸に押しつけた。

それから礼を伝えるように、そしてさようならを告げるように一度うなずくと、別の客に目を向けた。

アルシアはそのままそこにとどまっていたかった。今しがたの経験に包まれていたかった。しかし、ディードリッヒに導かれるままにすでに歩き出していて、彼の後ろについて、マーケットの出口に、楽しい夕食に向かって歩みを進めていた。さらに、もしアルシアが壁の花になることを選ばず、その場面の主人公を演じつづけることができるのであれば、ベルリン版のアルシア・ジェイムズでいつづけることができるのであれば、その先には夕食後の楽しみもあるはずだった。

アルシアは、マーケットでは不器用ながらもいい女を演じることに成功したと思っていた。しかし、シュプレー川沿いを歩いて店へと向かう道中でやってみたいくつかの試みはどれも手応えがなかった。ディードリッヒは物思いにふけるように黙り込んでいて、それは、生まれながらに陽気な会話を好む人間としてアルシアが理解するようになっていた彼の性質から考えると、彼らしくないように思えた。静かな夕食となった。なにしろアルシアは、世間話の術(すべ)を習得したことがなかったのだから。アルシアは始終不安を覚えながら食事の時間を過ごした。自分の言ったあらゆる言葉について思案し、何か気分を害することをしただろうかと考えながら。

世界の文学界はアルシアを重要な人物とみなしていたものの、実際のアルシアは、素朴で、世慣れない少女にすぎなかった。ドイツ人の血を引く〝著名かつ、人びとの尊敬を集める作家たち〟をドイツに招き、半年間居住してもらうことを目的とした文化プログラムに参加している今でさえ、騙されているように感じずにはいられなかった。自らのことを本格的な作家として受け入れることができていなかっただけでなく、自らをアメリカ以外の国の人間として考えたことなどなかったから。

アルシアの祖父母はケルンからほど近い村の出身だったが、アルシアが祖父母について知っていることといえば、家庭用の聖書に走り書きされた彼らの名前だけだった。そして母親のマルタ・ジェイムズは、自分のルーツに関して一切興味を示さなかった。彼らはアメリカ人であり、そうではないのだと指摘してくる者などだれ一人としていなかった。

マルタが若くしてこの世を去ってからというもの、アルシアは大人になるまでずっと弟を育てることにあまりに忙しく、その週に砂糖を買う金があるかどうかと考える以上のことを気にかける余裕がなかった。

たとえアルシアがドイツ人祖先とのつながりを少しも感じていなかったとしても、ベルリンへの招待は辞退するにはあまりに魅力的に思えた。プログラムに参加することに同意すれば、往復チケットと報酬、安全な地区にあるアパートメントの一室、それに地元の大学からは、市の散策に付き添う案内係が用意されることになっていた。交換条件として、アルシアはいくつかの政治的、社会的な集まりに参加し、アルシアを愛好家から〝著名かつ、人びとの尊敬を集める作家たち〟の仲間入りさせるきっかけとなった小説、『亀裂なき光』について講演することが求められた。

アルシアは下唇を噛みしめてディードリッヒの顔を注意深く観察した。眉間の皺は深くはなく、しかめ面でもなかった。ということはつまり、怒りからくる沈黙ではない。黙思だろうか。

アルシアがどうにか雰囲気を明るくしなければと思った――どのようにしてかはわからなかったも

のの——とき、ディードリッヒが、それがなんであれ、両肩にのしかかっていた妙な感情を振り払ったように見えた。

「ドイツ文学に親しんでくださっているのですよね」ディードリッヒは、マーケットにいたときに見せていたあの笑顔で言った。

アルシアは温かさに包まれるような心地がし、彼の愛情を失っていたわけではなかったのだと安堵した。「はい」

ディードリッヒは顔を輝かせた。「一冊お勧めしても?」

「ぜひお願いします」

「ぼくのお気に入りの一つなんですが」ディードリッヒはそう言うと、上着の内ポケットに手を入れて赤い表紙の本を引き抜いた。

ディードリッヒの指が擦り切れた表紙をなでると、テーブルの上のろうそくから放たれるちらちらと揺れる炎が、金色の飾り文字を照らし出した。それがどんな本であれ、常に持ち歩いているところを見れば、彼にとって大切なものに違いなかった。

装丁はシンプルでわかりやすく、複雑なところはなかった。

「この本に対するあなたの意見を聞くことができたら、大変嬉しいのですが」

「もちろんです」アルシアは本のタイトルを指で弾き(はじ)ながら、最高の笑みを見せて応えた。『我が(マイン・)闘争(カンプフ)』。アルシアはドイツ語を話したり書いたりするよりも読むほうが得意だったため、すぐにその言葉の意味をつかめた。「私の、戦い」

ディードリッヒは満足げにうなずいた。「あなたならこれを、興味深いと感じるはず、ぼくはそう確信しています」

アルシアは自叙伝に魅せられるタイプの人間ではなかった。しかし表紙に書かれた著者の名前を見て、その人物こそが、このベルリン旅行の資金を提供している党の党首であると気づく程度の知識はあった。礼儀正しく振る舞うため、アルシアは「私もそう思います」と小声で応じた。

第三章

ニューヨーク市
一九四四年五月

ヴィヴのファム・ファタールの装いは、あのステーキハウスのブースで完全に踏みにじられ、ヴィヴの自信とともに輝きを失っていた。

しかしヴィヴにはウエスト・ヴィレッジに飲みにいく予定があり、今ほど劇的ではない服に着替える時間的余裕がなかった。〈ウィリアム・モロー〉社編集部の期待の星であるハリソン・ガーディナーとこの計画を話し合ったとき、二人で祝杯を挙げることになればいいと願っていた。今ヴィヴが欲しているのは、胸のうちで不愉快にもつれ合う怒りと悲しみ、そして恥の混じり合った妙なものをのみ下すための強い酒だった。

ヴィヴは地下鉄に乗らずに歩いて待ち合わせの店に向かった。その店はレストランからほんの五ブロックほどのところにあったし、空気が必要だった。地下鉄の中で機嫌が悪化すれば、涙があふれてきて、朝に塗りたくったマスカラが台無しになる恐れもあった。それに、一度泣き出してしまうと、なかなか泣き止むことができない質だった。悲しみはいつもじっと身を潜め、脆さの垣間見える一瞬を待ちあぐねているかのようだった。ほとんどの場合、ヴィヴは悲しみを遠くに追いやっておくことができた。しかし今のような瞬間は、何よりもエドワードと話をすることを求めているような瞬間は、それは二度とかなわぬことなのだと思い知らされることによって、これ以上ないほどにひどく打ちのめされるのだった。

〈ホワイト・ホース・タバーン〉の薄汚れた窓越しにハリソンの姿が見えた。ハリソンは、アイオワ州から来たバスを今しがた降りたばかりといった風貌の垢抜けない若い女性に声をかけていた。
それはハリソンと飲む約束をしているときに決まって目にする光景だった。ハリソンが、最も容易に口説くことのできる女性を瞬時に見極めることなく酒場にいたことなどこれまでにあっただろうか。ヴィヴはあきれたというように目を回したものの、一時間前に重たい足取りであのレストランに足を踏み入れて以来、はじめて顔をほころばせていた。

店内に足を踏み入れると、ドアのそばを陣取っていた芸術家風のむさ苦しい男が低い口笛を吹いてヴィヴを迎えた。男はおそらく視界がぼやけるほどに酔っているのだろう、ヴィヴはそう思った。そうでなければ、いわゆる称賛というやつで自分を喜ばせるはずがないのだから。

ヴィヴは人の視線を引きつける方法を知らないわけではなかった。ただ、雑誌のページというページを飾るような女たちより明敏で、男たちが戦闘機の制御盤にピンで留めておく、ベティ・ブープを現実化したような女たちと比べると、ほっそりとした体つきをしていた。それでも、細面の顔立ちとすっきりとした顎、高い頬骨に苺のような赤みを帯びたブロンドの髪の毛はどれも独自の魅力を有していて、そのためにヴィヴは外見的に人目を引くようなところがあった。そしてヴィヴはそのことを自覚していた。〝狐のようだ〟、おそらくは自分が独創的な意見を述べたと思い込んでいる男たちから、一度ならずそう言われたことがあった。であったとしても、見知らぬ男から口笛を吹かれるようなタイプの女性ではなかった。しらふの他人からそんな扱いを受けるのは、さらに考えられないことだった。

ヴィヴは男を無視して店内を横切ると、ハリソンのそばに体を押し込んだ。アイオワから来た少女は驚き、見開いた大きな青い目をヴィヴに向け、すべすべの頬を赤らめた。

「遅れるとこれだもの」ヴィヴはハリソンの飲み物についていたオリーブをつまみながら、からかうように言った。「すぐ別の相手を見つけちゃうんだから。隣の席を空けておくことってできないわけ？」

「違うんです、私、その……」少女は必死で弁解しようとしたが、ヴィヴはただ彼女にウィンクをして応じた。少女は顔を紅潮させると、大慌てでストゥールから立ち上がり、手足とスカートを振り乱して店の外に出ていった。

ハリソンは少女が出ていくのを見ていたが、やがて細めた目をヴィヴに向けて、じっと見据えた。

「意地悪」

ヴィヴは少女がいなくなった席に腰を下ろした。「よしてよ。運命の子だった、ってわけでもないんだから。あの子の名前も知らないんでしょ」

「世の中にはね、名前よりも大切なことがあるんだよ、かわいい子ちゃん」ハリソンは熱のこもっていない声でそう言いながらも、カウンター内を行きつ戻りつしていたバーテンダーに合図を送って新しいマティーニを二つ注文していた。

「そうだね、スリーサイズとかね」ヴィヴはそう言いながら、パンプスの先でハリソンの脛（すね）を蹴った。ハリソンはにやりと笑うと、ヴィヴが気づいて抵抗するより先にヴィヴのマティーニからオリーブを奪った。

はじめて会ったとき、ハリソンはヴィヴに自分の魅力をアピールしてきた。ハリソンは黒っぽい髪の細身の男性で、ハンサムと言ってもいい顔立ちをしていた。顔がやや長すぎで、目がわずかに中央に寄っていたものの、ハリソンはヴィヴを笑わせた。そしてヴィヴは、それこそが彼の魅力の大部分を占めていると感じた。ヴィヴが気のある素ぶりを返さないのを見てとると、ハリソンはすぐに手を引き、それ以来二人は友人関係に落ち着いた。

時折孤独を感じるような夜には、これまでの人生で一度だけ感じたことのある、胸の中で蝶（ちょう）が舞うようなあのときめきを恋しく思うことがあった。自分も、頭の切れる魅力的な男性に巡り合い、周囲のみんなを浮ついた状態にさせる、あの〝予感〟というものを感じることができたら。夜明け前の最も暗い時間にそんなことを願うのだった。

しかしすぐに、あの蝶たちの亡霊に付随した痛みを思い出し、友情が築かれるたびに自分の中で大きく育つ温かさのことを思った。数年を要したものの、ヴィヴはついに、愛とは必ずしも純白の結婚である必要はないのだと気づくようになっていた。愛とは、酒を酌み交わし、愚痴をこぼしあうことによって、最悪になり得た日を救うようなものであってもいいのだと。

「『死ねるほど暇じゃない（トゥー・ビズィ・トゥー・ダイ）』、おめでとう」ヴィヴは言った。ハリソンは友人であったが、同時に、大手出版社の優秀な若手社員でもあり、つまりは審議会の仕事のために注視しておきたい人物でもあった。各出版社が今後出版する予定の作品のリスト、次のベストセラーになりそうな作品、それに各社の最も有能な編集者が現在携わっている作品、そうしたものを把握しておくこともヴィヴの責任の一部だった。こうした詳細な情報は、翌月発送する兵隊文庫にどの本を含めるべきかを決めるうえで助けになった。

『死ねるほど暇じゃない』は非常に興味深い犯罪小説で、広報コンサルタントでありながら、バーボンを浴びるように飲み、サイコロ賭博のクラップスの名手である血気盛んなヒロインが登場する作品だった。ハリソンに打ち明けるつもりはなかったものの、ヴィヴはそのヒロインの度胸に導かれるようにして、タフトに対するこの捨て身の計画を立てたといえるかもしれなかった。「一気に読み終えちゃった」

「ずいぶん褒めてくれるじゃないか。何がほしいわけ？」ハリソンはそこで言葉を切ると、ヴィヴの全身黒ずくめの服装をじっと見つめた。「ついでに教えてほしいんだけど、君が怪盗みたいな格好してるのって、それと関係あるのかな？」

ヴィヴはパルプ・ノワール小説に登場する女のようなポーズをして言った。「資産家のお嬢さまから、心優しき宝石泥棒に転身よ。表紙だってもう思い浮かんでる」ハリソンが声を上げて笑うと、ヴィヴはいたずらっぽい笑みを見せて演技をやめた。

楽しい空気は舞い込んだのと同じ速さで流れ去った。ヴィヴは淑女らしからぬ飲み方ながら、ほんのふた口でマティーニを飲み干した。「ルーズヴェルト大統領が先週、兵士投票法を成立させたの」

「ようやくだな」ハリソンは息を吐き出した。わずかにでも政治に関心のある人間であれば、それが何を意味するかが理解できた。

だれもが、母親たちにいたるまで、兵士投票法は可決されなければならないとわかっていた。過去の選挙において、票を投じることのできた兵士がほんのわずかにしかいなかったというのは恥ずべき事実だった。この法案は、建前としてはこれを正すことになるはずだった。しかし共和党は、より多くの兵士が投票するということは、ルーズヴェルトが勝利することを意味しているとわかっていた。そのため、審議の過程でできるかぎりの妨害を仕掛けた。そしてどうあがいてもこの法案が議会を通過するとわかると、今度は、自分たちが法律にしたいと考えていたありとあらゆる政策を——それがどれほど意味のない、自己満足的な政策であっても、あるいは予算のかかる政策であっても——この法案に加えようとしはじめた。

その手はじめが、タフトによる検閲修正案と、ルーズヴェルト大統領肝煎り（きもい）のプロジェクトに対する攻撃だった。

ハリソンは上着のポケットに手を入れ、そこから煙草（たばこ）を取り出すと、一本ヴィヴに差し出し、マッチをともした。ヴィヴは煙草の先を炎に近づけながら、まだ十八歳だったころ、世の中がヴィヴにとって新しかったころにエドワードから教わった吸い方を思い出していた。エドワードは目の奥に笑みをたたえて、吐き出す煙で形を作るのだった。

肋骨（ろっこつ）の内側にうずくような痛みを感じ、ヴィヴは今一度、記憶に鍵をかけた。

「君たちの小さな兵隊文庫はどうなってるの？」ハリソンは自分の煙草を一息吸ってから言った。笑うと門歯が見えすぎるのをヴィヴは自覚していた。「毎月、何百万冊もの本を駐留兵士に送っている取り組みを、〝小さな〟と呼べるかどうかはわからないけど」

ヴィヴはため息をつくと、ジンのボトルを持って合図してきたバーテンダーに向かってうなずいた。ヴィヴの標的はハリソンではなく、ハリソンに不満をぶつけるのはお門違いだった。ヴィヴは何口か吸っただけの煙草を乱暴にもみ消した。

「機能してる」ヴィヴはハリソンの質問に対する答えをようやく絞り出した。それこそが問題だった。実際、兵隊文庫プロジェクトはタフトの政策下においても機能していた。その政策は単に、プロジェクトを効果的にするあらゆる要素を骨抜きにしたというだけのこと。

「タフトってのは、正真正銘のろくでなしだろう？」

「控えめに言ってもね」ヴィヴは二杯目のマティーニを先ほどよりもゆっくりと口に運んだ。「いつだってああいう男たちが勝つのを目にしなくちゃならないなんて、腹立たしい」

「政治家たちってこと？」ハリソンは片眉を上げて訊いた。

「いじめっ子たちってこと」ヴィヴは正すように言った。「もちろんタフトはヒトラーじゃない。でも私に言わせれば、彼だって違うタイプのいじめっ子にすぎない。そういうやつらにはもううんざりなの。あなただってそうじゃない？」

「俺はね、ブロンクスの公立学校に通う、眼鏡をかけた、肺の悪い痩せっぽちの本の虫だったんだ」ハリソンはそう言うと、ヴィヴにかからないよう留意しつつ煙草の煙を吐き出した。「その俺がいじめっ子をどう思うと思う？」

「本当にあの男を止められると思ったの」ヴィヴは自分自身を笑い飛ばすように頭を振りながら言った。「この私が、ね」

「もう諦めたみたいな口ぶりじゃないか」ハリソンは応じた。「どうしたんだよ。俺の知ってるヴィヴなら、完敗するまで戦うはずだ」

ヴィヴは下唇を噛み、半ば誇らしげな、半ば照れくさげな視線をハリソンに向けた。「ついさっき、ミッドタウンで昼食中だったタフトに奇襲をかけてきたの」

告白に続いて訪れた驚きに満ちた沈黙ののち、ハリソンは声を上げて笑った。胸から発せられたそのとどろくような音は長く鳴り響き、ヴィヴは思わず苦笑いを浮かべるよりほかなかった。

「タフトがニューヨークに滞在するのは二日間だけだったの。だから何かする必要があったの」ヴィヴがそう言いながらハリソンを見やると、ハリソンは目尻を拭っていた。

「ああ、こっそりその様子を見ていたかったよ」ハリソンは落ち着きを取り戻し、真面目な口調で続けた。「やつがその場ですぐに、その忌々(いまいま)しい禁令を撤回したとは思えないけど」

「それほど強気で攻めたわけじゃないし、撤回を要求したわけでもないの。私はただ、政策を書き直して、規制対象の範囲を狭めてもらいたいって思ってただけなの」

「それで、今は？」

ヴィヴは痛む手首をさすりながら、自分を見下ろしてきたタフトのニンニクくさい息を思い出していた。「今？　あいつを叩きのめしてやりたいって思ってる」

ヴィヴは自分の声に潜む、一抹の邪悪な執着に気づいて頬をわずかに赤らめた。しかしハリソンは、笑い声に恐ろしくよく似た何かでそれに応じた。午後をともに過ごす飲み相手にハリソンを選んだのは、間違いなく正解だった。

「叩きのめすって、どうなんだろうか？」ハリソンはわずかに間をおいてから、洗練された近代的な男然とした態度に戻って訊いた。

「もうすでに、考え得るあらゆるものをこの戦いに投じてきたの。でもその努力の成果として得られたものは皆無だった」ヴィヴは言った。

「もしこれが本だったら、今自分たちはどのあたりにいるか、君にはわかってるんだろう？」

「あなたが教えてくれるんだと思ってたけど」

「ちょうどここかな？」ハリソンは木製のテーブルに指を突きつけて言った。「〝何もかも失った〟場面ってとこだな」

「まさにそんなところ」ヴィヴは熱のこもらない調子で言った。

「ところがだよ、この〝何もかも失った〟場面っていうのは、結末じゃない。君もよく知ってると思うけど」ハリソンの気持ちが高ぶるのがわかった。「〝何もかも失った〟場面で物語を終わらせるやつなんていない。次に何か行動が起こされて、クライマックスに到達して、最後には幸せな結末（ハッピーエンド）が訪れる」

「ねえダーリン、何杯飲んじゃったわけ？　私たちは本の中の登場人物じゃない」ヴィヴは指摘した。

「違うの？」ハリソンはわざとらしく驚いたような表情を見せ、大きく見開いた目できょろきょろと周囲を見回した。ヴィヴはもう一度ハリソンの膝を蹴った。

「なあ」ハリソンは芝居がかった振る舞いをやめ、息を一つ吐き出した。「現実の人生は、うまく構成された小説なんかよりずっと陰鬱で絶望的だってわかってる。いつでもハッピーエンドってわけにはいかないし、悪党が勝利することだってあるさ。それでも、善人が実際に勝つことだってある。今回がそのときじゃないって、どうしてそう言い切れる？」

「私が強く望んでいるからっていう理由だけでは、何もないところから突然ハッピーエンドを引き出すことなんてできないから」ヴィヴは言った。このことを口にするのは、胸に痛みを感じるほど苦しかった。ヴィヴに欠けていたのは明白な戦略だけであったかのように話すハリソンの言葉を耳にするのは苦しかった。もしヴィヴがもっとうまく、賢く、狡猾にやれていたら、タフトの修正案が表に出た瞬間に抹消することができたかもしれないのに。

「それでも君自身のハッピーエンドなら作ることができる、そう考えたらどうだろう？」ハリソンは言った。「ヴィヴ、君は仕事で物語を語っているじゃないか。作家たちと同じくらいにね」

「語ることなら、疲れ果ててくたくたになるまでだってできる」ヴィヴは不満げに応じた。「でもそれを続けたって、タフトの政策が科す罰金とか、禁固刑を一掃することはできないの」

「そりゃそうさ、だけど――」

ヴィヴは片手を挙げてハリソンを制した。「私に、何をしろって言いたいわけ？」

「わからない」ハリソンは肩をがっくりと落として認めた。ヴィヴは声を出して笑った。ハリソンの無神経な楽観のために漂っていたとげとげしい雰囲気が薄れていった。「思考をつなげて作った列車が、どこか重要なところにたどり着くはずだって信じてたんだけど、線路がさ、崖のところで急に終わっちゃったみたいだ」

「私の不毛な半年間へようこそ」

「それは考えておくことにして」ハリソンは二人にもう一杯ずつマティーニを頼んだ。「今は、君のように途方に暮れてしまうまで、二人でとことん飲もうじゃないか」

「その考えはすごく気に入った」ヴィヴは激しく手を叩きながらストゥールの上でくるりと体を回転させ、バーカウンターと空っぽのグラスに向き直った。

二人は午後の残りの時間を、この〝何もかも失った〟状態から抜け出して盛大なハッピーエンドに到達するための戦略を練るのに費やした。家畜を使って何かしてやろうというばかばかしい案から、ヴィヴが上院の議場で熱弁をふるい、大勢の前でタフトを辱めるという、さらに真剣に考えた案もあった。どうやったらヴィヴを演壇に登らせることができるかについては、あえて議論しなかった。二人は、自分たちの会話がもうずいぶん前から急激に進む方向を変え、現実から遠ざかっていることに気づいていた。

夜が窓から忍び入ってきたころにはもう、ヴィヴは、胸がえぐられるようなあの虚しさを感じてはいなかった。しかしながら、タフトの検閲政策を転覆させるための名案には少しも近づいてはいなかった。

「このあいださ、ある場所について耳にしたんだよ」ハリソンは酒のせいでいつもより母音を緩やかに発していた。「行ってみる価値はあるのかもしれない。ブルックリンまではちょっと距離があるけど」

ハリソンはポケットからペンとメモ帳を取り出すと、そこに住所を書き殴った。

「ブルックリンで何が見つかるの？」ヴィヴはハリソンの肩越しにのぞき込もうとしながら訊いた。

ハリソンはにやりと笑い、メモ用紙をヴィヴのほうに滑らせた。「ひらめきをくれるもの」

ヴィヴは書かれた文字を指でなぞった。胸に残る敗北の灰の中から、希望の若い蔓が芽生えた。

〈ナチ党に禁じられた本のアメリカ図書館〉。

第四章

パリ 一九三六年十月

ハンナ・ブレヒトは、冬の訪れが感じられるころのパリが一番好きだった。

それが少数派の意見だとはわかっていた。多くの人たちは、美しい夏の日にエッフェル塔のそばでピクニックをすることこそが、パリ生活の極みであると考えていた。しかしハンナには、パリには傷心がお似合いであるのと同じように、どんよりとした寒空こそがこの市（まち）の真骨頂であると思えた。

ハンナはパリ十四区の外れを自転車で走っていた。黒のワイドパンツが車輪のスポークとくっついたり離れたりと危険な戯れを続けていて、手触りのいいウール素材の桃色の帽子は風に飛ばされそうになっていた。きつくまとめたお団子（シニヨン）からわずかに落ちてきた黒っぽい巻き毛が、風の口づけでピンクに染まった頬をなでた。

お気に入りのパティスリーの縞（しま）模様の日よけが手招きするのが、少し先に見えてきた。黄金（こがね）色の輝きを放つ店の窓が、ハンナの誘惑にあらがう能力を試していた。もう一箇所寄らなければならない場所があったが、五分くらい遅くなっても問題ないはず。

隣の店の壁に自転車を立てかけ、パティスリーに足を踏み入れた。

焦げた砂糖とイーストのほのかな香り、そしてそこに深みを加えるチョコレートとコーヒー豆の香りが店内に充満していた。

「ハンナ」ガラスのショーケースの向こうからマーセリーンが声をかけてきた。店内の暖かさで顔が紅潮していた。「入って。ミルク入りエスプレッソ（カフェ・ノワゼット）？」

「お願い」ハンナはマフラーをほどこうともせずに言った。長居する時間はなかった。「それから、まだ残っていたら、カヌレもください」

マーセリーンは、ハンナがこの店オリジナルのカラメル菓子を食べずにやりすごすことができずにいるのを見て、いつものように満足げな笑みを見せた。ハンナがこの店を見つけたのは、約三年前にはじめてパリに来た日のことで、それからというもの最低でも週に一度はこの店に立ち寄るようにしていた。

マーセリーンと、ドイツ生まれの彼女の夫は、ハンナの母国語であるドイツ語を話すことができ、それがハンナにとってはありがたかった。ハンナはいまだに実用的なベルリンっ子の舌づかいが体に染みついていて、抒情的なフランスの言葉を発するために舌を巻くことに苦労していた。マーセリーンは、批判的な視線を返されることなく話せる、数少ないパリ市民の一人だった。

「忙しいの？」忙しなく動き回るマーセリーンを見ながらハンナは訊いた。マーセリーンは牛乳を火にかけ、カヌレを皿に盛りつけると、ショーケースの上に置いたその皿をハンナに向かって滑らせた。マーセリーンが行儀を気にする質ではないと知っていたハンナは、そこに置いてあったフォークを手に取った。外側のカリカリの部分は、ほんのわずかのあいだだけではあるものの、フォークの歯から完璧に身を守ってみせた。が、やがて圧力に屈し、ヴァニラ香るクリーミーな中央部に歯が沈み込んでいくに任せた。

「ふーん」マーセリーンは、どうだろうというように肩をすくめた。「忙しいときもあるし、忙しくないときもある。グザヴィエはさ、自分はもう母親の菓子店で働くには垢抜けすぎてるって思ってるらしいね。若者ってのは……」

マーセリーンは舌を鳴らすと、まだ三十歳にもなっていないハンナに向かって同情を誘うような表情を作ってみせた。賢明にもハンナは口にさらにカヌレを押し込み、まるで理解しているかのようにうなずいた。というよりおそらく、本当に理解していた。

ハンナはベルリンで参加していた、ヒトラー政権に対する抵抗運動(レジスタンス)の集会のことを思った。あのころ、だれもが活力に満ちていて、そして愚かな理想家だった。自分たちの力で世界が変えられると本気で信じられるほどに、青臭かった。

「まあでも、あの子のほうが正しいのかもしれない」マーセリーンはエスプレッソに牛乳をそそぎながら続けた。「あの子たちがまた次の戦争に駆り出されるまでにどのくらい時間が残されてるのか、だれにもわからないからね」

マーセリーンの店が、ハンナのパリでのお気に入りの場所であるのには、もう一つ理由があった。マーセリーンの夫にはベルリンに残してきた友人たちが多くいた。そのため、夫婦はハンナ同様、自分たちの前途に何が待ち受けているのかを理解していた。

「だからこそ私は、ここのカヌレを必ず食べるようにしてるの」ハンナはいたずらっぽい笑みを見せて、雰囲気を和らげようとした。人が集まれば、たいていはハンナが一番の皮肉屋になった。しかしマーセリーンには三人の息子と二人の娘がいて、彼らはみな、迫りくる嵐を乗り越えなくてはならない運命にあった。人は子どものために傷つきやすくなる。心が、体から離れてひとり歩きする。「このまま好きなだけ食べて、スカートがはけなくなったとしても、それでも食べつづけるよ」

マーセリーンはハンナに向かって舌を鳴らした。その顔から、遠くを見るようなぼんやりとした表情が消えていった。「パリであんたほどきれいな女なんていないってのに、何を言ってるのかね」それからマーセリーンはハンナに顔を寄せて続けた。こめかみに白くなった髪の毛が貼りついていた。

「うちの娘を含めてもって意味だよ、わかってると思うけど」

「あらまあ、でもあなたに比べてしまうと私も見劣りするわ」ハンナはそう言うと、カフェ・ノワゼットを飲み干した。

「褒めてくれる人には、無料でケーキをあげちゃう。褒め言葉以外は人に言わせちゃだめよ」マーセリーンはハンナの支払いを拒否するように手を振って言った。

ハンナはマーセリーンに向かって投げキスをすると、マーセリーンの気前のよさに甘えることなくカウンターに硬貨を置き、それから店を出た。

店にいるあいだに空は暗灰色(あんかいしょく)に変わっていた。ハンナは自転車まで急いだ。土砂降りになるかもしれないという嫌な予感に駆り立てられ、急いで午後の仕事に取りかかった。その日最後の目的地に向かうハンナの自転車の籐(とう)かごの中で、〈焚書(ふんしょ)された本のドイツ図書館〉のパンフレットがはためいていた。パンフレットは常に、自分に与えられる図書館の仕事が、いかに日によって異なるかをハンナに思い出させた。

〈焚書された本の図書館〉は出版社であり、貸出図書館であり、国民社会主義ドイツ労働者党(ナチ)の支配から逃れ、光の都パリに移り住んだドイツ人亡命者のコミュニティの集会所でもあった。パリにあるこの図書館は、別のプロジェクト――全体主義の危険性について書かれた何十万という数の新聞の切り抜きや論文、パンフレットを集めた研究活動――の断片から生じ、フランスに台頭しつつあるファシズムに対抗するべく日々努力を続けていた。

美しく、しかも女性であるハンナはしばしば、彼らの活動を支援するパリ中の店や組織に、図書館が制作する反ファシストを訴えるパンフレットを配布する役に選ばれた。もしもナチ党の支持者にこうした小冊子を渡してしまったら、自分はどうなってしまうのだろう、時折ハンナはそんなことを考えた。ハンナはすでに一度、この点において自らの判断は信用ならないという教訓を、痛みとともに学んでいた。

アダムの現状が、その事実をまざまざと示していた。弟のアダムは今、ヒトラーのおぞましい収容所でゆっくりと死に向かっていた。十中八九、毎日暴行や拷問を受けているはずだった。すべては、ハンナが間違った人間を信じてしまったせいで起こった。

アルシア。

その日最後の住所にたどり着いた。自転車を降りたハンナのジャケットを打ちつけていく風に、その名前が絡みついた。ハンナは、アルシアのことを、アダムのことを、ベルリンでの日々のことを思い出すたびに襲ってくる絶望を押し込めた。当時のことは、まるで昨日のことのように鮮明に記憶に残っていた。穏やかな夢が薄れて無に帰する一方で、悪夢は消えずにとどまりつづけるのと同じように。

最後の目的地はユダヤ人の経営するヴァイオリン店で、ハンナは意図してこの店を最後に立ち寄るようにしていた。ハンナはこの店を経営する男性と、その孫息子ルシアンを敬愛していた。しかしハンナがパンフレットを持ってこの店を訪れるたびに、ルシアンは、毎週店の奥の部屋で開かれるレジスタンスの集会に参加するよう、ハンナを説得しようとするのだった。

ハンナはそうした集会を、充分すぎるほど経験してきた。ヨーロッパ中をのみ込まんとする勢いで迫りくるファシズムの流れを止めるには、暴力が唯一の方法であると信じている人びとの集う場を。その意見に賛成できないわけではなかった。しかしあの夜、アダムはナチスに連行された。次にアダムを目にしたとき、その顔はあざだらけで骨が折れていた。それに、路上で、褐色のシャツを着た突撃隊に鞭で打たれ、殴られる友人たちの姿を見てきた。

暴力こそが唯一の答えかもしれなかったが、ハンナは決してそれにすがるつもりはなかった。

店のドアを開けると、頭上で金色のベルが音を立てた。

ルシアンの祖父アンリが、店の端から端まで長さのあるカウンターをのぞき込むようにして立っていたが、目を上げて眼鏡越しにハンナを見ると、歯を見せて大きな笑みを浮かべた。

「ボンジュール、マドモアゼル」アンリの節くれ立った手が、つかんだヴァイオリンのネックに沿って手慣れた素早い動きを繰り返していた。

「ボンジュール、おじいちゃん（グランペレ）」二人がはじめて会ったとき、アンリはハンナに話していた。自分の気に入った相手であれば、だれでも自分を〝グランペレ〟と呼んでいいことにしているのだと。ハンナはそのリストに名を連ねられたことを嬉しく思っていた。「ルシアンは？」

アンリは奥の部屋へと通じる廊下に頭を傾けて言った。「奥だよ（ダン・ル・ド）」

「ありがとう（メルスィ）」ハンナがそう言うと、アンリはそのうまいとは言いがたい響きにわずかに顔をしかめた。二人のあいだで交わされる、いつもの冗談だった。

ルシアンは小さな貯蔵室で椅子を並べていた。夜にレジスタンスの集会が開かれるのだろう。ハンナは頼まれるのを待たずにルシアンを手伝い、部屋の隅に置かれた書見台のほうに人の顔が向くように、椅子を五列ほど並べていった。

作業を終えると、ルシアンはハンナの両頰にキスをしてからパンフレットを受け取った。「君たちの図書館、パンフレットを刷るのが早すぎて、配るのが追いつかないよ」

「考えが、たくさんあるの」ハンナはゆっくりと話した。

「ぼくたちみんなあると思うけど」ルシアンは言った。「お茶飲む？」

「お願いしようかな」ハンナはその申し出をありがたく受けることにした。マーセリーンの店で飲んだコーヒーで温まってはいたものの、一日中パリを自転車で駆け回っていたために、体の芯に冷えが残っていた。パンツの裾は湿っていて、カーディガンは勇敢にもハンナの体を風から守ろうと必死で戦ってくれた。しかしながらハンナもカーディガンも、布には限界があるということを充分承知していた。

ルシアンは狭いキッチンに向かい、やかんを火にかけた。ハンナは部屋の隅に置かれた小さなテーブルに着いたまま、ルシアンの優雅な身のこなしを眺めていた。ルシアンは整った顔に豊かな黒髪、そして優しい笑顔の持ち主で、パリっ子らしい細身のファッションに身を包んだその姿に、このあたりの女の子たちはみなのぼせ上がっているようだった。ハンナが本気でそうしようと思えば、今ここにあるものを――居心地のいいヴァイオリン店と、政治集会の準備をする恋人の聞き役として存在する自分、そしてわずかに開いたドアから忍び込んでくる音楽を――自分の人生として考えることもできただろう。

それでもハンナは、だれかの妻になりたいと思ったことがなかった。というよりむしろ、男の妻になりたいと思ったことがなかった。とはいえそれは彼女にとって唯一の選択肢のようだった。

「何をするの？」ハンナはカップを受け取りながら訊いた。「集会で、ってことだけど」

ルシアンはハンナのことを、図書館員を隠れ蓑にしたレジスタンスの戦士であると信じていて、ハンナからのその質問に目を輝かせた。ハンナは質問したことを後悔した。「参加して、自分で確かめてごらんよ」

ハンナは紅茶に視線を落とし、欠けた部分を探るようにカップの縁に指を走らせた。「これまでの人生で、もう充分すぎるくらい参加してきたから」

「知ってるよ」ルシアンは前腕に体重をかけて前のめりになり、熱心な様子で続けた。「ベルリンでだろ？　どんな感じだった？」

「無意味だった」ハンナは言った。苦々しく、ぞんざいな返答だった。それでもルシアンはただ笑みを浮かべてじっと待った。ハンナはさらに話す速度を落とし、考え込むような様子で続けた。「みんなで芝居をしてるみたいだった、っていうのかな？　ちょうどヒトラーが首相に選ばれたころで、そこから事態はすごく悪くなった。ものすごいスピードで。でも……あのときはまだ、一九三三年だった。何を言いたいか、わかるよね」

「君は、やつがこんなに長く続くなんて思ってなかった」ルシアンはハンナの考えを引き継ぐように続けた。

「ヒトラーは大勢の人たちに、自分を中傷する人たち、支持する人たち、どちらにも同じように火をつけたの」ハンナは言った。「でも思ったの、そういう種類の炎って、激しく燃えて、そのあとは燃え尽きるんだって」ハンナはそこで言葉を切り、ルシアンのそもそもの質問に話を戻して、まともな答えを提示するべきかどうかを判断しようとしていた。「集会はくだらないものだった。私たちは、あたかも思想の市場におけるあの怪物たちについて議論するかのように、経済体制や政治理論について語った。そんなことよりも、列車の乗車券とか、海外の銀行口座、それから亡命計画について話し合うべきだったの」

ルシアンは下唇を引っ張りながら、もの思わしげな眼差し（まなざし）をハンナに向けた。「前回の集会で、だれかさんが『資本論』をドラマチックに朗読したんだ」

ルシアンが自嘲するような調子でそう言うのを聞いて、ハンナはにやりと笑った。

「知ってる、その集会なら参加したよ」ハンナは言った。ちょうど子どもにするのと同じようなやり方で、ルシアンの頬を軽く叩きたくなったものの、それをこらえて続けた。「今夜がいいと思うんだけど、ドイツがマジノ線（フランスがナチス・ドイツの侵攻を防ぐために構築した要塞線）を越えてきた場合に、隠れ家となる場所を提供してくれる田舎の親戚がいる人を確認しておいたほうがいい」

「君は、それが起こるのは避けられないと思ってるんだ」ルシアンは言った。ハンナはその声に潜む疑念を感じ取って訝しんだ。その事実は、レジスタンスの集会というものが、結局は、男たちにとって自分の大きな考えの数々について語る場所であり、それ以外の何ものでもないことを証明していた。〈焚書された本の図書館〉と同じではなかった。

「戦争っていうのは、いつだって避けられないものでしょ」ハンナは軽い調子で言った。それから強引に話題を方向転換させた。「それより教えてよ。最近はだれかに心を打ち砕かれたりしてない？」

ルシアンは踵に体重をのせるように立ち、胸に片手を置いた。「君がぼくの心を打ち砕くんだ」

ハンナはあきれたというように目を回したが、彼女に顔を向けたルシアンの表情にははにかみのようなものが浮かんでいた。それはルシアンの顔にはこれまで一度も認めたことがない表情だった。

「どんな娘？」興味をそそられたハンナは、今度は懇願するように訊いた。

「大学生さ」ルシアンはそう打ち明けて顔を歪めた。「アメリカの娘。ひどくやられてる」

「少なくとも、彼女はナチ党員じゃない」

「ふん。で、君は？」ルシアンは眉を上下させた。「最近、心を打ち砕かれたりした？」

パリに来てから、片手で数えられるほどの恋人たちと楽しい時間を過ごしたことは確かだった。それでも……。「今恋をするのって、タイミングとしてはいいとは言えないんじゃない？」

「あるいは、今が恋をするのには最高のタイミングかも？」ルシアンは生粋のパリっ子らしく反論した。ルシアンは、夏の夕方に、薔薇の花とチョコレートとともに過ごすパリを何より愛するタイプの人間だった。「愛以上に、戦う理由になるものなんてある？」

「ないとは言い切れないよ」ハンナはできる限り無関心を装って肩をすくめた。「私はね、近づいてきてる嵐を、乗り切ることができないかもしれないの。そのせいで私を愛してくれる人をあとに残していくことになるのは、絶対に嫌なの」

「ハンナ」ルシアンは腕を伸ばしてハンナの手を握った。「何を言ってるんだよ、おばかさんだな。君は大丈夫だよ」

「本当に？」ハンナはそう言うと、ルシアンの手を引き離そうとはせずに、視線だけを遠くに向けた。どれほど必死で避けようとしても、どんな会話も必ず、磁力で引き寄せられるかのごとくここに引き戻されるように思えた。「ときどき思うの、パリはナチスを喜んで迎えたがっているんじゃないかって」

ルシアンは反論しようとはせず、親指でハンナの拳をそっとなでた。「フランスを出るつもり？」

「どのビザで？」

「でも、もし可能だったら？」ルシアンは訊いた。

「パリは、私が守るべき祖国じゃない」ハンナは言った。辛辣ではあるものの、正直な言葉だった。

「私の祖国はもう奪われちゃったから。だからだよ、恋に落ちることを拒否しているのは」

「その恋が本物だと気づいても、自分を止めることができるみたいに言うね」ルシアンはつぶやいた。

それもまた、ハンナがすでに学んだ教訓だった。「その娘のことを聞かせてよ」

ルシアンは、とりとめのないおしゃべりをして過ごす楽しい時間を共有することで、ハンナの気を紛らわせた。ルシアンは思い人の女性について話しただけでなく、共通の知り合いに関する色恋がらみの噂話や、二人が思いつくどんな話題でも、取るに足らないことについて話した。そしてハンナを店の中へと送ったところでようやく説得にかかった。「今夜、本当に来ない？」

「私のためにも、全力で戦ってね。いい？」別れのキスをするとき、ルシアンの顔にふと落胆の表情が宿ったが、ハンナはそれに気づかないふりをして言った。アンリに手を振るために店の入り口で立ち止まったほんの一瞬、直感的に、やはり自分は今晩の集会に参加すべきなのではないかという考えが頭をもたげた。

しかしその考えを振り払い、切り花でいっぱいの手押し車を押して歩く男性を避けるようにして、運河の手すりに立てかけておいた自転車のほうへと歩みを進めた。

自転車のハンドルを握ったちょうどそのとき、一組の男女がヴァイオリン店のほうをじっと見つめ、それからハンナに視線を移したのに気づいた。

男はハンナのそばまで来て唾を吐いた。粘質の塊がハンナの頰にはりつき、顎まで伝った。

「ユダヤ人が」男はつぶやいた。そして二人は何事もなかったかのように通り過ぎていった。その場を急いで離れるために歩調を速めようとさえしなかった。

ハンナは顔を拭うことなく、去っていく二人の後ろ姿をただじっと見つめた。

ルシアンのような人間が一人いれば、白昼のパリのど真ん中でハンナに唾をかけてくるような人間が二人はいた。

攻撃をされればされるほどにハンナの意志は強固なものになり、剣を取りたい気持ちが高まることをハンナは知っていた。しかし、一日一日と過ぎていくにつれ、この世界が本当に救う価値のあるものなのかどうか、わからなくなるのだった。

第五章

ニューヨーク市
一九四四年五月

ヴィヴは、前日にハリソンから渡された紙に目をやり、そこに書かれた住所を今一度確認したものの、一ブロック丸ごと占領して堂々とそびえ立つ〈ブルックリン・ユダヤ人センター〉は見逃すほうが難しかった。この建物に〈ナチ党に禁じられた本のアメリカ図書館〉が入っているらしかった。

「一体ここで何をしようとしてるの?」ヴィヴは自問するように小さくつぶやいた。それでも充分に大きな音量だったらしく、通行人が妙な視線を投げていった。

自分はすっかり正気を失ってしまったのだろうか。一方には、絶望的ではありながらも合理的な希望が存在し、また一方には、雲をつかむような追求の連続が存在していた。そして今では、両者のあいだの境界線は極めて細くなっていた。

「ここまで足を運んだんだから、中まで入らなくちゃ」ヴィヴは独りごちた。それから、独りきりで公の場にいる際にはしゃべらないよう自分を律する方法を学ばなくては、そう頭に刻み込んだ。

ロビーに入ると、年配の男性がガラス瓶の底のような分厚い眼鏡越しに目を瞬(しばた)かせた。老人は、ヴィヴが「禁じられた本の図書館はどこですか?」と三度繰り返してようやく、彼女の探しているものを理解したようだった。

「西棟に」老人は長い廊下を指さしてから、読んでいた本に視線を戻した。

目指すドアにたどり着いたヴィヴは、ガラスに記された金色の飾り文字にそっと触れた。それから中に足を踏み入れた。

部屋は驚くほどに狭く、かなりの高さのある本棚と、ぞんざいに積み上げられた本をのせたテーブルで埋め尽くされんばかりだった。窓から差し込む日の光に照らされて、空気中を舞う埃がはっきりと見えていた。窓枠にはティーカップが置き去りにされていて、貸出しカウンターに置かれたラジオからは低音の音楽が流れていた。何もかもが心地よく、そこに住っていた。ヴィヴは本棚から適当に小説本を一冊抜き出して、それを手に、その辺にある椅子の上で体を丸めたいという衝動を抑えなければならなかった。

「こんにちは」貸出しカウンターの後ろにある掃除用具入れ程度の大きさの事務室から女性が姿を現した。女性はラジオに手を伸ばして音量を下げながら、ヴィヴに控えめな笑みを見せた。「何かお探しですか？」

ヴィヴは、事情を知らぬこの赤の他人に自らの哀れな話を何から何までぶちまけてしまわないよう、唇をぎゅっと結んだ。ジンのボトルを半分飲み干したときには分別があるように思えた考えも、今となってみれば、人に精神状態を疑われてもおかしくない行動に思えた。

何もないところからハッピーエンドを引き出す方法を探しているんです。

「えっと……」ヴィヴは部屋を見回しながら言った。古い紙と糊の酸っぱいような独特のにおいを吸い込み、バランスを保とうとした。

図書館員はヴィヴを観察するように見て言った。「こんなこと言うと失礼かもしれないんだけど、なんだかあなた、飲み物が必要って感じに見えるんだけど」

「わかります？」ヴィヴは、真珠のネックレスを、あたかもそれがお守りであるかのように指で転がしながら、笑ってそう応じた。それは母から譲り受け、ヴィヴが身につけるようになったアクセサリーだった。子どものころ、母の膝に座り、今と同じようにそのネックレスをいじっていたときのことを思った。幼い指先で、光沢のあるその珠を転がしたのだった。両親の葬儀の朝、ある乳母が善意からヴィヴの首にそのネックレスをかけてからというもの、ヴィヴはそのネックレスを片時も離さず身につけていた。

図書館員はヴィヴの顔に浮かぶ何ものかを目にすると、目を細めて言った。「そこに座って」そして部屋の反対側に置かれたテーブルのほうに向かって頭で合図した。

「ありがとうございます」ヴィヴは図書館員の背中に向かってそうつぶやくと、窓のそばにあった椅子に腰を下ろした。目の前に置かれた本に注意を引かれて手を伸ばすと、本を裏返し、タイトルを読んだ。

「アルベルト・アインシュタイン」数分後、ヴィヴのそばにカップを置きながら図書館員が言った。ヴィヴはその本のページをめくりはじめていた。意味が理解できるのは十語に一つ程度だった。「彼、この図書館が開館するときの基調講演者だったの」

「アインシュタインがですか？」ヴィヴはひどく驚いて訊いた。

図書館員は歌うように鼻から音を出した。「かなり盛大な夜だったみたい。だれもが招待状をほしがったって。今みんなが、砂糖とかコーヒーをほしがるみたいにね」

「あなたはいなかったんですか？」

「いなかったの」図書館員の顔に警戒するような表情がよぎった。

詮索したい気持ちを抑えなくては、ヴィヴはそう思った。「それって、いつのことですか？　もう何年も前、ですよね？」

「パーティが開かれたのは、一九三四年の十二月」そう答えた図書館員の肩からは力が抜けたように見えた。図書館員自身のことではなく、図書館のことを話しているからだろうか。「でも正式に開館したのは、それから数ヶ月後のことだったの。ベルリンの焚書（ふんしょ）から二年経（た）ったことを記念して」

ヴィヴは正確な月を割り出そうとした。「ということは、五月ですか？　三五年の？」

「そう」図書館員は、二人から一番近くの壁を示した。そこにはプロパガンダポスターが掲げられていた。〝光から暗闇へ〟という文字が、イラストを覆うように大きく書かれていた。ヴィヴがこれまでに目にしたほかのポスターと同じように、そのポスターの中には、いくつかの物事が寄せ集められていた。本から上がる炎が舐めるように空に向かい、国会議事堂であるとヴィヴにも認識できる建物を焼き尽くそうとしていた。ヨーゼフ・ゲッベルスの、ひどく張り詰めた小さな姿が、そのすべてを観察していた。

ヴィヴが視線を戻すと、図書館員はポスターをじっと見つめていた。確固たる絶望が、その顔の皺という皺に刻まれていた。

「そこにいたんですね」ヴィヴはこらえ切れず息を吐き出した。

そのまましばらく沈黙が流れた。答えるつもりがないのだろうとヴィヴが納得しかけたころ、図書館員がわずかに頭を下に向けた。「そう。焚書が行われた夜、私はベルリンにいた」

ヴィヴは喉まで出かかった何百もの質問をのみ込んだ。ヴィヴには、人に自慢できるような、これといった特技がなかったものの、人の気持ちを察することならできた。それに目の前には、容易には打ち破ることのできない分厚い壁がいくつも存在していた。代わりにヴィヴは、山積みになった本を指して言った。「ここにある本は、その夜に焼かれた作品ですか?」

「そう、その中の多くがここにある」図書館員は、まるでそれらの本をはじめて目にするかのように周囲を見回した。「すべてを収めた目録を作ることは難しくて。もちろん、いくつかリストはあるんだけど」それから皮肉っぽい視線をヴィヴに向けて続けた。「ナチスはリストが好きだからね」

「確かにそうですね」ヴィヴは調子を合わせて言った。

「でも、火は一晩で消えたわけではなかったの」図書館員は続けた。「その大がかりな見せしめが行われたのは五月十日のことだったけれど、それからの数週間、ドイツ人は自分たちの蔵書を焼くよう指示された。反ドイツだとみなされた本や、ドイツ帝国を批判している可能性のある本は、どんな本でも燃やされなければならなかった」

ヴィヴは少しのあいだ沈黙が流れるに任せた。「ということは、ユダヤ人作家の書いたものも、どんなものでもだめだということですよね」

「共産主義者や逸脱者、それに、支配民族であるドイツ人の偉大さを支持しない人間の書いたものもね」図書館員は言った。「あの数週間のあいだに、それからその後数年のあいだに、実際にはどれほど多くの本が失われたか、正確な数を知ることは永遠にできないでしょう」

「でもあなたは努力しているんですね」ヴィヴは言った。「失われた作品の数を把握しようと、そうした作品を保護しようとしている」

「そうね。骨の折れる仕事だけど……」図書館員の声が少しずつ消えていった。鋭い視線が再びポスターを見据えていた。

ヴィヴは無理に先を促したりせずに待った。図書館員が先を続けたとき、その忍耐が報われたことがわかった。「本は、私たちが世界に痕跡を残す手段になる、そうじゃない？　本は、私たちがここにいたことを、私たちが愛して、悲しんで、笑って、過ち(あやま)を犯して、存在したことを伝える。たとえ地球の向こう側で焼かれることがあったとしても、書かれた言葉が読まれないことはないし、物語が伝えられないことはない。本はこの図書館で生きつづけるの。それよりも重要なことは、本は、それを読んだ人の中で永遠に存在しつづけるということ」

その本を焼き尽くした炎と同じくらいに激しく燃える炎が、図書館員の声に忍び込んだ。それに同調するように、ヴィヴの内部にも熱が広がっていった。

その瞬間、図書館員のうわべに見えているものの向こう側に、何か魅力的なものが垣間見えた。守り人。この女性を本の守護者として思い描くのは、空想的な思いつきかもしれなかった。が、ヴィヴはその考えが気に入った。

ブルックリンで何が見つかるの？

ひらめきをくれるもの。

この情熱、この激しさ、これこそまさにヴィヴに必要なものだった。ハリソンと浴びるように飲んだ午後に、比較的真剣に話し合った計画の一つ——公衆の面前でタフトを辱め、修正案を撤回させるという計画——が、そっとヴィヴを突いていた。

ヴィヴは自ら上院の議場に行くつもりはなかったし、この図書館員を行かせるつもりもなかった。しかしその必要もなかった。ヴィヴは重要な戦時組織の広報部長だった。自分の連絡帳に、この市で最も優秀な記者たちの名を保存している自分が、どうして上院議場などに行く必要があるだろうか。

ヴィヴがその名案の美しいたなびきをしっかりとつかもうとしていると、図書館員が身を乗り出して口を開いた。「さあ、今度は聞かせてちょうだい。あなたの目に宿るその情熱は、一体どこからきているの？」

目に宿る情熱。ヴィヴはその表現を頭の中で繰り返し、それを好ましく感じた。「じゃあ、まずは自己紹介をしなくちゃいけませんね。ヴィヴィアン・チャイルズです。ヴィヴと呼んでください。みんなにそう呼ばれています」

それに続いて訪れた沈黙が、図書館員のほうでは自らの名を明かすつもりがないのではないかというヴィヴの疑念を裏づけることになった。

「〈戦時図書審議会〉で働いています」社交上の常識に逆らおうとする者がいるときに決まって訪れる気まずい沈黙を打ち消すように、ヴィヴは間を置かずに続けた。

「〈戦時図書審議会〉」図書館員は繰り返した。「申し訳ないけど、聞いたことがないわ」

ヴィヴはそれを聞いて笑った。「ええ、あなただけじゃなく、かなり多くの人にとっても聞き覚えがないと思います。小規模だと言っておきますね、でも力はあります」

ヴィヴは、〝私たちならできる〟・ポスターに描かれたリベット打ちのロージー（第二次世界大戦中のアメリカの軍需産業を支えた女性労働者の象徴で、〝We Can Do It〟の標語とともにプロパガンダポスターに描かれた）よろしく、力こぶを示すように腕を曲げて見せた。図書館員が無言でヴィヴを見つめると、ヴィヴは咳払いを一つして、よりプロフェッショナルな態度を示した。それは、訪問中の資金提供者に本部を案内する際、あるいは審議会の構想について記事を書くジャーナリストに、彼らが引用できるような言葉を提供している際に用いる態度だった。

「私たちの審議会は、出版に携わる、ありとあらゆる業種からのボランティアメンバーで構成されています。書店員に作家、図書館員、大都市の出版社から業界団体に至るまで、実にさまざまなメンバーが参加しています」ヴィヴは説明を続けた。「審議会は、いくつかの大きなプロジェクトを政府と提携して行ってきました。でも私たちが本来しようとしていることは、本をさまざまな目的のために役立てることです。海外の戦地で戦う兵士たちの士気を鼓舞したり、母国に残るアメリカ人に、この戦争のそもそもの目的を再認識させたりするといった目的です」

「彼らが自分たちのために、強い男同士の戦争を行っているようにね」図書館員は意見を述べた。冷たい大理石の下から、人柄の断片がちらりと顔をのぞかせた。

「ええ、その、そうですね」士気を高めることもヴィヴの仕事であったため、それを認めてしまうと、たいていは冷ややかな目で見られるのだったが、それでもヴィヴは共感せずにはいられなかった。

「それであなたは、どうしてこの図書館に来ることになったの？」

ヴィヴはどこから話すべきかわからずため息をついた。しかしすぐに、自らの悲惨な話をあますところなく打ち明けようと決心した。

図書館員は、ヴィヴがタフトとの戦いについて語るのにじっと聞き入った。タフトが正道を外れたやり方で民主党にさもしい復讐を果たしたこと、望みどおりにタフトがホワイトハウスに入邸することになれば、さらなる暴挙に容易に足を踏み入れることになりかねない検閲政策について話した。

ヴィヴが話し終えると、図書館員はわずかな思慮深い沈黙ののちに応えた。「それって、いわゆる復讐（ヴェンデッタ）みたいに聞こえるけど」

ヴェンデッタ。ヴィヴはその言葉が描くイメージが気に入った。改めて、物語を伝える方法について、人びとに関心を持たせる方法について考えた。人は復讐に関心がある。興味を引かれる。その事実は『ロミオとジュリエット』の不変の人気を見れば一目瞭然だった。

「何かお役に立てることがあればいいのだけれど」図書館員は言った。「残念ながら私には、何も」

しかしヴィヴは首を振った。名案のたなびきを、まだ追いかけていた。

タフトとのこの争いについて、理想の物語を作り上げられたことがなかった。兵隊文庫は、兵士投票法——あまりに奥が深く、それを詳細まで知ろうとする者は、視界がぼやけてしまう——という、より大きな混乱に紛れて造作なく流されてしまった。

アメリカ人はあまりに多くの心配事を抱えて疲弊していた。無料で書籍を配布するプロジェクトが苦境に立たされているという事実など、この果てしなく続く戦争という、嘆きと喪失、苦難の海においては、さざ波を立てることもないほど取るに足らぬことだった。兵士たちの投票権という、より大きな戦いが存在している場合にはなおのこと。

しかし、語るべき重要な物語があった。そこに潜む危険性がいかに高いかを示すことさえできれば、国民の関心を引きつけることができる、ヴィヴにはそれがわかっていた。

兵士たちにささやかな楽しみを与えることを純粋な目的としたプロジェクトに対するヴェンデッタ。そう聞かされれば、世間の人びとは関心を寄せるはず。

「もしかしたら」ヴィヴは言った。「あなたが思っている以上に、すでに力になってくれているかもしれません」

図書館員は、それを信じていないことを示すように小さな笑いをもらした。ヴィヴは首を振って立ち上がり、バッグをつかんだ。頭の中ではすでに三歩先を進んでいた。通りに出て、地下鉄に向かって駆け出し、新たな考えを実行に移すのを待ちきれずにいた。ヴィヴは一呼吸置いてから、図書館員に視線を合わせた。「信じてください、嘘じゃありません」図書館員は別の質問がくるのを察知したかのようにじっと待った。「また来てもいいですか?」

「もちろん」図書館員は唇を引きつらせ、ほとんど笑顔といっていいような表情で言った。「この図書館は、必要とするだれにでも開かれています。いつでも」

第六章

ベルリン 一九三三年一月

アルシアが最初に目にしたのは、たいまつの明かりだった。
アルシアは凍りつき、まひ状態に陥った。これは手に負えぬ暴動なのか、はたまた秩序ある祝祭なのか、判断がつかなかった。

若い男性がそばを駆けていった。上着の前裾が空気をはらんで左右にはためいていた。男の満面に笑みが広がっているのが一瞬目に飛び込んできたものの、もしその表情を目にすることがなければアルシアは、この正体のわからぬ脅威から遠ざかるべく駆け出していたことだろう。しかしアルシアはそうはせず、橋の石壁に背中を押しつけた。当然、群衆の通り道から逃れるために。それから彼らを観察するために。

男性は独りではなかった。

若い男たちの集団が彼のあとに続いて行進していて、みな手にしたたいまつの揺らめく炎を、暗闇に向かって高く、誇らしげに掲げていた。褐色と黒のシャツを着た男たち――そのときまでにアルシアは、彼らが国民社会主義ドイツ労働党員であることを理解するようになっていた――が、衛兵のように、群衆の左右にずらりと並んでいた。

多くの声が飛び交い、混ざり合い、アルシアを取り囲んだ。気づいたときには、逃げたいという衝動がすっかり消え去っていて、あの群衆の列に、喜びに、大勝利に加わりたいという願望が取って代わっていた。

アルシアは危険を冒してみようと心を決め、手を伸ばし、一番近くを通りすぎた何者かの手首をつかんだ。「何があったんです?」

「ヒトラーが首相になったの」女性は息を吐き出した。その顔には、歓喜と、熱狂に似た何かが浮かんでいた。「私たち、すぐに自由になれるわ」

アルシアがはっと息をのんだときには、女性の姿はもうそこにはなかった。ほんの数日前、ディードリッヒが顔をほころばせていたのは、このためだったのだろうか。ディードリッヒには、こうなることがわかっていたのだろうか。

実際、ディードリッヒが彼の属する党の情勢について楽観視しているように見えたのは、この数週間のうちであのときがはじめてだった。それ以前は、国民社会主義ドイツ労働党、すなわち、ドイツ人の呼ぶところのNSDAPは、十一月の選挙で受けた痛手をいまだに引きずっている、そう苛立ちながら話すことがほとんどだった。その選挙でNSDAPは、革新的かつ金をかけた選挙運動を行ったにもかかわらず議席を減らしていた。

信念を貫こうとするディードリッヒの熱意は弱まってはいなかった。ベルリンに来るまでは、政治に注意を払ったことが皆無ではないにせよ、めったになかったアルシアにとって、ディードリッヒの情熱は刺激的だった。

「首相?」アルシアは、お祭り騒ぎをしている人たちの一人に訊いた。誤って理解してしまわないよう、今回は英語で尋ねた。

「首相さ」若い男性が頭をのけ反らせ、夜の空に向かって叫ぶように答えた。アルシアのこの確認作業が、歓声のうねりを引き起こし、群衆全体に波のように広がっていった。多くの男たちが、ヒトラー自身が考案した〝ナチス式敬礼〟をした。

頭上で炎が赤々と燃える中、行進者たちはアレクサンダー広場に向かって歩いていった。アルシアはわずかにためらい、もうしばらくためらったのち、人の波に飛び込み、身を委ねた。だれもが、アルシアには半分しか理解できない何ごとかをひっきりなしに唱えていた。

マーケットにいたときと同じように、手綱を離されて途方に暮れてしまうかもしれないと不安になった。が、実際には、アルシア自身も熱狂する群衆の一部と化し、周囲の高揚感に、興奮に、鼓舞された。

「どうしてこうなったんですか？」アルシアは隣の女性に大声で尋ねたが、答えは返ってこなかった。答えを期待するほうが愚かだった。

群衆は首相官邸を目指し、たいまつの炎で行く道を照らしながら、シュプレー川に沿って市（まち）を突き進んでいった。みなドイツ語で歌い、叫び、笑い、そして踊った。アルシアも一緒になって叫び、笑い、踊った。先祖の母国に対する愛国心が、激しく、熱く、否応（いやおう）なしに血を沸き立たせた。その誇りは、アルシアが生まれてはじめて感じているものだった。

ベルリンで過ごした一ヶ月のあいだにアルシアは、ドイツという国に対して、故郷のメイン州の田舎町では感じたことのないような親しみを覚えるようになっていた。不思議の国へと転がり落ちたアリスのように感じるものだと思っていた。すべてがわずかに歪んでいて、上下も表裏もあべこべに感じられるものだと思っていた。しかし実際には、以前の人生こそがいびつであったのだという考えが頭をもたげ、それを振り払うことができなくなった。

アルシアは小さなころから変わった子どもだった。アウルズ・ヘッドの小さな学校では、女の子たちはいつも、アルシアが人と違っている点をくまなく指摘してきた。アルシアは体が小さすぎ、賢すぎ、青白すぎ、貧しすぎる、と。そして授業中、質問の答えがわかると決まって手を挙げるのだったが、それがあまりにも頻繁だ、みなそう言った。

同級生たちの容赦ない嘲りから逃れることができるのは、物語の中だけだった。母親の本棚に並ぶつまらない本では満足できなくなると、今度は自分自身で物語を語るようになった。

　はじめのころは、お姫さまやドラゴン、お城といった空想が、幼いアルシアの心の避難所になっていた。しかしアルシアが成長するにつれて、物語も彼女とともに成熟した。物語は三稜鏡（さんりょうきょう）のような存在となり、アルシアはそれを通して世の中を、世の残酷さを、美しさを眺めるようになった。アルシアは物語を、ほかの子どもたちが、それから大人たちも、みな一様に残酷でありながら、同時に美しくもある理由のすべてを理解する手段として用いるようになった。アルシアにわからなかったのは、自分と他者とのあいだに、どれだけの距離があるのかという点だった。観察者、創造者、読者である自分と、登場人物であり、主題であり、操り人形である彼らとのあいだに。

　ベルリンに――それまで経験したことのなかった匿名性に、都会の華やかさに、笑い声に、尽きることなく常に新しい未知の場所へと姿を変えるように見える市（まち）に――かつてないほど深く恋に落ちていくにつれて、我が身を守らなければというあの願望が、驚くほど窮屈になっていることに気づいた。

　習慣を断つのは容易ではなかった。冬のマーケットでディードリッヒから甘い言葉をささやかれたときと同じように、すっかり当惑しているようなときにはなおのこと。しかしベルリンはアルシアに、物語の中に身を隠し、人生から逃避する必要などないのだと気づかせてくれた。ありのままの人生で充分満足できることもあるのだと。

　市（まち）全体に広がっていくドイツの国民主義のうねりにアルシアが心を奪われるのは、当然のことではなかったか。

　首相官邸前の広場に到着したころには、寒さで指の感覚がなくなっていた。しかし今この瞬間アルシアは、天気と同じ程度に平凡な問題などについて気をもむ余裕がなかった。

「あそこだ」隣にいただれかが息を切らして指さした。その先に見える窓には、その晩、何千人という人びとを行進に駆り立てた男の、ひっそりとした黒い影が見えるだけだった。

ヒトラーが床から天井まで高さのある両開きの窓を開け、熱狂的な支持者たちに向かって挨拶したときには、広場は人で埋め尽くされていた。アルシアは周囲を取り囲む学生たちに両肩を圧迫される状態になっていた。左にいた少女は頬に涙を伝わせ、右側にいた少年は頭上に腕を掲げていた。頭を反らせてヒトラーに顔を向けるその姿からは、ヒトラーへの明らかな献身愛が見てとれた。

群衆の期待に反し、新しい首相は何も語らなかった。その男の演説の見事さは、伝説になるほど有名だった。

しかしヒトラーは群衆を見ていた。愛と忠誠を誓う叫び声を浴びて満足しているようだった。アルシアは群衆の前方にいて、ヒトラーの口元が引き上がり、自己満足的な笑みがその顔に浮かぶのを見たように思った。

暴徒たちはすっかりその雰囲気になじみ、即席のパーティに喜んで参加していた。そばにいた男たちの手にはどこからともなく現れたビール瓶が握られていて、そこここで響く歌は盛り上がりを見せ、絶頂に向かっていた。一度か二度小競り合いが起こったものの、暴力行為は、群衆に紛れてそこかしこに散在していた黒服の男たちによって根元から摘み取られた。

官邸の扉付近に集まっている男たちに目が留まった。その中に、ベルリンに到着した日に開かれた初顔合わせの夕食会で出会ったヨーゼフ・ゲッベルスがいるのに気づいた。ゲッベルスは、実質的にアルシアをベルリンに招待した張本人であったため、アルシアはゲッベルスと話すことを特別な使命と考えていた。厳密にいえばアルシアの旅費はナチ党から提供された資金で賄われていたが、ディードリッヒから聞いたところによると、それはゲッベルスの肝煎りのプログラムだった。実際に会って話をしたアルシアは、ゲッベルスが本や芸術、それに映画といった新参のメディアが政治において果たす役割を高く評価していることに強く心を打たれた。

ディードリッヒはアルシアに、ヒトラーが首相になれば、ゲッベルスには文化閣僚の地位が約束されていると話していた。それを思い返せば、ゲッベルスの顔に今浮かんでいる満足げな表情も不思議ではなかった。

ゲッベルスのそばに立つ街灯の明かりが、ブロンドの髪を照らし出した。アルシアははっと息を吸い込んだ。

ディードリッヒ。

もう少しでも体が大きければ、うまく立ち回って前に歩を進めることはできなかっただろう。低い身長のおかげで、わずかに空いた空間をすり抜け、ひしめき合う人の海から抜け出すことができた。アルシアは前のめりによろめいたが、それもほんの一瞬のこと。次の瞬間には、ディードリッヒのいつものようにわずかに煙草の残り香を残した腕が、温かく、優しくアルシアを抱きかかえていた。ディードリッヒがアルシアの体を回転させて自分のほうに向けさせると、アルシアはその胸に顔を埋めた。二人とも笑っていた。喜んでいるから、それ以外の理由など何一つなかった。

「見ていてごらん」ディードリッヒは腕をほどいてアルシアをまっすぐ立たせると、こめかみに口を寄せてささやいた。「これからどれだけよくなっていくか、すぐにわかるから」

アルシアはそれを疑わなかった。ヒトラーを権力の座につかせることがいかに差し迫った課題であるかについては、ディードリッヒの友人たちからあきるほど聞かされていた。ヒトラーは唯一の希望であり、輝く道標であり、私腹を肥やすためだけにドイツを貧困から抜け出せない状態にしている男たちから守ってくれる救世主だった。第一次世界大戦の全責任をドイツに押しつけようとする国々の、ドイツの地に塩をまき、同情を示すことなくドイツ人を死に絶えさせようとする国々の、移り気で残酷な気まぐれに屈服させようとする男たちから。休戦協定に合意することによって、国家の死亡証明書に署名した〝十一月の犯罪者〟たちから。

「そうね」アルシアはささやくと、顔を上げてディードリッヒに微笑みかけた。ディードリッヒは一瞬ためらったのち、アルシアの唇に唇を重ねた。ウィスキーと幸福の味がした。驚いて息をのんだアルシアの口に、ディードリッヒの舌が滑り込んだ。

体をさらにディードリッヒに寄せると、欲望が体中を震わせた。欲情し、困惑し、これまで経験したことのない喜びのほとばしりに身を任せた。

アルシアは二十五歳だった。そしてこれが人生ではじめてのキスだった。

ディードリッヒは最後にもう一度、アルシアの口の端に軽くキスをしてから体を離した。ディードリッヒの目の奥で、抑えきれないほどの優しさをたたえた何かが火花を散らした。ディードリッヒはもう一度笑ってから言った。「さあ、ダーリン、シャンパンを探しにいこう」

アルシアは手を引かれるままついていった。

アドルフ・ヒトラーがついに権力の座についた。

祝いの夜になった。

第七章

ニューヨーク市
一九四四年五月

ヴィヴは当初、タフトの戦い方について、小説の大げさなラストシーンを模倣したらいいというハリソンの考えを一笑に付した。しかしブルックリンからの帰路、地下鉄に乗り込みながら、なぜそれが一考に値しないのか疑問に思えてきた。

永遠に続くように思える戦争の日々を重い足取りで歩みつづけてきたアメリカ人は、長きにわたって映画やプロパガンダに触れるうちに、善人が勝利し、美男子が女性を射止め、悪党には当然の報いが待っているという、劇的な結末というものを欲する状態になっていた。

ヴィヴには、その三つのうち、少なくとも二つだけなら見せることができた。

うまくやることさえできれば。

車両が激しく揺れながら停車した。ヴィヴは閉まる直前に扉から滑り出た。

ニューヨーク・タイムズ・ホールに入っている審議会の本社から数ブロック離れたところにある駅を出ると、その建物は、近隣の劇場街(ブロードウェイ)を埋め尽くす派手な看板やきらびやかな建物のあいだに抱かれるようにして立っていた。

「ヴィヴ、あなた宛ての手紙よ」ヘレン・ヘイズ劇場を改修して建てられたその建物のロビーに入ったところで、バーニス・ウエストウッドに声をかけられた。

不意の出迎えに、一瞬ヴィヴの調子が狂った。受付に座るバーニスのほうに向き直ろうとすると、踵(かかと)が堅木の床をこすった。

「ありがとう」遠出の疲れから、少し息が切れていた。ヴィヴは袋を受け取った。袋の中には、麻のひもで縛られた封筒の束がいくつも詰まっていることを知っていた。

手紙はすべて海外に駐留する兵士たちからのものだろうと思われた。兵隊文庫に対して審議会に感謝を伝える手紙や、より多くの本を依頼する手紙、著者に直接メッセージを送ってもらえないだろうかと依頼する手紙もあった。愛する者たちに、より人気のある小説を届けてもらえないだろうかと懇願する、兵士の親族からの手紙が数枚紛れ込んでいることもあった。そうした手紙を読み、必要があれば返事を書き、ジャーナリストが訪ねてきて、審議会の取り組みに関する取材を求められた場合に備えて、注目に値する手紙を脇によけておくといった作業は、ヴィヴの仕事の大きな部分を占めていた。

「今日は少ない？」ヴィヴは、さらに袋がないか確認しようと、バーニスの後方を見やって訊いた。一度では運び切れないほどの袋が届いている日もあった。

「そうねえ」バーニスは上の空でつぶやいてから、急に前のめりになった。ブロンドの巻き毛が顎のあたりで弾み、目は大きく見開かれていた。「昨日ステーキハウスで、あなたがタフトに奇襲攻撃をしかけたって噂になってるけど。たった今、鶏みたいにおっかなびっくりここに駆け込んできたのって、そのせい？」

レストランでの不面目な一幕が、審議会の本社まで届いていないことを望むなんて愚かだった。特に、〈ニューヨーク・ポスト〉紙に記事が掲載されることなど予想済みではなかったか。その記事は中面に埋もれていたものの、審議会にはおせっかいな連中が勤めていて、彼らはそうした匿名のゴシップまで徹底的に目を通すのだった。

「違うの」ヴィヴは唇をきつく結び、今は気をそらすことが最善の策であると考えた。「でも、タフトに対する新しい戦い方なら思い浮かんだ」

「教えてよ」バーニスはせがんだ。

「まずはスターンさんにぶつけてみなくちゃ」ヴィヴは手を伸ばし、詫びるようにバーニスの手を握った。「うまくいくよう、祈ってて」

バーニスは不満そうに口をとがらせたが、すぐに晴れやかな笑みを見せた。「わかってると思うけど、あなたは兵士たちのために正しいことをしてる。諦めずに続けているんだもの」

ここ半年間ずっとそうだったように、自分は今にも墜落して炎上しかねない状態にあることをヴィヴはあえて指摘しなかった。自信があるようにうまく装うことができれば、人は、あの人は自分が何をしているのかわかっている人間なのだと信じ込むようになる。もうずっと以前にヴィヴはそのことを学んでいた。

「タフトはものすごく驚くことになるよ」ヴィヴはウィンクして言った。

審議会の長フィリップ・ヴァン・ドーレン・スターン氏は親切な男性で、長身で痩せ型、そして面長の顔をしていた。メタルフレームの眼鏡と地味なスーツのために人に真面目な印象を与えているものの、ヴィヴは早い段階で、その外見は、控えめなユーモアといたずら好きな性格を隠すカモフラージュの役割を果たしているのだと見抜いていた。

ヴィヴは小脇に手紙を抱えたまま、スターン氏の部屋のわずかに開いたドアをノックした。

ドアをノックした人物の姿を認めた瞬間、スターン氏の顔からは用意していた笑みが消え、考え込むようなしかめ面に変わった。ヴィヴがタフトに立ち向かうつもりでいるという噂がバーニスにまで伝わっているのであれば、当然、審議会長の耳にも届いているであろうことは予想しておくべきだった。「チャイルズさん」

スターン氏は、苗字（みょうじ）を呼ぶだけという、いとも簡単なやり方でヴィヴを戒めた。ヴィヴはその短い叱責に身をすくませた。スターン氏の失望が、一気にヴィヴの肩にのしかかった。前年の秋、エドワードが戦死して間もなかったころに、一か八かの賭けにでるつもりでヴィヴを雇用してくれたのがスターン氏だった。ヴィヴはそのスターン氏の期待を裏切りたくはなかった。

「わかってます、あんなことをするべきではありませんでした」ヴィヴはスターン氏の部屋にこそこそと入りながら言った。「でも、もっといいやり方を思いついたんです。実際に効果があるはずのやり方を」

「ああ、ヴィヴィアン」スターン氏はため息をついてから立ち上がると、二人分のグラスにスコッチを注いだ。それからグラスを軽く打ち合わせると、一つをヴィヴに差し出した。「そろそろ白旗をあげる時期かもしれないよ」

「しかし、議会は日々法律を変えています」ヴィヴは指摘した。ヴィヴの考えにおいて、それこそが最も重要な点だった。兵士投票法は成立したが、だからといってタフトの検閲政策を排除する可能性がなくなったわけではなかった。

「まあ、そうだね」

「それにそもそも、タフトの禁法に心から賛成している人なんていないんです」ヴィヴは引き下がらなかった。「みんなただ、投票法を危険にさらしたくなかっただけなんです」

「彼らはタフトに盾つきたくはなかった」スターン氏は穏やかな調子で応じた。「そして今も、そうしたいとは思っていない」

「だからこそ、こちら側につくほうが政治的に有利であることを、私たちが彼らに納得させる必要があるんです」ヴィヴは実際に感じている以上の確信を示して続けた。彼らに直（じか）に接してわかったことは、タフトの同僚議員たちのほとんどが、彼の機嫌を損ねまいとしているということだった。「私の失敗は、焦点をタフトに合わせたことでした。タフト以外の人たちに焦点を合わせて、彼らが間違った側についていることに気づかせなければならないんです」

「それを一体どうやってやるつもり？」スターン氏は、頭痛を食い止めようとでもするかのように眉間を親指でこすりながら訊いた。ヴィヴが彼の偏頭痛を引き起こす原因になったのは、これがはじめてのことではなかった。

「有権者たちに騒ぎ立ててもらうんです」ヴィヴの口調は熱を帯びていた。「そしてそのために、私たちは、派手なことをやるんです」

スターン氏は詳細を促すようにひらひらと手を振った。

「イベントを開催して、報道機関、出版業界の人びと、図書館員、ベストセラー作家たちを招待するんです」言葉がヴィヴの口からほとばしった。考えはまだ半分しかまとまっていなかったものの、言葉として口にすればするほど、この計画はうまくいく可能性があるのだと信じられるようになるのだった。「全主要日刊紙に連絡をして、イベントがあることを知らせます。ラジオ局にも何人か、力になってくれそうな知り合いがいます」ヴィヴはそこでいったん言葉を切り、息を吐き出した。「この修正案によって何が危険にさらされることになるか、それを理解している人は多くありません。これが重大な問題である理由を、人びとに示す必要があります」

「そして今回は、投票法が事態を混乱させることもない」スターン氏はうなずきながら言った。

「国民を味方につけることができれば、議員たちはこの問題を無視できなくなるでしょう」ヴィヴは言った。「彼らが何かに関心を示すのは、それが自分たちの再選の可能性に影響するようなときだけですから。ご存じとは思いますが。これは彼らの選挙資金に悪影響を及ぼしかねない問題なんだ、そう気づかせる必要があります」

ヴィヴはさらに続けた。「タフトはこの修正案を可決させるために、同僚議員たちにひどく圧力をかけてきたんです。でも、もし国民の激しい怒りがそのまま丸ごと頭に直撃することになりかねないとなれば、彼らは同盟相手を切り替えるでしょう。魔法みたいに一瞬で」そう言ってヴィヴは指を鳴らした。「いい物語には悪役が必要です。そして幸運なことに、タフトがその役を買って出てくれているんですよ」

タフトのことを、事実に反して、冷酷で野心的な獣に仕立て上げている、そう感じればヴィヴは罪悪感を覚えたかもしれない。しかし、あの人当たりのいい態度の下に潜むのは、まさに冷酷で野心的な獣そのもので、ヴィヴはその仮面を剥ぐのに良心の呵責など少しも感じていなかった。

「やり遂げます」ヴィヴは請け合った。成功する、そう信じ込んでいた。あるいは少なくとも、信じられる気がしていた。それで充分だった。「新聞記事や的を射た意見をいくつか発表して、基礎を固めていきます。日頃から私たちを支持してくれる人たちだけじゃなく、ゆくゆくは、大口の政治資金提供者や国民全体の注目を集めることになります。決戦の日が来るまで、あらゆるものを使って勢力を蓄えるんです」

スターン氏はヴィヴの計画に傾きかけていたものの、まだ完全には納得していなかった。兵隊文庫構想の代表者として、スターン氏は議員たちといい関係を築いていなければならなかった。たとえ彼らが審議会をつぶそうとしていたとしても。しかし自分たちの活動の意義を信じている人間として、修正案が抹消されるのを目にしたいという気持ちはヴィヴと同じだけ強かった。

「イベントを、ここで開催します。快く時間を提供してくれる人たちを講演者に招いて」ヴィヴはそこでわずかに声の調子を変えて続けた。「審議会が負担する費用は、最小限に抑えます」

本能的に、ヴィヴはバーニスから受け取った袋に手を伸ばした。兵隊文庫プロジェクトが兵士たちの心をどれだけ動かしているかを知り、スターン氏がそれを高く評価していることをヴィヴは知っていた。それでも、頭でわかっているのと、実際に毎日欠かさずその手紙を読むのでは違っていた。

ヴィヴは手紙を数枚引き出すと、できるだけ速く流し読みし、最適な一通をスターン氏に差し出した。

ご担当者さま――

私の名前は、ビリー・フリック軍曹です。第一〇七歩兵連隊に所属しています。私は物書きでもなんでもなく、言葉をうまく扱う方法を知りません。それでも、本を送っていただいたことへの感謝をみなさんに伝えることができればと思ったのです。三日前、少年を一人亡くしました。彼は志願書の中で年齢を偽り、実際の年である十六歳より上の年齢を書いていました。サンフランシスコ出身だったため、私たちは彼を〝シスコ〟と呼んでいました。

亡くなる前の最後の数日、彼は、あなたがたから送ってもらった本の中の、ある一冊のことばかり話していました。『風、砂、星たち』（サン＝テグジュペリによるエッセイ集 *Terres des hommes* の米国版タイトル *Wind, Sand and Stars*。邦訳に堀口大學氏による『人間の土地』、山崎庸一郎氏、渋谷豊氏による『人間の大地』がある）という本で、ほかの兵士たちはそのタイトルを聞いて声を出して笑い、シスコに、文学サロンに参加するべきだと言いました。しかしシスコは、いいや、違うんだ、この本はぜひ読んでくれなくちゃと言いました。それは〝炎の中で築かれる友情の絆〟についての話なのだ、と。この言葉は、その少年が実際に口にした言葉です。信じられますか？

彼は、兵舎の外で小便をしているところを、退屈したキャベツ野郎（ドイツ兵の蔑称）に撃たれました。彼は撃たれるとは思っていなかったのですが、いつだって、それがせめてもの救いです。

この先、シスコのことを覚えているのは、おそらく、彼の母親と家族くらいのものでしょう。彼は控えめなやり方ではありますが勇敢さを示しました。そもそも嘘をついてまで、この戦地に送られようとしたのですから。彼はだれ一人として救うことができなかったし、戦争の流れを変えることはできなかった。それでも、彼は、私たち以外の人間にも、その存在を知ってもらう価値のある人間です。

私はこんなふうに考えたいと思っています。この本をポケットに入れて持ち歩くすべての兵士たちの中で、彼は生きつづける、と。だから、本を送ってくれたことに感謝します。

敬意を表して

第一〇七歩兵連隊、ビリー・フリック軍曹

ビリーは少年の本名を書いていないことに気づかなかったのだろうか、とヴィヴは考えた。しかしおそらく、書いていようがいまいが、そんなことはビリーにとってはどうでもいいことだったのだろう。仲間の兵士たちにとって彼はいつでも〝シスコ〟であり、この先さらに十人以上の仲間の死を経験する中で忘れられていく存在なのだから。

それが戦争というものだった。だれもかれもが語るべき感動の逸話を持っている。しかしそれゆえに、感動の逸話など一つも存在しないように思われるのだった。

「その本が、タフトの修正案によって禁止されることになるんです」

スターン氏は何も言わなかったが、手紙をヴィヴに返しもしなかった。それどころか手紙を折りたたむと、上着の内ポケットにしまい込んだ。「その派手なイベントは、いつやるつもり?」

ヴィヴは浮かれることに時間を浪費したりせず、すぐに頭の中で計算をした。

企画を立て、公に周知し、報道機関を招待し、議員たちを招待し、審議会のボランティア全員を招待する必要があった。加えて、講演者としてとびきりの顔触れをそろえる必要もあった。

最後の部分が最も難しい仕事であり、ヴィヴの計画の大部分を左右する重要な仕事でもあった。イベントを華々しく締めくくるために、最もひねくれた聴衆や、疲れ切った聴衆をも納得させる講演を行うことのできる優れた講演者が必要だった。

「七月末に」それまで三ヶ月足らず。

「人員はどのくらい必要?」スターン氏は訊いた。

「ほとんど私一人でできます」ヴィヴは請け合った。「当日には助けが必要になりますが、すでにコネクションのある人たちを編成することでできることがたくさんあります」

「これくらいにしておいたほうがいいね」スターン氏は空のグラスを見つめながら言った。それから、上着の、手紙が納まっているちょうどその場所を、もう一度軽く叩いた。

「いいだろう、ヴィヴィアン」スターン氏はヴィヴに視線を合わせて言った。「でも君は、最難関の問題を忘れてるみたいだ」

ヴィヴの頭の動きが一瞬鈍り、切り替わり、すべての準備過程を整理していった。「なんです？」

「タフトに顔を出させることさ」そう言ったスターン氏の顔には、ユーモアと同情の表情が交互にちらちらと浮かんでいた。「それから、そこでこれから何が起こるかに気づいたタフトが、会場から飛び出していくのを阻止する方法も」

かつて結婚指輪がはめられていた場所に指が触れると、胸の中で何かがぎゅっと縮こまったのが感じられた。

その問題に対する解決策は明白だったものの、容易ではなかった。

ヴィヴは胸をざわつかせる蝶たちと、彼らを追いかけるように訪れる静けさのことを思った。ため息を一つし、なすべきことを受け入れた。「私に任せてください」

第八章

パリ 一九三六年十月

「おはようございます」ヴァイオリン店の前での一件から三日後、ハンナはアルゴ大通り六十五番地にある〈焚書（ふんしょ）された本の図書館〉のドアを押し開けながら、ドイツ語で言った。

図書館はセーヌ川の左岸に位置するモンパルナス地区の片隅に立っていた。人通りの多い場所から離れた場所にあるにもかかわらず、毎日多くの人がその図書館を訪れていた。それぞれ別々に来ていた三人の常連客が、顔を上げてハンナに挨拶を返した。

彼らの姿を目にしてハンナの心は和んだ。彼らの存在そのものが、あまりに頻繁に目にする憎悪に対する解毒剤としての役割を果たしていた。この図書館に引き寄せられるように集った哲学者、思想家、学生、読書家の多くがユダヤ人の亡命者で、ハンナは彼らに、故郷のベルリンでは特に感じたことがなかった強い親近感を覚えるようになっていた。

ハンナの両親は世俗的で、祖国ドイツに起源を持つ改革派ユダヤ教の運動に傾倒するようになっていた。家族は安息日を守って礼拝のために会堂（シナゴーグ）に足を運び、その倫理的な教えを支持したものの、ユダヤ教の戒律や個人的な儀式についてよりも、その教義のより保守的な要素を重要視していた。

それはハンナにとって都合がよかった。ハンナはどうしても、それがどんな宗教であれ、自分の生活を厳しく非難してくる宗教と自分を——ハンナ自身が愛する自分自身を——完全に調和させることができなかった。

しかしパリや図書館で時間を過ごすうち、ハンナの見方は変わりはじめていた。ここ一ヶ月のあいだだけでも、新たに出会ったコミュニティの多くの人びととともに、ロシュ・ハシャナ（ユダヤ暦の新年祭）を祝い、ヨム・キプール（ロシュ・ハシャナから十日目の贖罪の日）に断食をし、仮庵の祭り（ヨム・キプールの五日後から七日間続く、収穫祭を兼ねた祭り）のあいだには、彼らを結びつけた長い歴史について——亡命を余儀なくされ、迫害され、それでもなお常に光を見出すことのできる人びとの物語について——確かめ合った。

図書館の理事会の中には教えに厳密に従う人たちもいて、ブラウスの下にユダヤ民族の象徴であるダビデの星のネックレスをつけている図書館員たちもいた。ハンナが彼らと同じように行動することはなかったものの、ほかの世界からあれほどまでの憎悪を浴びせられる中にあっても、ユダヤ人コミュニティに対するハンナの帰属意識は弱まるどころか強さを増していた。ハンナはその事実に感じ入った。

その日の勤務を開始しようと机に着いたところで、ドアの上部に設えられたベルが鳴り、オットー・コッホが転がるようにして入ってきた。両手で新聞をつかんでいて、ハンナは思わず出かかったため息をどうにかこらえた。

オットーを〝少年〟と表現するのは正しくないかもしれなかった。ハンナ同様、オットーはすでに二十代後半で、ほとんどの社会では〝男〟と呼ばれる年齢に達していた。しかしハンナの中ではいつまでもオットーは愛らしい学友だった。あまりに早口で熱心に話し、歩くとすぐに両膝を擦りむいてしまう、愛らしい学友だった。

ちょうど今も、カウンターまでのわずかな空間を進むあいだに二度もつまずいた。「ハンナ」息を吐き出すだけでオットーの顔が真っ赤になった。オットーは肩で息をつきながら、無垢材のカウンターに体重のほとんどを預けた。

「お水は？」オットーの生え際に浮かぶ玉のような汗を見ながらハンナは訊いた。

「いいや」オットーは苦しそうに呼吸した。音から想像できる以上の息が吐き出された。

「当ててみようか」ハンナは、ヘルマン・ヘッセの『シッダールタ』の表紙をめくりながら訊いた。ドイツ人作家たちが続々と亡命する中、ヘッセは極めて非政治的な立場を貫いていたにもかかわらず、ナチ党は、ヘッセが、率直に意見を発信する人びとと結びつきがあることをよしとしなかった。ヘッセの書物がこの図書館に居場所を見つけるようになったのは、そのためだった。「あなたの敬愛するアメリカ人作家の一人が、パリで講演をすることになったんでしょ」

「だったらいいけど」オットーは目を大きく見開いて言った。

「近いうちに、あなたに女性作家の本を読ませるんだから。そうしたらきっと、そのお熱も鎮まるはず」ハンナはたしなめるようなふりをして言った。

「俺の情熱は永遠に燃えつづけるのさ」オットーは悲劇の主人公よろしくため息をついた。見ると、上半身全体をカウンターに広げていて、呼吸は落ち着きを取り戻していた。

「今日はどんなご用で？」ハンナは、オットーが従順に自分のあとを追ってくると知りながら、本棚の前まで移動した。それから著名なナチ哲学者によって書かれた一枚のパンフレットを、ヒトラーの『我が闘争』のそばに差し込んだ。この図書館で働きはじめたころ、ハンナはその赤い表紙を目にしてたじろいだ。しかし図書館の創設者アルフレッド・カントロヴィッチは、どんな本であれ文章であれ、ヒトラー主義とファシズムについて読者に伝えるものは、ここに並べられる価値があると主張していた。知識は力だ。ドイツ国外にいる、より多くの人びとがヒトラーの声明を読めば、あの狂人を必死でなだめようなどとは思わなくなるだろう、カントロヴィッチはそう言っていた。

「本の展示会があるんだ」オットーはハンナのあとを追いかけながら、次々に本棚から本を少しだけ引き出して歩いた。まるで、手で触れることのできるあらゆるものを引っぱったり、動かしたり、崩したりせずにはいられない猫のように。「サンジェルマン大通りで開催されることになってるんだけど、ナチ党のやつらが来て、自分たちの最高峰の文学を見せびらかすつもりなんだってよ」

愛らしい丸顔、そばかす、それにはにかんだ笑み。記憶が、慎重に築き上げてきた防御壁の背後からそっと顔をもたげた。ぽってりとした唇、機転の速さ。思わず指を巻きつけずにはいられなくなるような、目を見張るほど豊かな髪の毛。

アルシア。

体の柔らかい部分にうずきが根を下ろした。すでに耐えがたい痛みではなくなっていたものの、それは静かに、執拗（しつよう）に続き、心が打ち砕かれた過去を思い出させるのだった。

「いいナチ文学なんて存在しないのに」ハンナはかろうじて冷静かつ辛辣な口調を保ちながら言った。ここ数日のうちに二度もアルシアのことを考えてしまった自分を嫌悪していた。

俺の情熱は永遠に燃えつづける、オットーはそう言った。しかしハンナは二人のうちの現実的な片割れで、オットーのようにはなれなかった。ハンナの中で永遠に燃えつづけるものといえば、恨みと、絆だけだった。

「どっちでもいいさ、やつらは自己顕示しようとしてるんだ」オットーは反論した。「こっちも応戦しないと」

ハンナはアーネスト・ヘミングウェイの本が並んだセクションの前で足を止めた。パリの文学サークルの仲間の中には、ヘミングウェイの近しい友人がたくさんいた。そこでハンナは、オットーが図書館のドアを開けて飛び込んできてからはじめて、オットーに百パーセント意識を向けた。「なんの話だった？」

オットーは本棚にもたれかかった。その目は暗く、険悪だった。「俺の話をまともに聞いてたことなんて、ないんだよな」

こらえ切れない不満を正直に訴えるオットーの言葉に、ハンナは思わず顔をほころばせた。ハンナとオットーはベルリン郊外の裕福な地域でともに成長した。両親同士がとても親しく、二人は生まれたときから一緒に過ごすのが当たり前になっていた。最初は遊び仲間として、やがてそれ以上の存在になる相手候補として期待された。しかしハンナはオットーを兄か弟のような存在としてしか見ることができなかった——そしてオットーのほうでも同じような態度だった——ため、そのことで両親たちをひどく落胆させた。

　それでも二人は、異性同士は友人になり得ないという世間の見解をよそに、互いに分かちがたい存在になっていた。ハンナは考えた。それはとりもなおさず、オットーも自分も異性のだれかに特別に心惹かれることがないという事実と関係があるのかもしれない。しかしハンナはその点について長々と論じるつもりはなかった。

　ハンナは、元どおりに整えるのに何時間もかかることを知りながらオットーの髪の毛を指でぐしゃぐしゃにした。オットーがハンナの手を払おうとしたときにはもう、ハンナは別の行動に移っていた。ハンナがヘレン・ケラーの本を携えて角を曲がったところで、オットーがハンナの手首をつかんで引き留めた。「真剣に話してるんだ、ハンナ」

　オットーは世の中のあらゆるものに恋に落ち、冷める男だった。いつだって何かに対して真剣だった。しかしその目はじっと一点を見据え、口は真一文字に結ばれていた。

「わかったよ」ハンナは言った。「具体的に、何をしようって言いたいわけ？」

「パリ滞在中のやつらに屈辱を与える、何かすごい計画を考えるんだ」オットーはいわくありげなささやき声で言った。ハンナはまたしても、あきれたというように目を回さないよう自制しなければならなかった。「続きは、ワインを飲みながらでどう？」

　ハンナは部屋の隅にかけられた振り子時計を見やって言った。「五時に終わるから」

「カフェで。いいね？」ハンナがうなずくと、オットーはハンナの頬にさよならのキスをして出ていった。

オットーの後ろ姿を見送りながら、ハンナはアルシアの記憶を頭から追い払おうとしていた。指先が覚えているあの柔らかな肌、窓から忍び込んできた黎明（れいめい）の光を受けたベッドの温かさ。そして、それに続いて聞こえてきたドアを叩く音。それらを頭から追い払おうとした。

図書館での仕事を終えたハンナは、秋のひんやりとした空気の中に出ていった。そして数ブロック先にあるカフェを目指して歩き出した。

急いではいなかった。セーヌ川に沿って歩きながら、薄れゆく日の光を楽しんだ。オットーと同じようにパリを愛することはできなかった。パリを充分気に入ってはいたものの、それでもセーヌ川は、ベルリンのシュプレー川とは比べようもなかった。

天邪鬼（あまのじゃく）になってるだけだろ、ハンナが二つの川の比較に言及したとき、オットーはそう非難した。それは正しいかもしれなかった。パリはふるさとではなかった。ハンナがふるさととして選ぶこともないだろう。しかしそこは安全な避難場所であり、今はそのことのほうがよっぽど重要だった。

ベルリンを去るにあたって唯一の後悔は、もっと早く、アルシア・ジェイムズに出会うより前に国を出なかったことだった。アダムを説き伏せて、荷物をまとめて逃亡することを受け入れさせることができていれば。そのことについても後悔していた。それができていれば、アダムのひび割れた唇や粉々に折れた鼻、取り憑（つ）かれたような目の下にできたあざが、目を閉じるたびに瞼（まぶた）の裏に浮かんでくることはなかったはず。

ハンナは少し先にオットーの姿を認めた。通りに置かれた小さなテーブルに着いていた。

オットーはハンナが飲み物を注文するのを今や遅しと待ち、貧乏ゆすりをはじめそうな様子だった。オットーは煙草を根元ぎりぎりのところまで吸っていたが、今その煙草は彼の指のあいだで忘れ去られていた。ハンナはその手から煙草を取ると、しっかりともみ消した。

「それで、ナチ党がパリにやってくるんだよね」ウェイターがいなくなったところでハンナが口を開いた。オットーは暗くじっとりとした雰囲気を漂わせ、半ば閉じかかった目でハンナを見据えていた。ハンナはその目を直視しないようにした。自分が男性の目に魅力的に映ることをハンナは知っていた。それまでの人生で、そう確信するほど何度も男性からそう伝えられてきた。暗褐色の髪と明るい色の瞳、すべて適切な場所に位置する体の膨らみ、男たちの足から力を奪うらしいえくぼ、そして雪花石膏（アラバスター）にたとえられる白い肌。ハンナはそれに気づいてはいたものの、そんなことは彼女にとってはどうでもいいことだった。

「肌寒いよな？」オットーは全体的に芝居がかった調子で言ったが、それが彼の常であった。

ハンナは煙草を取り出すと、自分に向かってウィンクをしながらワインを置いていったウェイターに向かってかすかに微笑んだ。「皮膚が嘘じゃなく凍っちゃいそう」

「実に笑えるな」

「そっちはぜんぜん面白くないよ」ハンナはそう応じると、オットーから顔を背けて煙を吐き出した。

「はいはい、嫌味さん」オットーはグラスの中の琥珀（こはく）色の液体を指で突（つつ）きながら言った。最近のオットーは確かジンを贔屓（ひいき）にしていたはずであったが、実際、彼の好みはさまざまな段階を経て変化していた。「ただで済ますわけにはいかないだろ」

「本の展示会のこと？」ハンナは眉を上げ、確認するように訊いた。

「なんなんだよ、その口調。これがどれだけ重要なことか、それに気づいてないみたいなふりするのはやめろよ」

ハンナは顔を背けた。視線を合わせたくなかった。「わかった」

オットーは勝ち誇ったような笑みを浮かべると、手足を伸ばして椅子に寄りかかり、危うくひっくり返って不憫（ふびん）なウェイターにぶつかりそうになった。「悪い、悪い」オットーは豊かなまつ毛の下からウェイターを見つめてつぶやいた。ハンナがオットーの膝に自分の膝をぶつけると、オットーはおどけたように唇を突き出した。「君のそばには、いつだってきれいなやつがいるんだね」

「きれいでも、私が求めていない人たちだけね」

「君好みのやつも何人かは」オットーは反論した。ハンナは視線をそらした。

「展示会だけど」ハンナは促すように言った。

オットーは話題が急に変わったことに、ためらいも、抗議もしなかった。「十一月。サンジェルマン大通りで」

「うん、それはもう聞いた」ハンナはゆっくりとした口調で言った。

「だけど、そこで俺たちが何をするつもりかってことまでは、まだ話していない」オットーはハンナの調子に合わせるようにゆっくりとした口調で話した。

「全員撃とうか？」ハンナは無邪気にそう訊いた。

「それもぜんぜん悪くない提案だよな」オットーは歪んだ笑みを浮かべて言った。

「オットー」ハンナはつぶやいた。オットーは暴力をナチスに対抗する答えとみなしていた。若かったころのオットーは、そんなふうに考える人間ではなかった。愛らしくて、照れ屋で、愉快で優しい人間だった。今でもオットーは変わらずそうした人間であったものの、ベルリンを出てからの数年のあいだに辛辣さを増し、ハンナはその変わりぶりに恐怖さえ感じていた。

オットーを見ていると、黒シャツの男たちに連れていかれる前のアダムのことを思い出した。弟のアダムはいつも全身全霊で自らの信念を貫いていた。しかし、すべてが地獄に堕ちたあの春、アダムはひどく急進的になっていた。予測不可能で、強情で、挑まれると挑発的な態度に出るようになっていた。

オットーまで同じようになってしまうのは、見ていられなかった。

「それ以外にいい提案はある？」オットーはそう言うと、残っていた酒を一気に飲み干した。この日、もう何杯飲んだのだろう、ハンナは考えた。が、そんなことを考えた自分自身を責めた。今この瞬間、自分たちのどちらも、最高とは程遠い状態に置かれているのだから。

ハンナはオットーの質問について考えながら、無意識のうちに指にできたたこをさすっていた。ハンナは一つならずあるこのたこが好きになっていた。それは、自分がファシストに対抗すべく働いていることを、触れることのできる形で示すものだった。急進的な若者たちのように銃弾や爆弾に答えを求めようと思ってはいなかったが、この戦いにおいては彼女の努力も同様に重要だった。

剣が人の体を破壊するのと同じように、ペンは一つの国家を破滅させることができる。暴力頼みの男たちには、そのことが理解できない。

ナチスが、彼らが文学と呼ぶところのものを誇示するためにパリに来るのであれば、その鬨の声に抗う方法はただ一つ。

「私が提案するのはいつだって」ハンナは穏やかな確信を持って言った。「本だよ」

第九章

ニューヨーク市
一九四四年五月

スターン氏との面会後、ヴィヴは仕事を早めに切り上げて、義母のシャーロットと同居しているアッパーウエストサイドにあるアパートメントに帰ることにした。

午後の残りの時間は、考えにふけりながら洗い物をして過ごすことになりそうだった。なにしろ、計画中の一大イベントにタフトを確実に出席させるためには何をしなければならないか、そのこと以外には何も考えられそうになかった。この戦いが始まったとき、ヴィヴはだれに助けを求めたいか――そしてもっと重要なことに、だれに求めたくないか――について、かたくなな姿勢を貫いていた。しかしヴィヴは、どれほどよく練られた計画であっても頓挫する可能性があることをだれよりもよく知っていた。

コロンブス像が中心にそびえる円形広場コロンバスサークルの周囲を歩きながら、かつて指輪がはめてあった薬指の根元あたりを親指でなんとはなしに触れていた。西六十丁目とブロードウェイの交わる角のあたりで一人の老人が本を売っていて、そこを通りかかるたびに何かを買っていくことにしていた。

老人は火のついていないパイプの先をかみながら、ヴィヴの指が彼の大切な売り物の背表紙の上を踊るように移動するのを眺めていた。

「どんなのが読みたい気分?」老人の声はしわがれていて、禁煙者特有の響きとニューヨーク訛り(なま)りが聞き取れた。

金字のタイトルの入った緑色の本に目が留まった瞬間、どんな答えであれ、ヴィヴの口から出かかっていた答えは喉の奥で消えていった。

『オリバー・ツイスト』。

ヴィヴはほとんど笑い声か泣き声を上げそうに、あるいはその両方の混ざった声を上げそうになった。偶然という言葉だけで説明することができるような、運命というものを信じる質(たち)ではなかった。それでも、まさに運命的なこのサインを無視するわけにはいかなかった。

読んでいるとヘイルのことを考えてしまう、エドワードはそう書いていた。エドワードとヴィヴがヘイルについて話すことはめったになかった。そのヘイルがエドワードの最後の手紙に登場するなんて、神は自分のことを嘲笑っているのだろうか。

ヴィヴは同胞たちに挟まれて並ぶその小説を引き抜くと、老人に見えるように持ち上げた。

老人は三本足りない歯を見せてにやりと笑うと、本の一文を引用した。「〝なかには表紙や背表紙の作りが本の中身よりずっと上等なものもある〟（ディケンズ『オリバー・ツイスト』（唐戸信嘉訳）光文社古典新訳文庫より引用）」

「でもこの本は違います」ヴィヴは確かめるようにうなずいて言った。

「でもその本は違う」老人は同意して、ヴィヴから金を受け取ると、もじゃもじゃの白髪頭の上にかぶっていたフィッシャーマンキャップの下にその金を滑り込ませた。

本を胸に抱えて再び家路についた。力のある上院議員に立ち向かおうとしている自分の姿を見ることができたら、エドワードはどう思うだろう、そんなことを考えながら。

やると決めたら、君はどんなことでも成し遂げることができるよ、ある上流社会のイベントのあと、エドワードはヴィヴにそう言ったことがあった。そうしたイベントに参加すると、ヴィヴはいつでも、軽蔑と、怒りと、無知の入り混じった、妙な感情を抱くことになるのだった。

二人が結婚するずっとまえのこと、数え切れないほど何度も、エドワードの書斎に二人で寝そべって夜を終えたことがあった。エドワードは愛してやまない革張りの長椅子にだらしなく体を預け、ヴィヴはお気に入りの肘掛け椅子の上で体を丸めていた。どちらも自分の好きな酒を飲みながら、これまで出席したパーティで起こった劇的な出来事について分析するのだった。

　ヴィヴはそんなふうにエドワードのことを思い出すのが好きだった。深夜から明け方にかけて訪れる、柔らかく儚（はかな）い時間の中、二人はどんなときも、ちっぽけで、親切で、面白くて、落胆していて、一人の人間が経験し得るあらゆる感情を抱いていた。二人のあいだにある愛情の井戸は非常に深く、言葉など必要なく、互いの沈黙を心地よく感じながらただ座っていることもしばしばあった。

　ヴィヴがエドワードとともに彼の家に帰っていく夜について、ゴシップ記事がどんなふうに書き立てているかは知っていた。そうした記事を書いた女たちは、結婚発表を耳にして得意げに騒ぎ立てた。自分たちの記事が正しかったことが証明されたのだと満足して。まるで不快なことをほのめかしたあの記事の数々には、残酷な意図など少しも織り交ぜられてなどいなかったかのように。

　当時ヴィヴは、自分とエドワードの関係が本当はどのようなものであるか、彼らのうちのだれも知らずにいることを嬉しく思っていた。それは私的なことであり、神聖で素晴らしいもので、情熱的な色恋について狭い範囲内でしか考えることのできない非常に多くの人たちには想像もつかないようなものであったから。

　その素晴らしさを知っているがゆえに、ヴィヴは今孤独だった。心構えが必要であることを、だれも教えてはくれない。かつて二人で共有していた甘い秘密を自分一人で担わなければならなくなったとき、その秘密は酸っぱく感じられるようになる。そのときのための心構えが必要だと。

　ヴィヴに〝君はどんなことでも成し遂げることができる〟と告げた夜、エドワードは、鉄道王の一族ヴァンダービルトの後継者に苦痛を与えるユーモアのある方法を次々に思いついた。その夜、ヴィヴが意を決して、時事問題か政治、あるいは海外投資について意見を述べた際に、ヴィヴを辱めた人物だった。自分が何について意見を述べたのか、ヴィヴはもう覚えてもいなかったが。

おいで、エドワードは手招きしながら言った。ヴィヴはうなるような声をもらすと、立ち上がり、流れる血の中にシャンパンの気泡を感じたかのように体を震わせた。エドワードはヴィヴの手を取ると、部屋を横切って、六番街を見下ろす窓まで移動し、ガラス窓を押し開けた。**ガオー。**

ヴィヴは声を出して笑い、体を揺らしてエドワードに体当たりした。**なんなの？　どうかしちゃってるよ、**ヴィヴは言った。**それに酔っ払ってる。**

ガオー、エドワードは頭をのけ反らせ、夜気に向かって怒鳴り声を上げた。

やだ、嘘でしょ、ヴィヴは小声でそうつぶやいたが、エドワードは両眉をつり上げ、いたずらっぽい笑みを浮かべてただただじっとヴィヴを見つめていた。ヴィヴはあきれたというように目を回しつつも、エドワードを真似て吠えた。

もっと上手にできるはずさ、エドワードは言った。**君は荒々しくて、賢くて、頑固で、勇敢で、そして素晴らしいんだ。さあ、吠えてみて。**

ヴィヴは吠えた。あらゆる不満を、その晩の傷心を、同じように傷ついた無数の晩の痛みを込めて、肺がうずき、喉が痛くなるまで吠えた。

通りにいた男が、まさにニューヨーク流のやり方で、**うるせー、黙れ、**と怒鳴り散らした。二人はくすくすと笑いながら窓の下に敷かれたラグにくずおれると、互いの体の上に倒れ込んだ。

やると決めたら、君はどんなことでも成し遂げることができるよ、エドワードはそう繰り返した。それからヴィヴの頭に頭を預けると、やがて呼吸が落ち着いていき、そのまま眠りに落ちていった。

ヴィヴはささやいた。**あなたなしで、私に何ができるっていうの？**

アパートメントのエレベーターで上の階に向かいながら、『オリバー・ツイスト』のタイトルを指でなぞった。そして無言のまま、タフトとの戦いに勝つことをエドワードに誓った。

エドワードも弱い者いじめが大嫌いだった。

「ヴィヴなの？」玄関に足を踏み入れたところでシャーロットに呼びかけられた。ヴィヴは大声で応える代わりに、シャーロットの声をたどってキッチンへと向かった。

義母は一週間分の小麦粉の配給をかぶったような状態でそこに立っていた。

ヴィヴはアイランドカウンターのそばに置かれた鮮やかな黄色の椅子の一つに腰を下ろした。「やっちゃった」

光のように鮮やかなその色は、ワークトップの赤い色と、シャーロットが部屋に色味を添えるために加えたターコイズ色とはひどく不調和だった。それでもヴィヴは、その混沌によって生み出される心地よさが気に入っていた。両親の死後、おじのホーレスのもとに引き取られたヴィヴは、何もかもが汚れ一つなくきれいで、調和していて、流行の先端をいくものに囲まれて育った。家の中を歩き回ることだけでも恐ろしく、息を吸ったり吐いたりするのさえ正しくできていないのではないかとびくびくしたものだった。シャーロットと過ごすこの家でようやく、〝家にいる〟と感じることができていた。

「クッキー？」ヴィヴは訊いた。卵もバターも砂糖も入手困難なものであったが、シャーロットはいつでも自らの望みをかなえる術を持っていた。それに財力もあり、三十二丁目で闇市場を続けるためにためらうことなく開けることのできる財布を持っていた。

「ケーキよ」シャーロットは菓子作りの道具にかぶった白い粉を眺め、それがどれほどその場を荒らしているかを果敢に見極めようとしていた。やがて豊かな腰回りに両手を当てると、期待するように目を上げて言った。「ケーキの半分かしら？」それから肩をすくめると、勢いよく前に歩み出て、ボウルの中に卵を割り入れた。「また本を買ったの？」

その質問は、わずかばかりの憤りと驚きの調子を帯びていた。ヴィヴの永遠に増えつづける本のせいで、本棚には空いているスペースがもうほとんど残されていなかった。

「『オリバー・ツイスト』」ヴィヴは本を差し出しながら小さな声で言った。

シャーロットの表情が和らぎ、目に涙が滲(にじ)んだ。その涙が頬を伝わらないことを、ヴィヴは知っていた。「別の版と一緒にしまっておけるわね」

ヴィヴの口から出てきた笑い声は震えていた。確かにヴィヴには、新しい版に出会うたびにそれを購入するという悪習が身についていた。「近いうちに、同じ小説ばかり一列にずらりと並べることができそう」

「そうしたらあなたは、ディケンズの本を買うのをやめられない、気のふれた女として知られることになるわね」そう言ったシャーロットの声からは悲しみが消えていて、愛情のあるユーモアがそれに取って代わっていた。ヴィヴはシャーロットの立ち直る力の強さに畏敬の念を抱きながら生活していたし、それを頼りにもしていた。シャーロットが、ヴィヴが親友の死を悼むのと同じだけ深く、一人息子の死を悼む女性であることを考慮すれば、おそらく頼りすぎているといえたが。「図書館でのお仕事はどうだったの？」

ヴィヴは手のひらに滲んだ汗を明るい黄色のワンピースのスカートで拭い、緊張から足が拍を刻むように震えるのを防ぐため、両方の足首を絡ませた。「ヘイルの助けが必要なの」

「ヘイル」シャーロットはヴィヴの言葉を繰り返した。疑わしげな口調ではなく、考え込むような口調だった。「どうして最初から思いつかなかったのかしら？」

ヴィヴには思いついていた。

エメット・ヘイル。エドワードの異母兄であり、ひょろひょろの店員から、ブルックリンの下院議員にまで出世した男だった。若く、カリスマ性があり、情熱的で、彼の政治家としてのキャリアを考えれば、彼がホワイトハウスで働く日が必ずやってくるはずという噂があちこちで飛び交っていた。

そしてヘイルは、ヴィヴがその昔、自分にとって生涯の恋人になるはずと信じ込んでいた男性でもあった。

タフトとの戦いのことでヘイルに助けを求めたいと思うたびに、ヴィヴの中の何かがそれを阻止した。兵隊文庫がどれほど重要であったとしても、彼がどんなふうに自分の心を傷つけたかを忘れることはできなかった。まるで真新しさが薄れれば捨ててしまう、ひと夏のおもちゃにすぎないかのように扱われたことを。

ヴィヴは薬指に触れていた。シャーロットの視線がその動きを追っていることには気づかぬふりをしながら。「もう、藁（わら）にもすがりたい気持ちになっているんだと思う」

「私から連絡してあげましょうか？」

もしこの質問がシャーロット・チャイルズ以外の人間の口から出ていたとしたら、それはなんともばかげた質問に思えたことだろう。

エドワードの父セオドア・チャイルズは、製鉄業で財を成した。成金が名誉の印として得た称号――〝世紀末の不品行〟と呼ばれる人間の一人であり、オペラ歌手や女優とふしだらな遊びをし尽くしたのち、選択の余地なく働くよりほかない女の子たちとの遊びに方向転換した。

そのうちの一人がメアリー・キャスリーン・サリヴァンだった。セオドアに飽きられたメアリー・キャスリーンは、妊娠した状態で、一文無しで捨てられた。

セオドアはヘイルなど存在しないかのようなふりを続けていたが、その少年の存在が世に知られることになった唯一の理由は、メアリー・キャスリーンが五番街のティファニー前の路上でシャーロットに直接対決を挑んだためだった。

できることならシャーロットは、セオドアの莫大（ばくだい）な財産の半分をその場ですべてメアリー・キャスリーンに差し出したかった。しかし妻の財産の権利は限られていた。そのためシャーロットは、所持していた金をすべてメアリー・キャスリーンに渡し、さらにセオドアに子どもを扶養するよう訴える運動を始動させた。

この運動は、まずまず成功したといえる程度の結果しか残さなかったものの、それは結果的にはそれほど重要な問題ではなかった。メアリー・キャスリーンはウィリアム・ヘイルに出会った。その親切な男性は、妊娠五ヶ月でさまざまな事情を抱えたメアリー・キャスリーンと結婚し、自らの名前を彼女の息子に与えた。そうして三人は川の向こうのブルックリンへと引っ越していった。

それでもシャーロットとメアリー・キャスリーンとのあいだの連絡が途絶えることはなかった。メアリー・キャスリーン亡き今でさえ、シャーロットは少なくとも月に一度はヘイルに会い、昼食をともにしていた。

「いいの。頼みたいことがあるのは私なんだから」本当は〝お願いします〟と言いたかったが、それでもヴィヴは言った。「私がお願いするべきだよね」

「それでこそ私のかわい子ちゃんだわ」シャーロットはヴィヴに歩み寄って、支持を示すようにその肩をそっと叩くと、そのまま立ち止まることなく、豊富な種類の酒がずらりと並ぶリカーカートへと向かっていった。「こういうときにはポートワインが必要ね」

たいていの女性たちがやかんを火にかけるとき、シャーロットは、美しい切子細工を施したカットグラスに艶やかな琥珀色の酒を勢いよく注ぐのだった。

ヴィヴはシャーロットを眺めながら、罪悪感がいつも以上に胸をきつく締めつけるのを感じていた。ほんの一瞬ではあったものの、自分をこんな立場に陥らせたエドワードに憤りを覚えた。

ヴィヴの〝最愛の人〟について考えるとき、ヴィヴが思い描くのがシャーロットの思い描く人物の兄であることに、シャーロットは気づいていなかった。シャーロットはヴィヴが魂の伴侶を失ったのだと信じていた。ヴィヴとエドワードは、歴史的に重要な出来事と肩を並べるほどの大恋愛をしたのだと信じていた。二人のロマンスは眩暈（めまい）がするほどの高みに達し、その高さは——情熱的な恋愛物語によくあるように——彼らに訪れた悲劇の深さ以外には匹敵するものがないほどだったと信じていた。シャーロットが知らずにいることは、この先も知るはずもないことは、それが真実ではないという事実だった。

母さんには話しちゃいけないよ。それが、乗船直前のエドワードが波止場でヴィヴに話した最後の言葉だった。エドワードが出発してから何ヶ月ものあいだに、ヴィヴは幾度となくその言葉を自分自身に繰り返し言い聞かせた。今にも泣き崩れて、シャーロットに、エドワードが訓練に発(た)つわずか一週間前に自分と急(せ)くように結婚したとき、二人は互いに恋に落ちていたわけではなかったのだと打ち明けたくなる瞬間が何度もあった。しかしその瞬間が訪れるたびに、告白を喉の奥に押し戻した。息子は戦争で命を落とす前に真実の愛を見つけることができた、そんなふうに信じたままでいるほうがシャーロットは心穏やかに過ごすことができる、そう確信に近いものを感じていたから。

心もとない笑みを浮かべてワインのグラスを受け取りながらヴィヴは考えた。シャーロットはどの程度真実を知っているのだろう。ヴィヴがヘイルとエドワードの二人に出会ったあの最初の夏について、訝(いぶか)しんではいないのだろうか。自分は本当に義母を欺(あざむ)くことができているのだろうか、あるいは、ヴィヴとエドワードの美しい恋物語は絵空事であり、義母と自分はそれを真実だと信じているふりをすることに暗黙のうちに同意しているだけなのだろうか。

第十章

ベルリン
一九三三年二月

ヘレーネ・ベヒシュタインは常に防虫剤のにおいを漂わせ、アルシアがどんな会話をしていようと、そこに割り込んでこようとする女性だった。

「首相官邸での夜の話を聞かせてくださらなくちゃ」ヘレーネは、長い指でアルシアの腕の柔肌をぎゅっとつかんで言った。アルシアは去っていく若き詩人の後ろ姿を悲しそうに見送った。その詩人は、話題に興奮しすぎると唾を吐く癖があったものの、アルシアがその晩出会った中で数少ない興味深い人間の一人だった。

ゲッベルスのプログラムの一環として参加することが半ば義務づけられていたあらゆるイベントの中で、アルシアにとってはこうしたパーティが何よりも退屈だった。中でもおそらく、このヘレーネの開くパーティが最悪で、しかもヘレーネはかなり頻繁にパーティを開いていた。

ヘレーネの夫、エドウィン・ベヒシュタインは、ドイツ国内有数のピアノ製造会社のオーナーだった。長身で洗練されていて、長い顔に黒っぽい眉を持つヘレーネは、若いころには〝美しい〟より〝ハンサム〟と言われることのほうが多かったのではないかと想像できるような女性だった。

ディードリッヒによると、ヘレーネは十年以上も前にはじめて出会ったときからヒトラーにすっかり惚れこんでいて、まだベルリンに来て間もないヒトラーを上流社会へと率先して導いた女性の一人でもあった。

彼女、ヒトラーのことを〝私の小さな狼(リトル・ウルフ)〟って呼んでるんだ。

その呼び名を耳にしたアルシアは、あきれて目を回してしまわないよう自分を抑えなければならなかった。ナチ党の輝きを眩(まぶ)しいと感じなくなりはじめたのがいつだったか、正確な時期は定かではなかったものの、おそらくはディードリッヒが真面目な顔で〝リトル・ウルフ〟と言いはじめたころからだったような気がしていた。

「すぐには忘れられないような夜でした」アルシアはスモークサーモンの料理か何かを突(つつ)きながら言った。一晩中、裕福なご婦人方と作り笑いを浮かべながら過ごさなければならないのであれば、せめておいしい食べ物だけでも食べておこうと思った。

「ああ、私もその場にいたかったわ」ヘレーネは険しい目つきでダンスフロアを見据えたまま言った。十組ほどの男女が抱き合っていて、妙に形式張った時代遅れのワルツを踊っていた。

アルシアは美しい部屋のあちこちに意識をさまよわせた。ベヒシュタインの大邸宅は、ライプツィガー通りにある広大な公園ティアガルテンのちょうど南に位置する、富裕層の集まる地域に位置していた。そこには多くのベルリンの裕福な商人たちが住んでいた。アルシアの好みからいくと、ヘレーネは少々金(ゴールド)を使いすぎているように思えたものの、それでも、そのあからさまな豪華さには人を惹きつける力があることは否定できなかった。とりわけその日は、一週間前にヒトラーが収めた勝利を祝うパーティだったため、いつも以上に装飾がなされていたのも事実だった。

「ディードリッヒに、あなたに対する義務をおろそかにさせちゃいけないわよ。すぐにゲッベルスの率いる省のことでお忙しくなるんでしょうから」ヘレーネは言った。「今はまだ、あなたを案内して回る時間をたっぷり取ってもらわなくっちゃ」

「そのことなら問題ありませんよ」アルシアはヘレーネを安心させるように言った。ディードリッヒが常にそばにいることは、ベルリンに住みはじめた当初のアルシアをうっとりさせたものだった。しかしヒトラーが首相に任命されてからというもの、ディードリッヒの態度は高圧的なものに変わりはじめているように思えた。

　そんな考えが頭をよぎるたびにアルシアは自分自身をたしなめた。ディードリッヒとNSDAPは、自分をこの国に温かく迎え入れてくれたのではなかったか。それでも、ここ最近のディードリッヒの態度は、アルシアにアウルズ・ヘッドを思い出させた。アウルズ・ヘッドでは、だれからも見られることなく、だれからも話しかけられることなく、小さな町特有のあの息苦しさ――生活するうちに慣れっこになっていたため、ベルリンに来るまでは、息ができていないことに気づくことすらなかった――を感じることなく外出することは不可能だった。最初の数週間に享受していた自由が、奪われていくように感じられた。

　これはヒトラーが新しく権力を握ることになったことと関係があるはず、アルシアに考えられるのはそのことばかりだった。そしておそらくはそれが原因で、ヒトラーの成功に対する熱意がいくぶん冷めてしまっていた。

「それから、ディードリッヒはあなたがまともな文化にだけ親しむように注意してくれているのよね？」ヘレーネはばかげたオペラグラスを掲げて部屋の向こうをのぞき込み、件（くだん）の男を探していた。

　まともな文化。その表現が言い交わされるのを、それまでに何度か耳にしてきた。本屋で読書中に、ディードリッヒと一緒に行ったカフェで彼の友人に会った際に。しかし、その表現に違和感を覚えたのはこのときがはじめてだった。

「ごめんなさい、私には――」

「こんにちは」アルシアの背後からまた別の声が聞こえてきた。「紹介がまだだったと思うんだけど」

　アルシアとヘレーネは新顔に挨拶すべく体の向きを変えた。アルシアよりも背が高く――ほとんどの人がそうだったが――、墨のような黒髪をベリーショートにした女性だった。その髪型は女性を少年のように見せるどころか、彼女の繊細な顔立ちや豊かなまつ毛に囲まれた緑色の大きな目、それに高い頬骨と魅惑的な口を際立たせていた。肌は化粧のおかげでしみ一つない完璧な状態に仕上げられていて、口角のほくろだけがその完璧さを邪魔していた。

襟元の大きく開いたシルクのドレスが、女性の体の緩やかなカーブにぴったりと張りついていた。ドレスの色は、女性の目とほとんど同じ色だった。

アルシアが振り返って顔を上げたとき、女性の唇の両端が愉快そうにわずかに動いたように見えた。彼女はおそらく見知らぬ人間からひどく驚いた表情を向けられることに慣れているのだろう、そんな印象を受けた。

この女性に見覚えがあるはずだと気づいたのはそのときだった。しかし記憶は曖昧で、忘れてしまった歌の歌詞が喉の奥まで出かかっているようにもどかしかった。

「デヴロー・チャールズよ」女性は自らそう名乗った。アルシアの表情にためらいを見てとったのは明らかだった。「あたしの映画を見たことがあるはずよ。どこで会ったことがあるのか、思い出そうとしているみたいだから、伝えておくわね」

アルシアはぱちんと指を鳴らして女性を指さし、〝ああ、そうです〟と言いたかったが、それなりに礼儀を心得ていた。

「ミス・チャールズ」ヘレーネはデヴローの両頰にキスをし、温かい挨拶をすると、またアルシアに向き直った。「ミス・チャールズは、ゲッベルス氏が指揮する映画の撮影のためにミュンヘンに滞在中なの。お二人はようやく会えたというわけね」

「ヒトラー首相はね、ベルリンを軽蔑してるの、ご存じないかしら?」ミス・チャールズは言った。「首相はね、プロパガンダ作品のためにはミュンヘンの背景のほうが使えると思っているの」

ヘレーネは舌打ちをした。「あなたが映画をそう呼ぶのが不快だわ」

ミス・チャールズはにやりと笑って肩をすくめた。「あたしはただ、豚を豚って呼んでるだけ」

アルシアは二人のあいだの空間に視線を向け、中立的な質問を思いついた。「アメリカのご出身ですか？」

ミス・チャールズは訛（なま）りを隠そうともしなかった。蜜がしたたるような、情緒に満ちたゆっくりとしたその口調は、夜のバイユー（ミシシッピ川のデルタ地帯などに見られる、低湿地をゆっくりと流れる小川）を想起させた。ニューオリンズかその周辺だろうか、アルシアは考えた。とはいえ、そのあたりの訛りを実際に耳にしたことはなかった。

「あなたと同じよ」ミス・チャールズは言った。「それからお願いよ、ヘレーネの堅苦しさを真似たりしないで」それからからかうように肘でアルシアを軽く突いて続けた。「デヴって呼んで」

「デヴローっていうのは、面白い名前ですね」アルシアは言った。小説の登場人物に使えそうな名前をめざとく見つけるのが癖になっていた。

「それに関しては、十六歳のばかだったあたしを責めてちょうだい」そう言ったデヴの声は笑っていた。「その名前の響きが、悲劇的なまでにロマンチックでミステリアスだと思ったのよ。一度それを芸名として使っちゃったら、もう後戻りできなくなっちゃったってわけ。でもあたしに何ができたっていうの？　一度何かがべったりくっついちゃったら、それを拭き取るのは簡単なことじゃないんだから」

「ミス・チャールズも、あなたと同じ文化プログラムの一員なのよ」ヘレーネはアルシアの気をそらそうとするように小声で言った。「彼女がベルリンにいられなくて残念だわ」

「ミュンヘンは本当に退屈よ」デヴは嘆いた。「政治ばっかりで、ほとんどないのよ、遊ぶ時間がね」

デヴの声は語尾にかけて低くなった。アルシアは自分でもなぜとはわからずに顔を赤らめた。

「プログラムに参加しているのは、作家だけだと思っていました」アルシアはだれに対しても侮辱的にならないよう配慮しつつも、ほかに言うことが思いつかず、そう訊いた。美しい人たちを前にして、アルシアは口ごもり、何も言えなくなった。まさにアルシアらしい反応だった。

「ミス・チャールズは映画に出演しているだけじゃないのよ」ヘレーネが慌てたように言った。「書いてもいるの。だれもその部分については覚えていないけどね」デヴは苦々しさと諦めを込めた声色で言った。「カメラに撮られた顔を目にしてしまえば、みんなその人間のそれ以外の部分については忘れてしまうものだから」

アルシアは驚いて息をのみ込んだ。「すごいわ」どの分野の人であれ、高度に洗練された人をそれほど多く知っているというわけではなかったが、それでも映画の脚本家というのは想像を絶するほど興味深い仕事に思えた。自分のしていることとはどれほど違っていることだろう。小説は多くの内面的な要素を必要としていて、アルシアはほとんどの時間を登場人物の頭の中で過ごしていた。そして登場人物たちの会話でさえ、アルシアの思考に影響された。アルシアが彼らに何を言わせたいか、何を秘密にさせておきたいか、何を言わせたくて何を秘密にさせておきたいように見せているか、そうした思考が影響を及ぼしていた。「脚本を書くなんて、私にはとうてい理解できそうもありません」

アルシアがあからさまに興奮している様子を目にして、デヴは両目尻に皺を寄せた。その表情は冷酷でも辛辣でもなく、純粋に穏やかな喜びから生じていた。「本を書くよりずっと簡単よ。ほかの人が逆のことを言ったとしても、気にしちゃだめよ。あなたはよくやってるわ」

「しばらくはベルリンに滞在のご予定なの、ミス・チャールズ？」ヘレーネが、シャンパングラスをトレイにのせたウェイターに向かって手で合図しながら言った。

「ええ、ゲッベルス氏がね、次の映画を書くために最低でも一ヶ月は時間をくれるって」デヴはウェイターに向かって、そこにとどまるよう身ぶりで合図しながら言った。それから手にしていたシャンパンを長い一口で飲み干すと、空になったグラスをトレイにのせ、また別のグラスを手に取ってから、手を振ってウェイターを向こうに追いやった。「ここに滞在できる時間をうまく使うつもりでいるわ。次はきっと、バイエルンとかくだらない場所に送られるんでしょうから」

「バイエルンは、春にはそれは素敵な場所になるわよ」ヘレーネがたしなめるように言った。

「あたしの凍った乳首に言ってちょうだいな」デヴはそう言うと、シャンパンを半分飲み干した。

アルシアはあまりに大きく息を吸い込んだために咳(せ)き込んだが、ヘレーネはデヴのその言葉使いに驚いてはいないようだった。

デヴはアルシアにウィンクして言った。「ヘレーネを困らせるようなことをしなくちゃ」

「恥知らずな」ヘレーネはそうつぶやいたものの、口調からはそれでもなお寛大さが感じられた。アルシア同様、デヴは第三帝国(ナチス・ドイツ)の賓客であった。そのため、社交界においては罪からほぼ無制限に逃れられる権利が自分たちに与えられていることにアルシアは気づいていた。「ミス・チャールズ、あなたはベルリンから離れて過ごしてはいたけれど、それでも迫りつつある脅威に関しては聞き及んでいらっしゃるわよね」

こくりとうなずく直前、デヴの顔になんらかの表情がちらりとよぎった。「知らない人なんているかしら？」

「どんな脅威です？」アルシアはよく考えもせずに口にした。

二人は驚いてアルシアのほうに振り返った。先に落ち着きを取り戻したのはヘレーネだった。「ディードリッヒから聞いていないの？ いない？ ディードリッヒに任せるべきだわね」

アルシアは、しどろもどろになりながらもどうにか言い訳したいという衝動に、部分的にしか打ち勝つことができなかった。「ほかのことで、いろいろと忙しかったので」

デヴが頭を反らし、声を上げて笑うと、青白い首筋があらわになった。アルシアは視線をそらした。

「もちろんお忙しかったことでしょうね」デヴは言った。それは皮肉以外の何ものでもなく、アルシアはさらに深い屈辱を味わった。ディードリッヒとキスをしたのは、あの日たった一度きりのことだった。ディードリッヒの手が腰の下あたりを漂うとき、ディードリッヒが自分の指に指を絡ませてくるとき、ディードリッヒが目の奥に燃えるような何かを宿して見つめてくるようなとき、もしかしたら、そう思うこともあった。しかしながら、申し分のない紳士であるディードリッヒは、それ以上のことをしてはこなかった。

「いいえ、そういう意味じゃなくて、その——」

ヘレーネはアルシアの前腕をそっと叩いた。「ミス・チャールズのことは気にしないことよ。この人、人の反応を見るのが好きなの。ディードリッヒはあなたをいろいろな朗読会に参加させて、忙しく走り回らせていたに違いないわね」

さらに自己弁護しようとすれば悲惨な結末を迎えることになるのは目に見えていた。「脅威っていうのは？」

「ああ、それね」ヘレーネはうなずいて応じた。「共産党員たちからのよ。我らが総統が首相になった今、彼らは兵器を大量に貯蔵するようになって、正直なドイツ国民を標的にする計画を立てているの」

「そうなの？」デヴは穏やかな口調で言った。その予測をそれほど恐れている様子はなかった。アルシアの指がグラスを握りしめた。アルシアは、自分が荒波を知らぬ人生を送ってきたと認めることができた——直面したことのある最大の危険といえば、ひどく猛烈な吹雪くらいのものだった。町中で、褐色シャツ隊とフーリガン——ディードリッヒは彼らをそう呼んでいた——のあいだで生じる暴力事件が増加しつつあるという噂はアルシアの耳にも届いていたが、その現場を実際に目にしたことはまだなかった。乱闘に巻き込まれるという予測はアルシアを怯えさせた。

自責の念が心に忍び入った。ディードリッヒが、これまでのように市を一人で自由に歩かせてくれなくなった理由はおそらくこれだったのだ。ディードリッヒは自分を守ろうとしていただけだった。監視されていることに苛立つのではなく、もっと彼を信頼すべきだった。

「我らがリトル・ウルフはね、あの新聞って呼ばれる、不潔な嘘製造機を停止する命令を出したのよ」ヘレーネは鼻を鳴らして言った。「一度そういうものに対処してしまえば、リトル・ウルフはまた私たちのお店や学校をアーリア化することに注力できるようになる。私はそれを期待しているの」

「アーリア化、ですか？」その言葉はアルシアの舌に妙な感覚を残した。

「善良で勤勉なドイツ人たちが、ああいう人間たちから外に追いやられることがないように保証することよ」ヘレーネは、こちらがぞっとするほど満足げな表情を浮かべて言った。

「〝ああいう人間〟？」アルシアは特別にゆっくりとした口調で、ヘレーネの言葉をそっくりそのまま繰り返した。

「ユダヤ人のことよ」ヘレーネはそれがあたかも周知の事実であるかのような口ぶりで言った。「あいつらがひたすら奪って、奪って、奪っていくせいで、勤勉なドイツ人商人には何も残されていないんですからね。バランスを是正しなくっちゃ」

「でも……」アルシアは不快感を示すように自分の表情がわずかに変化するのを感じた。「あなたたちは何を――」

デヴが遮った。「ねえ、あそこにいるのはテオ・カースターズじゃないかしら。彼もゲッベルスのプログラムで招待されてこの国に滞在中のアーティストよ。会ったことはある？」

アルシアは動揺し、首を伸ばして男を探そうとした。が、ダンスホールは人でごった返していた。

「いいえ、会ったことはないと思います」

「だったらあたしが」デヴはそう言うと、ヘレーネに向かって申し訳なさそうな笑みを浮かべた。「アルシアをお借りしても、かまわないわよね？」

「ええ、ええ、ぜひ交流していらして。楽しんでちょうだい」ヘレーネは心ここにあらずの様子で手をひらひらと振った。その視線はすでに近くにいた別の集団に向けられていて、次に食らいつくべき重要人物を物色していた。

ヘレーネに声が届かないところまで行くと、デヴは身をかがめて、アルシアの首筋に温かい息がかかるほど近くまで顔を近づけた。「第三帝国における第一のルールは、第三帝国について質問しないこと」

アルシアはわずかに後ろによろめいた。この数分のあいだに起こった出来事のせいで均衡を失っていた。「え?」

デヴは立ち止まり、アルシアの顔をしげしげと見つめた。「ベルリンに来てからどのくらい経つの?」

「六週間です」アルシアは答えた。自分の顔の火照りがわずらわしかった。それは不快な熱さで、先ほどこの女性に見つめられて身動きが取れなくなったときに感じたのとはまったく別の形で体を火照らせていた。アルシアは両腕を組んで身構えた。

「それなのにまだ、ドイツ帝国のお利口さんの歩兵さんでいるわけ? ん?」デヴは言った。アルシアに向けてというより、自分自身に向けて言っているようだった。「教えてよ、あなたはユダヤ人を嫌悪しているの? 共産党員を? 同性愛者を?」

「なんですって?」アルシアは気が動転し、身構えた姿勢を崩した。「そんなはずありません」

「あたしたちのホストが彼らを嫌悪していることは?」

アルシアは首を振った。言葉が見つからなかった。そんなことがあるはずはない。デヴの見方には、事実と微妙に違うところがあるはず。ディードリッヒの口からそんな偏狭な意見は聞いたことがなかった。

デヴはしばらくそうしてアルシアの表情を観察していたが、やがて何事かを決心したらしく口を開いた。「今夜は、あなたの調教師から解放されてみるのはどう?」

デヴの視線は、制服に身を包んだナチ高官と一緒に立っているディードリッヒに向けられていた。「私の調教師？」アルシアはその呼び名を声に出してみた。アルシアはずっとディードリッヒのことを、自分の〝案内係〟として考えていた。しかし〝調教師〟という言葉はすっと心に入り込み、しっくりとなじんだ。

ディードリッヒは、アルシアの外出、帰宅に関して、どこへ行き、だれとそこにいたのかということまで事細かに口を出してくるきらいがあった。それはすべてディードリッヒが、不慣れな大都市で暮らす世間知らずの自分を心配してのこと、そう考えてアルシアはその干渉に耐えてきた。しかし本当にそうなのだろうか？

「ようやくね」アルシアに気づきが訪れるのをじっと見守っていたデヴがささやいた。「さて」それから両手を打ち合わせた。「本当のベルリンを見せてあげましょうか？」

第十一章

ニューヨーク市
一九四四年五月

再びヘイルに会うことを決めた翌日、ヴィヴはコニーアイランドに向かう地下鉄に乗り、二人の男たち――夫になった男と、自分の心をぼろぼろにした男――に出会ったその場所の記憶に慰めを求めていた。

口実をつけて、ヘイルに会いにいくのを遅らせるつもりはなかった。決して。

地下鉄の車掌が、間もなくコニーアイランド駅に停車すると告げた。ヴィヴは立ち上がり、扉が開くのを待った。街からずいぶんと離れているために車内には数人の乗客しかおらず、その駅で降りるのはヴィヴだけだった。

海水と塩、それから発酵したようなごみ独特のにおいが、まず鼻をつき、それから肌を刺した。風がヴィヴのゆるやかな巻き毛を引っ張り、顔にまとわりつかせた。その日パンツをはいてきたのは、まさにこうした理由からだった。ひどくいたずら好きな風がスカートを巻き上げ、躍起になってスカートを押さえなくてはならなかったことが一度か二度あったことを思い出したのだった。恥ずかしくて、おかしくて、気楽で、若かった。

そう、みなあまりに若かった。

ボードウォークは、ヴィヴと少年たちが我が物顔で歩き回った当時の面影を残したままだった。

ヴィヴはいつでも、あのまばゆい照明と人の群れ、それに木製のジェットコースター〈サイクロン〉に乗ることや、〈ネイサンズ〉のホットドッグを食べることが大好きだった。ヘイルと二人で抜け出して桟橋の下でキスすることも好きだった。そんなときトラブルメーカーのエドワードは、離れた場所でくすくすと忍び笑いをしながら結婚行進曲を鼻歌で歌うのだった。

　十六歳になった年、ヴィヴは、おじのホーレスは自分が夜にこっそり家を抜け出しても気づかないのだと知った。ホーレスはたいてい八時前には、そばに飲みかけのブランデーグラスを置いたまま眠り込んでいた。

　ダンスホールはいつ訪れても愉快な場所だったが、ヴィヴにとってはコニーアイランドに勝るところなどなかった。

　六月の蒸し暑い夜、ヴィヴはどういうわけか友人を説き伏せて、コニーアイランドに一緒に行くことにした。エドワード・チャイルズとエメット・ヘイルにはじめて出会ったのはそのときだった。ヘイルはいつも苗字を名乗っていた。それが、自分を息子として育ててくれた男性に対するヘイルなりの敬意の表し方だった。

　ヴィヴと友人のドットがジェットコースター〈サンダーボルト〉に乗るために列に並んでいるときのことだった。エドワードが転がるようにジェットコースターから降りてくるやいなや、ヴィヴの靴に嘔吐(おうと)した。ドットは悲鳴を上げた。鳥のような、けたたましいその声は、ヴィヴのハイヒールの上で冷たくなっていく嘔吐物以上にヴィヴを苛立たせた。

　少年たちは、お詫びのしるしに綿あめを買わせてほしいと言った。ヴィヴは喜んで行列から飛び出した。黒っぽい巻き毛が悲惨なまでに無造作に額に垂れている、背の高い少年に心を奪われたのだった。ヘイルの頬に浮かぶえくぼに、片方の頬にだけ、それも大きな笑みを見せたときにだけ現れる秘密のようなえくぼに、うっとりとしたのだった。

　エドワードはドットを魅了した。童顔で屈託なく笑う、ブロンドの巻き毛を持つエドワードは、そもそも女好きのするタイプだった。決して恋に落ちることがなく、しかしながら欲望に落ちる男だった。
一方、暗く、ミステリアスで、少し危険な香りのするヘイルは、常に複数の女の子から好意を寄せられているタイプに見えた。しかしヘイルにはデートをしている暇などないのだということを、ヴィヴはその夏知ることになった。ヘイルの養父は店を経営していて、ヘイルは四六時中その店で働き、不安を抱えながらようやく一日をやり過ごすような日常から抜け出すための金を蓄えていた。

エドワードがドットにスカートを上げさせるためのおしゃべりに夢中になっているあいだ、ヴィヴとヘイルは桟橋の下に身を潜め、木製の支柱のあいだで焦れったい雰囲気を漂わせていた。そんな中、ヘイルは簡約した身の上話をヴィヴに聞かせた。

土曜の夜に暇な時間があるなんて、もうどのくらい久しぶりのことか覚えてないくらいだよ、ヘイルはそう言ったが、愚痴をこぼしているような口調ではなかった。地面に視線を落として笑みを浮かべていて、まるでその発言は他人には知られるべきでない個人的なものであり、ヴィヴはそれをこっそりのぞき見てしまったような気がした。そしておそらくそれは正しかった。家族に求められていないというのがどういうことか、ヴィヴにはわかっていた。見ず知らずのだれかが自分を受け入れてくれて、無条件に自分を愛してくれていたら、人生は今とどれほど違っていたことだろう。自分が望んだものではなくとも、少なくともそれに感謝できるような名前と、仕事と、人生を与えられていたら。

その貴重な時間を、エドワードと過ごしているの？　ヴィヴは訊いた。裕福な家で育ったヴィヴは、二人の少年には服装や立ち振る舞い、話し方の点で違いがあることに気づいていた。エドワード・チャイルズは明らかに自分と同じ世界の人間で、エメット・ヘイルは違っていた。それでいて二人の父親は同じ人間で、彼らの運命を左右したのは結婚指輪だけだった。この事実を恨まずして何を恨むというのか。

兄弟だからね、ヘイルはそれが当たり前であるかのようにそう言った。確かにそれは正しいのかもしれない。ヴィヴはこの数年間のことを思い、血のつながったきょうだいに手を握ってもらうためなら、自分はどんなことだってやっただろうと考えた。ヘイルは視線を滑らせてヴィヴを見た。**エドワードのことが気になる？**

そうした率直な物言いに慣れていなかったヴィヴは頬を紅潮させた。ホーレスおじが人を招くようなことはめったになかったし、ヴィヴはアッパーウエストサイドにある女子校に通っていた。家を抜け出して行ったダンスホールでさえ、出会う男の子たちはみな、最新映画やラジオから流れる音楽の話をする、人当たりのいい子たちばかりだった。

ううん、ヴィヴは波にかき消されそうなほど穏やかな声で答えた。それでも、その声がヘイルの耳に届いたことがわかった。ヘイルは顔を見られまいとするように、もう一度視線を地面に落として顔をほころばせていた。それから手の甲でヴィヴの手の甲にそっと触れた。ヴィヴがその誘いを受け入れると、二人は指を絡ませた。ヴィヴの胸の中は、何もかもが温かく、張り詰めていて、そして金色に輝いていた。

二人は夏の残りの時間をコニーアイランドで過ごした。少なくとも、そうだったように感じられた。ヴィヴは、ホーレスおじが用事でどこかに出かけた週末に、何度かブルックリンのほかの地域まで行ったこともあった。耐えがたいほど暑い八月のある日、ヘイルはヴィヴを通りに引っ張っていき、そこで近所の子どもたちと一緒にヴィヴに野球のやり方を教えた。ヴィヴが一塁に進むと、ヘイルと仲間たちはヴィヴに声援を送った。そのあと、消火栓から噴き出す水しぶきの中、ヘイルはヴィヴにキスをした。汗と、ぶどう味のアイスキャンディの味がした。

遠くで日が暮れていく中、二人は非常階段に座って互いに本を読んで聞かせ、お気に入りの一節を教え合った。メトロポリタン美術館では、大好きな絵画や大嫌いな絵画の前でしばらく立ち止まり、何時間もそこで過ごすこともあった。二人で地下鉄に乗ることもあった。そんなときには必ずといっていいほどいちゃつくことになり、既婚女性たちから睨(にら)みつけられたり、大人になったばかりといった女性たちから羨望の眼差しを向けられたりした。

ヴィヴの人生における最高の夏は、ホーレスおじの死によって終わりを告げた。

十六歳だったヴィヴは、政府の役人に、ひとりで生きていくのに充分な年齢に達していると判断してほしいと懇願した。しかしヴィヴには両親の財産が残されていた。役人はヴィヴを、コネチカット州にある寄宿学校に送った。

州を出る列車に乗せられる前に、ヘイルにさよならを告げるチャンスさえ与えられなかった。

今でもヴィヴは、ヘイルに送った何通もの手紙のことを思い出すと恥ずかしさで身がすくむ思いがした。手紙はじょじょに絶望的なものになり、やがて傷心を書き綴(つづ)ったものになっていった。十六歳だったヴィヴは、男の子に自分のすべてをさらけ出してはいけないことを知らずにいた。約束のようにささやかれる甘い言葉の数々が、空虚な嘘以外の何ものでもない可能性もあるのだということを理解していなかった。女の子は、男の子と近づきになる方法を教えられる。しかし、彼らから身を守る方法は教わらない。

毎日、毎時間、毎分、あなたがいなくて寂しいと感じています。

手紙は決まってこの言葉で締めくくられた。ヘイルには決して返事を書くつもりがないのだと気づいてからも、ヴィヴは変わらずそう書きつづけた。

最後に出した手紙は特に恥ずべきものだった。そこに至極当然な怒りを書き連ねていたのであれば、いくらか満足した気持ちでこの手紙のことを思い出すことができていたかもしれない。しかしその手紙の中でヴィヴは、悲しみ、困惑し、それでもなおひどく恋していることを伝えていた。

わかり合えていると信じるなんて、私が間違っていたのでしょうか？　お互いの言葉が、お互いにとって同じことを意味していると思っていたのは、間違いだったのでしょうか？　愛とは、陽光に照らされた日々を、野球のバットを、私の肌に触れるあなたの指先を意味すると思っていたのは？　永遠とは、終わりのないことを意味すると信じていた私は、間違っていたのでしょうか？

あなたといると、これまでに感じたことのない気持ちになりました。私はその感情に名前をつけました。私はそれを愛と名づけました。

それが私の過ちだったのでしょうね。

毎日、毎時間、毎分、あなたがいなくて寂しいと感じています。それでも、そのためにあなたを憎むことすらできずにいます。

私の定義は正しいのですから。

完全なる沈黙以外の何ものも返ってこないとわかったとき、ヴィヴはようやく本当に、自分がもてあそばれていたことを、面倒になりそうだとわかった途端に切り捨てられたのだということを知った。〝このようなはげしい喜びにははげしい破滅がともなう〟（ウィリアム・シェイクスピア『ロミオとジュリエット』（小田島雄志訳）白水Uブックスより引用）、『ロミオとジュリエット』の悲劇について考え、深く沈んだことを覚えていた。若かった自分を恥じるほどのひどい沈みようだった。それでも、ヘイルが自分の中で発火させたものが比類なき特別なものであったことは、そのころのヴィヴにもわかっていた。

ヘイルに出会うまでヴィヴは、ほかの女の子たちが男の子たちに魅了されているのが理解できなかったのだから。

今考えてみると驚くべきことではあるのだが、エドワードは返事を送ってきた。あの夏、エドワードはいつも近くにいたが、二人は互いに別の相手といちゃつくことに忙しくしていた。それでも、エドワードからおじの死を悼む手紙が届いたとき、二人のあいだには知らず知らずのうちに友情のようなものが築かれていたのだということにはじめて気づくことになった。

ヴィヴがエドワードからのお悔やみの言葉に感謝を伝える手紙を書くと、エドワードから返事が届き、ヴィヴはまたその手紙に返事を書いた。そうしてやがて二人は毎週手紙を送り合うようになった。ヴィヴが寄宿学校で生活させられた二年のあいだに、エドワードはヴィヴの親友になった。エドワードはヘイルについて一言も触れず、ヴィヴがさり気なく――それほどさり気なくないこともあった――ヘイルの情報を引き出そうとしても、エドワードはそれに気づかぬふりを突き通した。しかしその話題をのぞけば、二人は互いに正直だった。恐れていること、夢、恥ずかしい話、何もかもを打ち明け合った。どういうわけか、どんなことでも紙にしたためるのはとても容易で、文通をはじめる以前、二人はほんの数ヶ月間しか実際に顔を合わせたことがないという事実もたいした問題ではないように感じられた。

十八歳になってニューヨークに戻ったヴィヴは、エドワードと直接顔を突き合わせても、手紙でと同じくらい気軽に話ができることを知った。エドワードはなんの見返りも期待せずに友情を差し出してくれて、ヴィヴはそこに愛情を見出した。エドワードの生前、シャーロットは、エドワードがだれかと愛し合うことを強く願っている時期があった。ヴィヴも一度ならず同じように願ったことがあった。

しかし時折、エドワードは愛されていたと叫びたくなることがある。それだけでは充分ではないと感じる人がいることを、ヴィヴは不思議に思った。

エドワードが戦地に送られる一年ほど前のあるとき、視線を滑らせてヴィヴを見つめたことがあった。その目が、何年も前にヘイルが向けてきたのとあまりに酷似していて、ヴィヴは顔が歪むのを隠さなければならなかった。「二人のあいだに、何があったの？」

そのころも兄弟は変わらず会話をする仲であったことをヴィヴは知っていたし、シャーロットがヘイルと連絡を取り合っていることも知っていた。しかしヴィヴは、十六歳のときにはっきりとしたメッセージを受け取っていた。

「ひと夏の情事」ヴィヴは肩をすくめて答えた。なんということはない、おそらく初恋というものにはそれがつきものなのだろうが、その恋愛が自分を変えたことなどない、ぼろぼろにしたことなどない、とでもいうように。

ヘイルの現在の姿を思い描いてみようとした。どんなふうに年を重ねただろう。二十歳（はたち）のころのヘイルは、顎にまだ子どものような丸みがあり、顔には、その完璧さを台無しにする吹き出物が一つか二つあった。三十近い年になった今、そうした欠点は消え去っていることだろう。そしてわずかな皺が取って代わっているのかもしれない。

若きエメット・ヘイルは、店番の非嫡出子は、もう過去の人になっていることだろう。代わりに今は、下院議員エメット・ヘイル――人びとに愛される政治家で、ニューヨークの貧しい人びとの熱心な擁護者――が存在している。

ヘイルはそもそもヴィヴに会うだろうか。なぜヴィヴの手紙に一度も返事を書かなかったのか、その質問に答えることはできるのだろうか。あるいは二人とも、そんなことなどなかったふりをするのだろうか。ヴィヴは両手のひらで感じたヘイルの形を知っているというのに、ヘイルはヴィヴの口がどんな味かを知っているというのに、二人ともまるで他人のように振る舞うのだろうか。

ヴィヴは自分のことを、柔和で、自信に満ちていて、洗練された人間だと思いたかった。重要な戦時組織で仕事をしていて、日常的にひどく頭の切れる出版業界の人びとと冗談を言い合い、あらゆる古典作品や重要な文学作品を読んでいた。にもかかわらず、ヘイルのことを考えるだけで、男の子に手を握りたいと言われるだけで顔が紅潮する、動揺しやすい十六歳の少女に引き戻されてしまうのだった。

陽気な叫び声がヴィヴの考えを遮った。振り向くと、二人の若い女の子たちがあるゲーム機の近くで歓喜していた。ゲーム機上部に設えられた照明が激しく光っていた。

ヴィヴは二人を見て顔をほころばせた。彼らの喜ぶ姿に心が痛んだが、それはちょうど、気持ちのいい散歩を終えたあとに筋肉に感じるのと同じような痛みだった。

ヴィヴはさまざまな思い出を、いつものように箱の中に押し戻し、しっかり鍵をかけた。なんにせよ、これは戦争だった。感傷の入り込む隙間など、どこにもない。

第十二章

パリ
一九三六年十月

どれほど疲れていようと、ハンナは、ルーブル美術館の向かい側、パリ左岸に位置するナタリー・クリフォード・バーネイ（オハイオ州に生まれ、フランスで活躍した作家。同性愛者であると公言していた）邸で毎週開かれるサロンに必ず顔を出すようにしていた。

ハンナはラベンダー色のカーディガンをなでつけた——そこに集まった人びとへの敬意を表すつもりで。パリのレズビアンで、玄関先を美しく飾らない人なんていないの、招待を受けてはじめてここを訪れた金曜の夜、参加者の一人がそう教えてくれた。

カーディガンはその場にふさわしいものだった。しかし視線を落としてワイドパンツの裾についた泥に目をやって、思わず顔をしかめた。図書館での仕事を終えてから自転車で移動してきたのだったが、どう考えてもそれは間違いだった。こうなってしまっては、もうどうすることもできない。

しかし、それが重要な問題だというわけではなかった。家主であるナタリーは、名声を博し、パリの文学界において権威ある地位についているにもかかわらず、人の服装の選択にけちをつけるような女性ではなかった。劇作家であり詩人である彼女自身は、金曜には着飾ることを好んだが——一世紀前であればよりふさわしかったように思える、重厚なブロケードのアンサンブルを着ていた——、だからといって自分の水準に達していない人間を屋敷から追い出したりはしなかった。

「ハンナ」玄関ホールに足を踏み入れたところでだれかに呼びかけられた。今日のような夜には決まって邸宅のドアは鍵が開いたままになっていた。

次の瞬間、ハンナは腕の中に、飛び散った絵の具汚れを誇りとして肌につけたままの若い芸術家の温かさを感じていた。ハンナはパトリスの両頬にキスをしながら、空色（セルリアン）の汚れの端を爪の先で突（つつ）いた。

「ギリシャにいるんだと思ってた」

「すっごくつまらないんだから」パトリスは小麦のような黄金色の長い髪を顔から振り払いながら、間延びした口調で言った。黒のパンツと白いブラウスに身を包んだパトリスは、パリそのものに見えた。異国の人間と交流するにはあまりにおしゃれで、あまりにミステリアスな存在だった。「いつだって太陽がきらきら、青い海に最高の食事。はー、なんてありきたりな。私にはいつだって憂鬱なパリが必要。ここがね」

ハンナはグラスを取ると、何を考えるでもなくそのグラスをパトリスの手に押しつけ、気泡をじっと見つめたまま言った。「これってお祝い？」

「来週、個展を開くの」パトリスは言いながらハンナの腰に腕を回し、ナタリー邸のさらに奥へとハンナを誘導した。「でも、ああ、ハンナ、ハンナ、ハンナ、あなたはもうずいぶん長くここにいるんだから、私たちがシャンパンを飲むのに、なんのお祝いも必要ないってことくらいわかるでしょ」

ハンナは同意を示すべく、静かにグラスの半分をぐいっと飲み干した。パトリスはハンナにウィンクをしてから、同じようにグラスを傾けた。パトリスは美人ではなかったものの、カメラのレンズのひずみを通して見ると、生き生きと輝いて見える顔をしていた。大ぶりな顔の特徴が平坦化され、際立った魅力が宿るのだった。

「マリーはお元気？」ハンナは部屋を見回しながら訊いた。毎週金曜日には、有名な作家や詩人が部屋のどこかに身を潜めていることは珍しいことではなかった。

「ああ、マリーね。彼女、恋人を見つけたの」パトリスは大げさに肩を落とし、ハンナに自らの体重を預けた。

「ごめんなさい」

「ああ、謝らないで。けっこうきれいな人よ、田舎的なきれいさだけど」パトリスは言った。「それに彼女、すっごく床（とこ）上手なの。リードするのが驚異的にうまくてね」

大客間に向かって歩き出したところで、ハンナはサイドテーブルからピンク色の飲み物の入ったグラスを二つつかんだ。「終わりよければすべてよし、ってとこ？」

「どうかしら」パトリスは喜んで飲み物を受け取ると、空になったグラスをそばにいた人に——ハンナはその人を、オットーが最近すっかり魅了されている新進の詩人ではないかと思った——渡した。パトリスは詩人が不満そうに声を上げるのを気にも留めなかった。それこそパトリスという人間だった。パトリスは自分の世界に生きていた。「その人を案内して回ったときに思ったの、なかなかのおばかさんだなって。彼女、ここでの生活にどのくらい耐えられるかしら。私たちがいなかったら、パリに食い物にされてるね」

ハンナは、おそらくはあまりに速いペースでワインを多く飲みすぎたせいで、パトリスの口をついて出たひどい冗談を受け流した。「その人、あなたを驚かせることになるかもしれないよ」

「でも、私があの人と恋に落ちるかもしれない。そうなったら最悪よね」パトリスはため息をつき、ハンナをボタン留め（タフティング）ソファに座らせた。

「そうかな？」ハンナはルシアンとの会話を思い出しながら言った。「そんなに最悪かな？」

そこへナタリー本人がやってきてパトリスの窮地を救った。ナタリーがハンナの向かいに腰を下ろしたことで、パトリスはハンナの質問に答えずにすんだ。小さな黒いブルドッグがナタリーの膝の上で丸くなっていて、ビーズのような目で彼女らを見ていた。

「心が傷ついているのね」ナタリーは挨拶代わりにハンナにそう声をかけた。祖国を離れたこの作家は、アメリカ合衆国からパリに来ていて、今でもアメリカ的な気取らない訛（なま）りを——あるいは、アメリカ的な気取らない物言いを——残したままだった。

羽ばたくようなまつ毛と猫かぶりであふれるこの市で、ナタリーはハンナにとって清々しく映った。しかしながらハンナ自身は、自らの感情を容易にだれかに、特に自分とは縁もゆかりもない人に打ち明けるタイプの人間ではなかった。「パリにいるには、傷心でいるのが一番いい。違います？」

パトリスは声を上げて笑い、立ち上がった。「この会話に参加するには、私、ワインが足りないみたい。楽しんで」

ナタリーはパトリスの退席を気に留める様子も見せず、目を細めてハンナを見つめた。「光の都にいるなら、恋をしているのが一番だとは思わないわけ？」

ハンナは片方の肩を上げ、この三年間断固として避けつづけてきた話題について、これほど多くの哲学的な議論をする羽目になったのはどういうわけかと考えた。それがパリというものなのだろう。

「観光客であれば、それが一番かと。それか子どもか」

「あなたはもうしばらく前に、子ども時代にお別れしたように見えるけど」

「ええ」ハンナは柔らかな口調で答えた。「あのころのように恋ができるのは、人生で一度きりのことです。それからは一生、ひびの入った心で人を愛することになるんです。傷は癒えるかもしれませんけどね」

「絶望的」ナタリーがそう言って片手を大きく振り回すと、膝の上の犬がくいんと鳴いた。ナタリーはオットーと同じくらいに芝居がかったやり取りが好きだった。

「現実的なんです」ハンナは反論した。「あなたの心は、傷ついてはいないんですか？」

「たぶんね」ナタリーはそう言うと、再び犬の頭をなでながら、物思いにふけるような表情でハンナを見つめた。「〝金継ぎ〟っていう技法、聞いたことあるかしら？」

ハンナは首を振った。

「日本ではね、陶器が割れると、漆と金を使って破損部分を接着して修復するの」ナタリーは言った。「そうすることで、壊れた陶器が、元の姿よりも美しくなる」
「詩的ですね」ハンナは間延びした口調で言った。そうしなければ、声の震えを隠すことができそうになかった。〝金継ぎ〟には魔法のような引力があったものの、ハンナの生きる現実とは乖離（かいり）しているように思えた。ハンナが自分の心のひびを金で修復しようとすれば、その金は偽物で、もろく、ほんのわずかな衝撃を受けただけでもこなごなに砕けることだろう。

　しかしナタリーは引き下がらなかった。「詩と人生が、互いに調和して存在することなど不可能だと思っていない？」

　ハンナは、強制収容所の殺風景な面会室で向かい側に座るアダムのあざだらけの顔を、それから、アルシアの涙と無意味な謝罪を思い出していた。「はい」

「なんて悲しい生き方なんでしょう」ナタリーは、彼女らしいあの容赦のない率直な物言いをした。

「生き延びるだけが人生じゃないのよ。あなたならそれを理解していると思っていたわ」

「どうして？」ハンナは訊いた。この女性は、自分の名前以上のことを何も知らないはずではないか。

「モンパルナスにある、あの図書館で働いているんじゃなくて？」ナタリーは訊いた。

「そうですけど」ハンナはためらいがちに同意した。この先の会話に待ち受ける罠（わな）が見て取れた。

「文化が焦土と化してしまうのを防ぐためだけに存在するなんて、詩的じゃない？」ナタリーは言った。「あなたの働く小さな図書館は、言葉は炎よりも強いということを世界に発信する象徴なのではなくて？」

「そう言われてしまうと……」ハンナは小さく微笑み、議論する姿勢を和らげた。ナタリーは正しかった。ハンナはそもそも、自分が天邪鬼（あまのじゃく）になっているだけだとわかっていた。それは人に痛いところを突かれた際にハンナが見せる反応だった。それにハンナの心は今、拍動する傷以外の何ものでもなかったから。

「私はいつでも正しいのよ」ナタリーはわだかまりなど持っていないことを示すように、傲慢な態度でうなずいた。「それより、あなたのその大恋愛について聞かせてちょうだいよ。あなたのその目に賢さを宿らせた、その大恋愛について」

ハンナは首を振った。「女の人じゃないんです」ハンナは言った。それは半分、嘘だった。「国なんです」

ナタリーは祝福するようにシェリーグラスを持ち上げた。「どちらも同じことよ、お嬢さん。どちらも同じ」

ハンナはあまりに遅くまでナタリー邸にとどまり、あまりに多くのワインを飲んだ。そのため家に着いたときには、ワンルームの小さな部屋まで階段を這って上らなければならなかった。ハンナの部屋は、リュクサンブール公園からそれほど遠くない、パリ五区の静かな通りに立つ一軒家の最上階にあった。

ハンナの両親は田舎に住まいを定めた。しかしハンナは都会暮らしの自由を切望し、毎月父親から受け取るわずかな金でなんとかそこで暮らしていた。

図書館から受け取るのが飢餓賃金であることを考えると、父からの仕送りはハンナにとって必要な金だった。図書館で働く人たちがみな、そこでの仕事に満足しているのは幸いだった。そうでなければ、その図書館は職員の確保にひどく苦労していたことだろう。

階段の中ほどまで上ったところで、大家のブリジット嬢に呼び止められた。ブリジット嬢は黒っぽい口ひげのある豊満な女性で、その生涯においてずいぶん多くの不条理を目の当たりにしてきた人間にありがちな、鋼(はがね)のような決意を持った女性だった。ブリジットがほのめかしたいくつかのヒントから、ハンナは、ブリジットが売春宿を経営し、自身もそこで働くことで生計を立てているのではないかと推測していた。

「手紙」大家はフランス語で怒鳴るように言った。ブリジットは、ハンナがフランス語の単語をわずかにしか知らないと思っているらしく――実際それは間違いではないのだが――、会話をする際には一語文で伝えようとしていた。

「メルスィ」ハンナはブリジットの詮索するような視線に気づかぬふりをして、封筒を二つ受け取った。大家はハンナに、自分の見ているところで封筒を開けさせたがっていた。しかしハンナのほうでは、大家にそうした楽しみを提供するつもりがなかった。事実大家は、そのことに対する不満を直接ハンナに言ってきたことさえあった。「おやすみなさい（ボン・ニュイ）」

ブリジットはハンナを睨みつけた。シルクのガウンの下、胸が大きく膨らむのがわかった。ハンナはブリジットを無視して、重い足取りで残りの階段を上っていった。

ドアのそばにかけてあるメズーザー（ユダヤ教の聖句を記した羊皮紙を入れた細長い小箱）に触れた。それは最近そこに飾ったものだった。両親はハンナに比べて宗教的ではなかったものの、それでも彼らもメズーザーを持っていた。トーラー（ユダヤ教で立法書と呼ばれるモーセ五書）の中のヘブライ語で書かれた数節を記したものを、木製のケースに丁寧にしまい込んでいた。ハンナの家族は自分たちのメズーザーを、何気なく、ほとんど習慣のようにそばに置いていて、彼らにとってそれは、神聖なものというよりはむしろ、幸運のお守りのような存在だった。

でも、それって声明よね？　違う？　席を外していたハンナがそばを通りかかったとき、図書館で働く友人の一人がそう言っていた。**ここはユダヤ人の住む家です、ってそれが伝えているんだから。それにそのシンボルは、飾るか否か、自分たちで決めることができるのよ。**

友人のそんな意見を耳にして、胸のどこかがぎゅっとつまれたように感じた。ドイツがユダヤ人市民に印をつけていき、ユダヤ人たちに、自分たちは〝劣っている〟と感じさせたあのやり方のことを思った。新聞も、登記簿も、店の窓に描かれた落書きも、彼らにユダヤ人の印をつけた。

他人から、嫌悪するべきであると指摘されている自分の一部を――あえて、喜んで――主張するのは、強烈な行為だった。ハンナは、そのうちメズーザーが、自分やほかのユダヤ人たちを不利な立場に追いやる道具として利用されることになるのではないかと恐れていた。しかし今はまだ、それは、ハンナ自身の人間性を保つための一つの手段になっていた。

ここは紛れもなく、ユダヤ人の住む家なのだから。

ようやく部屋に入ることのできたハンナは、ベッドの上に崩れ落ち、祖母の作った陽光色のキルトのベッドカバー――いくぶんくすんだ色ばかりの部屋にあって、それが唯一の明るさだった――の柔らかさに身を任せた。それから壁に背をもたせかけて膝を抱えた。手には二通の封筒を握りしめていた。

最初の封筒に書かれた差出人住所に指で触れ、唇を噛んだ。

メイン州　アウルズ・ヘッド

痛いほど見覚えがあるその筆跡に、目頭が熱くなってきた。しかし、泣いたりはしない。決して、泣いたりはしない。

ここ最近、あの女（ひと）のことを考えなくてはならない日々が続いているのがたまらなく嫌だった。この数ヶ月間はもっとうまくやれていた。痛みがじょじょに薄れ、心の中に秘めて持ち歩けるほどに小さくなっていたから。

家族とともにドイツを脱出する前に何が起こったか、そのことを思い出さずには数週間と過ごすことができなかった。あの出来事によって生じた影響が、いまだに生々しい痛みとして残っていたから。それでも今は、たいていの場合、アルシアの記憶をやり過ごすことができるようになっていた。そこに目を向ける必要もなく、壊滅的なほどに重い裏切りの下敷きになって窒息する必要もないように、その記憶を隅の暗がりに押しやっていた。

ハンナは開封せずに手紙を脇に放った。あとでクローゼットの外れかけた床板の下にしまってある、受け取りながら一度も開封していない手紙をすべて入れている箱の中にしまうつもりだった。その箱には、標題紙に猫の絵が落書きされている『不思議の国のアリス』の貴重な版も保管されていた。

しかし今は、二通目の封筒に意識を向けることにした。それがだれの筆跡かはすぐにわかった。しばらくのあいだ手紙を額に押しつけ、呼吸を整えようとした。

ようやく勇気を奮い起こしてその忌々しい手紙を開けたとき、自分の頬が濡れているのがわかった。

「ばかね」涙を拭いながら自分自身にささやいた。

そこにはまさに想像していたとおりのことが書かれていた。幸いなことに、恐れていたことは書かれてはいなかった。

今日、アダムについて耳にした。状態はよくないけれど、まだ生きている。公判に関しては進展なし。

状況に変化があればまた連絡します。

手紙の最後の、ぞんざいに書かれぐにゃりと曲がったその署名を見れば、それがヨハン・バウアーのものであることがわかった。ヨハンは最低でも数週間に一度、アダムに関する新しい情報を知らせる手紙をハンナと両親に送ってくれていた。弟のアダムはこの三年間、ベルリンの北部に位置する強制収容所に政治犯として収容されていた。アダムが逮捕されてからというもの、ハンナは毎日、アダムが処刑されたという知らせが届くのを覚悟して過ごしていた。

ハンナたちにとって唯一の好機は、ヨハンが——彼は、アダムにあんなことがあったあとでも、ハンナたち一家に対して変わらず誠実でいてくれた数少ない友人の一人だった——限られてはいるものの、政府につながりを残していることだった。ヨハンは、彼が人脈のほとんどを前政権下で築いてきた弁護士であり、ベルリンに彼の協力者はもうあまり残っていないことを率直に認めたが。

ヨハンはハンナに、まだ望みはあると請け合った。ハンナの両親はその嘘を信じた。

しかし夜の暗闇の中、ハンナはもっとよく理解していた。

第三帝国のもと、望みは武器という形でしか存在しない。

第十三章

ベルリン
一九三三年二月

ヘレーネ・ベヒシュタインの家の外には、デヴロー・チャールズの自家用車が待機していた。

「特別優遇のペットにはね、金の鳥かごが与えられるの」デヴは、目を丸くしているアルシアに向かって言った。

「ナチスが嫌いなんですね」クッション性のある後部座席に腰を落ち着けたところで、アルシアが口を開いた。

デヴは運転手のほうをちらりと見やった。「いやね、からかっただけよ」

暗黙のメッセージに気づいたアルシアは、そこから到着するまでのあいだ車内で沈黙を貫いた。

アルシアは自分たちがどこへ向かっているのか知らずにいたが、それがどこでもかまわないと感じていた。アルシアの体は、ディードリッヒと新しい市(まち)を探索して過ごしたあの最初の数週間以来感じていなかった興奮でそわついていた。外出を制限されていることに対する不満が、また新たに一層積み重なった。

あなたの調教師。

アルシアはNSDAPについて自分が知っていることを、必死で分析し、理解しようとした。大学構内で出会った人たちのほとんどが、熱狂的に興奮した様子で党について話していた。それはディードリッヒがよく引き合いに出す、若者の投票傾向に関する統計データと一致していた。一方で、出会った共産主義者たちはみな、明らかに党を嫌っていた。しかし彼らがどう思うかなど、アルシアにとっては重要ではなかったはず。彼らは今、この国において、内戦を誘発しようとしているのだから。テロ戦術に出ようと準備をしているような人たちなのだから。

だれもが政治に関して確固たる意見を持っているように見えた。アルシアは時に、そのすべてを無視できたらと願った。しかしそれが不可能であるとすでに思い知らされていた。明確に異なる二つのどちらかの側につかなければならないのであれば、自分を迎えてくれた人びとの側につかない理由などないはず。

アルシアはディードリッヒが好きだった。特に、アルシアの手を握り、アルシアがまるで今まで出会った中で最も素晴らしい女性であるかのような表情で微笑んでくれるときのディードリッヒが好きだった。確かにディードリッヒは、話が党や信念のことになると、高圧的に、ほとんど戦闘的になることがあった。とはいえ、それはアルシアが出会った共産党員たちにも言えることだった。

デヴローのことはよく知らなかったが、それでもアルシアはどういうわけか彼女のことを気に入っていた。デヴは自分が共産主義者だとは明言しなかったものの、アルシアはすぐに、この女性が自分をこの国に招いているまさにその政党を信じていないことがわかった。

窓の向こうにぼやけて見える劇場街のネオンの光にじっと目を向けていると、頭がずきずきと痛んだ。問題は今晩解決せずともよい。今はただ、デヴが自分のために用意してくれるものを楽しもうではないか。

車は、マールブルガー通りにあるナイトクラブの前で二人を降ろした。

ドアの上部にかかる看板に、〈シェ・マ・ベル・スール〉と書かれていた。

「〝私の美しい妹〟」デヴはアルシアの肩に顎をのせて英語に訳した。

「フランス語ですか？」アルシアは神経質そうに自分の髪をなでつけながら訊いた。デヴの艶やかな髪に比べると、なんともくすんだ茶色の髪だった。しかしアルシアはそもそも野心的な試みなどは一切髪の毛に施していなかった。ただ前髪を後ろに押さえつけ、残りの髪が柔らかくウェーブするように整えただけだった。

デヴは肩越しにウィンクを送りながらナイトクラブの中に入っていった。「いいキャバレーっていうのはみんなそうよ」

ナイトクラブに足を踏み入れたアルシアの頭に浮かぶのは、〝退廃(デカダンス)〟という言葉だけだった。店内の装飾にはギリシャのフレスコ画のような趣があったが、そう感じられるのはそこに漂う雰囲気のためであり、そこを異世界に変えてしまうような壁の塗装のためではなかった。

はじめてデヴを見たとき、アルシアはその美しさに呆然(ぼうぜん)としたものだったが、バーにひしめく、あるいは店中のテーブルやブースに座る女性たちの中で見るデヴは、ほとんどありふれた女性に見えた。男たちも劣らず美しく、アルシアはこのときほど自分が冴えない人間に感じられたことはなかった。

群衆の中には、部屋の奥にあるステージ——そこでは露出度の高い肩紐つきの革製ショートパンツ(レーダーホーゼン)を着た女性が、〝ザ・ロケッツ〟(一九二五年にアメリカのミズーリ州、セントルイスで結成されたダンス集団)よろしく脚を高く上げていた——に意識を集中させている人たちもいたが、談笑したり、煙草を吸ったり、それがどんな曲であれバンドが演奏しているものを自分なりのアレンジで歌ったりしている人たちも同じだけ多くいた。

騒音と音楽、煙草、美しい女たちに美しい男たち——すべてがアルシアを圧倒し、やがて現実が端からぼやけていった。アルシアはよろめいてデヴにもたれかかった。

デヴはアルシアの頬を手のひらで軽く叩き、アルシアを立ち上がらせた。

「これが本当のベルリン」そしてささやいた。

デヴは次々に人びとの集団を巡り、アルシアを紹介して回った。だれもがデヴのことを知っていて、だれもが彼女を愛しているようだった。デヴはまるで、明るい星々から成る星座の中の、最も明るく輝く星だった。

しかし中には、珍しく場慣れしていないアルシアに興味を持つ者もいた。

「作家さんなのね」彼らは驚いて息をのんだ。「知っている人を教えてよ」

「その、お聞きになられたことはあると思いますが」アルシアは、とりわけ詮索好きなある女性に応えて言った。「デヴロー・チャールズ、途方もなく才能豊かな新進気鋭の劇作家です」

みなが笑い、デヴはアルシアにウィンクをした。アルシアはみなの注目を浴び、頭がくらくらした。

「〈エルドラド〉のことはもう聞いた？」一人の男性がデヴに訊いた。デヴは動揺してわずかに口を開いた。

「聞きたくないわ」デヴは嘆くように言った。

「ルートヴィヒが、あの野蛮なSAのやつらに引き渡したんだ」男性は――アルシアは彼の名前をピーターだと仮定した――悲しげに首を振った。「今じゃやつら、あそこを本部にしてやがる」

「冒瀆（ぼうとく）だわ！」デヴは大声を上げた。「でも、かわいそうなルートヴィヒ、選択の余地なんてなかったんでしょうね」

「あの取り締まりじゃ仕方なかったさ」ピーターは同意した。「ルートヴィヒのやつ、そのうち逮捕される運命にあったのさ」

デヴはアルシアに向き直った。「〈エルドラド〉はナイトクラブでね、そこに行く人たちはみんな……」デヴはそこで言葉を切ると、ピーターと視線を合わせた。それから再び口を開いた。「その、みんなが楽しみにいく場所だったの。嘆かわしい事態よ」

「取り締まりっていうのは？」アルシアは、大人から情報を教えてもらいたがっている小さな子どものように困惑して訊いた。

「あとで説明するわ」デヴは小声で言った。

アルシアとデヴはその場を離れてまた別の集団の会話に加わり、夜の外出禁止令やクラブの閉鎖、店頭からコーヒーがなくなったことについて嘆いた。アルシアはそうした会話をすべて聞き流し、SAについて思案した。

SA――突撃隊。急襲部隊、急襲兵。

それが市の至るところに存在する、褐色シャツ隊の正式名称だった。ほかにも親衛隊、あるいは黒シャツ隊と呼ばれる男たちも存在していて、彼らはヒトラーとナチ党の幹部たちの護衛のような役割を果たしていた。しかしアルシアが日常的によく目にするのは、SAのほうだった。

なぜ彼らがキャバレーを取り締まる必要があるのだろう。

逸脱者、周囲の人びとを見渡すアルシアの心に、その言葉が浮かんできた。化粧をした男たち、短い髪を後ろになでつけたスーツ姿の女たち。女たちは別の女の手を握り、男たちも同様に男の手を握っていた。これほどまでにこれみよがしな愛情表現を見たら、ディードリッヒはなんと言うことだろう。アルシアは本能的に理解した。ディードリッヒがそのことについて口にすることはほとんどなかったものの、こうした人たちこそが、ディードリッヒが〝逸脱者〟という言葉を吐き捨てながら言及する人たちなのだろう。あたかもその言葉が、自分の舌先にのせることさえ不快な言葉であるかのように吐き捨てるのだった。

あなたの調教師。

第三帝国における第一のルールは、第三帝国について質問しないこと。

逸脱者。アルシアは世界のことをよく理解していないかもしれなかった。それでも、自分がだれかのことを、それほど憎しみに満ちた言葉で呼ぶことは絶対にない、それだけはわかっていた。

自分は何もかも間違って理解していたのだろうか。

ステージで踊るダンサーたちを見ているうちに、時間の感覚を失った。どうやら司会者がいて、演目の合間に登場してはジョークを言っていくらしかった。

「万歳──、ああ、くそっ、名前を忘れちまった」ＭＣは騒々しいうなり声や野次を飛ばす観衆に向かって叫んだ。ある時点でＭＣは、ヒトラーとゲッベルス、そのほかアルシアには見覚えのない男たちの、額に収められた写真をステージ上に運んできていた。

「さて」ＭＣはすっかり心を奪われた観客たちに問うた。観客たちは、ＭＣが手を振って写真を示すのをじっと見つめながら、それがどんなものであれジョークの落ちを早く聞きたくてたまらないといった様子だった。「これを吊し上げましょうか？　それとも、壁を背にして一列に並ばせましょうかね？」

賛同を示す怒鳴り声が波のように伝わっていき、舞台に意識を向けていなかった人たちまでをも巻き込んだ。

「新しい支配者民族たちがどんな風貌であるか、もうすでに耳にしていますでしょうかね？」ＭＣがすっかり夢中になっている観客に向かって訊くと、彼らは大声でわめき、自分たちがあたかも明瞭な何事かを発言したかのようにうなずいてみせた。「ゲーリングのようにガリガリで、ヒトラーのようなブロンド頭で、ゲッベルスと同じくらいの長身なんだそうな」

デヴに話しかけていた男が首を振った。「気をつけたほうがいいな、こんなことを続けていたら、あまり歓迎できないお友達がゲーリングのところから送られてくることになるぞ」

「ナチスは大喜びしてるわよ、だまされちゃいけないわ」デヴはそう言うと、懐疑的な表情を浮かべる男に向かってうなずいた。「ナチスはこれを、〝ガス抜き〟だと考えているんじゃなくて？　歯のない批判、それでも人びとの怒りを発散させるには有効なもの。少なくとも、当面はね」デヴは肩をすくめて最後の一言をつけ加えた。

「君がそう言うなら、そうかもしれないね」男は険しい表情のまま言った。「しかし、やつらだっていつまでも耐えられるわけじゃないだろう」

一時間が経過したころ、デヴが小さく声を上げた。「あら」

次の瞬間には、デヴの手がアルシアの手首をつかみ、引っ張っていた。デヴはアルシアを、フロアの中心から離れた、脇のほうにあるテーブルに連れていった。

「あらやだ、ほんっとうにお久しぶりじゃない？」デヴが近づいてくることに気づいて立ち上がった女性に、デヴが声をかけた。

「やつらがミュンヘンなんかにあなたを隠しちゃうからよ」女性はデヴの両頬にキスをして言った。

その女性は、店内にいるほかの人たち同様、直視しがたいほど魅力的だった。黒っぽい巻き毛は顔にかからないようにピンで固定されていて、はっきりとした顔立ちが――高く張り出した頬骨に、間隔の開いた目、それに、細い煙草を包み込んでいる柔らかい唇が――際立って見えた。女性は、横に流すように煙を吐き出しながら、そんな自分をじっと見つめているアルシアを見ていた。

アルシアは首に熱を感じて視線をそらした。が、再び視線を戻した。戻さずにはいられなかった。女性の着ているドレスには、人を興奮させる要素はなかった――ウエスト部分が絞ってある黒いドレスで、尖った襟が、きれいに浮き出た鎖骨を強調していた。しかしその人の体を包んでいる今、そのドレスは脱がされたがっているように見えていた。

アルシアは慌ててその女性の連れに視線を移した。彼も同じくらいにきれいだった。アルシアには、男性をそう形容するのはためらわれる気がしたが、それでもその人を言い表すのにそれ以上にふさわしい言葉はなかった。まるでバイロンの詩を体現したような人だった。ベルリンにある煙の充満するキャバレーの隅にいながらも、強風にさらされた、ロマンチックな姿が見えてくるような人だった。

男性は片方の口角を上げて笑みを見せて言った。「ようやく戻ってきたな。君のいないベルリンなんて、死ぬほどつまらなかったよ」

「あなたなら、自分の楽しませ方を知っているはずだけど」デヴはちゃめっ気のある表情でウィンクをして言った。それからアルシアに向き直り、会話に引き入れようとした。「こちらはアルシア・ジェイムズ。賢さが仇になるほどの頭脳を持った、アメリカ人作家よ」

アルシアはその紹介に頰を紅潮させたが、目の前の男女に向かって恥ずかしそうに軽く頭を下げた。

「この人でなしったら、淑女に挨拶するのに立ち上がるくらいのマナーも身についていないみたいね――」

「淑女を見かけたら教えてくれよ。そうしたら立ち上がるから」若い男性は生意気そうな笑みを浮かべて言った。

「オットー・コッホよ」デヴはオットーが発言した事実などなかったかのように続けた。「ドイツが生んだ、一流の俳優の一人」

オットーはようやくさっと立ち上がると、芝居がかった大げさなお辞儀をした。それからアルシアの手を取って自分の口元へ近づけると、手の甲にそっと口づけた。「お会いできて光栄です」

デヴはオットーの肩を押しやった。「それからこっちが」そして女性のほうを手ぶりで示して言った。「ハンナ・ブレヒトよ」

第十四章

ニューヨーク市
一九四四年五月

コニーアイランドを出発したヴィヴは、人びとに愛されるブルックリンの下院議員エメット・ヘイルの、今にも崩れ落ちそうな事務所まで寄り道もせずに進んできたにもかかわらず、その建物の前であまりにも長いあいだ行きつ戻りつしていたため、通りの角でチェッカーをしていた老人たちの視線を集めることになった。

このあたりの人びとがみな、ヘイルに対して保護的な態度でいることはわかっていた。もしも彼を中傷する者がいれば、すぐにも飛び出しナイフの刃を向けんばかりだと。ヴィヴは男たちを安心させるべく笑みを浮かべようとしたが、それが逆効果だったらしく、老人の一人が目を細めて立ち上がった。老人のその動きに、ヴィヴはすかさず玄関口の階段を上りはじめた。

ノックしようと手を挙げもしないうちに、ヘイルの事務所のドアが大きく開いた。

「一日中、ただあそこに立ってるつもりかと思ったよ」

ヘイルを見た瞬間、口の中がからからに乾き、鼓動が激しくなった。ヘイルは緊張した様子もなく、シャツと前開きのベスト姿で戸口にもたれかかっていた。その消し炭色（チャコールグレイ）のベストは、筋肉質な太ももの上で引き伸ばされたパンツによく似合っていた。見覚えのあるあの厄介な黒っぽい巻き毛が、額にかかっていた。ヘイルがヴィヴを見下ろしてにやりと笑うと、白い歯がちらりとのぞいた。ヴィヴを困らせて面白がっているような表情だった。

「この空気の悪そうな事務所に入るだけでも、結核にかかっちゃうんじゃないかと思ったの」動揺しながらも、本心をわずかばかりでも疑われまいとしてヴィヴは言い返した。もう充分長いこと、ごまかしてきたのだから……。

ヘイルは女性としては長身のヴィヴを見下ろすほどに背が高かった。ちょうど今しがたもそうであるように、ヘイルが背筋を伸ばして立つと、その広い肩幅のせいでヴィヴは自分がひどく小さく感じられるのだった。

ヘイルはふとヴィヴの手に視線を落としてから、視線を上げてヴィヴの目を見つめた。その目は、緑と金、青が混ざったような色をしていて、はっきりと定義できる色にとどまることを拒否しているかのようだった。「やあ、妹よ」

ヴィヴの顔がほころび、しかめ面を回避できた。

「親愛なる兄さま」ヴィヴも愛らしく応じた。「すっごく元気そうだね」

シャーロットがそれとなくほのめかした言葉から、元気でいるということが――エドワードが出征し、悲劇的な若さで命を落としたというのに、自分は生きているということが――ヘイルの負い目になっていることを知っていた。

瞬きするほどの一瞬間、ヘイルの顔から笑みが消えかけた。が、すぐにまた、さらに大きな笑みがその顔に広がった。ヘイルは空に向かって手を振って言った。「爆弾が降ってこないおかげだね」

「そうだね、きっとそれも関係あるよね」

「それと同じくらい愉快なのは……」

ヴィヴは両手のひらに爪を食い込ませながら、息を吸い込み、それから吐き出した。「お願いしたいことがあるの」

「そうだろうと思ってたよ。君が思ってるほどぼくはばかじゃないんだ」ヘイルはそう言ったものの、その声からはわずかばかりの怒りも感じられなかった。そこが、決して平静さを失わないところが、ヘイルの大好きなところの一つだった。彼を怒らせたいと思うときには、その特徴はひどく腹立たしいものに変わるのだが。「それ以外にどんな理由があったら、チャイルズ夫人がわざわざスラム街に足を運ぶというんだい？」ヘイルは片手を挙げた。「言わないで、ぼくに当てさせて」

ヘイルは首をかしげると、居心地が悪くなるほど長いあいだヴィヴに顔を近づけて観察した。それからぱちんと指を鳴らした。「わかった」そしてコニーアイランドのボードウォークにいる、インチキくさい霊能者のような身ぶりをして言った。「兵士投票法と、ある上院議員について。名前は伏せておくべきだろうけどね」

ヘイルが今でも自分の動向を気にかけてくれているのだと思うと、ヴィヴは胸がじわりと温かくなるのを感じた。しかしヴィヴはその事実に苛立ち、その感覚を無視した。これが二人のあいだでよく行われたゲーム、あるいはほとんどダンスと呼んでもいいものだった。しかし今そのやり取りを行おうとすれば、それは、すでに擦りむけているヴィヴの皮膚をさらに痛めつける行為でしかなかった。

「ふざけないで」ヴィヴはそう言うと、踵を返した。

もっとましなやり方があったはずだった。

温かい五本の指がヴィヴの手首を包み込み、立ち去ろうとするヴィヴを引き留めた。「ねえ、ヴィヴ、前は楽しい人だったのに」

「あなただって、前は私が真剣なときには、そうと気づいてくれていたのに」ヴィヴはヘイルに視線を合わせた。そこでようやく――ついに、ようやく――ヘイルの顔から、からかうような表情が消えた。

「ああ、もう」ヘイルはため息をつくと、銀製の懐中時計を引っ張り出した。それが、ヘイルがセオドア・チャイルズから譲り受けた唯一の物だということをヴィヴは知っていた。「十分ある。それ以上は無理だ」

「それで充分」ヴィヴはそう請け合い、ヘイルから身を遠ざけるようにして中に進んだ。先ほどヴィヴはこの場所の衛生面に関して嫌味を言ったものの、事務所は実際には清潔で、きちんと整っていた。狭いのは事実だったが、そのことでヘイルを責めることはできなかった。何年も前にはじめて議会に立候補したとき、エドワードが資金を提供すると申し出たにもかかわらず、ヘイルはそのお金を一切受け取らなかった。

　ヘイルは余計な飾りのない頑丈そうな机に着いた。後ろの壁に、若い有権者から送られたもののように見える子どもじみたスケッチが一枚と、額に収められた、ヘイルと地域の人たちの写真が数枚かけてあった。しかしそれらはお飾り程度のものにすぎなかった。

国民の味方。それが、ヘイルが作り上げてきたイメージだということをヴィヴは知っていた。そしてそれが真実だということも知っていた。しかしめったにはなくとも時折、それが単なるイメージなのか実像なのか、わからなくなることがあるのだった。

「私がここに来た理由だけど、そう、あなたの言うとおり」

　そう切り出したヴィヴの言葉に、ヘイルは飛びついてこなかった。ほんの数分前であれば、〝ぼくはいつでも正しい〟という台詞とともに反論していただろう。

「兵隊文庫は、兵士投票法に巻き込まれてしまっている」ヘイルは真剣な思案顔で言った。「文言を取り消すよう、何人かの同僚議員を説得しようとしてみたんだけど……」

　ヴィヴはめったに驚かない人間であったが、これにはさすがに驚かずにはいられなかった。「私たちのために戦ってくれたの？」

「プロジェクトのためにね」ヘイルは両目の端に皺を寄せて、ヴィヴの発言を正した。「より多くの本を求める手紙を受け取るのは、君たちだけじゃないんだ」

「だったら、このプロジェクトがどれほど重要か、あなたにはわかっているんだよね」ヴィヴは言った。

「言ったろ。やってみたんだ」ヘイルは気を紛らわすように懐中時計の蓋をはじくと、文字盤をちらりとも見やることなく再び蓋を閉じた。

ヴィヴは唇を噛み、ヘイルの心の傷に大きな打撃を与える言葉をのみ込もうとした。だれかを深く知ることの最大の危険は、どうすれば相手を傷つけることになるかまで知ってしまうという点だ。そして沈黙の八年間が経過した今でさえ、ヴィヴは、自分がヘイルのことをよく知っていると信じずにはいられなかった。「だったら、頑張りが足りなかったってことだよね」

ヘイルの顎の筋肉がこわばった。「君にそんなことを言われる筋合いはないよ。君は何もわかっていないんだ、ヴィヴ」

「何もわかっていない？」気分を害され、ヴィヴは強く言い返した。「なんの希望も慰みもないまま、常に死を隣り合わせに感じながら戦地にいるのがどんなふうか、あなたには想像もできないんだよね。ほかの人間の命に対して責任を負うっていうのがどういうことか、あなたには露ほどもわからないんだよね」

これを聞いてヘイルは大きなため息を吐き出した。この会話が激しさを増し、両者ともに血を流し傷だらけの状態で床の上に転がることになる前に、どちらかが会話の手綱を引いて制御する必要があることをヘイルは知っているかのようだった。続いて訪れた突然の静寂の中、**だったら君にはわかるの？**というヘイルの声が今にも聞こえてきそうだった。しかしヘイルはそれを胸に閉じ込めていた。

「どうするつもりでいる？」そう言ったヘイルの声は冷静さを取り戻していた。理性的な会話に落ち着く前に、二人とも毒を吐き出す必要がある、ヘイルはそう気づいていたのだろう。

「大きなイベントを開いて、そこで修正案に対するタフトの考えを変えさせるの」ヴィヴは自信に満ちた様子で、あるいは少なくとも、自信があるようなふりをして、自分とヘイルのあいだにその言葉を放り投げた。

「つまり、公の場で彼に恥をかかせるつもり？」

「それが必要なら」ヴィヴは肩をすくめて応じた。

「ヴィヴ、ぼくたちはこの法案について、一年近くかけて審議してきたんだ」ヘイルは言った。「数人の図書館員たちが一時間かけてタフトに一方的に話をしたって、彼が意見を変えることはないよ」

ヴィヴは背筋を伸ばし、両肩を後ろに引いた。ヴィヴは細身で背が高く、その姿勢ひとつで痛烈な批判を相手に伝える術を身につけていた。「そう」

ヴィヴが席を立ちかけると、ヘイルは苛立ったような声をもらして腕を伸ばした。「ヴィヴ、深い意味があって言ったんじゃないよ」

「そうなの？」ヴィヴは言った。氷のように冷たい声だった。「〝図書館員たちが一時間かけてタフトに一方的に話をする〟っていうのを、どうしたら軽蔑としてじゃなく解釈できるの？」

「ひどいことを言った、ごめん」ヘイルは髪に手を走らせながら言った。「ぼくの真意を伝えるために、ちょっと軽い感じで言おうとしただけなんだ。でも配慮が足りなかった。これが重要なことだって、わかってるから」

ヴィヴは驚いて椅子に深く腰かけた。多くの男たちを知っていて、一緒に仕事もしていたが、これほどまでに自然に、そして誠実に謝罪のできる男というのは数えるほどしかいなかった。

「もういいです」ヴィヴは丁寧な口調で言った。

「それで、具体的に、ぼくにどうしてほしいの？」

これを伝えるのが難しい部分だった。「そもそもタフトがイベントに参加するように、同僚たちから充分な圧力をかけてもらう必要がある。そしてイベントで何が行われようとしているかに気づいても、退席させないようにしてもらいたいの」

ヘイルは長く低い口笛を吹いた。「公の場で屈辱を与えられることを、タフトは快く思わないはずだ。タフトを辱めて政策を没にさせたとしても、別の方法で報復してくるだろうね」

ヴィヴは自分の両手に視線を落とした。タフトが、ヴィヴや、この荒っぽい計画を支持した人たちに、それがだれであれ怒りをぶちまけないという保証はなかった。ヴィヴもヘイルも、そのことを承知していた。

「一番好きな本は何?」ヴィヴは答えの出ない問いに頭を悩ませつづける代わりに訊いた。この質問は、ヘイルにはこれまで一度も訊いたことがなかった。訊きたいと思いながらも、千回はそうするのを思いとどまってきた。失望したくはなかったから。

「君なら、本当に一冊だけになんて絞れる?」ヘイルは質問で返した。

「政治家みたいなこと言わないで」ヴィヴはたしなめるように言った。ヘイルの事務所が面する歩道に踏み出して以来、ようやく緊張が和らいでいた。

ヘイルは声を出して笑い、椅子の背にもたれかかると、首の後ろで両手を組んでヴィヴを眺めた。

「君以外の人たちに、ぼくのお気に入りだって紹介してる本を教えようか? それとも、本当に一番好きな本?」

「私がどっちを知りたいか、わかってるくせに。でもそうだな、両方知りたくなった」

「教えた見返りは?」ヘイルは訊いた。

呼吸が喉の奥につかえたように感じられて、急に神経が高ぶった。「何がほしい?」

ヘイルの全意識がヴィヴに集中した。夏に厚手のキルトをかけられたように重かった。望んでいないわけではなかったものの、歓迎しているというわけでもなかった。ヘイルにじっと見つめられながら、ヴィヴは体を動かすまいとこらえた。

「答えがほしい」しばしのためらいののち、ヘイルはようやく口を開いた。

「どんな質問の答え？」

「まだ決めかねてる」その目は沈んでいた。

どうして君とエドワードは結婚したの？

その質問は、実際にヘイルに声を吹き込まれたかのような大音量でヴィヴに迫ってきた。それがヘイルの訊きたがっている質問だということをヴィヴは知っていた。ヘイルは決して訊いてきたりはしなかったが。それでも、実際に迫られれば、いつだって嘘をつくこともできる。「わかった」

ヘイルは手のひらを差し出した。「握手しよう」

ヴィヴは嘲るように笑ったが、それでも身を乗り出し、ヘイルの手の中に自分の手を滑り込ませた。二人は握手を交わした。火花が飛び散ることも、電気が走ることもなかった。あの蝶たちの霊魂さえ、もう消えてしまっていた。満足しているのか失望しているのかわからぬまま、そしてそのどちらであるか探ろうともせず、ヴィヴは手を引っ込めた。

「たいていの人には、『二十日鼠（はつかねずみ）と人間』だって答えるんだ」互いに手を離し、腕を元の位置に戻したところでヘイルが言った。

「スタインベック」ヴィヴはうなずきながら言った。「『二十日鼠と人間』は兵隊文庫に選ばれてないけど、『トルティーヤ・フラット』なら初期のリストに入ってるよ」

「それは読んだことがないな」ヴィヴが小説のタイトルをそれとなく口にすると身構える人たちもいるが、ヘイルはそうはならなかった。

「陽気な騎士たちであふれる、カリフォルニア版のキャメロット城（『アーサー王物語』におけるアーサー王の宮殿。円卓の騎士たちが登場する）のお話」ヴィヴは言った。「充分楽しめたよ」

「『二十日鼠と人間』に対するぼくの感想と同じだ」

「最高に気分が高まる物語っていうのとは違うんだよね」ヴィヴは同意した。「本当に一番好きな本は？」

「『ドン・キホーテ』」ヘイルは打ち明けた。「いや、正確に言えば、『才知あふれる郷士ドン・キホーテ・デ・ラ・マンチャ』だ」

その答えはヴィヴを驚かせるだけの力を持っていて、ヴィヴは思わず笑みをこぼしそうになった。

「ロマンチックな魂の持ち主だもの。予想できたはずなのにな」

ヘイルは同意するように鼻から音を出した。率直な表情の下に笑顔が潜んでいた。ヴィヴが自分について覚えていたことがあったのを喜んでいるのだろう。ヴィヴにはそう思えた。

ヴィヴは二人が共有する過去を認める代わりに、これを自分の主張を突き通す好機だと捉えた。

「だったら、セルバンテス（『ドン・キホーテ』の作者。ミゲル・デ・セルバンテス）の考えには賛成してるんじゃないの？」

ヘイルは明らかに何事かを考えている様子で一瞬黙り込んだ。それから『ドン・キホーテ』を引用した。「〝人生自体が狂っているように見えるのなら、本当の狂気とは一体何を指すのか？ ……行き過ぎた正気は狂気になり得る――というより、何よりも狂っている。人生を、こうあるべきだと思う姿としてではなく、今ある姿として見るなんて〟」

「ブラボー」

「だからこそ、これが自分のお気に入りだって人には言いたくないんだ」ヘイルは面白がるような口調で言った。「ぼくへの批判材料に使われることになるだろうから。臆面もなくね」ヘイルはそこで言葉を切ると再び体を前に傾け、熱心な下院議員――それが実際のヘイルの姿でもあった――然とした態度になって言った。「ヴィヴ、君の努力に敬意を払わないわけではないんだ。ただぼくは、君がタフトとの戦いで手にする成功が、キホーテが風車を傾けたのと同じような成功になることを恐れてる」

「だったら、私たちは諦めるしかないの？」ヴィヴは訊いた。そう考えるだけで不愉快だった。「人生を、実際に今ある姿としてじゃなく、こうあるべきだって思う姿として見たくはない？」

「ぼくは政治家だ、遍歴の騎士じゃない」

「私はこう思うの。こうあるべきと思う姿を見ようとする人がもっとたくさんいて、今ある姿を見ようとする人が今よりもっと少なかったら、世界はもう少しよくなるはずって」ヴィヴは言い返した。

ヘイルはしばらくのあいだヴィヴをじっと見つめた。「ずいぶんずる賢くなったね」

それは賛辞のように響いた。「それって、やってくれるってこと？」

「何も保証はできないよ」ヘイルは言った。「ぼくは下院議員で、彼は上院議員だからね」

「でも、あなたは桁外れに人気がある」ヴィヴは譲らなかった。「国民はあなたを支えたいと思ってる。あなたが成功するって確信してる。私のほうでは、必ずタフトに世論の圧力が加わるようにするから。あなたにお願いしたいのは、同僚の議員たちを説得することだけ。タフトがこれを無視できないようにしてもらいたいの」

「議員の数は多ければ多いほどいいね」ヘイルは考えにふけった。「さっきも言ったけど、やってはみるよ」

ヘイルはさらに何か言いかけたものの、考え直したらしく、すぐに口を閉じた。

「何？」ヴィヴは問いただした。いつでもヘイルのこととなると、聞かずに済ますことができなかった。

「タフトをイベントに引っ張るだけじゃどうにもならないって、それはわかってるよね」ヘイルは用心深い口調で言った。

「うん、ありがとう。私もそう考えてた」

ヘイルは両手を挙げて言った。「ぼくが言いたいのは、タフトはひどい頑固者だってことさ。そう簡単には負かせないだろう」

「問題はタフトどうこうじゃないの」ヴィヴは言った。脆弱(ぜいじゃく)な一言一言が胃をよじらせていた。ヘイルの考えや判断を望んでいるのではなかった。それでも、自分の計画に対するヘイルの承認を、喉から手が出るほど欲していた。それは、どんな人の意見よりもヘイルの意見を気にかけていた過去があるからではなく、ヘイルが下院議員選で七十パーセント以上の票を獲得して当選していたからだった。ヘイルは政治を知っていた。そしてこれはまさしく政治だった。「問題はタフトの支持者たち。というより実際、すべての有権者たちだね。最終的にタフトの考えを変えてやろうだなんて、そんなことを考えてるわけじゃないの。ほかの議員たちに、この問題がいかに有害かに気づいてもらうこと、そしてそれを変えるために行動を起こしてもらうことが狙いなの」

「そして議員たちにそうさせるために、君は有権者たちの感情に火をつけようとしてるんだね」ヘイルは賛同を示すようにうなずいて言った。「でも、これだけは言っておくよ。国民はもう疲弊している。考える余裕がないんだ。その……生き延びる以外のことに関しては」

「わかってる」ヴィヴは言った。ヴィヴ自身、疲れ切っていたから。暗い数年が続いていた。死と配給、戦時を生きる者につきまとう絶望が、人びとに大きな打撃を与えていた。「でもあなたはだれよりもよくわかっているでしょう、人はいいお話が好きだってこと。私がやらなきゃならないのは、みんなに伝えるいいお話を見つけることなの」

第十五章

ベルリン
一九三三年二月

「作家さんなのね」

アルシアは鉛筆を走らせる手を止めた。一度しか聞いたことのないその声を覚えていた。

ハンナ・ブレヒトだ。

最初に訪れたキャバレーで出会ってから——とはいえ、二人はそのとき簡単に挨拶を交わしただけで、アルシアはすぐにデヴに引っ張られるままに次の集団へと移動したのだった——一週間が過ぎていた。あの夜、アルシアは非常に多くの人たちに会い、そのほとんどがおぼろげな記憶の中で渾然(こんぜん)となっていた。

にもかかわらず、理由を挙げることはできなかったものの、アルシアにはすぐにその声の持ち主がハンナ・ブレヒトだとわかった。

二人は今、別のキャバレーにいた。前回会ったところより小さくはあるものの、同じだけ陽気な場所だった。デヴは、ベルリン中にある、ありとあらゆるナイトクラブにアルシアを連れていくことを自らの使命としたようだった。これが四軒目だった。アルシアは疲れ果ててはいたものの、これまでに感じたことのない自由を感じていた。

ディードリッヒは、アルシアが自由時間をどこで過ごしているのかについて、だんだんと踏み込んだ質問をするようになっていた。しかし、夜の外出がもたらす喜びのことを思えば、彼の不満を無視するのは容易(たやす)いことだった。

ハンナ・ブレヒトはアルシアの返答を待たずに、向かいの席に腰を下ろした。言葉に詰まり声を出せずにいたアルシアにとって、それはありがたいことだった。

はじめて出会った日から一週間、ハンナのことが頭に浮かんでは離れてを繰り返していた。彼女の美しさを大げさに覚えているだけだと、あの店の雰囲気と興奮が、出会ったすべての人たちに歓喜に満ちた輝きをまとわせていただけだと自分を納得させようとしていた。

しかし、その夜のハンナは前回にも増して魅力的だった。ハンナの体にぴったりフィットする黄色のドレスは左右の側面に深い切れ込みが入っていて、肋骨と背中があらわになっていた。胸と脚は完全に覆われていたため、肌のその部分だけが垣間見えることでよりいっそう興味をそそられた。まさに繊細な魅力そのものだった。

アルシアは、熱いものが血管に流れ込むのを感じた。妬(ねた)みのなせる業(わざ)に違いない、それ以外には考えられなかった。ハンナの体がシルクの下でどのように動くのか、観察するのをやめられずにいる理由など、ほかにあるはずがなかった。

テーブルは小さく、部屋の隅の暗がりに押し込められるようにして配置されていた。ハンナの膝がアルシアの膝をかすめると、アルシアは大げさなまでの動きで体を後ろに引き、二人のあいだに空間を作ろうとした。そのおどおどとした様子がハンナを面白がらせたらしかった。

「それとも、ナチスのご主人に報告するためにメモを取ってるとか？」ハンナはアルシアが走り書きをしていたノートを顎で示して訊いた。

アルシアは顔を真っ赤にして口ごもると、出していた物をすべて、小さなハンドバッグに押し込もうとした。しかし何を恥じているのか、自分でもわからなかった。作家でいることを？　公の場で、作家のように振る舞っていることを？

「私はその……彼らは……」アルシアがようやく声を出せるようになったそのとき、デヴの手が肩に触れた。

「ハンナ、私たちのかわい子ちゃんを怖がらせてるんじゃないでしょうね」デヴが訊いた。アルシアはデヴのその行為を喜ぶと同時に腹立たしくも感じた。

「怖がらせてるつもりはないよ、ないない。少なくとも、あなたの言ってるような怖がらせ方はしてない」ハンナはアルシアの表情をじっと観察してから言った。なんの話かとアルシアが訊くより先に、ハンナは視線を上げてデヴを見た。「彼女のこと、毎日のようにいろんなところに連れ回してるみたいだね」

「失われた時間の埋め合わせをしているだけよ」デヴはアルシアの髪をなでながら言った。

ハンナの肩越しにオットー・コッホが姿を現した。顔が紅潮していて、幸福そうで、凝視することができないほどきれいだった。「ポーカーテーブルでカモられたばかりなんだ。デヴ、こっちに来て一緒に踊ってくれないか。この不公平を忘れさせてくれよ」

「その顔に向かって〝ノー〟とは言えないわ」デヴはそう言いながら腕を伸ばしてオットーの顎先をつまんだ。オットーは笑い、デヴの手を引き離し、ダンスをするカップルたちに占領された狭い空間にデヴを引っ張っていった。デヴは振り向きざまに言った。「ハンナ、お行儀よくね」

「私はいつだってお行儀がいいの」そう言いながらも、ハンナの目はアルシアの顔に向けられていて、デヴを安心させるために発したその言葉がデヴに届いていないのは明らかだった。「作家さんなのね」

「一冊、出版されただけです」アルシアは正した。

ハンナの口角が、その違いを理解したというようにわずかに上がった。「次の作品は、ナチスについてのものになるのかしら？　おそらく、恋愛物語とか。若いアメリカ人と、ヒトラーに仕える、がたいのいいドイツ人の恋愛とか？」

アルシアは冬のマーケットで過ごしたあの日のことを、ブロンドの美男子といちゃつく、物語の主人公になりきっていたあの瞬間のことを思い出し、顔を赤らめた。ハンナの顔に、自らの棘のある軽口に自己満足するような笑みが浮かんだ。

「彼らのことが嫌いなのね」アルシアは自己弁護する代わりに言った。「そこまでひどい人たちなの？」

キャバレーにいるだれもが、ディードリッヒや彼の友人たちが共産主義者について話すのと同じ調子で、ナチスについて話していた。それにはとても……混乱したし、そのためにこの国の政治事情がどのようなものであるかを正確に描くことが困難になっていた。

ハンナが唇をとがらせるのを見て、アルシアは思わず視線を落とさずにはいられなかった。しかし目を瞬かせてから、再びハンナに視線を向けた。

「もし私が、そうだよ、そこまでひどいやつらなのって言ったら」ハンナは言った。「どう思う？」

「私はその……わからない」アルシアはぼそぼそとつぶやいた。

「わかってるはずよ」ハンナは反論した。「私たちとやつらのことを、互いに相反する偏見を抱く、コインの裏と表みたいな存在だって思うんでしょ」

そう、まさにそのとおりだった。アルシアは、デヴが彼女を招いているホストたちを信用していないと気づいたときから、まさにそのとおりのことを考えていた。

だれもが、あちら側はどれほど多くの怪物であふれているかについて語るための物語を持っていて、その逸話はどれも等しく残虐だった。しかし両者とも、アルシアを丁寧に扱ってくれていた。そんな基準で人を判断するのは残念なことだった。それはアルシアにもわかっていた。有名作家になった今、故郷アウルズ・ヘッドの人びとはみなアルシアに親切だった――その同じ人びとが、そもそもアルシアを本に慰めを見出すような人間に追いやったというのに。

人を判断するには、その人がいい印象を与えたいと思う相手に対してどのように振る舞うかを見るのではいけない。その人にとってなんの利益もない相手に対してどのように振る舞うか、それを見る必要があった。

それはわかっていたが、では後者を判断基準にするのに、どんな例を手がかりにすればよいというのか。アルシアはただ導かれるままに本屋へ、朗読会へ、キャバレーへ、コーヒーショップへ行き、どちらの側からも礼儀にかなった振る舞いしか見せられていなかった。

「だったら、私がこれ以上呼吸を無駄にして議論する理由なんてある？」ハンナは言った。まるでアルシアの心が読めたかのようだった。

「デヴも彼らのことが嫌いなの」アルシアは言った。ハンナがこの争点だらけで厄介な会話を終わらせる道を示してくれたというのに、なぜ自分はそれを進めるようなことを言ったのかはわからなかった。おそらくそれは、ハンナの顔に浮かぶ失望と諦めの表情が、自分で理解し得る以上に胸に突き刺さったせいだった。ハンナは他人だった。にもかかわらず、アルシアはハンナの承認を欲していた。

「それなのに、ゲッベルスのために働いている」

それに、あなたは彼女の友人でいる、アルシアはそう言いたかったが、やめておいた。そんなことを言えば、あまりにも要求の強い人間として見られるだけで、むき出しで傷つきやすい状態をさらけ出すことになるだけだった。若かりしころ、好かれたい気持ちを前面に出すような振る舞いはすべきではないと気づいていなかったころに、舞い戻ることになるだけだった。

いずれにせよ、ハンナはアルシアの言葉の最後の部分を聞き逃してはいなかった。「プロパガンダに惑わされちゃだめよ、かわい子ちゃん。ヒトラーへの熱狂ぶりは、ナチスがあなたに信じ込ませているほどすさまじいわけじゃない。鼻をつまみながら、それでもやつとともに仕事をしている人たちだってたくさんいるの」

理由はともかく、アルシアにはそれが、どちらかの肩を持つよりも悪いことのように思えた。

「人生はおとぎ話じゃない」ハンナは言った。たった二度の短い対話だけでは不可能と思えるほどに深くアルシアを理解しているのは明らかだった。「善人も悪いことをする。悪人もいいことをする。そしてほとんどの人たちが、ただ生き延びようとしているだけなの」ハンナは煙草をもみ消した。

「それで、何を書いてるのか教えてよ」

「いろいろなものの詳細を書いてるだけ」アルシアは応じ、店内をさっと一瞥(いちべつ)した。ボールガウンドレス（正装として着用される床までの長さのドレス）を着た男性が二人いて、彼らの髪はデヴのようにポマードでなでつけてあった。二人が互いの腕の中で体を揺らすたびに、高いヒールが床のタイルを打ってこつこつ音を立てた。蜂蜜でコーティングされたような声の歌手が、感傷的なサビの部分にくるたびに目に涙を浮かべていた。六十代と思(おぼ)しきフランス人観光客の女性が二人いて、明らかに自分たちがなんのためにここに来たのかわからない様子ながらも、テーブルに着いているあいだ中、顔に微笑みを浮かべていた。

「私……あまり旅行をしたことがなくて」アルシアは言葉に詰まらないよう気をつけながら打ち明けた。ハンナが動くたびに、ドレスの脇から垂れ下がっている生地が揺れ、臀部(でんぶ)付近にできた影が見え隠れするのだった。「以前は、何かを書くときには、雑誌や本に頼らなければならなかったの。運がよければ、描写している場所の写真を参考にすることもできたけど」

「考えたこともなかった」ハンナは言った。ハンナは太ももの外側を、アルシアの片膝に押しつけていた。アルシアは飲み物を押しやった。シャンパンが頭を興奮させているのだ。あるいは、それは自分に向けられるハンナの視線のせいかもしれなかった。その目は今では軽蔑ではなく、興味に満ちていた。

「普遍的な詳細っていうのが存在するの」アルシアは言った。それから手のひらが上に向くようにテーブルに手を置いた。「手首はいつだって手首。柔らかくて薄い皮膚の下に、静脈が走っている。触れると――」アルシアはそこで言葉を切った。ハンナがその青い線に指先で触れ、線に沿って指を這わせ、手のひらの付け根の丘を登った。それから指は丘を下っていった。アルシアの頭が空っぽになった。口が乾き、耳鳴りがした。

「触れると……」ハンナは先を促すように言った。その声はハスキーで、面白がるような響きを含んでいた。

「その人の心を感じることができる」アルシアはどうにか言葉を絞り出した。

ハンナはアルシアの目をじっと見つめた。「それでも、自分では想像できないものだってある」

「そう」アルシアはまず視線をそらし、それからハンナが椅子に深く腰かけると、ハンナの指の感覚が失われたことを悲しんだ。

アルシアの目が、自分たちのテーブルのそばに立つ柱にもたれかかり、濃厚な口づけを交わしている二人の男たちに留まった。ちらりと見えた舌のせいで、ハンナの脚が自分の脚に押しつけられている部分が、ひどく敏感になったように感じられた。

触れると……。

体中が熱くなり、背骨のくぼみに汗が溜まっていた。その激情を追うようにして襲ってきた寒さに身を震わせた。

「どうかした？」そう訊いたハンナの顔にはなんの表情も表れていなかった。しかしアルシアには、ハンナがその質問の答えに関心があるのだとわかった。

「い、いいえ」アルシアは咳払いをして、その声からためらいを追い出そうとした。「どうも、していないわ」

「詳細について説明してくれてたけど」ハンナは言った。アルシアは自分がどこまで話したのだったかを必死で思い出そうとした。

「その……中には、推し量ることのできる詳細もある。手首は手首。皮膚の色だとか、骨の大きさ、ふくよかか、細いか、そういう小さな違いはあるかもしれない。でも手首というものの基本的な特徴は、全世界で同じはず」アルシアは言った。「車は車だし、冷蔵庫は冷蔵庫」アルシアはさらに続けた。「私は、読者がリアルだと感じる世界を築くことができる。私たちみんなが共通して、手首はある程度までしか後方に曲げられないことや、冷蔵庫がものを冷たくすること、それから車が人を高速で移動させるということを知っているためよ。でもそれには限界がある。私はメイン州にあるレストランがどんなふうだかを知っているけれど、インドにあるレストランがどんなところなのかは知らない。オーストラリアのレストランとはどんな違いがあるのか？　カリフォルニア州にあるレストランとの違いは？」

「ベルリンにあるキャバレーは、どんなところか？」ハンナはアルシアに追随して言った。

アルシアはこくりと頭を下げた。「だから私は調査をして、推測して、願うの。でも、作家が自分の生まれた場所から周囲五キロメートル四方の圏外に足を運んだ場合には、いつだってそのことがわかるわ。そこに書かれる詳細を読めばね」アルシアはそこで周囲を見回すと、目にした場面をいつものように頭の中で分類していった。「これは、私には絶対に想像できなかった」

「気に入った？」ハンナは訊いた。これまでの会話の中のどの瞬間よりも優しい口調だった。自分の畏敬の念がいくらか伝わったのだろう、アルシアはそう思った。

「これって、人生そのもの、そうじゃない？」アルシアは自らの熱意に頰を赤らめて言った。「まるでそれぞれのキャバレーが、さまざまに異なる照明を使って、ありとあらゆるものをより生き生きと、より強烈に照らし出そうとしているみたい。怒りも、喜びも、それから……情熱もね。人生。ここではすべてがより以上だわ」

同意の表情がハンナの顔をかすめたのを見て、アルシアはそれに包まれたいと思った。

「それなら教えてくれないかしら、かわいい子ちゃん。ダンスはする？」

その問いにアルシアは驚き、安っぽい音楽を背景に絡み合う四肢、挟み合う太もも、ぴったりと押しつけ合う腹を想像しながら、目を瞬かせることしかできなかった。あのシルクのドレスを、シルクのごときハンナの肌をかすめる自分の指を想像しながら。

触れると……。

「いいえ、一度も……ダンスは」ぎこちない舌をどうにか直して続けた。「ダンスはしないの」

ハンナはしばらくなんの反応も示さなかった。ハンナがようやく立ち上がったところに、小柄な焦げ茶色の髪の女性がアルシアたちのテーブルにぶつかってきた。ブルネットが目を上げ、打ち解けた様子でハンナに微笑みかけると、アルシアの皮膚の下で散っていた火花がふっと消えた。

「それは残念」ハンナはその女性から目を離さずに言った。

アルシアは、二人が群衆に紛れて見えなくなるのを見送るよりほかなかった。

ハンナのいなくなった席にデヴが深々と腰を下ろした。デヴはアルシアに腕を回すと、こめかみのあたりに湿っぽいキスをした。「顎を上げるのよ。少しくらい胸が痛むようじゃなきゃ、本当のキャバレーでの夜とは言えないわ」

「その台詞、あなたが思ってるほど慰めになってないから」

デヴは風鈴のような音を立てて笑うと、アルシアを椅子から立ち上がらせ、アルシアの抵抗も無視してダンスフロアに引っ張っていった。「それならあなたはね、あなたが思ってるほど退屈な人間じゃないわ」

「ぜんぜん、慰めになってない」アルシアは繰り返したが、デヴに導かれるまま、再び背中を引き寄せられるまで体をぐるぐる回転させていると、くすくすと笑い出さずにはいられなかった。

キャバレーにいるだれ一人として、二人を特別に注目したりはしていなかった。ともすると数人はいたかもしれなかったが、それはデヴのためであり、女性二人がダンスを踊っているためではなかった。

最後には、デヴにぴったりと体を押しつける形になっていた。ほんの一瞬、ハンナの脚がアルシアの脚に軽く触れたのに比べれば、はるかに親密な交わりだった。それでも、デヴの美しさに議論の余地はなかったにもかかわらず、アルシアの手のひらは汗ばんでいなかった。鼓動は速まってはいなかった。幸福を感じていたものの、それは、新しい友人とともに笑い合えたことから湧き上がる種類の幸福だった。

否応なしに、目がハンナとパートナーを見つけた。アルシアは人の波の向こうにいるハンナと見つめ合った。ブルネットはハンナの腕の中にすっかり身を預けていた。二人の体が、官能的に、魅惑的に揺れていた。

歌手が、テンポの速い、それでいて哀愁を帯びた歌を優しくささやくように歌った。厚かましいトランペットとブルース調の弦楽器の音が、その声の上に層になって重なった。踊っていた人たちは散り散りになった。扇動的なそのリズムを無視することができなかったのだ。群衆がコーラスに加わり、さらに多くの人たちがダンスフロアに出てくると、テーブルや椅子が床をこする甲高い音が響いた。

そのあいだずっと、ハンナはアルシアから目を離さなかった。ゆっくりと、ひどくゆっくりと、ハンナはパートナーの手を取り、その手首を自分の唇に近づけた。そしてそこに、その薄い皮膚に口づけた。

アルシア自身の手首に、その吐息のかすかな温かさが感じられるようだった。

触れると……その人の心を感じることができる。

第十六章

ニューヨーク市
一九四四年五月

ブルックリンにある〈禁じられた本の図書館〉を訪れてから一週間が経過していた。どういうわけか、ヴィヴは再びそこを訪れることに不安を感じていた。

おそらくそれは、あの図書館員がタフトとの最終決戦に加える人物として最適任者であることにヴィヴが気づいていたから。そして同時に、イベントで講演してくれないかと頼まれれば、図書館員は〝ノー〟と答えるであろうことがヴィヴにはわかっていたから。

重い足を引きずるようにしてまでブルックリンに向かわずとも、やるべきことが山ほどあった。報道機関向けの大規模イベント単独開催にこぎつけるまでに、もう二ヶ月あまりしか残されていなかった。この数日間、自信を喪失するたびに、あの場所のことを、情熱を宿した声を持つあの図書館員のことを思い出していた。

もう一度あの経験をして損をするはずがない。

図書館員は、今度は本棚のあいだに姿を紛らせてはいなかった。受付の机で若い女性の手伝いをしていて、二人とも頭を下げて開いた状態で置かれた本をのぞき込んでいた。

割り込むつもりなどなかったものの、ヴィヴの踵が木製の床をこすると、二人の女性は慌てて顔を上げてヴィヴと目を合わせた。一対の目はためらいを、もう一対は冷淡さを宿していた。

「あの」もぐり酒場に足を踏み入れた警察官のような居心地の悪さに苛まれ、ヴィヴはつぶやいた。

次の瞬間、ヴィヴの急襲を受けた若い女性は、その場から逃げ出そうとするように切羽詰まった様子でヴィヴにぶつかり、駆けていった。

ヴィヴは動揺し、女性の後ろ姿を見つめることしかできなかった。図書館員のほうを振り返ると、その顔には石のように冷たい表情が浮かんでいた。「ごめんなさい。私……」

図書館員はため息をつくと、先ほどまで女性と一緒に没頭していた本を閉じた。「チャイルズさん、今日はどうしました？」

「悪いタイミングで来てしまって、ごめんなさい」ヴィヴは、ちょうど間の悪いときに自分をここに送り込んだ宇宙に苛立ち（いらだち）ながら、もう一度謝罪の言葉を口にした。

図書館員の目が、訪問者が飛び出ていったドアにちらりと向けられた。「仕方のないこと」

ヴィヴはそっと近づいて、本の表紙を一目見ようとした。が、図書館員はその本を胸に引き寄せた。防衛を示す行為。

またしても、ただの図書館員ではない彼女の姿が思い浮かんだ。

守護者。

あまりに説得力のある着想だったため、ヴィヴはそれをやり過ごすことができずにいた。ヴィヴにはこの女性に頼み事をする権利などないというのに。

「お詫びに、お手伝いならできるかもしれません」ヴィヴは、はいていたおしゃれな赤いスカートで手のひらを拭ってから、図書館員のそばに置かれたカートを指さした。「そうすれば、図書館についてもっとお話ができるかと」

「わかった」図書館員がそう応じると、その両目の端と口元に、それまで浮かんだことのない温かみが浮かんだ。「カートを押してついてきて」

ヴィヴはすぐさまその提案を受け入れ、金属製のカートの持ち手をしっかり握り、前に向かって押した。

本はぶつかり合いながらも落ちなかった。

「あの夜ベルリンで焼かれたのは小説だけじゃなかったって、あなた知ってた？」奥のほうの本棚に向かいはじめたところで、図書館員が口を開いた。「あまり多くの人には知られていないことだけど、焚書(ふんしょ)の行われたほんの数日前、学生たちが性科学研究所(インスティトゥート・フューア・ゼクスアルヴィッセンシャフト)を襲撃したの」ヴィヴが戸惑いから無言でいると、図書館員は振り返り、別の表現で言い換えた。「性科学の研究をする機関のこと」

ヴィヴは頰を赤らめた。「ああ」

「学生たちは研究所を破壊した。その研究所では、女性や同性愛者、中間者たちに関する画期的な研究が行われていたの」そう言った図書館員の声は、少しも震えていなかった。ヴィヴは彼女ほど無感動に、世慣れた人間になれたらと願った。しかしヴィヴのかかわる業界では、その二つの言葉――無感動、世慣れた――が公言されるのを耳にすることはなかった。

「興味深い、ですね」ヴィヴはなんとか絞り出した。

「破壊者たちは、研究所のロビーから、設立者であるマグヌス・ヒルシュフェルトの頭像を盗んだ。そして数日後にそれを戦利品としてベーベル広場で行われた焚書の場に運んだの」図書館員は、ヴィヴが居心地の悪さを感じていることに気づかず、あるいはそれを無視して、先を続けた。「ヒルシュフェルトの研究のほとんどが、写しだけしか存在していなかった論文も含めて、燃やされたの。そのせいで、世界は何十年も後退することになった」

そこでようやくヴィヴは、自身の戸惑いに打ち勝った。「ひどい」

図書館員は本棚の前で立ち止まると、まだ胸に抱きかかえたままの本を、元の場所に滑り込ませた。著者の名前が、ヴィヴの目に留まった。

ヒルシュフェルト。

まあ。

女性、同性愛者、中間者。

ヴィヴが入ってきたことにひどく驚いた様子を見せた若い女性。彼女のことが脳裏に浮かび、ヴィヴは胸に手を押し当てた。「まあ」

「でも前にも言ったように、言葉を焼いたからって、それが書かれなかったことにはできない。そのアイディアが消し去られることはない。人間が、消し去られることはない」図書館員はうやうやしい手つきでそっと本の背表紙に触れ、それから続けた。「自分の気に入らないこと、あるいは理解できないことについて書かれた本を燃やしたからって、そういうものが存在しなくなるわけじゃない」

「焚書の夜は、どんな様子だったんですか？」ヴィヴは声を潜めて訊いた。そんな質問をする自分自身を止めたい、ほとんどそう祈りながら訊いた。図書館員はヴィヴの顔にじっと意識を集中させ、この女性は一体何を探ろうとしているのだろうと考えているようだった。

趣味の悪い好奇心、だろうか。

ヴィヴは自らの動機を、完全に純粋だと言うことはできなかった。ヴィヴはやはり物語を——政治にかかわるあらゆることに対する全体的な無関心をも超越して、人びとの心を動かすことができるような物語を——絶望的に求めているのも事実だったから。しかし、この女性について知りたい、彼女の経験を聞きたいという純粋な気持ちがあることも否定できなかった。

「湿っていた」しばしのち、図書館員は次の本に手を伸ばしながら、顔を引きつらせて言った。

ヴィヴの笑い声が、二人のあいだの空白を埋めた。「そうなんですか？」

「ナチスは実際、火を燃やしつづけるのに苦戦していた」図書館員は口の両端を引きつらせ、あの独特の表情を浮かべた。少なくとも、いくらかそこにおかしさを見出しているようでありながら、嘲りとも取れるものが入り混じったような表情だった。「山積みの本の上から、ガソリンを注ぎつづけなきゃならなかったんだから」

「それでも最後には、炎を燃やしつづけることに成功した」

「ときどきね、ナチスが燃やさなかった本のほうが、余計に私を苛立たせることがあるの」図書館員はそこで考えにふけり、フロイトの研究書を本棚にのせた。

「どういう意味ですか？」

図書館員は再び見定めるような視線をヴィヴに向けた。今回は警戒しているようだった。彼女をそうさせたのが自分自身だということに、ヴィヴは気づいていた。

「強制収容所に送られたユダヤ人たちの本は、どうなったと思う？」図書館員は訊いた。

「それは……考えたことがありませんでした」

図書館員は首をかしげた。「考える人なんてほとんどいないもの。ナチスはね、ドイツに住むユダヤ人の個人の蔵書を襲撃しはじめたの。世間をにぎわす派手なことをやってのけるために、できる限り多くの本を集めようとしていたちょうど同じころにね。彼らは襲撃をやめなかった」

「襲撃。それって、ちょうど彼らが」ヴィヴはドイツ語に苦戦した。「性科学研究所（インスティトゥート・フューア・ゼクスアルヴィッセンシャフト）にしたのと同じようなことですか？」

それを聞いた図書館員の顔に笑みのようなものが浮かんだ。「だいたいはね。というより、そう、同じね。ナチスの突撃隊が、共産主義者たちの書店や貸出図書館、それに個人宅に押し入って、そこから〝反ドイツ〟の本を没収したの。当時ベルリンには、検閲に果敢に立ち向かう作家たちを住まわせ、保護するためのアパートメントがあったの。でも焚書が行われる前に、その全五百戸が捜索され、破壊された」

「今でもずっと、ナチスは本を焼却しつづけているんですか？」ヴィヴは訊きながら、カートにのせてある立派な本たちを指先でなぞった。この本たちがただの灰と化すことを想像すると胸が痛んだ。

「それはどうかな」図書館員は言った。「焼却する代わりに、貯蔵しているんだと思う。あの野蛮なやつらが、そうした本を研究してるの」

「敵を知るために？」ヴィヴはそっと尋ねた。

図書館員はうなずいた。「プロパガンダの中でナチスは、知識を持たない反知性主義者として表現されている。それなのにその指導者たちは、知識がいかに力を持つかをしっかり理解しているの。彼らが知識をひどく厳格に支配したがるのは、そのためよ」

ヴィヴはタフトのことを思わずにはいられなかった。しかし自らの問題のために図書館員の話を脱線させるつもりはなかった。

「国家的な読書クラブがあるのを知ってた？」図書館員は再び、毒のあるユーモアを声に潜ませて言った。

「ナチスの？」なぜそこまで驚くのか理由はわからぬものの、ヴィヴは心底驚いていた。それは当然、ヒトラーの行(おこな)った最も残忍な行為ではなかった。しかしどういうわけか、ひどく暴力的な行為に思えた。

「何十万っていう数のメンバーがいてね、ゲーテやシラー、それから、自分たちが世に送り出したいと思うような親ドイツ的な文学作品を読むの」図書館員は頭を左右に振った。「あなたたちの兵隊文庫と同じようなものかしら」

「違います」ヴィヴは苦しそうに息を吐き出しながら言った。「私たちはそんなのとは違います。私たちには、政治的アジェンダなんてありませんから」

図書館員は疑わしげな目でじっとヴィヴを見据えて言った。「だれにだって政治的アジェンダはあると思うけど。でも、ごめんなさい。公平さを欠いた発言だった」

しかしヴィヴは今では、異様なほど知りたくなっていた。「だれがその読書クラブを運営しているんですか？」

「ああ、ゲッベルスの宣伝省の管轄下に、全国文学会議所があるの」図書館員の顔にふと影がかかると、面白がるような表情がにわかに消え失せた。再び壁ができ、ヴィヴはその唐突な変化に頭がくらくらした。

図書館員はろくに見もせずに最後の本を棚にしまうと、空になったカートに視線を落とした。

「チャイルズさん、ほとんどなんの助けにもならなかったと思うけど」

ヴィヴは胸に感じていた誠意をすべて込めて言った。「あなたが思う以上に、すごく助かりました」

「前にもそう言ってくれたけど、私、まだそれを信じてないの」図書館員は何やら考え込むような様子で受付へと戻っていった。

「何かあるって思うんです、この場所には――」**それから、あなたにも。**ヴィヴは賢明にもその部分は胸に秘めたままにしておいた。「使命、歴史。私たちの戦いがまったく別のものであることはわかっています。それでも、ここに来て私、思い出すことができたんです。どうして自分がこんなにまで懸命に戦おうとしているのかっていうことを」

「血迷った人間の声は、大きくはっきりと人びとの耳に届くかもしれない。でも、私たちの声だってはっきりと届かせることができる。私たちなりのやり方でね」

ヴィヴはまた別の問いを投げかけた。それは、議員やニューヨークの報道陣を前に、ステージの上で彼女の秘密を残らず暴露してほしいと依頼するのとはまったく関係のない質問だった。「一番好きな本はなんですか？」

「一番好きな本」図書館員はストゥールに腰を落ち着けながら繰り返した。「それって、人生で最高の瞬間を選ぶのと同じようなことじゃない。一つだけ挙げることならできるかもしれないけど、そうしたところで、それと同じだけ素晴らしい作品がほかにも百冊はあるっていう事実は変わらない」

ヴィヴに質問を撤回する間も与えずに、図書館員は続けた。「癒される本ならあるかな。冬の日に、あったかい紅茶を飲んでいるような気分になりたいときに読む本」

「なんですか?」ヴィヴは訊いた。答えを知りたくてたまらなかった。

「クリストファー・マーロウ（十六世紀に活躍したイギリスの劇作家、詩人）の『馬車でパルナッソスへ（パーナサス・オン・ウィールズ）』」図書館員は柔和な笑みを浮かべて言った。その目はどこか夢見心地で、ぼんやりとしていた。「〝君がある男に本を売るとき、君は十二オンス分の紙とインク、糊（のり）を売るのではない――君は彼に、新しい人生を丸ごと売ることになるのだ。愛、友情、ユーモア、夜に紛れて航海する船――一冊の本の中には、天地万物が存在する〟」

だれかがヴィヴの人生を手に取り、それをシンプルな引用句の中に押し込めたかのように感じられた。「読まなくちゃ」

「あなたなら楽しめるんじゃないかな」図書館員は言った。

その口調には〝今日はここまで〟という響きがあり、ヴィヴは長居しすぎて悪い印象を与えないように、そろそろいとますることにした。しかし図書館を出る前に、欲を出して訊いた。「お名前を、教えていただけませんか?」

ヴィヴの一部はそれを知りたくないと思っていた。彼女の魅力の神秘的な部分を。

そのため、図書館員がしばらくのあいだじっとヴィヴの顔を観察するように眺め、彼女独特の角度で首をかしげたときにも、気分を害したりはしなかった。「また別のときにでも」

❋ 第十七章

パリ
一九三六年十一月

〈焚書（ふんしょ）された本の図書館〉は来（きた）るべき反ナチス展のための、ある種の作業場のような場所と化していた。

図書館の役員たちはハンナに賛同し、移民コミュニティの考える〝ドイツの理想〟を描いた小説を出版することを決めた。この一週間で、計画はより大がかりなものへと姿を変えていた。図書館はただ単にナチスに反抗したかっただけでなく、パリの人びとの心に訴えたいと考えていた。ヒトラーの計画がフランス中に広まることをすでに期待している人たちではなく、確信が持てず、何が真実で何が嘘であるかわからずにいる人たちの心を動かしたいと考えていた。

学生やボランティアが図書館中央に置かれたテーブルをパンフレット製造工場に変え、役員たちは奥の椅子に座って身を寄せ合い、展示場所として借りたスペースに陳列するのに最もふさわしい資料の選定を行（おこな）っていた。残りの職員たちは、本を片づけるよりも熱心に使い走りをしていた。

ハンナは大変さを感じてはいなかった。必ず展示されるはずの、不愉快極まりないナチスの修辞的文句。それに反論すべく行動を起こすことで感じる興奮は、刺激的で爽快なものだった。最後に希望をこれほどまでに鋭く、差し迫ったものとして感じたのは、あの年の春、アダムが逮捕される前のことだった。

図書館館長のハインリヒ・マン（ドイツの作家、評論家。弟のトーマス、クラウスも作家として名を残している）はハンナに、地元の書店を巡り、最高のドイツ文学を展示するのに手を貸してほしいと頼んでくるよう指示を出した。ハンナの任務は、店を説得して、無料で何冊か本を提供してもらうことだった。そうすれば、展示会に興味を持ってくれた人びとに、購入しなければというプレッシャーを与えることなく立ち寄ってもらうことができる。

ハンナが上着を羽織ろうとしていたちょうどそのとき、ドアの上部に設けられたベルが鳴った。ヴァイオリン店のルシアンだった。ルシアンはポケットに両手を入れたままドアのところに立っていた。「私に会いにきてくれた？」驚きと喜びの両方を感じながらハンナは訊いた。ハンナは通常のパンフレット配布スケジュールをこなすための時間が取れずにいて、訪れることのできない人たちを恋しく思っていたところだった。

ルシアンは落ち着きのない様子で周囲を見回し、その場にいたくないかのように両肩を丸めていた。ハンナの興奮が鎮まった。どうやら友人としての訪問ではないらしい。

「ちょっと時間あるかな？」ルシアンが訊いた。ハンナは時計を見やった。〈シェイクスピア・アンド・カンパニー〉はすぐに閉店の時間を迎える。今日中にシルヴィア・ビーチ（アメリカ出身。〈シェイクスピア・アンド・カンパニー〉の設立者）と話しておきたかった。

「歩きながらでもいい？」

図書館から数ブロック離れるまで、ルシアンは何も話さなかった。ハンナも無理に口を開かせようとはしなかった。それでも眉間の皺や、真一文字に結ばれた唇から、ルシアンの不安が見て取れた。

「オットー・コッホの友達だったよね？」リュクサンブール公園に向かって角を曲がったところで、ようやくルシアンが口を開いた。

「そうだけど」

「けがをしたとかじゃないんだ」ルシアンは慌ててハンナを安心させる言葉を言った。おそらく、ハンナの声がひどくこわばっていることに気づいたのだろう。「彼、最近、うちの集会に来てるんだ」

ハンナは、なぜともわからず驚いた。レジスタンス集会の参加に関して、オットーも自分と同じくらい慎重になっていると思い込んでいた。やはりオットーも、アダムと親密であったのだから。

「何も起こっていないのに、わざわざ私に教えにきたりしないでしょ」ハンナはできる限り冷静でいるよう努めて言った。

ルシアンは再び口を閉ざした。ハンナが文化の違いを特に強く感じるのは、こういう時だった。これがドイツ人であれば、ハンナを驚かせたり、ハンナの気持ちを傷つけたりすることを案じたりはしなかっただろう。「教えてよ」

「ナチスに拘束された弟がいるって言ってたよね」ルシアンは言った。ハンナは両手のひらに爪を食い込ませ、ルシアンにつかみかかって、情報を吐き出させようとしたりしないよう、自分を制した。

「うん」

「オットーの……彼の話しぶりを見てたら、君の弟と同じ運命をたどるに違いないって、そう思わずにいられないんだ」ルシアンはようやく本音を打ち明けた。「最初集会に来たときは、後ろのほうに座って、一人でじっとしていた。でも最近になって、もっとはっきり意見を言うようになったんだ。そして昨日の夜、集会に来てた一人の男性と喧嘩を始めた」ルシアンはそこで言葉を切り、ハンナに視線を向けた。「つかみ合いの喧嘩だよ、ハンナ」

ハンナは震える息を吐き出した。それはよくないことだった。が、もっと悪いことが起きる可能性だってあった。

「彼を放り出すよりほかなかった」ルシアンは言った。「もう来るなって、そう言ったよ」

それが何を意味するか、ハンナにもルシアンにもわかっていた。オットーはより過激な集団を、彼の激しやすい気性を受け入れ、その情熱を鎮めるどころか褒めそやすような集団を探すのだろう。

「ぼくには、ほかに考えてやらなきゃならない人たちがいる」ルシアンはまるで、怒らないでほしいとハンナに懇願するように言った。ハンナは、自分がもう何分も黙ったままでいることに気づいた。

「もちろん、わかってるよ」ハンナはそう言うと、話を終わらせようとルシアンを抱きしめた。そしてまだ友人だということを示すように、ルシアンの頬にそっと口づけた。これはハンナの問題で、ルシアンの問題ではなかった。ルシアンは、自分の仲間を守るためにやるべきことをやったまで。「オットーには、私から話しておくから」

「ありがとう」ルシアンは言った。ようやく肩の荷を下ろせたというように見えた。それからその場を去りかけたが、立ち止まり、振り返ってハンナを見た。「ぼくたちには、彼の中で燃えているような炎が確かに必要なんだ。でももし、ナチスを破滅させるために、世界を焼き尽くしてしまったら……」

ハンナがルシアンの考えを引き継いだ。「ナチスがいなくなったあと、自分たちの生きる世界も残されていないことになる」

ハンナは苦しみながら目を覚ました。殴打された体と折れた骨の悪夢から引き戻してくれたものの正体は定かではなかったが、それがなんであれ、ありがたく思った。

しかしそんな感謝の気持ちが続いたのは、その正体に気づくまでのことだった。ハンナの目を覚ましたのは、三階にあるハンナの小さな部屋のはるか下、家の玄関ドアを叩く音だった。

不吉な予感がして、腹の中で何やら暗いものがうごめいた。薄っぺらいブランケットを蹴飛ばすと、よろめきながらベッドから這い出し、窓に駆け寄った。

「ハンナ」泣きじゃくる声だった。「ハンナ」

胸が張り裂け、打ちのめされた。声に絶望が滲んだ。「オットー、よして」

ハンナはできる限り声を潜めて言ったが、オットーの耳には届いたらしく、オットーは顔を上に向けた。その目はハンナを探していた。

次の瞬間、家のドアが開け放たれ、出てきたブリジットがオットーの上着の襟をつかんでその体を揺さぶった。ブリジットは礼儀作法を気にする人間ではなかったものの、夜中に起こされることには我慢ならない質（たち）だということをハンナは知っていた。オットーが目にあざをつけられずに逃げおおせれば幸運だった。

ハンナはガウンを羽織って踊り場に飛び出し、階段を駆け下りた。

「マドモアゼル、ごめんなさい（ジュ・スイ・デゾレ）」ハンナはひどく下手なフランス語で興奮気味に叫んだ。「お願いします。お願いします」

ハンナの声に宿る何かがブリジットの注意を引いたらしく、ブリジットはオットーの体を揺さぶる手を止めてハンナを睨みつけた。それから大家は、泣きじゃくるオットーをつかんだまま、ハンナには想像しかできないものの、おそらく一生分と思われる罵りの言葉を吐きはじめた。そして最後にはオットーをハンナのほうに押しやり、家の中に戻っていった。

立ち退（の）きに関して触れられているのでない限り、ハンナはその言葉による侮辱を、今のような状況下で望める最善のこととして受け入れることに決めた。

「ああ、愛しいオットー、あなたをどうしてあげたらいいの？」ハンナは独りごちた。オットーはまだ感情の動揺から抜け出せずにいた。ハンナはオットーの腰に腕を回すと、その体を引っ張り上げながら三階分の階段を上っていった。部屋についたとき、腕に痛みを感じていた。

ハンナがオットーの体をうまく移動させたおかげで、手を離すと、オットーの体はベッドの上に倒れ込んだ。

オットーは目を上げてハンナを見た。悲しげな目は泣き腫らして赤くなっていて、感情を抑えようとするせいで顎が震えていた。ハンナはオットーのそばに腰を下ろし、髪をなでた。その日の午後にルシアンから受けた警告を思い出さないよう努めたが、無理だった。

病気の子どもに話しかけるのと同じような口調で、ハンナは訊いた。「オットー、何があったの?」

「あいつらが憎い」炎が宿っていた。あまりにも美しく、あまりにも致命的な炎だった。

「わかってる」ハンナは愛情を込めてオットーの巻き毛の一房を引っ張りながら、穏やかな口調で言った。

「あいつらは、俺たちから何もかも奪った」オットーは言った。それは泣き声ではなく、ささやき声だった。それがなおのことハンナを怖がらせた。その声に、新たな決意が宿っていた。「何もかもだ」

「私たちの命までは奪ってないよ」ハンナは思い出させるように言った。

「それはただ、運がよかったからにすぎないさ」オットーはため息まじりに言った。「俺たちは、数少ない、運のよかった人間なんだ」

ハンナはうなずいた。どちらも、アダムには触れなかった。

「何があったの?」ハンナはもう一度訊いた。これは多くの人たちが通る道だから。オットーからは蒸留所のようなにおいが漂っていたが、彼をこれほど感傷的な人間に変えたのは、アルコールだけではないはずだった。

オットーは時に、世の中からあまりに多くのことを感じ取りすぎるきらいがあった。世の喜び、そして同時に残酷さを。それでも、ここ数ヶ月は、それがさらにひどくなっているように思えた。酒と、時折は使用しているとハンナが疑っている薬によって、激情があおられていた。しかしハンナは、ルシアンにその現実を見せつけられるまでは目を向けようとはしなかった。

もっと早く介入すべきだったのだ。止めるべきだったのだ。しかしハンナは争いを避けていた。ただ一日をやり過ごすことだけで、それ以上何も考えられないくらいに疲れ果てる日もあるから。

オットーがハンナに目を合わせて微笑んだ。ズボンからシャツを引っ張り出し、裾をわずかにたくし上げると、細い腰の骨があらわになった。それから、拳銃の金属製のグリップも。

ハンナの吸い込んだ息が喉の奥につかえた。あまりに激しく、痛みを伴った。「オットー、嘘だよね」

「友達ができたんだ」

「武器を渡してくるなんて、いい友達とは言えないよ」ハンナは、そう言った自分の声が不本意ながら震えていることに気づいた。しかしそのときハンナに見えていたのは、ベルリンにあるナチスの建物を破壊する計画について話していたアダムの顔だけだった。そこには、論理や慎重な警告では決して抑えることのできない熱情が、光が、宿っていた。今ハンナは、オットーの目に同じものを見ていた。ただ、オットーのその目には、同時に涙も滲んでいた。

「その人たちに、展示会のことを話したんだ」オットーは、ハンナが話したという事実などなかったかのように続けた。「彼らも気配を感じているんだよ、ハンナ。戦争だ。俺たちだけじゃない、彼らもわかってるんだ」

「ナチスに撃たれるようなことをしたって、ナチスを止めるのに、なんの役にも立たないんだよ」頭の中で、鋭く、甲高いうめき声が鳴り響き、言葉を発するのがひどく難しかった。考えなければ、これを止めなければ。

「役に立つかもしれない」オットーは言った。「そうなれば、パリが目を覚ますさ。そしてやつらの本性を、野蛮人の姿を見るようになるんだ」

「だめだよ」ハンナは汗でじっとりとした両手で、オットーの両手を握った。「だめだよ、オットー。ナチスがどんなやつらか、わかってるでしょ。やつらの一人でも殺したりしたら、やつらがどんなことをしでかすか、わかってるでしょ。ドイツにいるユダヤ人たちに怒りをぶつけるはず。やつらならそうするはずって、わかってるでしょ。殺された人間は、ユダヤの暴力の犠牲者だっていうことにされるんだから」

「ナチスに対して、何一つ納得させることなんてできないんだ」オットーは言った。その口調は、それまでよりもはるかに明快になっていた。「俺たちの役目は、やつらを説得することじゃない。俺たちは世界を説得しなくちゃならないんだ」

「あなたの友達はあなたを利用してるんだよ、オットー」ハンナは言った。「その人たちは騒ぎを起こしたいだけ。それは無政府状態(アナーキー)だよ。それじゃ、だれのことも説得できない」

「アナーキーがそれほどいけないって?」オットーは言った。「もう一方の選択肢が、ヒトラーだとしても?」

ハンナは唇を結んでそれ以上の議論を避けた。今の状態では、オットーを説得することはできない。

「その人たちのことを教えてよ。あなたの友達のこと」

オットーは罠を感知するかのように目を細めた。しかし、物事をハンナと共有することにすっかり慣れきっていたオットーは、打ち明けずにはいられなかった。「彼らはすでにレジスタンス集団を作りはじめてる。ドイツが攻めてくる前に完成させて、規定やアジトを設けようとしてる」

「その人たち、ドイツの侵攻をそれほど確信しているの?」ハンナ自身、戦争の不可避性についてだれよりも声高に訴えているにもかかわらず、そう訊いた。ハンナのそうした主張は却下されるのが常だったため、自分以外の人間が、何が起ころうとしているかに気づいているという事実を鵜呑(うの)みにすることができなかった。

「劇作家や舞台俳優たちの集まりで、彼らはドイツにいる人たちとつながりがあるんだ。俺たちが見てきたものを、彼らも見てるんだ。彼らは知ってるんだよ」オットーは最後の一言を幾度か繰り返し、やがてもごもごと不明瞭になるまでそうして繰り返した。

ハンナは冷静な声を保つよう努めながら訊いた。「それで、その人たちがあなたに、本の展示会にその銃を持っていかせようとしているの?」

「彼らが俺を説得する必要なんてないさ。俺が頼んだんだから」

「俺がくれって言ったんだ」激しく、断固とした口調に戻っていた。

「わかったよ、オットー」ハンナは優しい声でささやき、もう一度オットーの髪をなでた。朝まで待とう。朝になったら、話してみよう。理性を取り戻させよう。

ハンナに優しく介抱され、オットーの目がゆっくりと閉じていき、呼吸が安定していった。

ハンナが心を決めるころには、空は白みはじめていた。太陽の光が、使い古したカーペットの上を這っていた。ゆっくりと、先ほどオットーがしていたようにゆっくりと、オットーのシャツを持ち上げた。視線はオットーの顔に向けたまま。オットーが目覚めていないことを確認すると、そのようなものに実際に触れなければならないことを嫌悪しながらも、二本の指で銃のグリップを引っ張った。

銃をズボンから完全に引き抜くと、それを古いショールでくるんだ。それからクローゼットのそばに膝をつくと、手を伸ばし、押せば床板を持ち上げることのできる切り込みを手探りで探した。できる限り静かに、ハンナはその武器を床下の暗闇に落とし入れた。

第十八章

ベルリン
一九三三年二月

夜が更けてきたころ、デヴはしきりに後ろを振り返りながら、もっと速く歩くようアルシアをせき立てた。アルシアはその警戒ぶりを妙だと感じた。というのも、それまでデヴは、女だけで街をふらつくことの危険性について少しも気に留めたことがないように見えていたから。

しかしその夜、デヴは明らかに緊張していた。

「どうしたの？」アルシアは、デヴの長い脚とやきもきして速まる歩調に合わせるように、大股で歩かなければならなかった。

「見せたいものがあるの」それは、今ではお馴染(なじ)みの台詞になっていた。三週間前にはじめて会ってからというもの、デヴは幾度となくその決まり文句とともにアルシアの部屋の玄関口に現れていた。見せたいものがあるのは、ナイトクラブの淫(みだ)らなショーを意味することもあれば、博物館島(ムゼウムスインゼル)にある美術館の絵画、ティアガルテンで演奏する、ひときわ活気のあるストリートバンドのこともあった。アルシアはデヴのおかげで、ベルリンの多くの面を目にすることができた。ディードリッヒにだけ頼っていたのでは、短い滞在期間でこれほどまでこの場所に馴染むことはできなかっただろう。

アルシアには友人と呼べる人がいたことがなかった。弟を愛していたし、彼はアルシアが何かを必要としたときにはすぐにそれを持ってきてくれた。アルシアの友人は、いつだって本の中に、あるいは自分の作品のページの中にいた。アルシアにとって親密な関係というのは想像上のものでしかなく、それゆえに、正しく理解できているはずもなかった。

デヴがアルシアの人生に颯爽と入り込み、その隅々にまで彼女の存在を知らしめていく今、アルシアは自分がいかに欠落した部分の多い人間であったかに気づいていた。

デヴが急に足を止めたため、アルシアはその体に軽くぶつかった。デヴはそれ以上なんの警告も発することなくアルシアの手首をつかむと、一番近い路地に引き込んだ。そこからは、通りに出たり、再び陰に身を潜めたりしながら、さらに猛烈な速さで歩みを進めた。

息もつけぬような五分が経過したころ、デヴが一見どこにでもありそうなカフェのドアを押し開けた。一杯のコーヒーが描かれた絵のほかは、看板にも、ドアにも、店の名前は記されていなかった。しかしデヴには迷いがなかった。

月曜日の静かな夜で、店内のほとんどがその雰囲気を反映していた。一人で来ている常連客が数人、散り散りに小さなテーブルに着いていた。しかし店の奥に、アルシアと同年代かそれより若く見える男女が集まっていた。四つほどのテーブルをくっつけて、椅子をその周りに所狭しと押し並べていた。テーブルの上にはたくさんのマグやコップ、それに数脚のワイングラスまでもが散乱していた。一人の若い男性が、みなの注目を浴びる形でその場に立っていて、シェイクスピア劇を演じる役者のごとき雰囲気を漂わせながら身ぶり手ぶりを交えて何やら話していた。

男性はデヴを見つけると大きな声で挨拶し、すぐに部屋を横切ってきてデヴをその両腕で包み込んだ。

男性がデヴを解放してアルシアのほうに顔を向けるころには、デヴは声を出して笑っていた。アルシアは同じように歓迎されるのを避けるため、わずかに後ずさりした。アルシアはひっきりなしに新しい人びとに会うことに慣れてきてはいたものの、この妙な男に抱き上げられるのは避けたいと思った。

男性はすぐにアルシアの気持ちを察したと見えて、アルシアに向かってただ笑みを見せるにとどまった。「やあ、こんにちは」

その男性は子犬のような目をしていた。透明感のある茶色で、常にほしいものを手にいれられるよう配備されたような大きな目だった。紅潮した頰と乱れた茶色い髪の毛が、波のように放出される、息を切らすほどの興奮を強調していた。

アルシアはすぐに、行き先がどこであれ、この男性が導くところならどこへでもついていきたいと思っている自分がいることに気づいた。そんなふうに瞬時にして相手の献身を呼び起こすような人物のことを本で読んだことならあった。しかし現実世界で出会ったことは、いまだかつてなかった。

「アルシア、ハンナを知っているでしょう」デヴは言った。その口調にはおそらく、アルシアが感知する以上の含蓄が込められていた。「それで、こちらはブレヒトさん」

つまり彼はハンナの夫ということだろうか。そう思った瞬間、みぞおちに殴られたような衝撃があった。アルシアは男女の集団に視線を移し、その中にハンナの姿を探した。その姿を認めたとき、ハンナが自分たちを見ていたことがわかった。アルシアの視線に気づいたハンナは眉をひそめた。

「ハンナの弟です」男性が正体を明かすと、アルシアはようやく再び呼吸ができるようになった。デヴはひどく満足げに見えて、ハンナの心を揺さぶることを意図していたとしか思えなかった。「聞いてるよ、デヴとハンナの友達なんだってね。友達とは堅苦しいことはしない質(たち)でね。だから、アダムって呼んでくれればいいから」

ほかの若者たちも熱烈な声を上げてデヴを歓迎し、みな移動したり動き回ったりして、予備の椅子を引っ張ってきた。場がすっかり落ち着いたとき、アルシアは、どういうわけか自分が再びハンナのそばに押しやられていることに気づいた。

その日のハンナは前よりもカジュアルな服装をしていた。前回ハンナを見たのがナイトクラブだったことを考えれば、それは当然のことだと思えたが。それでも、ハイウエストのパンツとプラム色のセーターに身を包んだその姿は、ドレス姿に劣らず美しく、頭の後ろでシニヨンにまとめられた髪の毛は、口紅のひと塗りと同じほど強く彼女の顔立ちの美しさを強調していた。

ハンナからは、オレンジと清潔なリネン、煙草の煙——アルシアにはそれがハンナのものだとはっきりと嗅ぎ分けられるようになりつつあった——のにおいが漂っていた。

「私たちの勉強会へようこそ」アダムが再び聴衆の注目をかっさらったところでハンナがささやいた。

「勉強会？」

ハンナはウィンクをした。「今日は『レ・ミゼラブル』」

アルシアは、自分が現状を理解していないことに気づいていた。しかしちょうどそのとき、アダムが両腕を大きく広げて片方の足で椅子を踏みつけた。

「〝世間には、星をながむるようにただ遠方から名誉の法則を観測する者もあるさ〟（ビクトル・ユーゴー『レ・ミゼラブル』（豊島与志雄訳）岩波文庫より引用）」アダムは、あたかも舞台上で演ずるかのように語った。店のカウンターにいた若い女性はあきれたように目を回したものの、その口元には笑みが浮かんでいた。カフェにいた数少ないほかの常連客はアダムたちを気にかける様子を見せず、ひどく動揺しているような者もいなかった。「〝死ぬのは何でもないことだ。生きられないのは恐ろしいことだ〟（前出『レ・ミゼラブル』に同じ）」

「でたらめに引用を暗唱しているだけなの？」アルシアは声を落としてハンナに訊いた。「同じ場面の台詞じゃないわ」

ハンナは目を大きく見開き、唇をぎゅっとすぼめた。ハンナの気分を損ねてしまったのかもしれない、アルシアはそう思った。しかしハンナの肩は震えていて、笑みが、厳しい制御をすり抜けようとしているのがわかった。ハンナはついにその戦いに敗れ、笑い声をもらした。ハンナによく似合う、静かでハスキーな笑い声で、アルシアはすぐにもう一度その声を聞きたいと思った。

彼女の笑い声を引き出す人間になりたいと思った。

「ああ、やめてよ」指の関節を目の端に軽く押し当てるようにしながらハンナは言った。「お願いだから、アダムには聞かせないようにしてよね。あの子の魂、ぺしゃんこになっちゃう。アダムは、自分のスピーチこそ、人びとを鼓舞するものの極みだって思ってるんだから」

「公平を期するために言えば、聞いている人たちは、実際に鼓舞されているみたいね」アルシアは言った。集まった若者たちはみな体を前のめりに倒し、アダムに、彼の熱意に、磁力に、若々しい活力にさらに近づこうとしているかのようだった。姉と弟がいかに違っていることか、それを目の当たりにしたアルシアはひどく驚いた。ハンナの冷淡さに比べると、アダムはなんと明るい人間であることか。月と太陽。「でも、だからこそ一つ疑問に思わずにはいられないわ。あの人たち、本当にあの本を読んだことがあるのかしら」

ハンナはまた鼻から静かな笑い声を出すと、何か言いかけ、それからアルシアのももに触れた。

「待って、待って、ここが一番いいところだから」

見ると、アダムは椅子の上に立ち、両手を前に突き出していた。「〝どんなに暗い夜もいつかは終わる〟」

アルシアはこのユーゴーの言葉を知っていた。しかしテーブルに着いていた何人かが立ち上がり、拳を宙に掲げながら、声を合わせて続きを唱えるのを目にして驚いた。「〝そしてやがて朝が来るだろう〟」

喝采が大きくなる中、アダムが床に飛び降りた。それから近くにいた人たちの肩を次々に叩いていき、また別の人たちからは握手やハグを受け入れていた。

アルシアが唖然(あぜん)としてハンナを見ると、ハンナの目に笑い泣きの涙が滲んでいた。「あの子たち、すごく若くて、すごくひたむきになることがあるの。それは結構なことなんだけど、だけど……」

ハンナは最後まで言い終わらなかった。言う必要がなかった。アルシアはすでにうなずいていたから。概してアルシアは、自意識の強すぎる人間が苦手だった。ディードリッヒに紹介されて出会った社交界の女性たちの何人かに対して興味を失う最初のきっかけになったのが、まさにそれだった。なんの皮肉も込めずに、ヒトラーを〝小さな狼(リトル・ウルフ)〟と呼ぶような人間には共感することができなかった。

しかしここでは、このぬくぬくとした小さな店内では、雰囲気が違っていた。ここではみなが自由を求めて戦うために、いつでもバリケードに向かって行進する心づもりがあるように見えた。それは確かに結構なことではあったが、アルシアは急に年を取り、冷笑的になったような気がしてくるのだった。

それでも、ハンナも同じ感情を抱いているのだと考えると、自分の内で温かさが花開くのが感じられた。アルシアはその温かさを無視することができなかった。

「これって、本当に勉強会なの?」アルシアは、ばかばかしく聞こえるとわかっていながら訊いた。

ハンナは唇を噛み、視線をアルシアに、デヴに、アダムに向け、それから再びアルシアに戻した。

「私が〝ナチスの主人〟に告げ口するのを心配しているのね」アルシアは言った。「言わないわ」

「デヴはあなたのことを信用してるみたいだけど」ハンナは応じた。「でもナチスの支配下にある今、信用がどれほどの意味を持つっていうの?」

アルシアは心のどこかで、これ以上の政治的な会話を避けるためだけにこの場を去りたいと感じた。だれもが政治について議論したがっていた。しかしアルシアは、誤った考えを口にして、今以上にハンナを失望させたくはなかった。何が間違った考えなのか、それがわかってさえいればいいのに。

アルシアはハンナから視線を外して、もう一度集団を見渡した。たくさんの幸せそうな顔に、個人空間(パーソナルスペース)など必要ないかのように、くつろいだ様子で押し合う体。それに、共有される——喜びというのでは適切とは言えず、おそらくは熱意、だろうか。「あなたたちのだれも、傷ついてほしくない、そう思ってるわ」

ハンナはその言葉を信じたようだった。目の前にある、いびつな形をした灰皿で煙草をもみ消すと、ため息をついた。「ナチスはね、自分たち以外の人間が開く政治集会の取り締まりを始めたの。集会の場にいる人たちを、残らず全員、血まみれになるまで暴行して、そのうちの半分は逮捕されるの」

「え？」アルシアは息を吐き出した。

「でもそれも、あの野蛮人たちがその場でその人たちを殺さなければ、の話だけど」ハンナはまるで天気について話すかのように落ち着いた声色でそう言った。

「殺すなんてそんなこと……」

「ヘルマン・ゲーリングがプロイセン州の法執行機関を統制しているの」ハンナは言った。このときもまた、ハンナを説得しようとしているような口調ではなく、目下の現実を伝えているにすぎないというような話しぶりだった。「殺しなんて、そこでは報告もされない。だから今私たちには、ナチスの政敵がこれまでにどれだけたくさん殺されたのか、それを把握することができないの。ひどい数になることだけはわかっているけどね」ハンナは若者たちの集団と、テーブルの上に置かれた数冊の『レ・ミゼラブル』を手ぶりで示して言った。「ということで、これは地元の大学生たちの勉強会なの」

アルシアは店内にいるほかの客たちを見渡した。その肩が急にこわばったのを見て、ハンナはアルシアの頭に浮かんだ疑問を察した。

「ここでは安心だよ」ハンナはそこでいったん言葉を切り、つけ加えるように言った。「今はね」

アルシアはさらに詳しく尋ねようとしたが、そうする間もなく、アダムが人好きのする態度でハンナの隣に座っていた男を席から押し出し、その席に腰を下ろした。汗で湿った髪の毛と炎を宿した目をしたアダムは、実際にユーゴーの本から飛び出してきた人間のように見えた。

「君の小説、読んだよ」アダムは全神経をアルシアに向けようとするかのように、テーブルの上に身を乗り出した。

「本当に？」ハンナが口を挟んだ。しかしすぐに、興味を示すつもりではなかったとでもいうように唇を結んだ。

「読んだよ」アダムは姉に向かって歪んだ笑みを見せた。「すごく丁寧にお願いしてくれれば、貸してやってもいいけど」

「くそがき」

「興味深い本だったよ」アダムはアルシアに向き直って言った。アルシアはその声から、ひたむきな正直さを聞き取った。ディードリッヒの友人の中には、アルシアの作品をけなす人たちもいて、彼らはアルシアが英語でしか書けないことを嘲ったり、フィクションのような〝軽薄な〟ものに時間を費やすことを遠回しに批判したりした。「それに、最初の小説なんだろう。本当にすごいことだよ」

「二十五作目なの」アルシアはばつの悪そうな笑みを浮かべて告白した。「出版された最初の作品、ってだけ」

「そんなこと、聞いたことなかったわ」背後からデヴの声が聞こえてきた。アルシアはブレヒト姉弟（きょうだい）にすっかり魅了されていて、もう一人の女性の存在を忘れかけていた。「無名の状態から引っ張り上げられたのかと思ってたわ」

「それは間違ってないって言えるかも」アルシアは、デヴを会話の輪に入れるために椅子を後ろにずらして言った。手足を投げ出してデヴの隣の椅子に腰かけていたオットー・コッホも体を寄せてきた。アルシアは注目される緊張のせいで言葉が詰まりそうになるのをどうにかこらえなければならなかった。「本当に、思いがけない幸運だったの。今の担当編集者の乗っていた列車が、私の地元の小さな町外れで故障してしまって。それでその人、弟のやってるパブの階上（うえ）の部屋に泊まっていったの」

それはよくできた話だった。出版社はアルシアの本を売るためにこの物語を利用した。編集者は、小さな漁師町のカモメたちの中に埋もれたダイアモンドを発見したことに鼻を高くしていた。

「それまでは、地元の新聞にミステリを連載させてもらっていたの。それ以外には、紙面を埋めるものがあまりなかったのね。お客さんたちが読めるようにって、弟は店にその新聞を置いておいたの」アルシアは続けた。「編集者はその連載にすべて目を通して、それ以前のものも読みたいって言ってきた。そして次の日までには、私について教えてほしい、未発表の作品で今読めるものはあるかって尋ねてきた」

「そうして気づいたときには、文学界のスターになっていた」デヴは明白な結論を宣言した。

「まだあまり適応できていなくて」アルシアは言った。控えめな言葉だった。冗談のつもりで言ったのではなかったが、みな笑った。「編集者は、私の作品自体よりも、私を発見したっていう物語が気に入ったんだと思う。だから、どうしても本を成功させたかった。それだけのこと」

「そうしてそれが、はるばる海を越えてゲッベルスの机まで届けられた」アダムは穏やかな笑みを浮かべたまま、頭を左右に振って言った。アルシアはそこでようやく、ハンナとアダムの身体的な類似点を見つけた。とはいえ、ハンナの表情が、これほどまでに人懐っこく、打ち解けたものであったことはなかったが。

「どういう経緯でそうなったのか、私にはさっぱり」アルシアがそう言うと、残りの人たちは視線を交わし合った。

「ナチスは、自分たちの血族リストが好きなんだ」ようやくアダムが口を開いた。「君、この国の政治の現状をよく知らないって聞いたけど」

その詮索方法は、ハンナのやり方よりは優しかったものの、デヴのやり方より率直だった。

「正直言うと、知りたいと思っているかどうかもわからないの」アルシアはみなと目を合わせずにすむよう、テーブルの上を見据えて言った。「アメリカでも、政治を気にかけたことなんてなかったから」

「無知でいることを選択できるなんて、いいご身分だこと」毛先の軽やかなピクシーカットの、非常に小柄な女性が、アダムの膝に飛び乗って言った。アダムは女性の口元にキスをしてから、頬に鼻をこすりつけた。その様子が再びアルシアに子犬を思わせた。

二人のそんな様子を見ていたハンナの表情が、優しく、楽しげな表情に変わった。

「こんにちは、クラ……」

ハンナの挨拶は途中で中断された。女性が不意にハンナの太ももを蹴ったのだ。

「名前はね、知る必要のある人にだけ知らせるものなの。あんたたちがみんな、このちび鼠が親衛隊の元に戻ってチューチュー鳴くことはないって信じてたっていいわ。でも、だからってね、ここにいる全員が殺されることになるのはごめんなの」

「私、そんなこと……」アルシアはその呼び名を聞いて、それがヒトラーの警備を務めていた黒い制服の男たちを指しているのだとわかった。しかしちょうどそのとき、その小柄な女性の両手のひらや手首、身につけている男物のズボン、それに前あきのベストにもインクがついているのが目に留まった。「何か印刷しているんですか?」

女性はアルシアを睨みつけるだけだった。

「この子のこと、気にしないで」アダムは言った。アダムは彼女の名前を口にしなかった。彼女の願いを尊重したのだった。「締め切りが近づくと、イライラしがちなんだ」

「締め切り?」

「ナチスは、反政府系のほとんどの新聞社を閉鎖に追いやった」アダムは応じたものの、それを物理的に阻止しようとするかのように、女性はアダムの口元に向かって手を伸ばした。「やつらの残虐な行為を世に知らせようとするなら、自分たちで秘密裏に新聞を刷らなきゃならない」

「〝秘密〟っていうのは、重要な意味を持つ言葉のはずなんだけど」小柄な女性は苛立ち、アダムの膝から降りた。「もう戻らないと。挨拶しにきただけだから」

「気をつけて」アダムはそう言うと、女性の手を取り、そこについたインクなど気にも留めずに手のひらに口づけた。

アルシアは胃が上下するような感覚に襲われた。キャバレーの光景が、ハンナが似たような仕草で女の子の手首を口元に近づけた光景が思い出された。あのとき、ハンナの目はずっとアルシアに向けられていた。

思い切ってハンナに視線を向けると、ハンナは面白がるような表情でアルシアを見ていた。まるでアルシアを見ていて飽きることなどないかのように。そうした種類の笑みは、若かったころのアルシアを不安で不快にしたものだった。しかし今、ハンナの笑みは柔らかく、寛容で、アルシアはその笑みに包み込まれるように感じた。

「気をつけなきゃいけないことを思い出す必要があるのは、私じゃないわ」女性は最後にもう一度、鋭い視線でアルシアを睨みつけた。

「私が来たくてこの店に来たわけじゃない」アルシアはつぶやいた。ハンナだけがそれを聞いていた。

「いかにもデヴらしい」ハンナは言った。「デヴはあなたが好きなのね。それに、あなたがあなた自身のことを知っているよりずっとよく、あなたのことを理解してると思ってる」

「それは難しいことじゃないわ」アルシアがそう言うと、ハンナは唇を歪めて皮肉っぽい笑みを浮かべた。

「それにきっとアダムが……」

ハンナは最後まで言わずに声を落としたものの、アルシアには彼女が何を言わんとしていたのかが想像できた。アダムは、中立的な立場にいる人間を説得することのできるような人間だった。というのも、アダムに見つめられると、まるで自分はこの部屋にいるたった一人の人間であるかのような気分にさせられるのだった。それにアダムは、アルシアとより親密になるために彼女の本を読んでいた。さらに、他者には真似しようのない内面的な魅力も備えていた。

「教えてよ」ハンナは、今度は通常の声量で言った。「今でも私たちのことを、ナチスとはまた別の種類の怪物だと思う？」

不意にアルシアは、この質問を耳にした全員の注意を引くことになった。そしてそれはつまり、集団の半数の視線を集めたということだった。

彼らの主張が事実だとすれば、ナチスは、全権力を掌握するために政敵を殺す、忌むべき野蛮人ということになる。しかしナチスもまた、彼らについて同じようなことを言っていた。

それでも、すべての情報が均衡しているわけではなく、情報源も平等さに欠けていた。アルシアはこれまでに出会ったナチ党員たちのことを、支持者たちのことを思った。彼らの交わす非常に多くの会話の中に編み込まれていた、意地の悪い優位性のことを思った。ヘレーネがいわゆる〝真のドイツ人〟について話していたことを、アルシアが特定の作家について触れるたびに決まってディートリッヒが口にする、軽蔑的な意見のことを思った。

それから、この集団がどのように自分を受け入れたかを思った。彼らは偏見のない好奇心で世界を眺め、自分と異なる者や少しばかり変わった者、それに、ちょうどアルシア自身がそうであったように、人生のほとんどを一人取り残された状態で生きてきたような者に対して思いやりを示していた。

沈黙があまりに長く続いた。表情はかげり、やがて消えていった。アルシアはその状態を嫌悪した。なぜ自分のホストを悪だと考えることに抵抗があるのだろう。アルシアの奥底の小さな声が、そう結論づけてしまえば、自分は何を言われるのかと恐れているからだろうと言っていた。結局のところ、ナチスがアルシアを見つけて、この国に招待したのだから。彼らはアルシアの何かに魅力を感じ、はるばるドイツまでアルシアを呼び寄せるための費用を払ったのだ。

そしてアルシアは、その事実を認めたくなかった。

アルシアは口を開き、何か言おうとした。否定、説明、弁解。それがなんであるか、アルシア自身にもわかっていなかった。

しかし、それは重要なことではなかった。

大きな音とともに店のドアが開くと、若い男がそこに立っていた。男の呼吸は荒く、体を支えるように両手を太ももにのせていて、顔は紅潮していた。

店中が静まり返った。アルシアは、全身に震えが駆け巡るのを感じた。

男はようやく背を伸ばすと、恐怖の入り混じる声でニュースを告げた。「国会議事堂が、燃えてる」

❋ 第十九章

パリ 一九三六年十一月

ハンナは返却カートに残っていた最後の本――エーリヒ・マリア・レマルクの『西部戦線異状なし』――を本棚にしまうと、背伸びをした。〈焚書された本の図書館〉で長い一日を過ごしていた。サンジェルマン大通りで開催予定の展示会まで、残すところ一週間あまりとなっていた。

割り当てられた机に戻ると、ハンナは無意識に向かいの壁にかかっている写真に目を向けた。三年前のベルリンで、本の〝火葬〟を取り仕切るゲッベルスの姿を収めた写真だった。この建物内にいるとき、ハンナはいつもこの写真を見るようにしていた。一度、尋ねたことがあった。なぜ悪魔のようなこの男の写真を、図書館の壁にかけておくのか――そして悪魔のような男たちの本を、本棚に置いておくのか。それは創設者アルフレッド・カントロヴィッチの決めたこと、そんな答えが返ってきた。

この図書館が存在する目的を、みなが忘れずにいるため。

時間も距離も過去から遠ざかり、それとともに歴史は忘れられていくものだから。

「少し休んだほうがいいですよ、ブレヒトさん」マン氏が後ろから声をかけた。

振り返ると、マン氏自身の疲れ切った顔が目に留まった。マン氏は図書館館長として、ほかの職員たちよりもさらに懸命に働いていた。ハンナは質問が口から転がり出るのを止めることができなかった。「何か変化をもたらすことができると思いますか？」

マン氏の沈黙は、気分を害したことによるものではなく、熟考ゆえのものだった。

「おそらく、図書館そのものと同じじゃないかな？　全世界がナチスの味方というわけではないことを、彼らに知らしめることが重要なんです」マン氏はようやく口を開いた。「抵抗しようとする力が確かに存在すること、そしてそれを彼らに気づかせることが重要なんです。たとえその力は小さいものだとしても。彼らの仲間たちの声が世界で唯一の声などではないと示す以外には、何も勝ち取ることができなかったとしても」

「ドイツでは、彼らの声以外は聞こえないことにされるんです」ハンナは苦々しく思い出しながら言った。

「パリでは違います」マン氏は決然とうなずきながら言った。家に向かう道中、彼の楽観的な姿勢がハンナの心から離れなかった。

階段に足をかけたところで、ブリジットの大声に呼び止められた。「手紙」

オットーの一件以来、大家はそれまでよりもさらにぞんざいな態度を見せるようになっていたものの、それでもハンナを追い出そうとはしなかった。ハンナはそれに感謝していた。

ハンナはためらいがちに微笑んで封筒を受け取った。そこに押された〝重要〟の印が、目に飛び込んできた。

ハンナは膝からくずおれた。驚いたブリジットがハンナを案じて張り上げた声は、耳の奥で脈打つ音に遮られ、ぼんやりとしか聞こえてこなかった。

ハンナは封筒を引き裂いた。中の手紙を破いてしまうかもしれないと恐れながらも、慎重に開けるのに要する数秒さえ惜しかった。

手紙がぼやけて見えた。それでも便箋の下に書かれたヨハンの署名は識別できた。ハンナは理解した。

もう一度、そこに書かれた言葉の意味を理解しようとする前に、手のひらの膨らんだ部分を両目に押しつけた。

アダムの公判は不名誉なものだった。一九三六年十一月二日に公判が開かれ、翌日、アダムは処刑された。残念でならないよ、ハンナ。ぼくの想いを、君と、君の家族に捧げます。


キーンという低く耳障りな泣き声が玄関ホール中に鳴り響いていた。ブリジットに頬を軽く叩かれてようやく、それが自分自身から発せられている音だと気づいた。

「ごめんなさい（ジュ・スイ・デゾレ）」ハンナは指先で涙を拭いながら、ようやく声を絞り出した。「ジュ・スイ――」

その言葉は、自分自身のものとは思えないようなうめき声に遮られた。ハンナは自分が恐ろしかった。ブリジットは舌打ちをすると、脇の下で支えてハンナの体を持ち上げ、一階の小さな部屋の一つに引きずっていった。

ブリジットはハンナの肩にブランケットをかけると、ウィスキーを垂らした紅茶をその手に押しつけた。紅茶は喉を焼きながら流れていき、胃に到達すると、ようやく世界が再び鋭い輪郭を取り戻した。

どくどくと脈打つ音が耳の奥で鳴りつづけていたものの、吐き気は耐えられる程度に落ち着いていた。

「恋人？」ブリジットは訊いた。

ハンナは、そうすることでアダムの鼓動を聞くことができると信じているかのように、手紙を胸に押しつけた。そして首を振って答えた。「弟です」

「ああ」ブリジットは紅茶を注ぐふりもせずに、フラスコ瓶から直接酒を注ぎ足した。それから、「弟さんの思い出が祝福となりますように」完璧に近い英語でそう言うと、ハンナのカップに自分のカップをぶつけた。

ハンナの不思議そうな顔を見て、ブリジットは肩をすくめた。「あたしにはね、ユダヤ語を話す恋人がいるの。英語を話す恋人もいる」

二人は無言のまま座った。それは心地よかった。急いでこの部屋を出たいという気持ちは起こらなかった。

逮捕された瞬間から、アダムの運命はわかっていた。そしてそのために、ハンナはこの三年間、嘆き苦しんできた。アダムが生かされ、拷問を続けられたことは、残酷にさえ思えた。アダムを思い出すときはほとんどいつでも、あの日、拘置所の面会室で、ナチスの衛兵たちに見下ろされた状態で、アダムがどんな様子だったかが浮かんでくるのだった。

ハンナと両親は、アダムに、好物のケーキと靴下、トランプ一組を持っていったが、おそらくそれらはすべて没収されていた。それでも、ほかに何をしてやれたというのだろう。

唇が裂け、以前にも増して痩せこけた頬をしていて、傷だらけであったにもかかわらず、アダムはどうにか笑顔を作ろうとしていた。家族を安心させようとしていた。アダムが拘束される何年も前、ハンナはアダムの楽観的思考を容赦なく――きょうだいがよくするように――からかったことがあった。しかし、楽観的なアダムからハンナがどれほど活力を与えられていたかについては、伝えたことがなかった。

ハンナは後悔の多い人生を歩んできた。それでも、アダムにそのことを伝えなかったことは、最も大きな後悔の一つだった。アダムにもわかっていたはずだった――自分を取り囲む冷たく、荒(すさ)んだ世界を目にしながら、そこに憎しみや死、破滅ではなく、可能性を見出すのがどれほど難しいことか。

今一度、ハンナはアダムを心に思い描いた。あの面会室にいるアダムではなく、それ以前、その目にはじめて炎がともったまさにその夜のアダムを思い描いた。一九三〇年の夏、当時の首相が、国会の承認なく法律の通過を可能にする緊急命令を発した直後のことだった。アダムはそれまでもずっと、情熱的で、生まれながらのリーダーで、探究心にあふれ、学識があるという意味ではなくとも賢い男だった。しかしその瞬間までは、そうした力の注ぎ場所を持っていなかった。

私たちに何ができるっていうの？　ハンナは訊いた。答えは当然、〝何も〟のはずだった。

何かだよ、なんだっていいさ、アダムは言った。**俺たちが恐れるべきは、失敗じゃない。行動しないことだ。**

これからは、あの瞬間のアダムを思い出すことにしよう、ハンナはそう心に決めた。アダムはよりよい世界に生きようとしていた。だからこそアダムは、世界が、彼がそうなると信じる姿になるために戦わずにはいられなかったのだから。

「こうなることは、わかっていたんです」ハンナはブリジットに言った。「処刑されるって」

「わかってたからって、胸が痛まないわけじゃないでしょ」ブリジットはフラスコ瓶から直接酒を飲みながら言った。「あたしたちはすでに、あまりに多くの死を聞かされてきたじゃない。でも、何が悲しいって？　あたしが思うに、こんなのはまだ序章にすぎないってこと」

「幕間（まくあい）、ですね」ハンナは言った。今はまさに、休憩時間が与えられた状態だった。第一次世界大戦はその一幕を終えたかもしれない。しかしまだ幕引きではなかった。ハンナにはわかっていた。この大戦はこれから先、何年にもわたって観客の命を奪いつづける。

「アンコールが始まらないよう、祈るしかないね」ブリジットはつぶやいた。

やがてハンナはどうにか階段を上っていけるまでに回復した。メズーザーの前でいつもより長く立ち止まり、自分の指先に口づけながらアダムのことを思った。**弟さんの思い出が祝福となりますように、**ブリジットはそう言った。ユダヤの伝統では、故人の善良さが保ちつづけられるようにすることは、故人を覚えておく人びとの責任だと考えられていた。

ハンナは図書館での自分の仕事を、アダムがしたことに対するアンチテーゼだとみなしていた。しかし実際には、アダムのしたこととハンナのしていることとは、それほどかけ離れたことではないのかもしれない。

重要なのは、ナチスに、全世界が彼らを支持しているわけではないと知らしめることだった。

明日、本の展示会のチラシを配るつもりでいた。ナチスが人びとに読ませたがらなかった小説を棚に並べ、多くの人たちが憎むように教えられてきた人たちとともに力を尽くすのだ。

今夜は悲しみに暮れる夜になるかもしれない。

しかし明日は、明日も、その先もずっと、ハンナはアダムの善良さを引き継いでいくのだ。

第二十章

ニューヨーク市
一九四四年五月

ヴィヴが自分の席から顔を上げると、戦時図書審議会で兵隊文庫用図書の選書に携わっている図書館員のイーディス・ストーンがヴィヴの事務室のドアから顔をのぞかせていた。

「『奇妙な果実』が、来月の兵隊文庫の一冊として承認されたわ。あなたがタフトとの戦いに勝てば、の話だけどね」イーディスは言った。「まあ勝つでしょうけど」

ヴィヴは天井を見上げ、拳を宙で上下させながら言った。「あなたは天からの贈り物だわ。今の私には勝利が必要だって、知ってたんでしょう?」

『奇妙な果実』は南部が舞台の、人種を超えたロマンスを描いた小説だった。この年の二月に出版されたものの、ボストンとデトロイトではすぐに発売が禁止された。五月の初め、合衆国郵便公社がその流れに便乗し、この本の配送を禁止しようとした。その決定はエレノア・ルーズヴェルトの介入によって覆されることとなったものの、その本については依然として論争が続いていた。

イーディスは、この小説が海外に駐留する兵士たちに喜ばれるに違いないと主張し、これをリスト入りさせることに特別に力を注いでいた。彼らに故郷を強く想起させる物語の筋だけでなく――『ブルックリン横丁』や『チキン・エブリ・サンデー』と同じように――、故郷に次いで彼らの興味を引くものは、そう、セックスだった。セックスとスキャンダル、そしてその二つを織り交ぜた物語こそ、彼らの求めるものだった。

「タフト大騒動の詳細を教えてよ」イーディスはヴィヴの向かいの席に腰を下ろしながら言った。

「そうだな、すごく詳細な〝やることリスト〟を作成した」ヴィヴは半分冗談、半分本気で言った。「そしてそのリストを見るたびに、ぺちゃんこに押しつぶされそうになってる」

「手伝うよ」イーディスは言いながら、無作為に資料をつかもうとするように身を乗り出した。

「今だってもう充分、働きすぎでしょ」ヴィヴは言った。ボランティア全員が働きすぎていた。しかしイーディスのような図書館員たちにはほかにも仕事があり、とりわけ余力がないほどに疲弊していた。「一人でやれるよ。ただちょっと……」

「目標は？」ヴィヴの声が次第に小さくなったところで、イーディスは訊いた。困惑したヴィヴがイーディスをじっと見つめると、イーディスは手を振って続けた。「最終的な目標はわかってる。でも、イベント当日についてはどう？　目標は何？」

「人びとに、関心を持ってもらうこと」ヴィヴはなんの躊躇もなく答えた。

「それで、どうやってそれを達成しようとしているの？」イーディスはさらに訊いた。

「まずは、多くの人に聞いてもらう必要がある」ヴィヴはそう言うと、机の上に重ねられた新聞をこつこつと叩いた。「全国の大手日刊紙に連絡しようと思ってるの。兵隊文庫の取り組みについて書いてくれたことのある新聞は、特にね。それから、タフトが、影響力が大きいと考えてる議員たちの選挙区の新聞のリストもあるの」それもまたヘイルへの借りの一つだった。「それぞれの新聞社に、事情を説明する手紙を書いた。記事にしてもらえるよう、イベントに招待する旨も記したし」

「幸先よさそう。ほかには？」

「〈ニューヨーク・タイムズ〉紙に友人がいて、どんな記事でも、できるだけいい割り付けで掲載されるよう力を貸してくれるかもしれないって」ヴィヴは言った。

「じゃあ、新聞に関しては片づいてるってことね」イーディスは言った。「ほかには何が必要？」

「招待客のリストを作って、講演者の順番を調整しなくちゃ」そこへきて事態は難しくなるのだった。

記者に連絡をしたり、記事や意見記事を確保したりすることは、今や図書館員の仕事に並ぶヴィヴの天性の才になっていた。審議会の広報責任者であるヴィヴにとっては、そうした仕事は常に主たる責務の一部だったから。しかしイベントの日を作り上げることは、また別の作業だった。そしてそれは重要だった。

「ボランティアへの招待状なら手伝えるわ」イーディスは優しく諭すように言った。ヴィヴは嬉しそうな笑みで応じた。

「すごく助かる」ヴィヴは、胸を締めつける罪悪感を無視しようと努めながら言った。これはヴィヴの聖戦だった。勝算がどれほど低いかわかっていながら、他人をこの戦いに巻き込むことは不本意だった。「世間を驚かせるような招待客リストを用意したいの。著名人とか政治献金者、そういう人たちを招待したい。全議員たちに、この問題は必ず選挙資金に影響することになるってわからせたいの」

「そうよね、私だって百万ドルほしいもの」イーディスは冗談を言った。「具体的にはどうやって、大富豪の御一行を、無償で本を提供するプロジェクトのイベントまで足を運ばせようとしているわけ？」

「シャーロット」ヴィヴはいたずらっぽい笑みを見せて言った。「シャーロットが私の秘密兵器なの」

「ああ、義理のお母さま」イーディスは納得するようにうなずいて言った。「珍しいけれど、強力な同盟ね」

「シャーロットは、この市（まち）の、政治運動にお金をたっぷり使う余裕のある人たち全員とコネがあるの」ヴィヴはペンをつかむと、〝やることリスト〟に何やら書き殴った。「それで思い出した。ゴシップコラムを書く記者にも招待状を送らなくちゃ。この夏一番のイベントになるよ」

「検閲に関するイベントが、ゴシップ好きを引き寄せるものになるとはね」イーディスは言った。イーディスはそうした不真面目なものに対して寛容になれない人間であったが、それでもヴィヴもイーディスも、上流階級の女たちが大きな影響力を持つことを理解していた。

「でもね、ここで最大の問題が浮かび上がるの」ヴィヴは言った。

「どんな?」

「まだイベントの目玉が用意できていなくて」ヴィヴは言った。「来てくれた人たちに、私たちの主張に関心を持ってもらうための何かが必要なの。お決まりの支持者たちが仲間たちに向けて説教するだけじゃ、嵐を巻き起こすことなんてできないでしょ。ルーズヴェルト大統領をイベントに招待することはできるけど、何かものすごい奥の手でも使わない限り、次の日にはみんなイベントのことなんてすっかり忘れてしまう」

「兵隊文庫プロジェクトを称賛する記事や論説なら、もうたくさん書かれてきたものね。それでも、タフトに意見を変えさせるには至らなかった」

「まさしく」ヴィヴは言った。「何か衝撃的なもの、面白いものが必要なの。人びとが目をそらすことができなくなるような何かが」

「どんな講演者を期待できそう?」イーディスは訊いた。唇をすぼめ、どこか遠くを見るような目をしていた。「その中に、特に人の関心を引きつけそうな人はいる?」

「ベティ・スミスが、喜んで参加してくれるって」ヴィヴは言った。

「やるじゃない」『ブルックリン横丁』は非常に人気のある小説で、兵隊文庫として再度戦地に送られる予定であることをイーディスも知っていた。「でも彼女は、そもそも当初から率直な意見を発信しているわね」

「そうだよね。ほかにも数人。でも、彼女ほど大物じゃなくて」ヴィヴは言った。「軍の当局者も話してくれることになっていて、もしかしたら兵士たちも何人か」

「でも……」イーディスは先を促すように言った。

「ベティ・スミスや傷を負った兵士たちを見るために足を運んでくれるような人たちなら、すでに自分たちで、議員に向けて、兵隊文庫を擁護してほしいって嘆願する手紙を書いているはず」ヴィヴは言った。「ただ私には、そうした人たちの声が、世にあふれてるほかのさまざまなニュースの雑音をすべてはねのける力を持つとは思えないの」

ヴィヴはあの図書館員のことを思い出していた。**焚書が行われた夜、私はベルリンにいた**、そう言っていた図書館員のことを思った。おそらく、その事実だけで充分だった。人びとは、ナチスが政権を握った当時の生活がどのようなものであったかに興味津々だった。あの図書館員がドイツで過ごした経験を話してくれれば、ヴィヴが望んでいるような形での報道を期待することもできるかもしれない。

イーディスの声がヴィヴの思考を遮った。「アルシア・ジェイムズを知ってる？」

「知らない人なんている？」その作家は、隠遁（いんとん）生活のために伝説的な人物とみなされていた。過去二十年のあいだに二冊のベストセラー小説を世に送り出しながらも、どちらの作品についても一切取材に応じていなかった。彼女が隠遁者のように暮らしているという事実が、彼女の読者をより強く惹きつけていた。アルシア・ジェイムズがどんな人物なのか、だれもが知りたがっていた。しかしだれ一人として、近づくことが許されていなかった。ヴィヴにはその女性がどのような風貌であるかもわからなかったし、実際に独りきりで生きているという事実さえも疑っていた。

「彼女の作品は読んだ？」イーディスが訊いた。

「まだなの」ヴィヴは少々恥ずかしく思いながら答えた。「でも秋の兵隊文庫のリストに、彼女の二作目の作品を提案しようと思ってる。もし私がタフトの修正案を無効にできれば、の話だけど」

「『想像を絶する暗闇』」イーディスはぼんやりとタイトルを口にした。「検閲についての物語よ」

「本当に？」ヴィヴは、まるで部屋のどこかにその本が奇跡のように出ることを期待するかのように、椅子の上で体を回転させた。

「本当に。その作品が彼女をさらに有名にしたの。一作目のときよりもね――」

「『亀裂なき光』」ヴィヴは言った。

「そう。あなたなら気に入ると思うわ」ヴィヴは、イーディスの〝お勧め〟をだれからのものよりも信頼していた。ヴィヴはすぐに、この本を読むことを頭に刻みつけた。「南北戦争の話。メイソン＝ディクソン線（南北戦争の際、北部の自由州と南部の奴隷州を分ける境界として使用されるようになった）の両側に分かれてしまった息子たちと娘たちを持つ一家の物語よ。かなり……」

「暗い？」ヴィヴは推測した。

イーディスは首を振りながら適当な言葉を探した。「うぶ。でも、希望に満ちてる」

「それで、私がそれを気に入ると？」ヴィヴは気分を害したように見られないよう努めながら訊いた。

「装ったってだめよ。中身はマシュマロでできてるくせに」

「傷ついたわ」ヴィヴは非難するように言った。「二番目の作品は？」

「もっと陰鬱。トーンの変化を指摘した書評家が多くいたのを覚えてるわ」イーディスは言った。

「かなり印象的な作品」

「戦前に書かれたものだよね？」ヴィヴの問いにイーディスはうなずいた。「だったら、そのトーンの変化に戦争が影響したってわけではないんだよね」

「おそらく個人的な何かでしょう」イーディスは肩をすくめた。「その本自体は、裁判を題材にしているの。地元の教育委員会が、解放奴隷によって書かれたという理由で、ある暴露本をカリキュラムから外したとして訴えられた」

「本当にある本？」

「いいえ」イーディスは首を振った。「でもね、全体がとにかく暗かったわ。おとぎ話のようなハッピーエンドではないし、間一髪で危機から救ってくれる騎士も登場しない。なんていうか……」イーディスはそこで口をつぐんだ。「残酷だった。痛みを覚えるくらい。よき戦いについての教訓、それから、善戦してもなお失われることが多いという事実を思い知らせるような内容」

「なんだか、聞き覚えがあるような」ヴィヴはつぶやいた。それから、ふと自分の発言を自覚すると、声を明るくして言った。「それに完璧だね」

「彼女から参加の同意が得られれば、確実にイベントの目玉になるでしょうね」イーディスは言った。「みんな、あのアルシア・ジェイムズをこの目で見たんだと言いたいがために、人混みを肘で押し分けて最前列を目指すことになるわよ」

ヴィヴの脈が速まり、皮膚の下にざわざわとした感覚がまとわりついた。これだ。ヴィヴは確信した。まさにヴィヴが支持し、そのために戦おうとしている問題を題材に本を書いた著名な世捨て人。

「でもきっと、絶対に〝イエス〟とは言ってくれない、そう思わない？」ヴィヴはイーディスの揺るぎない目をじっと見つめながら訊いた。自分の目は、可能性にくらんで大きく見開かれているとわかっていた。

「どうでしょうね。でもね、ヴィヴ」イーディスは考え深げに爪で顎をとんとん叩きながら言った。「あなたが何かを手に入れようとしているときには、あなたが負けるほうに賭けないほうがいいって学びはじめたところ。ちなみに、アルシアの本の出版社は〈ハーパー・アンド・ブラザーズ〉よ」

ヴィヴは立ち上がると、机の周りを回ってイーディスのそばへ行き、その頰に大きな音を立ててキスをした。「あなたって女神だわ」

「それ、忘れないでよ」

アルシア・ジェイムズ。大きな賭けになりそうだった。しかしそもそも、この戦いすべてが大きな賭けだった。それに、もし結果として負けることになったとしても、少なくとも、最後まで諦めずに戦いつづけることにはなる。

❋ 第二十一章

ベルリン
一九三三年三月

そのときまでアルシアは、皮膚の層を骨から引き剝がす鞭(むち)の音を耳にしたことがなかった。革が宙を切る音が、泣きわめく声や、骨に振り下ろされる拳の音を消し去っていた。

アルシアには最初、自分が目にしているものが理解できなかった。

飛び交う拳と不明瞭な動きを見ていると、一瞬、首相官邸に向かって行進していた人びとの姿が蘇(よみがえ)ってきた。しかしベルリンの中心部に位置する、極めて平凡な一画にあるこの小さな広場では、人びとの顔に大きな笑みは浮かんでいなかった。

目の前で繰り広げられる光景の恐ろしさがまだ完全に理解できないうちから、目には涙が滲んで視界がぼやけていた。アルシアは必死でその涙を拭い去り、呼吸を落ち着かせようとした。

地面には数えきれないほど多くの意識を失った体が横たわっていた。顔は血まみれで、手足は妙な方向にねじれていた。人間というより、傷を負った動物のもののように聞こえるうめき声が、悪意のある罵(ののし)りに埋もれていた。

一握りほどの男たちがまだ乱闘を続けていて、互いに野卑な言葉をぶつけ合っていた。乱闘には褐色シャツ隊と市民の両方が巻き込まれていたにもかかわらず、地面に転がる男たちの中に褐色の制服を着た者は皆無だった。

アルシアはすすり泣きを手で押さえ込み、わずかにでも自分に注目が集まらないよう涙を押し殺した。

広場の中心に聖アンデレ十字が立てられていた。そこに縛りつけられた男はぐったりとうなだれていて、手首だけで体を支えている状態だった。群衆に向けられたその背中はあまりにひどく引き裂かれていて、残忍な鞭から体を守る皮膚などもう残されていないように見えた。

男の足元で、一人の女がひざまずいて泣きじゃくっていた。「お願いします。もうやめて」女は言った。「もうやめて。もうやめて」

監視するような目つきで二人のそばに立っていた褐色シャツの男の顔には、ほんのわずかばかりの慈悲も宿っていなかった。男は、なんの躊躇もなく、剝き出しの筋肉と血に鞭の鋭い先端を振り下ろした。

血の飛沫が、隊員のブーツや女の顔に斑点をつけた。十字架に架けられた男は、泣くことも、叫ぶこともしなかった。意識がなかった。

あるいは、死んでいた。

「やつらはボリシェヴィキ（ロシア社会民主労働党の多数派。ソ連共産党の前身）よ」アルシアの隣にいた中年の女が小声で言った。「あんなやつらのために泣くなんて、涙の無駄よ」

平然とそんなことを口にした女の態度が、アルシアを愕然とさせた。一歩、もう一歩、アルシアは女から離れた。と、後ろにいた何者かに肘が触れた。

振り返ったアルシアの目に、自分を見据える褐色シャツ隊員の石のように冷たい視線が突き刺さった。その唇は固く結ばれ、見定めるような目つきをしていた。アルシアは慌てて視線を落とした。あの暴力の場に引きずり出されるかもしれないという考えに、両腕から感覚がなくなった。

しかし男はそんなことに時間を浪費したりはしなかった。その視線は一度アルシアの肩を通り越し、それから再び、彼が後ろから引きずってきていた人間へと戻った。男の視線の先にいた女性の頭は丸刈りで、首から〝人種の裏切り者〟という看板がかけられていた。

そばを引きずられていく女のゴールドの結婚指輪が、太陽の光を受けて輝いた。女は、純粋な憎しみと純粋な軽蔑を込めた視線をアルシアに向けていた。その視線は、アルシアの体に新たにぽっかりと開いたばかりの、穴という穴の中で燃え上がった。

褐色シャツ隊は女を向こうへ引きずっていった。アルシアもまた、この惨事を止めるための行動を何一つ取ろうとしない傍観者の一人となった。

女は地面に放り投げられたが、手足を広げて、威厳のかけらもない人の山の一部になり果てはしなかった。全身に憤怒(ふんぬ)を宿したその体はこわばり、怒りでほとんど震えていた。女が反抗的な態度で顎を上げると同時に、褐色シャツ隊のブーツのほんのわずか手前に、粘着質の唾液の塊が落ちた。

アルシアは女を恐ろしいと感じ、愛おしいと感じた。そしてその瞬間、羞恥心があまりに重くのしかかり、彼女のほうに目を向けることすらできなかった。これが自分の書いている本であれば、アルシアは広場に突入し、女性の目の前に立ち、彼女を虐待する者に勇敢に立ち向かうことだろう。その結果としてどのようなことが起ころうとも。しかし現実では、アルシアは陰に立ち尽くし、ただ現場を眺めていた。

脈打つより早く、褐色シャツの男が女を手の甲で殴った。

「あの人は、何をしたんです?」アルシアは息を詰まらせて訊いた。先ほど話しかけてきた中年女性が、アルシアの嫌悪を取り立てて気にする様子も見せず、体を寄せてきた。

「ユダヤ人と結婚したの」シンプルな答えだった。

アルシアは通りに嘔吐しそうになった。

丸刈りの女は無理やりに体を起こして膝立ちになった。空恐ろしいほどに優美だった。口角から、細長い一筋の血が流れていた。

つまるところ、アルシアが目をそらさずにはいられなかったのは、血でも、傷でもなかった。破壊された肉でも、折られた骨でもなかった。女性の顔に浮かぶ表情だった。

両手が震え、熱い涙が頬を伝っていった。アルシアはよろめきながら路地に向かった。脚が動くのをやめ、体を下水に導いていくように感じられた。そここそが自分の居場所なのかもしれない。汚れている。そう感じた。火傷（やけど）するほど熱い湯でごしごしと擦っても、擦っても、もう二度ときれいになることはないのだと。

心臓の鼓動がひどく激しく肋骨を打ちつけ、骨が粉々に砕けるのではないかと思えた。まともに呼吸することができない。何者かがアルシアを引き留め、最初はドイツ語で、それから英語で、大丈夫かと訊いた。アルシアは頭を左右に振った。

さらに多くの手が、アルシアの腕をつかみにかかった。

そしてアルシアの体を広場へと引き戻していった。

あの邪悪な鞭で背中の肉が引き裂かれる、あの広場へと。

いや。**いや。**何者かはアルシアを解放し、離れていった。

ディードリッヒを捜さなくては。説明を聞いて、今しがた目にした光景を理解しなくては。

アルシアは立ち止まり、壁に寄りかかった。

反抗的に上げられた顎を伝う、細長い一筋の血。

ディードリッヒ。彼はたいていいつも午後を過ごしているカフェにいるはず。店の奥で、彼の友人たちが人びとの注目を集めていることだろう。やがて夜の街に流れ出て、バーを見つけて酒を楽しむのだろう。

店の入り口につまずいたそのとき、ブロンドの髪の毛が目に飛び込んできた。

ディードリッヒは一瞬のうちにアルシアのそばに立っていた。

「アルシア、ダーリン」ディードリッヒはささやき、アルシアの背中に両手を置いた。そして肌をさすり、ゆっくりと、気分を落ち着かせるように円を描いた。アルシアは本能的にその手から逃れようとした。

「どうして？」やっとのことでその手から逃れたアルシアは訊いた。

ディードリッヒは、ベルリンでの最初の数日、アルシアにとってひどく魅力的に思えた、あの雪解け水のような色の目を瞬かせた。今、その目は冷たく、狡猾にしか見えなかった。

「女の人を暴行していたの」目にした出来事を描写する強さをどこから見つければよいのかわからぬまま、アルシアは口を開いた。「ユダヤ人と結婚しているっていう理由で」

ディードリッヒは微動だにしなかった。「ああ」

「どうして？」アルシアは繰り返した。

「内戦が起こっているんだ」ディードリッヒは自分の体を盾にして、カフェにいるほかの仲間に会話を聞かれないようにしながら、低い早口で言った。「国会議事堂への襲撃以来、通りにいるのでさえ安全じゃなくなった。君もわかっているだろう」

アルシアはうなずいた。アルシアにもそれはわかっていた。あの夜、アダムたちの集団は、息を切らした男性がニュースを伝え終わるか終わらないかのうちに散り散りに店を後にした。それでも、あの瞬間が彼らにとっていかに危険であったかが本当の意味で明らかになったのは、それから数日後のことだった。

放火事件以来、何千人という共産党員たちが逮捕されていた。デヴはアルシアに、そのうちの一人が、アダムの膝の上に座っていた女の子だと伝えた。名前も知らぬ他人であったにもかかわらず、アルシアはその知らせに思わず涙を流しそうになった。

当然、ディードリッヒもナチスの新聞も、この逮捕の正当性を主張した。集団で通りをうろつく共産党員たちへの注意を促し、彼らは、罪のない子どもでさえも目が合った瞬間に殺しかねないと警告した。さらに彼らは、それが可能だからという理由だけで、ドイツを全焼させようとしているのだと。それに、見るがいい――ナチスは言った――、彼らは真っ先に権力の座への攻撃を始めたではないか。ナチスが行っていることは、ドイツの法律を順守する市民たちを守ることにほかならない。

「でも……どうして?」理屈になっていないとわかっていながらも、アルシアはもう一度ディードリッヒに訊いた。広場にいたあの女性はひどく痩せ細っていた。褐色シャツ隊の前にひざまずかされる前から、その頬骨はすでにあざだらけだった。

「アルシア、君はわかっていないんだ」ディードリッヒは言った。アルシアには、彼が自分をなだめようとしているのがわかった。ディードリッヒは親指をアルシアの顎の下に押し込むと、その顔を押し上げて自分のほうに向かせた。「怖いんだね、わかるよ。でも、すぐにすべてよくなるから。約束する。これは戦争なんだよ、アルシア。きれいではなくとも、必要なものなんだ。ぼくたちみんなを守るために」

ディードリッヒの胸に体を預けたかった。自らの恥を直視する代わりに、ディードリッヒの言葉をただ信じることができれば、どれほど楽だろう。

アルシアは後ずさりした。ディードリッヒの腕から離れ、背を向け、カフェを後にした。そして通りへ向かった。

今回はだれもアルシアを止めなかった。

アダムの仲間たちと過ごしたあのカフェで、アルシアはナチスを非難することができなかった。ナチスが怪物だと認めてしまえば、自分もその一人になってしまうのではないかと恐れたのだった。自分で書く物語の中で、自分を悪人として描く人間などいない。

アルシアは立派な大学で文学の勉強をしたわけではなかったが、それでも充分に実力があり、どうすれば人を惹きつける悪役を創造することができるかを知っていた。完全な善人も悪人もおらず、どの人物も、それぞれに多くの特徴があるように作り上げた。そうした特徴に人物たち自身の選択が加わることで、その人物が物語の中でどのような役回りを演じることになるのかが決定される。

英雄が頑固な人間で、その頑固さを祖国防衛のために生かすこともあるだろう。悪人が頑固な人間で、その頑固さのために、自らの考えが道義に反するという事実に目を背けるということもあるだろう。本質的に〝悪〟である特徴などは、わずかにしか存在しない。

臆病さというのは、その一つに数えられるだろう。

今になって思い返し、自責の念に体が火照った。はじめからずっと恐ろしいと感じるべきだったあらゆるものを正常に分類した今、ようやく、それまで見ないようにしてきたものに目を向けた。はじめからずっと、どれほど多くの人たちが、そうしたものを恐ろしいと思うべきだと教えてくれていたことか。

店々の窓は割られていて、無傷の窓ガラスには鮮やかな黄色の文字で〝ユダヤ人〟と書かれていた。通りで挨拶を交わす者はおらず、だれもが顔を下にして、足早に、決然とした足取りで歩いていた。公共の空間の至るところに、〝アーリア人たちが耐え忍んでいる、共産主義者やユダヤ人、自分たち以外のあらゆる人間による残虐行為〟を大きな太文字で訴えるポスターが貼られていた。

ようやく部屋に戻ったとき、アルシアは自分の魂が有刺鉄線で巻かれているように感じた。有刺鉄線が両端からきつく引っ張られていて、床中にアルシアの血が流れていた。

アルシアは、数ヶ月前にディードリッヒから渡された『我が闘争』を収めた本棚のそばに両膝を落とした。どうしても最初の章より先に読み進めることができずにいたが、今、無理やりにその場に腰を落ち着けて、それを読みはじめた。

読み終えるころには、光は消え去っていた。

ベルリンで出会った人びとがアルシアをどんな人間だと考えていようと、アルシアは単純な人間ではなかった。アルシアはただ、現実世界よりも、本が与えてくれる安心感を好むだけだった。よくも悪くも、架空の物語はアルシアの視野を狭めてくれた。作り上げた姿かもしれなくとも、人間に近づかせてくれた。しかも、現実で存在を知られることに付随する、他者からの非難や攻撃を回避した状態で。六歳、九歳、十三歳のアルシアにとって、本は避難場所だった。癒しの抱擁、現実世界には存在しない親友だった。そして時には、復讐の計画でもあった。現実の敵相手には決して実行し得ない計画ではあったものの、それについて考えるだけで気分がよかった。

ゲッベルスから手紙が届いたとき、アルシアは図書館に赴き、マラカウスキー老婦人の手を借りて国民社会主義ドイツ労働党（NSDAP）に関する記事を調べた。アルシアを怖がらせてドイツ行きを考え直させるような記事は皆無だった。

ディードリッヒが波止場でアルシアを迎え入れ、文学や主題、流派の選択について語ったとき、アルシアに、この人は悪魔だ、と思わせるようなところは少しもなかった。

アルシアは自国の政府を信用するよう育てられてきた。自分を公平に扱ってくれる人間を信用するよう育てられてきた。

世界を疑いの眼差しで見ることなど、教わったことがなかった。

しかし『我が闘争』を読み終えたとき、その午後までかろうじてアルシアの中に残っていた無邪気さは、完全に失われた。

その本は、アルシアに一切の安心を与えず、醜く悲惨な現実だけを提示する、非常に稀（まれ）な本だった。

第二十二章

ニューヨーク市
一九四四年五月

マンハッタンのミッドタウンにあるピザ屋の空気中には油が充満していて、労働者たちや家族連れの客たちの話し声が空間を埋め尽くしていた。昼食時間の混雑が限界に達すると、店の奥に設置されたオーブンが、すでに暑い店内を地獄のごとき暑さにまで追いつめる。

アルシア・ジェイムズこそがタフトを負かすための大立者になるはず、ヴィヴがそう決断したのは昨日のことだった。しかしヴィヴが攻撃の計画を練りはじめようとしたところへ、シャーロットが口を挟んできたのだった。

「ヴィヴ、今日は土曜日よ。あなたずっと、死に物狂いで働いているじゃない」シャーロットは言った。「少し休憩なさいな。心から言っているの」

ヴィヴがシャーロットをじっと見つめ、自由な時間に何をするべきか考えあぐねていると、シャーロットはあきれたように目を回した。

「あなた二十四歳でしょう。それなのに、地球上有数の素晴らしいこの市(まち)で、素敵な一日を過ごす方法がわからないっていうの？　残念なことだわ」

ヴィヴはシャーロットのその発言を、まったくそのとおりだと思わずにはいられなかった。そこで無理をしてでも、その日は休息日とすることにした。

しばらくやみくもに市(まち)を歩き回った。そして、かつては有意義な時間の過ごし方を知っていたはず、そう自分に言い聞かせた。

そうこうするうちに、一切れがヴィヴの頭ほどの大きさのピザを売っているピザ屋を見つけ、店に入った。ピザをどうにか持ち上げて口に運ぼうとすると、チーズが皿の上に垂れた。それを見てヴィヴは声を出して笑った。

「折らなきゃ」隣にいた子が声をかけてきた。ヴィヴは声のするほうに振り向いた。

子ども、という年齢ではなかった。しかし、軍隊の最低年齢である十八歳より年上ではないように見えた。制服のきれいな青色が、彼の大きな瞳の緑色を引き立たせていた。顎にいくつか吹き出物があり、まつ毛はふさふさとして豊かで、頭は角刈り――この忌々しい戦争が終わったら、ヴィヴが二度と目にしたくない髪型――だった。

「こうやって」青年は言った。その言葉は糖蜜のように響いた。ジョージア、ヴィヴは勝手に名前を想像した。彼をそう呼ぶことにしよう。

その名で呼ばれると、青年は笑うだけで、ヴィヴを訂正したりはしなかった。シスコのことが思い出された。退屈したキャベツ野郎（クラウト）に撃たれた、『風、砂、星たち』を愛した十六歳の少年。

しかし次の瞬間アルシアに考えられたのは、舌に感じるオレガノの刺激だけだった。

「明日、出征するんだ」ジョージアはテーブルの上に視線を落とし、二人でシェアすることにした、火のついた一本の煙草をじっと見つめた。

「女の子に出会うたびに、そう言ってるんでしょう」ヴィヴは締めつけられるように感じる喉から言葉を絞り出し、からかうように言った。

ジョージアが急に目を上げてヴィヴの目を見つめた。ひたむきで、若かった。

「違うよ。そんなんじゃない」ジョージアは言った。

「そう、それなら、ニューヨーク（ビッグ・アップル）を案内してあげる」

ヴィヴは思いつく限りすべての名所にジョージアを案内した。二人はエンパイア・ステイト・ビルディングの前に立ち、『キング・コング』の優れた点について議論した。ヴィヴはヒトラーがいかにその映画を愛していたかについては触れないでおいた。ジョージアは、フェイ・レイ（『キング・コング』でアン・ダロウ役を演じた女優）の尻についてふざけた意見を述べただけだった。

　ヴィヴはジョージアを連れてメトロポリタン美術館に入ったが、青年の目がどんよりしているのに気づいてすぐに再び外に連れ出した。アメリカ合衆国で過ごす最後の日は、苦痛なものではなく、楽しいものでなくては。美術館の階段のそばでヴィヴはホットドッグを買い、マスタードをかけるやり方を教え、信号待ちのあいだにそれをほおばった。二人はセントラルパークをぶらぶらと歩いた。ヴィヴはジョージアが指を絡めてくるのを止めなかった。

「何かやりたいことはないの？」小さな女の子が不注意から手放してしまった風船がふわりと宙に浮き、木々の向こうに飛んでいくのを眺めながらヴィヴが訊いた。午後の遅い時間だった。青色のワンピースは汗で湿っていて、腰のくびれあたりの生地が肌に張りついていた。ヴィヴはジョージアの手を離さないよう注意しつつ、空いているほうの手で腰のあたりの生地を引っ張った。「もう全部案内しちゃったみたい」

　ジョージアは豊かなまつ毛の下から視線を滑らせてヴィヴに流し目を送った。ヴィヴは肘で小突いた。

「こら」ヴィヴはたしなめるように言った。

　ジョージアはくすくすと笑った。ヴィヴは改めて、この青年がいかに若いかを思い知らされた。

「チョコレートケーキのこと考えてただけだよ」

「そうだと思ったー」ヴィヴは間延びした口調で応じた。ちょうどヴィヴのお気に入りの洋菓子店の一つが、そこから歩いて十分ほどのところ、公園の西側にあった。

　二人は窓際の小さなテーブルに着いた。座るとき、互いの膝がぶつかった。店員の女の子はすでに床掃除をしていた――二人が入ったのは、ちょうど閉店時刻だった――が、女店主は涙ぐんだ目でジョージアを見ると、ケーキを特別に大きく切り分け、それにアイスまで添えて提供してくれた。

一瞬、ヴィヴは考えた。この女性が失ったのは息子だろうか、夫だろうか。しかしすぐにその問いを頭から追いやった。今日は考えない日なのだから。

「一番好きな本は何？」その質問が、今朝ドアの外にヴィヴを押し出す前にシャーロットが読み上げた、〝触れてはいけない話題リスト〟にかろうじて入らずに済む話題であると知りつつ訊いた。

ジョージアは、あのいたずらっぽい表情を浮かべた。わずか数時間のあいだに、その表情はヴィヴにとって馴染みのあるものになっていた。ジョージアは、自身について何かをほのめかすようなときにも少しも真剣な態度を見せなかったし、彼自身のことさえ真剣に考えていないように振る舞っていた。それがジョージアを救っていた。ジョージアは、学友をからかうようにヴィヴをからかった。

「ポルノ漫画でもいいの？」ジョージアはヴィヴに体を寄せ、眉を上下に動かしながら訊いた。

自分には男友達がたくさんいて、ポルノ漫画と聞いただけで顔を赤らめるようなことはない、そう伝えてしまっては申し訳ないような気がして、ヴィヴはジョージアの望むような反応を見せた。「いやらしい子」

ジョージアは満足げににやけただけで、すぐにまたフォークでケーキをすくって口に運んだ。ヴィヴは、今回は意図的に、ジョージアの膝を突いた。「本当の答えを教えてよ」

ジョージアの顔から楽しげな表情が消えた。その顔から一切の表情がなくなってはじめて、あの屈託のないユーモアは彼の一部でしかなかったことをヴィヴは思い知った。「そうだな。あんまり読んだことがなくて」

その答えならもう幾度となく聞いてきたはずだった。しかしヴィヴには、ジョージアの本に対する嫌悪が、ただの無関心からきているのではないように思えた。ヴィヴはそっと説明を促した。「それは、どうしてなの？」

「文字がさ、じっとしていてくれないんだ」

「ああ」ヴィヴはつぶやいた。後ろめたさが胸にうずいた。触れられたくない話題のはずだった。

「そうなのね」

「きっと」ジョージアはそう言い、喉仏を上下させた。「頭が鈍いんだろうな。今まではそれで困ったことなんてなかったんだ。ただ、これじゃ、ママからの手紙が読めないんじゃないかって心配で」

ジョージアは下唇を噛んでから、必要もないのに急いで言葉をつけ加えた。「あっちに行ったら、の話だけど」

ヴィヴはジョージアを抱きしめたいと思った。しかしどんな形であれ同情を示せば、それは憐れみと捉えられるような気がした。「鈍くなんてないよ」ヴィヴはフォークを置いた。そして、これはシャーロットのルールを破るだけの意味のあることだと決心した。「代わりに読んでくれる人がいるから」

ジョージアはようやく目を上げてヴィヴの目を見た。「え？」

「毎日、私のところに兵士たちからの手紙が届くの。それが私の――」ヴィヴは打ち消すように手を振った。「そんなことはどうでもいいわ。確かなことはね、戦地には、読むことが容易にできない人たちがたくさんいるっていうこと。仲間が手伝ってくれるよ。ただ、ためらわずに助けを求めなくちゃ」

「笑われたりしない？」

「笑う人もいるかもしれない」ヴィヴは正直に答えた。二人は今、アメリカ兵について話しているのだから。「でも、ちょっとからかう程度のことだよ。それから手紙を読んでくれるでしょう。返事だって書いてくれる、必ずね」

ジョージアは唇をぎゅっと結んで一度うなずいた。それから再び、あのちゃめっ気のある仮面をかぶった。「ポルノ漫画も読み聞かせてくれるかな？」

「読むためにそういう本を開くんだったらね」ヴィヴはあきれたように目を回して言った。ジョージアは驚きを含んだ、さも嬉しそうな笑い声を上げた。この瞬間に彼をとどめたい、ヴィヴはそう思った。スナップ写真のように。そうすれば写真の中で彼を安全に守ることができる。戦争が終われば、再び自由にしてあげることができる。ただの〝ジョージア〟に戻してあげることが、ママと彼の人生に戻してあげることができる。

ヴィヴはそれに応えるようにどうにか笑顔を見せ、ジョージアが話題を変えるに任せた。

洋菓子店を出た二人は夕食を取り、それからタクシーに乗って、ジョージアがいいジャズが楽しめると言っていた店へと向かっていた。

百十五丁目にあるクラブでジョージアの友人に会った。そして数分後には、ヴィヴは、制服姿の三人の男性と、シルクとスパンコールをまとった二人の女性と一緒に、ブースに押し込められていた。女の子たちはヴィヴには決して真似できないような華やかさをまとっていて、彼らの視線を浴びると自分を意識せずにはいられず、そわそわと落ち着きなく体を動かしたいという衝動と戦わなければならなかった。

「本当にきれいだ」ジョージアがヴィヴの耳元でゆっくりとした口調で言った。クラブに到着してから浴びるように飲んでいるアルコールのせいで、締まりのない声になっていた。ジョージアは優しかった。午後を一緒に過ごして、そう思うようになっていた。彼のユーモアはいやらしくて、彼の好奇心は人を惹きつけるものだった。別の人生を歩めていれば、魅力的な男性、いい夫になっていたはず。

しかし今世では、砲弾の餌食として人生を終えることになるだろう。

ヴィヴはそんな考えに息が詰まりそうになった事実などなかったようなふりをして、自分の腰を彼の腰に押しつけた。「踊りましょう」

ジョージアはためらうことなくヴィヴを引き寄せた。トランペットのけたたましい音とチェロの低くゆったりとした音に導かれるように、二人は体を密着させた。この瞬間でなければ、ヴィヴが決して受け入れることのない親密さだった。

「明日、出征するんだ」ジョージは繰り返した。その口はヴィヴの顎のラインに触れていた。ヴィヴの臀部のゆりかごには、わずかばかりの欲望も渦巻いていなかった。代わりに、自分の愛する人間が去っていくのをただ眺めることしかできない何百万もの女たちの悲哀を感じていた。

「女の子に会うたびに、そう言ってるんでしょう」ヴィヴも同じ答えを繰り返した。そして――彼は明日出征するから――ヴィヴは顔を上げて、ジョージアの唇が自らの唇を捉えるに任せた。

そしてそれ以上、何も考えなかった。

第二十三章

ベルリン
一九三三年三月

「おとなしいね」ディードリッヒは案ずるような声で言った。

褐色シャツ隊が男性の背中から皮膚を引き剝がし、女性の顔を殴ってから二日が経過していた。ディードリッヒがアルシアの外見を語るなかでも最悪の表現が〝おとなしい〟なのであれば、アルシアは自分がいかに恵まれているかを考えなければならなかった。

おとなしいのは、恐れおののいているよりも、困惑しているよりも、激高しているよりもましだった。

アルシアはあれ以来ずっと、普段どおりに振る舞っていた。そうする以外に何ができるのかわからなかった。パーティに、選挙の祝賀会に参加しなければならないことを思い出したアルシアは、深く考えることなくドレスを身につけ、靴に足を滑り込ませ、ディードリッヒがアルシアのためによこした黒い車に乗り込んだ。

今この瞬間、それ以外のことをする余裕がなかった。

ディードリッヒがアルシアの手を取って自分の口元へ近づけ、その手の甲にそっと口づけた。それからじっとアルシアの目を見つめ、この瞬間を、一月のあの日、首相官邸の前で口づけを交わした瞬間と同じだけ親密なものにしようとしていた。

アルシアは自分を離れ、遠くから俯瞰（ふかん）してそのすべてを眺めた。そしてそこに本来の姿を、策略を認めた。アルシアが疑いを抱くようなとき、ナチスについて疑問を口にするようなときはいつでも、ディードリッヒはそれをロマンスに移行させた。アルシアにキスをし、腰のあたりに手を置き、耳元でささやき、冗談を言った。ディードリッヒは生来魅力的な男であったが、彼が恋人のように振る舞うのは、アルシアを制御したいと望むときだけだった。

泣くまいとぎこちなく唾をのみ込むと、胃酸のせいで喉が焼けるように感じられた。アルシアは、ディードリッヒが自分に恋をしていると考えるほど愚かではなかったものの、こんな茶番が演じられるほどに冷徹な人間だということには、それまで気づいていなかった。

「幽霊でも見たような顔をしているわよ」リナ・フィッシャーが二人にすり寄ってきて言った。リナは文学と歴史を学ぶ若い大学院生で、アルシアはそれまでの人生で、彼女ほど威嚇的な人間に出会ったことがなかった。二人がはじめて会ったのは、アルシアの朗読会だった。ディードリッヒがリナの手にアルシアの本を無理やり持たせようとすると、リナは面白がるような表情で、**そんなくだらない物語を読む時間はないの**と応じたのだった。

リナとディードリッヒはかつて恋人同士だった、あるいは今でもそうなのかもしれなかった。二人はよく、無意識のうちに互いに非常に近い距離にいることがあった。それに気づいたアルシアは、おそらく二人の関係はまだ続いていて、自分のせいでそれを隠さなければならないのだろうと考えた。リナがアルシアに話しかけるときはいつでも、その声に見下すような響きが幾重にも層になっていた。しかし今夜は、一人の人間としてアルシアに興味を持ち、話したがっている人たちが周囲に集まるこの場所では、その口調が特に辛辣だった。

祝いの夜になるはずだった。ナチスは前の週の選挙で、国会で過半数を占めるのに必要な議席を獲得できていなかった。しかしその翌日ヒトラーは、当選していた八十一人の共産党員たちを正式に追放した。結局のところ、国会議事堂を全焼させる計画を企てたのは共産党員たちなのだから、ディードリッヒはそう言った。反逆者のように振る舞うのであれば、反逆者のように扱われたことに涙を流すべきではない、と。

それを聞いたアルシアは、放火のタイミングについて考えずにはいられなかった。事件があったのは選挙の直前、ナチ党が自分たちに投票する有権者を最も必要としていたときだった。血迷った一人の人間に党全体の代表者というレッテルを貼り、迫りくる内戦の恐怖のために大衆をパニックに陥れるなんて、完璧すぎやしないだろうか。

パーティを主催する一家は、ナチスを支持する人びとの基準からしても、とてつもなく裕福だった。シャンパンや食べ物が、次から次へとよどみなく運ばれてきた。そこには経済的苦境の兆候など少しも見えなかった。

集まった客たちはナチスの闘争歌――『国民社会主義者の闘争歌』や『ホルスト・ヴェッセルの歌』――を歌い、自分たちはみな正しい側にいるのだというような態度で踊り、笑みを見せ、抱擁し合った。

「幽霊」アルシアが応えずにいると、リナが繰り返した。「的を射た表現だと思わない？」

「確かに」ディードリッヒが応じた。アルシアの手は、まだディードリッヒに握られたままだった。ディードリッヒはその手に力を込めた。以前であればアルシアは、彼のそうした反応を愛情からの気づかいだと読み違えていたことだろう。

ディードリッヒに視線を合わせ、『我が闘争』を渡された瞬間のことを思い起こした。あの本はディードリッヒのもので、使い古されていた。何度も読まれたのだろう。ページが柔らかくなっていて、表紙に折り目がついていた。

「ちょっとごめんなさい」手をねじってディードリッヒの手から逃れようとするアルシアに言えたのはそれだけだった。走りたかったが、歩くよう自分に強いた。落ち着いて、急ぐことなく。ほんの数歩進んだだけで、歓喜に沸く人びとにのみ込まれ、たくさんの体に圧迫され、靴にワインが飛び散った。そのあいだアルシアは、この二日間ずっと下瞼（したまぶた）にしがみついたままでいる涙をどうにかこらえていた。ベルリンに到着して以来、アルシアは怪物たちとベッドをともにしていたのだ。怪物たちに利用され、支配者民族の成功例として展示されていたのだ。

しかもアルシアは喜んでそれについていった。顔に笑みを浮かべ、ようやく自分に注意を向けてくれた男性相手に目を輝かせて。デートに誘ってくれる男の子など、これまでだれ一人としていたことがなかった少女にとって、その体験は陶酔的で、圧倒的で、目がくらむほどだった。ディードリッヒがアルシアの案内係に選ばれたのは、彼が大学の文学教授のトップだからではなかった。きれいな目ときれいな髪、そして意のままに操ることのできるチャーミングな笑顔のために選ばれていたのだった。

再び通りに出たアルシアは、どこへ向かっているのかもわからぬまま、よろめきながら歩みを進めた。やがて周囲を見回し、自分がどこにいるのかに気がついた。

デヴの部屋に着いたころには、あたりはすっかり闇に包まれていた。

市中に暴力の音が響く今日のような夜に外出しているなんてひどく危険だ、アルシアの一部がそうささやいていた。

どのような暴力に巻き込まれるにせよ、自分にとってそれは当然の報いなのかもしれない、アルシアのまた別の一部がそうささやいていた。

アルシアは呼び鈴を鳴らして待った。

ドアを開けた瞬間、デヴは顔を輝かせた。が、すぐに表情を曇らせた。

「ああ、ダーリン」デヴはアルシアを抱き寄せた。薔薇と、葉巻の煙と、アルシアには判別のつかない、混じり気のないスパイシーな香りがした。想像もつかぬような方法で癒してくれる香りだった。

「いらっしゃいな。私たち、完全に酔っ払っているの」

アルシアはあえてだれといるのかと尋ねたりはしなかった。ただ従順にデヴの後ろについて階段を上がっていき、自分の慎(つつ)ましい部屋と比べるとひどく豪華な部屋に入っていった。ハンナ・ブレヒトがビロードのソファに手足を投げ出して座っていた。身につけていたエメラルドグリーンのシルクのドレスが、まるで恋人の抱擁のように彼女の曲線という曲線を包み込んでいた。オットーがそばの床の上で大の字に横たわっていた。

「あらあら、猫ちゃんは一体何を引きずり込んできたの」ハンナは重そうな瞼の下から見定めるような視線を向けていた。アルシアとハンナが最後に会ったのは、放火の夜、あのカフェでのことだった。ハンナがアルシアに、今でも共産党員たちがナチスと同じだと思うかと尋ねたときだった。

アルシアが答えを出すのにひどく長い時間ためらった、あの夜だった。

デヴは何か強い酒の入ったグラスをアルシアの手に押しつけてからハンナに言った。「彼女、罪の贖(あがな)いのためにキリストをたたえようって瞬間(カム・トゥー・ジーザス・モーメント)を迎えてるみたい――アメリカ風に言うとね」

ハンナは声を上げて笑った。しわがれていて魅力的で、わずかに軽蔑を含む笑い声だった。「それには少し遅いんじゃない？」

「遅すぎることなんてないわ」デヴはいつになく真剣な面持ちで言った。アルシアは酒を喉に流しながら、目を瞬かせて涙を拭った。

アルシアは咳き込んだ。酒が喉を焼きながら通り過ぎていき、腹に到達した。温かく、罪深い味がした。「知らなかったの」アルシアは声を絞り出した。声が割れていた。

「知ろうとしなかっただけでしょ」ハンナはそう正しながらも、豊かな唇をすぼめてアルシアを観察した。

「だれかに訊くことだってできたじゃないか」オットーが、ハンナとの共同戦線を示すように言った。

アルシアは二人の関係を不思議に思った。どちらか一方が近くにいない状況でもう一方を目にすることは、ほとんどなかった。二人はどう見ても親密であったものの、恋人同士というよりは姉弟のように振る舞っていた。

「だれだって、物語の悪役にはなりたくないでしょ」アルシアは、ハンナの正面に置かれた長椅子に身を沈めながら言った。デヴは窓際に置かれた美しい袖椅子に腰を下ろし、琥珀色の液体の入ったタンブラーを揺すっていた。ハンナとアルシアを隔てる荒海を鎮めようという気はなさそうだった。

「悪役。あなたって悪役なの？」ハンナは訊いた。

アルシアは全身をくまなく探り、正しい答えを見つけようとした。「自分の四方八方で悪事が行われているときに、故意にその現実から目を背けようとする人間を、ほかになんて呼んだらいいの？」

ハンナの目尻に皺が寄った。「ドイツ人」

張り詰めたような一瞬間、その意表をついた返答が彼らのあいだを漂った。次の瞬間、アルシアは、薄れゆくパニックのあとに訪れた笑いをこらえるために口元を手で押さえなければならなかった。

「ああ、あなた、キャバレーのMCになったらいいわ」

「ドイツ人なら、恥ずべき行為をどれだけしたって許されるらしいじゃない？」ハンナは言った。

「私が同じことをしたら、そうはいかない」

アルシアのユーモアが消失した。「私のこと、憎いでしょう」

「やめてよ、あなたは世界中のどの国家より悪くなんてないし、ヒトラーのことを、運よく力に恵まれた常軌を逸した過激派とみなしてるどの国の主導者とも変わらない」ハンナは言った。オットーが賛意を示すようにグラスを掲げた。「彼らの目にはやつらの邪悪さが明らかなはずなのに、彼らはその事実に目を向けて、あるがままを受け入れることを拒否してる。あなたのことを責めたりはしない」

「責めるべきよ」アルシアはささやくように言った。その言葉は、アルシアの喉の柔らかい組織を切り裂きながら口へ到達した。「アダムは？」

ハンナは怪訝そうに目を細めた。「あなたに関係ある？」

アルシアはアダムの子犬のような目と、**君の小説、読んだよ、**と言ったときの彼の温かさを思い出していた。「アダムの様子は？」

「取り乱してる」ハンナは言った。オットーが同意を示すように喉の奥を鳴らした。「あの子、インクの染みをつけてた子がいたでしょ？ あの晩、逮捕されたの」

アルシアは唇を舐め、デヴのほうをちらりと見やった。「知ってるわ」

「おそらく、殺されはしないでしょう」ハンナは素っ気ない口調で言った。「でも、アダムが何をしでかすか、それが心配なの。怒りからね」

「ハンナ」オットーがアルシアに視線を向けたままつぶやいた。だれもが用心しなければならない。アルシアはそのことを理解した。それでもアルシアはもどかしく思った。自分が彼らを裏切ったりしないことを、あと何度言えば信じてもらえるのだろう。

「私が思っていたような人たちではなかったのね」アルシアは認めた。

「これは本当に深刻な話なの」ハンナはソファの隅に深く身を沈めて訴えた。それから手にしていたグラスを爪で弾くと、視線を一瞬デヴに飛ばしたのち、再びアルシアの顔を見据えた。「これから私が言うことは、簡単に受け入れられるような内容じゃないかもしれない」

アルシアは覚悟して待った。これ以上、どんな弁解も、どんな反論も、持ち合わせていなかった。

ハンナは息を吸い込むと、これから秘密を打ち明けでもするかのように前のめりになった。「今もそうだったけど、あなたはこの問題をすべて、自分自身の問題だと考えてる。でも、あなたの問題じゃないの。これはね、世界中の〝非アーリア人〟を殺そうとしている独裁者についての問題なの。それに、冗談なんかじゃないのよ、もしやつがどうにかしてその恐るべき目的を遂行することに成功したら、次は茶色い目を持つアーリア人を殺すことになるから。そして次は指が長すぎる人間、歯並びの悪い人間をね」ハンナはそこで言葉を切り、息を吐き出した。「これはあなたの問題じゃないの」

「でも、もし私が――」

「もしあなたが声を上げたら、排斥に従わなかったら、あなたのあの調教師の顔を引っ叩いていたら、何が変わっていたと思うの？」そう訊いたハンナの目は澄んでいて、厳粛な面持ちであったものの、そこに悪意は宿っていなかった。厳しい言葉ではあったものの、アルシアの内臓をえぐり出そうとする意図で発せられたものではなかった。「それでもヒトラーは共産党員たちを検挙して、狭い牢屋に閉じ込めていたでしょう。ユダヤ人相手に戦争を始めていたし、可能な限り多くの政敵を殺していたでしょう。これはあなたの問題じゃないの」

　ハンナは最後の部分を重々しい口調で発した。その言葉がアルシアの内部に、不快で抱えがたいものとしてとどまるように。それでもアルシアは問わずにはいられなかった。「一人の人間が変化をもたらすことができる、そうは思わないのね？」

「できる人間はいるでしょう」ハンナは瞬きせずに言った。「ただ、その人間があなただとは思わない」

　アルシアは主役や主要人物の観点で物事を考えることに慣れすぎていた。彼らこそが、彼らの生きる世界が存在する理由だった――彼らが急場を救い、プリンセスを救い、人間性を救う。彼らこそが、すべての存在理由だった。

　しかしアルシアはもう、本の中に生きてはいなかった。

　ハンナがため息をつくと、ドレスのシルク生地が両肩からずり落ち、滑らかな肌があらわになった。

「あなたが、やつらのしていることをはっきりと知りながら、それでもやつらに同意していたんだとしたら、あなたを擁護する言葉をかけてあげるつもりはない。でもどうやらあなた、知る機会がありながら、わかっていなかったみたいね。だとしたら、先へ進まなきゃ」

「先へって、どうしたらいいの？　この国を出ればいいの？」

アメリカに帰るチケットを自腹で購入する金なら充分持っていた。ハンナの言っていることが真実であれば、アルシアはこの狂気を阻止する力など持ち合わせていないことになる。この国から逃げ出すほうが、ずっと賢明ではないだろうか。

デヴが、まだ完全には形になりきらぬ不服を示すような音を立てた。道理は理解できるものの、それに賛成したくはないとでもいうように。

アルシアに答えたのはハンナだった。「逃げることもできる。それか……」

「それか？」アルシアはせき立てた。

ハンナはデヴを見やった。デヴは素早く小さくうなずいた。それから二人は無言で会話をするように、しばし見つめ合った。「何かやりたい？」

「はい」アルシアはひねり出すように言った。恐怖を感じていたものの、心からの返答だった。

「それなら、残るといいわ」ハンナは言った。「これから三ヶ月間、本当のベルリンを見るの。私たちのベルリンをね。そしてアメリカに帰ったら、ドイツで一体何が起こっているのか、正確に人びとに伝えて、必ず。新聞の一面に載るような話だけじゃなく、実際に日常で起こっていることを伝えるの。思い込みの意見を耳にしたら、あなたがそれを正すの。あなたが一人の人間に伝えれば、その人がまた別の一人に伝えて、そうやってどんどん伝わっていくから。かたくなな偏見に抵抗するの。取り繕って丸く収めるほうが、あなたのやり方であってもね。そうすればやがて、何もない状態よりはましな状態になっているはず。今の感情ではもっと多くを望むところでしょうけど、そこまで大きなものは望めなくてもいいの」

アルシアは首を振った。「そんなこと私には……ここにいるみんなが思っているほど、私は意味のある人間じゃないの」

その告白に、焼けるような熱が頬を駆け巡った。それは、アルシアがドイツの地を踏んだ瞬間からずっと、自ら心の奥底に押し込めていた秘密だった。

「どうかな」ハンナは言った。その目は、アルシアがこの部屋に足を踏み入れた瞬間からずっとそうだったように、アルシアを見据えていた。「いつか物語のヒーローになるかもしれないよ」

第二十四章

ニューヨーク市
一九四四年五月

シャーロットは正しかった、ヴィヴはそう認めざるを得なかった。土曜の休日、ジョージアの照れながらの告白、それにタフトと兵隊文庫のことばかりを考えずに過ごす時間が、ヴィヴを生き返らせていた。そして月曜日までには、アルシア・ジェイムズにイベントに参加してもらうべく行動を開始する準備が整っていた。

最初にすべきことは調査だった。そして調査となれば、行くところは一つ。

ヴィヴは立ち止まって靴のバックストラップを直してから、ニューヨーク公共図書館の階段を上りはじめた。ライオン像の片割れのそばを通り過ぎる際、ライオンに親しみを込めた挨拶をした。

確かに素晴らしい図書館ではあったものの、気づくとヴィヴは、これみよがしの高い天井や大理石の床を、ブルックリンの〈禁じられた本の図書館〉の居心地のよさと比較していた。そして個人の好みからすると、後者のほうが優位に立つと感じた。

若い女性がロビー近くの机に着いていた。女性は黒っぽい髪をおしゃれなウェービーヘアにしていて、とろみ素材のブラウスや紫がかった灰色（ダヴグレイ）のスカートは流行の最先端をいくファッションだった。

「何かお困りでしょうか？」

「過去の新聞を探しているんです。十年ほど前の」ヴィヴは言った。

「ご案内しますね」女性は立ち上がり、ついてくるようヴィヴに身ぶりで示した。「ミッシーです」

ヴィヴは、これほどまでに簡単に名前が開示されたことに思わず笑みをもらしそうになった。「ヴィヴです」

ミッシーは、ヴィヴがアルシアの二作品の発売日前後の新聞が保管されている場所を見つけるのを手伝い、閲覧室の奥にあるテーブルに着くまでついていてくれた。

陽光が部屋に忍び入り、ヴィヴの両手、両腕、両肩の上を這うように伸びていった。目に涙が滲んできたために一度席を移動しなければならなかった。過ぎていく時間の大半は、その部屋から離れた別のところで流れているように感じられた。

書評に関してイーディスは正しかった。アルシアの名前がはじめて新聞で言及されたのは、『亀裂なき光』が発売される二、三日前のことだった。書評家たちはアルシアのスタイルや主題を褒めそやし、主人公の娘の思考の動きが描かれる場面では、〝意識の流れ〟が巧みに用いられていると称賛していた。ヴィヴが見つけた書評の中で、賛辞とは程遠いものは一つだけだった。その書評は、深みに欠けるエンディングが安易すぎるように思えるという点を指摘するものだった。

ヴィヴは、すべての書評が共通して上からものを言う調子で語られていることに気づいた。書評家たちはみな決まって同じ調子で、アルシアが正式な教育を受けていなかったことを指摘していた。まるで自転車に乗ることのできる特別な犬を紹介するかのように、アルシアを評した。それから、アルシアが女であるにもかかわらず、これほどの才能を有しているとする、オブラートに包みながらも辛辣な言葉も複数見られた。運命の気まぐれによってアルシアを発見するに至った男性編集者も、アルシアが男であったならば実現していたはずの現実について――これに関してヴィヴは懐疑的だったが――力説していた。

ヴィヴは数年分の新聞を次々とめくって、『想像を絶する暗闇』に対する反応を見つけた。前作に対する反応が〝親切〟であったとするならば、この作品に対する反応は〝熱狂的〟だった。書評家たちはアルシアの文章が到達した新たな深みについて語っていた。今作に登場する人物たちはみな、

『亀裂なき光』の人物たちのように清い倫理観だけを持っているのではなく、道徳的に灰色である、そう論じられていた。それに、おとぎ話的な構造を排除したことによって、最も思い上がった読者層さえも魅了することに成功したと言えるだろう、と。

〈ニューヨーク・ポスト〉紙の読書欄の編集者は、そうした作風の変化は、一九三二年から三三年にかけての半年間、作家がドイツで暮らした経験に起因するのではないかとする考えを記していた。アルシアは、ヨーゼフ・ゲッベルス氏と、支配者民族の成功を誇示するべく作家をドイツに連れてきて住まわせようという彼の構想の賓客として、ドイツに招かれたことがあった。

その文章は記事の最後のほうで簡単に触れられただけだったものの、ヴィヴの目はそこに釘（くぎ）づけになった。三度読んでようやく、違和感の正体を完全に理解することができた。心の中のありとあらゆる可能性をくまなく巡ってようやく、避けがたい真実と思われるものにたどり着いた。

アルシア・ジェイムズはナチスの支持者だった。

一瞬、腹にひどい衝撃を受けた。ヴィヴは頭を左右に振った。

いいや。そうとは限らない。一九三〇年代のアメリカではすでにファシズム運動が盛んに展開していたとはいえ、メイン州の田舎にある小さな町に住む少女が、その文化プログラムへの参加に同意した際、自分が一体どんなものに参加するつもりで署名したのか理解していなかったとしても不思議ではない。

しかし知ってしまったからには、その事実を無視することはできない。ヴィヴは一瞬手を止めると、自分がニューヨークに住んでいることに、そしてこの図書館が驚くほど豊富な蔵書をそろえていることに感謝した。それから記事を探しに席を立った。

一九三二年の十一月から十二月の〈ポートランド・デイリー・ニュース〉紙（ポートランドはメイン州最大の都市）を見つけ、自分の席に戻ろうと振り返ったところで動きを止めた。半年間。

六月の新聞が、新聞の山に追加された。

一時間探してようやく、地元出身の優れた作家アルシア・ジェイムズがベルリンに招待されたことを紹介する記事が見つかった。そして彼女の帰国に触れた記事を見つけるのに、さらに四十分要した。どちらの記事にも写真は掲載されていなかった。書評もなかった。その瞬間まで気づかなかったあることが、今ようやく明らかになった。この女性は、極度に匿名性の高い人物なのだ。タフトのイベントで講演してくれるよう、ヴィヴが彼女を説得できる可能性に暗雲が垂れ込めた。

しかしヴィヴはそんな考えを脇に追いやった。これから自分に対処できることを考えなくては。記事には、ヴィヴがはじめて目にする、アルシア自身の言葉の引用が掲載されていた。この二つ以外には、どんな言葉も残されていないのだろうか。

『この旅で自分の文学の視野が広げられるのだと思うと、ひどく胸が高鳴ります』ジェイムズさん（二十五歳）は言う。『これをきっかけに、ドイツとアメリカのあいだで素晴らしい交流プログラムが行われるようになるでしょう』

次に、アルシアの帰国を伝える記事に目を移した。その記事のほとんどが、アルシアの略歴と、これまでの作家としての功績を要約したものだった。しかし記事の最後でアルシアは、ベルリンでの時間は楽しいものだったかと問われていた。

『一人の人間が、怪物たちに囲まれて生きるのを楽しめる程度には』ジェイムズさん（二十六歳）はそう語り、それ以上の回答を拒んだ。

ヴィヴは二つの新聞をつかんで隣同士に並べた。指先でそれぞれの引用に触れ、そのまま動きを止め、考えた。

引用されたアルシアの言葉は短かったものの、トーンの変化は顕著で、それは明らかにアルシアの作品に対する書評家たちの――そしてイーディスの――言葉と同調していた。

うぶ、しかし希望に満ちている。残酷で陰鬱。

〝怪物たち〟。アルシアはナチスのことを指して言ったのだろうか。あるいはそれは、ヴィヴが自分に言い聞かせたがっている物語にすぎないのだろうか。時間というものは、現実を曖昧にしがちだ。厄介な行為に薔薇色の色調を与えがちだ。

それでも、その日を終えるころには、あることがはっきりとした――アルシア・ジェイムズは拍手喝采を巻き起こす人物になるはず。ヴィヴに必要なのは、会場を埋める客と、ヴィヴの行おうとしている運動に対する人びとの関心だった。アルシアがナチス支持者であることが判明した場合には計画を調整しなければならない。しかし現時点では、まだどちらとも断定し難かった。そしてヴィヴはいつでも楽観的だった。

図書館を出たところで、ヴィヴはようやく、これまでずっと自分は自信を装ってきたのだと認めることができた。

ここまで猛スピードで前進してきた。しかし、ターコイズブルーの狭いバスルームに閉じこもり、浴槽の中でボトル半分のワインを飲みながらタイルをじっと見つめ、すべてが頓挫するようなことになったらどうしたらいいのかと思いあぐねる夜もあったことを否定することはできなかった。

気持ちを落ち着かせるため、露天商から買った『オリバー・ツイスト』を取り出すと、数ヶ月前にイタリアのどこかで、同じようにこの本を開いていたエドワードに思いを馳(は)せた。

両親が死に、ホーレスおじに引き取られたとき、ヴィヴの全世界は縮小した。おじの連棟住宅(タウンハウス)と学校、そして教会だけが世界のすべてだった。ホーレスおじと過ごした最初の一年間、ヴィヴに行くことが許されたのは、その三つの場所だけだった。ヴィヴの人生はあまりに小さかった。

ヴィヴに大きな人生を与えたのは本だった。本が、ヴィヴを無数の異なる世界に連れていってくれた。そこでは、無数の異なる人間になれた。ずいぶんと長いあいだヴィヴは、だれにも知られていない秘密を抱えた人間のように一人でさまよっていた。

しかし完全に思い違いをしていた。今になってようやくそれがわかった。秘密を共有することは、秘密を自らの胸に抱え込むよりもずっと強い力を持つのだということを、兵隊文庫の成功が証明していた。共有することで、それを分かち合った全員をつなぐ人間性の糸がぴんと張り詰め、強度を増し、そのために余計にその世界が、感情が、そしてすべての読者がともに経験する旅が、より生き生きとしたものになる。

兵隊文庫を手にする兵士その人を直接知らずとも、夜の空に手を伸ばせば、世界のどこかでだれかが、今この瞬間、自分の読んでいるまさにこの言葉に慰めを見出しているのだと感じられた。月を見上げれば、それがだれであれ、その光に浴している人とのつながりを感じられるのと同じように。

この終わりなき戦争の中、だれもが——直接戦闘に携わらずとも、間接的に戦争に参加している一般国民でさえ——辛抱に辛抱を重ねてなんとか前に進んでいた。みな、前進しつづける理由をそれぞれに見つける必要があった。

月光のつながりが兵士たちから奪われないようにすることは、ヴィヴの使命だった。

ヴィヴは、成功が必然であるかのごとく作業を進めることにした。アルシア・ジェイムズはタフトのイベントに現れるだけでなく、彼女がナチスの支持者なのではないかという懸念を一掃するような、熱烈な演説をしてくれるはず。

そうした手放しの楽観はやや無謀であるかもしれなかった。しかしその楽観に後押しされた結果、図書館での調査後、残りの計画がうまく進むようになった。

ヴィヴは内密に、オハイオ州の〈コロンバス・ディスパッチ〉紙の記者に電話をかけた。彼女は数ヶ月前、兵隊文庫の提灯（ちょうちん）記事について話すべくヴィヴに接触してきた記者だった。

「独占？」ヴィヴがアルシア・ジェイムズの略歴を説明すると、マリオン・サミュエルは先を促すように言った。ためらいこそあれど、興味を引かれた様子だった。アルシア・ジェイムズは今やちょっとした有名人になっていて、しかも、彼女が一度もインタビューに応じたことがなく、だれに対しても決して口を開かないという事実が、多くの人びとの興味を余計にそそる結果となっていた。

ヴィヴは言葉を濁（にご）した。「アルシアを説得できたら、の話ですけど」

「まあ、あんまり期待しないほうがいいとは思うけど」マリオンは言った。「それでも、アルシア・ジェイムズの独占インタビューですよね？　もしそれができれば、一面を飾ることになりますよ」

次に電話をかけたのは、レオナルド・アストンだった。彼は第一次世界大戦の退役軍人で、目に暗澹（あんたん）たる表情を宿し、片脚が一生動かなくなった状態で帰還した。そしてその脚のおかげで、現在の戦争のごたごたに巻き込まれずに済んでいた。

レオナルドは、セオドア・チャイルズが別邸に移り、一人で住むようになって以来シャーロットにできた恋人の一人で、長年二人の関係は続いた。ヴィヴはときどき、レオナルドが自分のことを娘のように思っていてくれたらいいのにと期待したものだったが、実際にはそれほど親しい仲にはなれていないようだった。それでもレオナルドはヴィヴの電話に出てくれた。そのことに意味があった。

レオナルドは現在、〈タイム〉誌の〝生活とスタイル〟欄の編集長であり、この電話はヴィヴの有利に働く結果となった。

「独占インタビューについて、もらしたって？」レオナルドは電話の向こうで声を荒らげた。しかし彼がその物言いから想像するほど怖い人間ではないことは、よく知られた事実だった。

「タフトに投票しそうな人たちの中に、定期購読者はどのくらいいる？」ヴィヴは辛抱して訊いた。

「何十人、何百人、いや、何千人といるだろう、それはもう確かな話だ」そう言ったレオナルドの口調にヴィヴはユーモアを聞き取った。「わかった、わかったよ。しかし、私個人でもインタビューを行わせてもらうよ。いいね？」

「アルシアの首を縦に振らせることができれば」ヴィヴはここでも言葉を濁した。

「おまえなら必ず勝つと信じているよ、ヴィヴ」自分の返答を待たずに電話が切れることがなければ、ヴィヴはその台詞に温かさを感じていたかもしれなかった。

〝やることリスト〟の二項目にチェックマークを入れた今、次は〈ハーパー・アンド・ブラザーズ〉社に電話をかけた。人当たりはいいもののかたくななアシスタントが、我が社は作家のどのような情報も公開いたしませんと応じた。せめてアルシアの編集者の名前だけでも伺えないだろうかと訊くと、アシスタントは電話を切った。

　ヴィヴ自身は、その出版社との密接なつながりを何一つ持っていなかった。が、持っている可能性のある人物を知ってはいた。

　翌日、ヴィヴは、四番街の古書店街（ブックセラーズ・ロウ）をぶらつこうと持ちかけてハリソン・ガーディナーを会社の外に誘い出した。出版業界の期待の新星の一人であるハリソンは、大きな書店が抱えている在庫の情報をいつでも把握しておきたいと考えている人間で、しかも早めに会社を出ることを拒むことはめったになかった。

〈ビブロ・アンド・タネン〉の外でハリソンを待つあいだ、ヴィヴはテーブルの一つにうずたかく積まれた本の背表紙に指を走らせていった。

　その午後を忙しく過ごす利点もあった。これまでヴィヴは、戦没将兵追悼記念日（メモリアル・デー）という祝日についてそれほど深く考えたことがなかった。しかし今では避けることのできないものになっていた。市のあらゆる店が、戦没した兵士たちを称えることを自らの役目として、それを果たしたがっているときには。

ヴィヴはエドワードのことを戦没兵士として覚えていたくはなかった。今ヴィヴがいるまさにこの通りで、ぶらぶらと本を眺めてのんびりと午後を過ごすのが好きな男性として覚えていたかった。

エドワードは読書家ではなかった。ヴィヴの知っている多くの男性たちと同じように、彼にとって本は授業のために読まされるものであって、自らの喜びのために読んだことなどなかった。

それでもエドワードは、ブックセラーズ・ロウにいる買い物客を眺めるのをいつも楽しんでいた。それぞれの客が本を選択する様子を、飽きることなくいつまでも眺めては喜んでいた。とりわけ、その選択が、世間がそれを選んだ客に対して持っているであろう印象と矛盾する場合にはなおさらエドワードを喜ばせた。たとえば、小柄なイタリア系の老婦人が、テーブルの上に置かれた本の中で最も人種差別的な表紙の本を手に取ったときなどは。

ヴィヴは公の場でエドワードを思い出してしまった自分に苛立ちながら、目を瞬かせて感情のうねりを抑えようとした。人目を避けることのできる自分の部屋以外で、エドワードのことを考えることはめったになかった。歩道の真ん中でむせび泣くのを人に見られたくはなかったから。ヴィヴがタフトと兵隊文庫にこれほどまでに専心しているのは、悲しみが体中に広がり、自分を丸ごとのみ込んでしまう余地を残さないためでもあった。

やがてこの悲しみにも耐えられるようになる、いずれそう信じられるようにならなくてはならない。いつの日か、この通りを歩きながら、エドワードが見知らぬ人びととの物語を作っては語り、ヴィヴが笑えば笑うほど、さらにおかしな話をしていった姿を思い出すことができるようになるだろう。あるいは、エドワードがヴィヴの手から買ったばかりの本を奪い、路上のまさにその場所で、人をまごつかせるような場面を劇的に朗読していた姿を思い出すことができるようになるだろう。

　そのうち、毛皮や宝石を身にまとった謎めいた未亡人について何か言おうと隣を振り返ることもしなくなるだろう。隣を見ても、そこには空気以外の何ものも見つけられないのだから。しかし今日はまだ、その日ではなかった。

「連邦議会（キャピトル・ヒル）相手に戦って、優勢を保っている人間にしては、ひどく悲しそうな顔してるな」ハリソンが背後から声をかけた。

　ヴィヴは無理に笑顔を作り、自然な笑みになるまでそうしていた。エドワードの思い出は、箱の中にしまい込んで鍵をかけた。

「〝優勢〟っていうのは、褒めすぎかも」ヴィヴは言った。二人は腕を組み、歩調を合わせて歩き出した。

「数週間前に一度諦めたことを考えれば、今の状況は〝優勢〟とみなされるべきだろ」ハリソンは自分自身に満足している様子でそう主張した。

「私に、ありがとうって言わせたいんでしょう？」ヴィヴは気分を害したようなふりをして言った。

「ほんの少し感謝を示すだけでも、頼みを聞いてもらうのに大いに役立つものだよ」ハリソンは冗談まじりに言った。「それに、それこそが今俺がここにいる本当の理由だと読んでいるんだけど。君が俺と一緒にいるのを本当に楽しんでるのも明らかだけど」

「下心があるって？　だれに？　私に？」ヴィヴはハリソンの笑いを誘うために、無邪気そのものであるように装って訊いた。しかしすぐに演技をやめ、タフトのイベントのために準備している内容を、アルシア・ジェイムズに参加してもらいたいという、見込みの少ない望みも含めてすべて話した。

「〈ハーパー〉に、大学時代の友人がいる」ハリソンは考え深げにそう言った。二人はある本棚の前で足を止めたところだった。ヴィヴが当てにしていたのはまさにそれだった。出版業界は狭い世界で、その中の優秀な者たちが集まる集団となればさらに狭かった。しかしヴィヴは、ちらりともたげた苛立ちを――ハリソンにとっては、これはそれほど容易なことなのだという苛立ちを――かき消さなければならなかった。「約束はできない。でも、話してみるよ」

「それで充分」ヴィヴは刹那に湧き上がった怒りをよそに、感謝して言った。「ありがとう」

歩道に置かれた次のテーブルへ移りかけたところで、真っ白なテンガロンハットをかぶった男が店から出てきた。宝石がちりばめられたホルスターに白い拳銃を差していて、カイゼルひげが襟に届きそうなほど伸びていた。

ヴィヴは自分の左側を、いつもエドワードが立っていた側を振り向いた。ふざけた台詞が口先まで出かかっていた。

しかしそこには空っぽの空間があるだけだった。これからもずっと、そうであるように。

第二十五章

パリ
一九三六年十一月

ハンナの両親がイギリスへのビザを取得したというニュースは、展示会初日に届いた。

ハンナは、両親が自分に別れも告げずに、すでにサウサンプトン行きの船に乗っているという事実に愕然とし、手紙を凝視した。別の人間であれば泣いていただろう。しかしハンナにはずっとわかっていた。両親の優先順位では、ハンナはいつだって後から思い出されるほど低い存在だったと。アダムが強制収容所に連行されて間もなく、ハンナは両親に真実を告白していたが、両親は繰り返し、アダムに起こったことでハンナを責めたりはしないと言った。それでもハンナは、自分がアルシアのきれいな顔を前に分別をなくしていたのだとわかっていた。そしてその代償を支払うことになったのだと。

手紙には、ハンナの銀行口座に大金が、数年間生活するのに充分な金が振り込まれていると記されていた。それは、両親がまだハンナに対して家族としての義務を感じていることを示す唯一の証(あかし)だった。

ハンナはもう一度手紙全体に目を通した。それから深呼吸をして、別れを告げた。親ならば子どもに与えるべき愛をくれなかった両親に、アダムのようには愛してくれなかった両親に、別れを。愛が無条件であると信じていた純真に、別れを。

大股で素早く部屋を横切り、わずか三歩で暖炉のそばまでたどり着くと、封筒を炎の中に投げ入れた。インクと紙が、抗議の声を上げながら、炎に貪られ、灰へと姿を変えていった。

今はオットーがハンナの家族だった。そんな考えにしがみつきながら服を着替え、頬に色をのせ、靴を履き、ブリジットに行ってきますと手を振った。ここ数日のブリジットは、ハンナに好意的な態度を示してくれていた。パリに住むようになって以来、オットーの心が自分から離れていくのを感じていながら、そのことについてじっくり考えようとはしなかった。

通りに出ると、屈託のない幸せそうな笑みを浮かべたオットーが出迎えてくれた。自分にもその笑顔が真似できたらいいのに、とハンナは思った。サンジェルマン大通りと展示会を目指して歩きながら、ハンナは、会話がくだらない話や気軽な噂話に向かうよう誘導した。朝の闇を振り払いたかった。これから訪れるはずの闇を、振り払いたかった。

しかしかぎ十字を目にした瞬間、くだらないおしゃべりを続けることができなくなった。

ここはパリだ。

自由の国だ。

ナチス・ドイツではない。

純然たる憎悪の印を掲げた横断幕に向かって歩きながら、そうした事実を何度も何度も心の中で繰り返した。

〈焚書（ふんしょ）された本の図書館〉は、パリ地理学会の本部内、店の前にドイツの軍服を着たナチ党員たちが立っているところから二軒先に展示会場を設けていた。ハインリヒ・マン氏と、等しく著名な弟のトーマス・マン氏の姿がそこにあり、図書館の展示物を見ていた。本を棚に並べる作業を繰り返す中で、ハンナは、ほかにも一握りほどの有名人や作家たちに気づいた。みな親切で明るく、しきりに視線を横断幕や軍服、ナチスの店に並ぶ展示品に惹き込まれているパリ市民たちにさまよわせながら、今にも崩れかねない笑みを浮かべていた。

図書館は、通りかかっただけの人たちを店内に誘い込むために、アップルサイダーやパイなどの菓子を配った。ハンナは明確な目的を持って、茶色い袋を小脇に抱えてナチスの店舗から出てくる人たち全員に声をかけた。

これが負けられない戦いなのであれば、これから説得しようとする人びとに対して恨みを抱いている場合ではない。

オットーは隅に置かれた椅子にゆったりと腰かけ、時間が経過すると、愉快そうにあれやこれやと口にした。そしてこの試みは期待したほどの成功を収めなかったことにみなが気づきはじめると、辛辣な言葉を独りごちた。人びとは立ち止まり、展示を見ていった。惹き込まれるように真剣に見ていく人もいた。しかしハンナには、図書館がだれかの考えを変えたという実感が得られなかった。

「ナチスがそこまで悪いはずがない」ハンナはそんな言葉を耳にした。

「世間を騒がせようとしているんだよ」

「……でも、ユダヤ人のほうこそ、かなりの力を持っていそうだがね」

最後の言葉は、みなに聞こえるほど大きな声で発せられた。

ハンナはその男性から顔を背けると、無理やりに笑みを作り、ハンナ自ら入念に選りすぐった、ユダヤ人作家による本の展示場所のほうへと年配の女性を案内した。

それでも、男性のその発言は、そこにいた全員の耳に届いたはずだった。もしこれがパリの魂を勝ち得るための戦いであったなら、〈焚書された本の図書館〉は負けたことになる。

その日の勤務時間を終えると、ハンナはオットーを連れて大通りに出た。

抑止力としてのオットーを同伴している甲斐もなく、いやらしく誘うような口笛が二人に向けられた。

ハンナの手の中でオットーの腕がこわばった。ハンナはオットーの腕を引いて歩きつづけ、喧嘩など始めないようにと無言で懇願した。オットーが一日中ハンナを待っていたのは、このためだったとしても。二人の皮膚の下、衝動がうずいていた。違うところがあるとすれば、ハンナは、家に帰って紅茶を飲みたいという欲望のためにその衝動を無視することができたという点だった。

オットーにはそれほどまでの自制心がなかった。

ナチ党員の二人が口笛をやめて後ろからついてくるのに気づいたハンナは、ぎゅっと目を閉じた。**お願い、お願い。**それからオットーの上着に爪を食い込ませた。

「お嬢さん」一人が声をかけてきた。尊大で、からかうような声だった。ハンナは歩みを止めなかった。

もう一方が間延びするような口調で言った。「お嬢さん」

「俺たちの哀れで孤独な魂を無視しないでくれよ」男たちはドイツ語で叫び、通りを行く人たちの視線を集めた。

オットーはハンナのそばでじっとしていた。ハンナは急くように小声でささやいた。「無視して、無視するの」

しかし当然、男たちは無骨だった。彼らはパリにいるナチス——今まさにこの瞬間に攻撃するために生まれてきた男たちだった。ヒトラーの褐色シャツ隊の多くがそうであるように、彼らは明らかに戦いに疲れていて、第一次世界大戦中の暴力の名のもとにすっかり丸裸にされ、再構築されていた。

「女が歩いてくぜ、見ろよ」最初の男が低い声で言った。

「見てるさ」二人目の男が警棒を抜き、それを手に走り出した。「いいケツだぜ」

何が起こっているのかハンナに理解できるより早く、オットーが振り返って大きいほうのナチの顎に拳を叩きつけていた。

一瞬、すべてが凍りついた。次の瞬間、時間が間延びしたように感じられ、それから崩れるように急激に過ぎていった。

男からうめき声が上がった。痛みからというより、驚きから発せられた声だった。オットーは人にけがを負わせられるほど強くはなかった。しかしそれは問題ではなかった。こういう種類の男たちは、暴力の味を口にすると、群れをなす傾向にあった。

拳がオットーの顔を打った。背骨が折れたかのような音とともに、オットーの頭が後ろにのけぞった。

死んだ。

そんな考えにハンナの視界が真っ白になった。

しかしオットーはくずおれなかった。よろめきながらも、両腕両脚は機能していた。

オットーは倒れぬよう持ちこたえ、握りしめた拳を体の前の高い位置に構えた。戦いに備えるボクサー。

動かなきゃ。

しかしハンナは動くことができなかった。脚が、言うことを聞かなかった。

あなたもぶたれる。

ハンナをその場所に立ちすくませたのは、恐怖ではなかった。ショックだった。

ここは、パリだ。

考えることさえできれば……考えることが……できれば。

騒音を聞きつけて人が集まってきていた。ハンナは一人一人の顔に視線を投げていった。必死になって、助けを求めて。

だれ一人として、前に出てこなかった。

オットーに殴られたナチは足裏の母指球に体重をのせるようにして立ちながら、オットーの顎目がけて素早く小さなジャブを打っていた。〝愚弄〟、ほとんどそれにしか見えなかった。

オットーはよろめきながらも、どうにか相手に数発パンチを食らわせた。

今、ハンナにこれが止められるのだろうか。これ以上ひどくなる前に。男たちはオットーの周囲を回りながらも、まだ本格的な攻撃をしてきてはいなかった。

いいから動くの。

しかし、ハンナがオットーの前に歩み出て、自分の体でオットーへの攻撃を遮断するより先に、ナチの一人が獲物を弄ぶのに飽き、全力で攻撃をしかけた。瞬きする間にオットーは地面にくずおれた。糸を切られた操り人形。

男の拳に、血が飛び散っていた。

歩道に、血が飛び散っていた。

ハンナの耳の中で、血が激しく脈打っていた。

助け。

助けが必要だった。

それから二人のナチスは、地面にうずくまるオットーにのしかかった。

彼ら以外、だれも動かなかった。ハンナも動かなかった。オットーの前に歩み出ることができなかった。オットーを守ることが、できなかった。

騒音の中、しくしくとすすり泣く声が聞こえてきた。あまりに小さな声で、空耳かもしれない、ハンナにはそう思えるほどだった。が、実際に聞こえていた。低く、打ちひしがれたその声は、すでにこれ以上ないほどばらばらになっているはずのハンナの心臓を、さらに粉々に打ち砕いた。

ハンナはその泣き声の中に、自らの人生のあらゆる瞬間が、オットーの人生のあらゆる瞬間が宿っているのを感じた。

何かしなくちゃ。

今すぐ。

ハンナは身を低くし、振り回される腕をかわし、積み重なった体の上に身を投げ出した。そしてそれがなんであれオットーの一部に――脚でも、コートでも、手でもかまわなかった――触れようと手を伸ばした。

頬骨に痛みが走った。背筋に沿って、鋭く、電気を帯びたような痛みが走った。

ブーツだ。痛みが苦痛のうずきに落ち着いたとき、それがはっきりとわかった。

震える手で顔を押さえると、自分の顔を蹴ったナチ党員と目が合った。ふと、男の顔に後悔の色がにじんだ。次の瞬間、ハンナの肘が男の顎を直撃した。男のすべてが硬直した。

男は握った拳を後ろに引くと、すでに傷ついているハンナの頬にその拳を振り下ろした。

歩道に倒れるとき、耳の中で甲高い音が鳴り響いた。歯が口の中で今にも抜け落ちそうなほどぐらついていて、体は重く、動かすことができなかった。吐き気が襲ってきた。目を閉じることさえできれば。ほんの一瞬だけでも、ほんの……。

オットーが叫び声を上げた。

ハンナはあえぎながら体を起こそうとした。肘から、じわじわと鈍い痛みが走った。

しかし今はそんなことを気にしている余裕はなかった。ハンナはためらうことなく再び体の山めがけて身を投げ出すと、手を伸ばして、伸ばして、さらに伸ばした。そしてようやく指がオットーのシャツをつかんだ。

「やめて」ハンナはドイツ語で叫んだ。

「助けてください」今度は群衆に向かって、どうにかフランス語で叫んだ。ふと、銃が頭をよぎった。どちらかの男の額に銃身を押しつけ、引き金を引く映像がよぎった。だれかを殺すところを想像したのは、これがはじめてだった。しかしその瞬間、ハンナは悟った。もしこの瞬間にその武器を手にしていたら、自分は間違いなく、相手を殺そうとしているはず。「お願いだから、助けて」

だれも救いの手を差し伸べてはくれなかった。潮がハンナを下へ下へと引きずり込んだ。打ちつけてくる両手と悪魔のような男たちの波の下へと、引きずり込んだ。

オットー、打ちのめされてぼろぼろになったオットーの体を両腕で包み込みながらハンナは思った。

ハンナは息を吐き出した。そして思った、**やめて**。

ハンナは脚を蹴り出した。足がどこかに着地した。何か打つ音が、その夜の奇妙な静けさを破った。

ハンナは再び蹴った。吠(ほ)えた。引っかいた。無防備な顔に命中するまで、偶然に何かを殴ることができるまで、両手を振り回した。

警察が到着した。

あまりにお粗末で、遅すぎる救助だった。

第二十六章

ニューヨーク市
一九四四年五月

ヴィヴはヘイルの選挙事務所の前を行きつ戻りつしていた。ブックセラーズ・ロウでハリソンと午後を過ごしたあと、なんとなく落ち着かない気分になっていた。だれもいないアパートの部屋には帰りたくなかった――その夜は、シャーロットが古くからの親友二人とブリッジをする夜だった。気がつくとヴィヴはブルックリンにいて、自分がいかに川のこちら側に馴染んできたかに驚きを感じていた。

ひどく暑い日であるにもかかわらず上着に手を通しながら玄関階段に出てきたヘイルは、そこでヴィヴを見つけた。

「マンハッタンはあっちですよ」ヘイルは西のほうを指さして言った。

ヴィヴは芝居がかった動きであたりを見回した。「え、ここってブロードウェイじゃないんですか？　タイムズスクエアで、確かに正しいところを左に曲がったはずなんだけど」

ヘイルの口角が上がり、優しい笑みが広がった。「やあ、チャイルズ」

「やあ、ヘイル」風がスカートをはためかせるせいで、ヴィヴは両手を腰に当てるという不敬な態度で挨拶を返した。

「どうしてそんな顔してるの？」ヘイルは階段を三段スキップするように下りてきてから訊いた。

ヴィヴは沈みゆく太陽を遮るために額に手を当て、目を細めてヘイルを見上げた。「人生について考えてるから、かな」

「なるほどね、戦時中に人生について考えれば、そんな表情にもなるよね」ヘイルはそう言いながら、ヴィヴが目に涙を浮かべずに自分の顔を見上げることができる位置に移動した。「今日はまた何か頼み事？」

ヴィヴは首を振って、肘でヘイルの肘を突いた。「気晴らし」

ヘイルは訳知り顔を見せた。メモリアル・デーを迎えるにあたり、ヘイルのもとには少なくとも数人の訪問客が訪れていたはずだった。善意の人びとから数えきれないほどの弔意も受け取ったことだろう。

「一緒に散歩なんてどう？」ヴィヴは訊いた。

驚きの表情が浮かんだと思った矢先、瞬きする間に消え去った。ヘイルはためらうような笑みを見せたものの、うなずいて言った。「散歩するにはいい晩だ。どこへ行きましょうか？」

「私たちの足が導くところへ」ヴィヴは言った。

ヘイルは戸惑っていた。明らかに、ヴィヴの気分を読むことができずにいた。ヴィヴはそのことでヘイルを責めようとは思わなかった。最後に会話をしたとき、ヴィヴは自衛するように有刺鉄線で体をぐるぐる巻きにしていたのだから。

しかし今日は、エドワードを知っているだれかと話をしたい気分だった。どういう形であれ、二人に似ているところがあったという理由からではなく——性格という点においては、二人はまさに正反対だった。そうではなく、ただ……そのほうが楽だった。個人の悲しみを共有してくれるだれかがいると思うと、気が楽だった。亡くなった全兵士への、より大きな哀悼の気持ちではなく。

エドワードへの哀悼の気持ちを。

ヴィヴの膝が震え、太ももから力が抜け、呼吸が苦しくなってきた。指先がテラスハウスの硬いレンガを見つけた。そこにもたれかかると、壁が体を支えてくれた。

ヘイルが目の前に立って心配そうな表情を見せたが、ヴィヴはそれを無視して目を閉じると、次の吸う息に、次の吐く息に、意識を集中させた。

エドワードは死んだ。

冗談を言う直前、エドワードの目にあのいたずらっぽいユーモアが宿るのを、もう二度と目にすることはない。エドワードの抱擁の温かさに慰めを見出すことは、もう二度とない。エドワードから秘密を探り出し、代わりに自分の秘密も引き出されるようなことは、もう二度とない。

五本の指がヴィヴの手首を包んだ。ヴィヴの自由を奪うためではなく、ヴィヴの体を支えるために。

ヘイルは、通りから——詮索好きな通行人の飢えた視線から——ヴィヴを守るようにして立ち、ヴィヴの高速で拍動する脈の上に、引き伸ばされた皮膚の上に小さな円を描くように、親指でさすった。ヴィヴの鼓動が落ち着きを取り戻すあいだ、どちらも一言も発しなかった。しかし、どちらも互いから目を離さなかった。

「ほとんどいつもは、大丈夫なの」ヴィヴはしゃがれ声で言った。ヘイルの親指が一瞬動くのをやめ、すぐにまたなだめるようなリズムで円を描きはじめた。「ほとんどいつもは、考えないようにしていられるの」

黄昏時（たそがれどき）の薄れゆく光の中、ヘイルの瞳が荒々しい緑色を帯び、金色の斑点が雲の隙間に走る稲光のように小さく光を放った。

「私って、ひどいのかな？」ヴィヴは急かすように訊いた。「いつでも考えているべき？」

ヘイルは吐息をもらし、ヴィヴのほうに体を傾けた。これがヘイル以外のだれかであったなら、ヴィヴは追い詰められたような恐怖を感じただろう。しかしそう感じる代わりに、ヴィヴは、その行為によって自分は守られているのだと感じた。

「常にそのことを考えなきゃならないんだとしたら、君はこの先の人生を、ずっとひざまずいて生きていくことになるよ。そして泣くこと以外、何もできなくなる」ヘイルは柔らかい声で言った。「毎朝ぼくが起きられるのは、エドワードのことを考えないようにしているからだよ」

ヴィヴは鼻をすすり、ヘイルの顔をじっと見つめた。きっとヘイルとエドワードは、これほどまでに近い存在になるべきではなかった。それでも、実際、二人は親密だった。敵同士になるよりも、兄弟になることを選んだ二人の男。

その瞬間、ヴィヴは猛烈に二人を愛おしく思った。だれに遠慮をするでもなく、無条件で、まっさらな状態で。ヴィヴは、エドワードを愛してくれたことで、エドワードに兄を与えてくれたことで――ヘイルがエドワードに愛情を示さなくとも当然であったというのに――ヘイルが愛おしかった。ヴィヴはヘイルの胸に、心臓のあるところに手を押し当てた。ヘイルはヴィヴの額に自分の額をくっつけた。通りが人でにぎわっているにもかかわらず、仕事を終えた人たちが家へ向かい、母親たちが乳母車を押し、少女たちが二人を凝視しないようにしながらも、くすくす忍び笑いしているにもかかわらず、二人はそのままそうして立っていた。

ヴィヴの足にそっと何かがぶつかってようやく、二人は互いから離れた。

驚いたヴィヴが視線を落とすと、野球のボールが転がっていた。ドジャース（ロサンゼルスへの移転前、ドジャースはブルックリンを本拠地としていた）の試合で見るような真っ白なボールではなく、汚れていて、擦り切れていて、ヘイルがはじめて野球を教えてくれたあの夏がすぐそばに感じられた。思い出に体中が痛んだ。

目を上げると、ヘイルがいたずらっぽい笑みを浮かべてヴィヴを見ていた。この数分間の絶望は消え去った。今ではみな、絶望を打ち消すのが得意になっていた。

ヴィヴはかがみ込んでボールを拾うと、周囲を見渡して持ち主を探した。数メートル先の歩道の縁石に少年が立っていた。少年は使い古されたミットをはめた手をだらりと下げ、ヘイルをじっと見つめ、それが人びとに愛される地元の有名人であることに気づいたらしく、驚きを隠せないといった様子で目を大きく見開いていた。

ヴィヴはもう一度ヘイルと目を合わせると、唇を歪め、意味ありげな笑みを見せた。

ヘイルが胸を躍らせて息を吸い込むと、両肩が上がった。ヴィヴからボールを受け取ると、少年のほうを振り返った。「あと二人、入れないかな?」

「でも、スーツがしわくちゃになってしまいますよ、ヘイル議員?」少年が呆然と口を開けたままでいるのを見て、ヴィヴは静かに冗談を言った。

ヘイルはヴィヴの誘惑的なドレスからハイヒールへ、それから頭の上にちょこんとのった小さな帽子へと視線を走らせた。「ぼくのスーツは問題ないと思いますけど」

ミットを持った少年が大声で叫びながら仲間たちを呼びにいったため、ヴィヴは返す言葉を考える必要がなくなった——それはヴィヴにとって都合がよかった。ヘイルの伏し目がちで見定めるような視線にさらされ、言葉が出せなくなっていたから。

ヴィヴとヘイルは少年についていった。ヘイルは身をくねらせて仕立てのいいスーツの上着を脱ぐと、それを消火栓の上にかけた。見ていたヴィヴは唇を噛んだ。ワンピースには手のつけようがなかったものの、ヒールを脱ぐ必要はありそうだった。

路面はおおむね平らで、ありがたいことにヴィヴはストッキングをはいてきていなかったため、破れることを心配する必要がなかった。靴を脱いで地面に足をつけるのを、ヘイルがにやにや笑いながら見ていた。少年たちはそれを、そばに集まっておいでという合図だと受け取り、一斉に話し出した。

ヴィヴの推測では、彼らは十歳前後だった。彼らと同じ年頃の少年少女たちを目にするとき、早く大人になるよう強いられた子ども特有の真面目くさった表情を見ることがあまりに多かった。しかしこの少年たちは、通りで野球をするという夏の純粋な喜びに顔を輝かせていた。彼らの笑顔は耐えがたいほどに大きかった。

「お姉さん」少年の一人が、バットでヴィヴの脛を突きながら言った。「ヘイルさんが、お姉さんが一番だって」

「あら、そう言ってた？　そう言ってたのね？」ヴィヴがヘイルのほうに視線を向けると、ヘイルは、ヴィヴには特定できない表情で彼女を見ていた。その正体がなんであれ、それはヴィヴの中で眠っていた部分をこじ開けた。そこから春の若葉のごとき希望の巻きひげが顔を出し、ヘイルの瞳に宿る温かさを求めて身を伸ばしていた。

「入って」年長らしき少年の一人が、間に合わせの外野から呼びかけた。「お姉さんにはバットを振ることもできない、に十セント」

ヴィヴは目を細めた。

そのときまでには、観覧のために女の子たちも歩道に集まってきていた。二人の立派な大人が子ども遊びに参加するという、どう考えても楽しそうなイベントを見逃すわけにはいかない。

「その賭け、あたしが受けてやるよ」背の高い少女の一人が大声で言った。黒っぽい長い髪をした細身の少女で、頑固さを示す食いしばった顎は、ヴィヴに若き日の自分を思い出させた。ヴィヴが普遍的なやり方で感謝を示すべく少女にバットを向けると、少女はそれに応えるように、歯を見せて大きな笑顔を作った。

ヴィヴの後方ではヘイルが手を叩き、大声で叫んでいた。その強気の発言は、汚れた野球ボールと同じくらい馴染み深いものだった。

ヴィヴはホームベースの役割を果たしている道路標識に歩み寄ると、バットを握り、尻を突き出し——通りかかった男性二人が、それを見て口笛を鳴らしていった——、ピッチャーをにらみつけた。

十歳という年齢の若さと、みなの注目を集めているという事実が、少年に過剰な自信を与えているらしく、少年は高笑いをし、不注意にボールを宙に放ったりしていた。

「かかってきな」ヴィヴは叫んだ。

「女の子向けの球がいい？」少年がそう言うと、歩道に集まっていた少女たちが再びピッチャーの少年を大声でやじった。

「あんたなら、女の子向けの球だって打てやしないでしょ、ボビー」

「あんたが最後に一塁に出たのって、一体いつのことだっけ？」

「あんたのママに、あんたがそんな口の利き方してたって教えてやろうか？」

ヴィヴは顔がほころびそうになるのをどうにかこらえた。代わりに、さらに眉根を寄せて言った。

「君は口ばっかりなんだって思いはじめてるよ。きっと、球を投げることもできやしないんでしょう」

その軽い揶揄(やゆ)は、意図したとおりの効果を発揮した。それは少年の顔からふざけた表情を奪い、本気で投げることを決心させた——そうしてくれれば、彼が力を抜いてアンダースローで投げてきたりするよりはずっと球が打ちやすくなる。

ヴィヴは空振りをした。ドラマのような展開が好きだから。それに、ブルックリンの中の、この小さな一画に集まった人たち一人一人から、間違いなく喜びの光が発せられていたから。見ると、女たちが戸口にもたれかかり、しきりにヘイルを目で追っていた。中にはヴィヴに注意を向けている女性たちもいて、その場からヴィヴに大きな声援を送っていた。二人の水兵が食料雑貨店の壁にもたれかかっていて、店主は野球を見に窓際までやってきていた。

大人二人が子どもの遊びに加わったというだけで、周囲一帯の雰囲気が、祭りのような、お楽しみ会のような、夏と人生と幸福の祝いのような雰囲気に変わった。

ヴィヴはその瞬間を、できる限り長く引き延ばしていたかった。

「言ったろ」先ほどヴィヴをやじった少年が、自分の守備位置である三塁から叫んだ。歩道で見ている細長い体つきの少女が、あきれたように目を回した。

「ジミー、あんたがおばかさんだってのはわかってるけどね、野球では、ストライクが三つにならないとアウトにはならないの」少女がそう言うと、ヴィヴは彼女にウィンクした。

ヴィヴは二球目を見送った。審判を務めることにしたらしいヘイルは、エベッツ・フィールド（ブルックリン・ドジャースのホーム球場）の審判よろしく「ストライク！」と叫んだ。

「次の球で決まるぞ」集まった観客の中から声が上がった。少年たちは注目を浴びていることに興奮し、それを隠しきれずに何やら低い音を発しつづけていた。

ヴィヴはバットを握り直した。ドラマを面白くするには、グランドフィナーレが必要だ。

ふと、タフトとの戦いのことが頭をよぎった。しかし次の瞬間にはその考えを脇に追いやった。今はそのことを考えている余裕はない。この瞬間に意識を集中させなくては。スイングに備えなくては。ボールが少年の指先を離れた。ヴィヴは片肘を上げ、体重を移動させた。それから、ヘイルに教えられたとおり、息を吸い込んだ。

周囲に響き渡る爽快な音とともにバットがボールを打った。永遠と思われる一瞬間、ボールが高く上がり、一番遠くのラインを守っていた少年たちの頭を越えていく中、だれもが息を止めているようだった。すぐにヴィヴはバットを落として駆け出した。後ろから発せられるうなり声がヴィヴの背中を押した。スカートがめくれ上がって脚にまとわりつくのを気にも留めずに走った。

石が足の裏に食い込み、脇の下に汗がたまり、髪から滑り落ちてきたピンが地面に落下した。それでもヴィヴはそのすべてを無視して二塁を回り、三塁に向かった。少年たちは、遠くの車の下に落ちたと思われるボールを二人の外野手に全速力で追わせてから、大慌てで動き出した。三塁を回ったヴィヴを、励ましの声援と、信じられないという悲鳴が迎えた。細長い体つきの少女がそばの歩道に立っていて、満面に広がる大きな笑みを浮かべていた。少女は腕を回して、ホームベースに向かうよう合図を送っていた。その少女の後ろにも女の子が数人集まっていて、みな体を震わせながら応援の声を張り上げていた。

視界の隅で突然何かが大きく動き、ヴィヴの気がそれかかった。少年たちがボールを見つけ、次々にボールをつなぎ、今まさにホームを守っている少年めがけてボールを送ってきていた。ヴィヴは顎を引き、残っている全エネルギーを出し切り、腕を勢いよく振って歩幅を大きく広げた。

ボールはピッチャーの手にある。

ヴィヴはホームまであと二歩、いや三歩のところにいる。

ボールがヴィヴめがけて——キャッチャーが腕を伸ばして構えるグローブめがけて——飛んできた。

ボールがミットに収まった。ヴィヴの足が金属を踏んだ一瞬あとのことだった。急に質の異なるものを踏んだことで足が滑ったものの、ヴィヴはなんとかそこに踏みとどまった。みなの視線が、一斉に、ヘイルに向けられた。

観客が身を乗り出し、ヘイルのジャッジを受け入れようと心の準備をして待つ中、ヘイルはそのもやもやとした状態を引き延ばし、もやもやを大きくさせ、ついには爆発せんばかりに膨れ上がった。

ようやくヘイルは、ワールドシリーズで優勝チームを決めるかのごとく厳かに、「セーフ！」と叫んだ。

少女たちは勝利を自分たちのものとして歓喜の声を上げ、少年たちは負けチームには不可避と思われるようなやり方で往生際悪く異議を唱えた。家事の手を休めていた女たちは寛大な笑みを浮かべ、食料雑貨店の店主は声を上げて笑った。そして水兵たちはヴィヴにウィンクをしてから、それがどこであれ目的地に向かって再び歩き出した。

ヴィヴは息を切らし、両手を腰に当ててその場に立ち、泣き出してしまわないよう笑顔を作った。悲しみからくる涙ではなかった。体中の、ほつれて脆（もろ）くなった縫い目という縫い目に、喜びの波が圧倒的な力で押し寄せてくるために込み上げる涙だった。

あまりにも長く戦争が続いていた。苦難が、犠牲が、恐怖と喪失と痛みが、変化のない無力感が、長年にわたって続いていた。それでも、そのいずれも、人びとを完全に破滅させることはなかった。最も暗い日々にさえ、最も深い悲しみの中にさえ、最も疲弊した状態でさえ、人間は根本的に全き希望に満ちた瞬間を生み出す方法を模索する。そしてその希望に鼓舞されるように、人は一歩、そしてまた一歩、前に踏み出す。

ヘイルは飛ぶような速さでヴィヴの後ろまで移動すると、その肩に腕を回した。「君ならやれると思ってたよ、チャイルズ」

ヴィヴは寛大な気分でヘイルに目を向けた。「最高の人に教わったからね」

ヴィヴの腕に触れていたヘイルの指に力が込められた。このまま腕を引っ張られてキスされるのではないか、そんな考えに、困惑の入り混じる興奮がヴィヴの体を駆け巡った。が、ヘイルはそのままヴィヴから離れ、少年たちの注意を集めるように手を叩いた。

ヴィヴ同様、ヘイルはよい結末の持つ力を知っていた。そのため、わざわざ打席に立つことはしなかった。代わりに、いい試合だったと少年たちを称え、全員を引き連れてヴィヴの勝利を見届けた雑貨店の店主のところへ行き、冷凍箱にあったすべてのアイスキャンディを買い占めた。

ヴィヴはぶどう味を選んだ。それがヘイルの舌の上でどんな味がしたかについては思い出さないよう努めた。

その後、ヘイルのもとには彼の献身的な支持者たちが押し寄せたが、それでも彼の視線は時折ヴィヴのもとへと舞い戻るのだった。視線の先にいるヴィヴは、腰をかがめて、楽しみに参加するために裁縫仕事を外に持ってきて作業していた若い妊婦と話をしていた。

別のときであれば、ヴィヴは女性に夫のことを訊いていただろう。しかし今は、訊かずにいた。今日のような夕べはそうあるわけではない。今日のような、戦争に毒されていない夕べは。夕空が黄金色とピンク色の光をたたえていた。ヴィヴはここに、どんな闇も引き入れるつもりはなかった。

代わりに二人は、野球の試合について話した。自分たちの子ども時代の、一塁を守っていた妊婦の息子の、さらにはヘイルの試合の話までした。

明日はやってくる。いつもと同じように。そして明日とともに、その晩、丁寧に押しやったはずの悲しみもやってくる。

全員が耐え忍んでいる苦しみの大きさを考えれば、こうした苦痛からの一時的な救済は、ちっぽけに感じられるかもしれない。しかしヴィヴは、兵隊文庫が兵士たちに与える一時的な救済についても、同じようなものとして考えていた。人生が血と爆弾、恐怖だけに満ちたものでないことを思い出させる、ささやかなもの。

もしみながこうした〝ささやかなもの〟を忘れずにいられたなら、互いに助け合いながらそうしたものを作り上げることができたなら、この神にも見放されたような戦争をともに乗り切ることができるかもしれない。完全にではなくとも、人間らしく。

第二十七章

パリ
一九三六年十一月

病院のベッドに横たわるオットーの胸が上下するのを見据えるハンナの鼻の奥に、石炭酸石鹸のつんとするにおいがつきまとっていた。

オットーが命を落とすことはないだろう、医師たちはそう請け合った。

医師らの声に宿るためらいを聞き取れなかったとしても、〝死〟が紙一重のところにあることはハンナにもわかった。

ハンナの指が、今ではどこに行くにも携えている銃の台尻に触れた。

サンジェルマン大通りでの襲撃から三日が経過していた。そのあいだにハンナが自分の部屋に帰ったのは一度きりで、そのときに服を着替え、床板下の暗い空間から武器を取り出していた。もう二度と、無防備のまま通りを歩いたりしない。死に物狂いになって、差し伸べられるはずのない救いの手を求めることなど、もう二度とごめんだ。

争い自体はぼんやりとしか思い出すことができず、捉えがたく、それでいて本能的にひどい恐怖を感じるような記憶の断片にすぎなかった。しかし、同僚たちと見つめ合ったあの瞬間のことは、いつまでも忘れられそうになかった。図書館でボランティアをしていた全員が通りに飛び出してきたに違いない。彼らはそこにいたから。そこに立ち尽くし、ハンナたちを眺め、何もしてくれなかった。

ハンナは窓の外を、パリの街の輪郭の上空に這っていく太陽を見やった。

きっと図書館の友人たちは聡明で、深く考える人たちなのだ、ハンナはもう一千回は自分にそう言い聞かせていた。おそらく彼らは、人生において人を殴ったことなど一度もなく、ましてや、暴力に備えて作り上げられた体を持つ獣のような生き物と戦ったことなどあるはずもないのだ。彼らにしてみれば、それは死の宣告も同然だったはず。

オットーは苦しそうにうめき声をもらし、シーツの上で身をよじらせ、しばらくしてから落ち着きを取り戻した。

医師らは、オットーが命を落とすことはないだろうと言っていた。しかし、それでオットーはどうなるのだろう。ハンナは、どうなるというのだろう。

来るべき戦争が自分を変えてしまう――すでに変えられてしまっていた――、そう自覚しているのは恐ろしいことだった。かつては、ハンナは、幸せで気楽な人間だった。アダムの理想主義に対していつも冷笑的ではあったものの、心が氷に包まれていたことなどなかった。

ベルリンで、数えきれない夜をダンスに興じ、笑い、人を愛して過ごした。シャンパンを飲み過ぎ、高価なシルクのドレスを身にまとい、バスケットにチューリップを集めたいという単純な理由のためだけに春のはじめの日に自転車をこいだ。人間は基本的に善であると信じていた。ほとんどの人たちが、世の中で最善を尽くそうと努力していて、それでも時にはそれが困難になることもあるのだと。ハンナは率直で親切で皮肉屋だった。いい友人で、いい姉だった。いい娘とは言いがたかったが、そのことで自分を責めるつもりはなかった。パンとマーマレードと夜の劇場を愛していて、密かに夢も――かなうかもしれない夢だった――持っていた。

戦争が――今は戦時中なのだと考えることに決めていた――、そうした小さなものを剝ぎ取っていき、あとに残ったものを誇張させた。小さな苛立ちや、ちょっとしたお祝いなどは存在しなくなった。存在するのは、愛と憎しみ、勇気と恐怖、詩と破壊だけ。すべてが対比によってより研ぎ澄まされ、もはや中庸は存在しなくなった。

しかし人間を人間たらしめるのは、そうした小さなものだった。ハンナはすでに悲しみに、裏切りに、人類への信頼の崩壊に、打ちのめされていた。

来年には、また次の年には、自分はどんな風貌になっているのだろう。どんな人間に成り果てているのだろう。ベルリンにいたころの自分であれば、自分に銃の引き金を引くことが可能だなどとは夢にも思わなかった。

手の中には今、銃があった。金属が指に当たると、ハンナは顔をしかめた。ナチスの一人に、指を三本折られていた。あの瞬間は、それにさえ気づかなかったが。

それでも、あの日負った中でも一番ひどいけがは、頬骨に沿ってできた緑色と紫色と黄色の入り混じったあざだった。そのあざの縁を辿(たど)っていけばブーツの形が浮かび上がる、そう断言できた。

さらに二日が経過してようやく、オットーは青白い皮膚の上にまつ毛を一度、それからもう一度、はためかせた。そして目を開けた。

涙がハンナの頬を伝い、唇の傷——このような状況下では、あえて傷と呼ぶのもためらわれるほど軽いものであったが——の上を流れていった。

アダムの死を知らされてまだ間もないというのに、オットーまで失っていたら、自分が何をしでかしていたかわからなかった。ハンナはいつでも、自分を強い人間だと思ってきた。ヒトラーの台頭するベルリンを生き延び、アルシアの裏切りを生き延び、自分がアダムの拘束の片棒を担いでしまったと知りながら日々を生き延びてきたのだから。

しかしハンナは確信していた。もしオットーが死んでいたら、今度こそ——今度こそは——本当に、心が壊れていただろう。

「数日は、だれかが見ている必要があるでしょう」医師は、〝だれか〟について選択肢でもあるかのような口ぶりで言った。

オットーの部屋に帰る途中、一度だけ運転手に車を止めてもらい、オットーは道路脇の側溝に嘔吐しなければならなかった。ハンナはオットーの額にかかる髪の毛を後ろになでつけ、嘔吐が終わるまで、なだめるような声をかけつづけた。

部屋に着くと、ハンナはオットーを寝かせて上から暖かいブランケットをかけた。それからキッチンに向かい、やかんを火にかけた。コンロのそばに置いてある『マクベス』に触れ、オットーはけがを負ったことで、前の週に割り当てられたばかりの役を諦めなければならないのだろうかと考えた。

「けが、してるじゃないか」オットーは、自分のそばへ戻ってきたハンナにささやいた。そしてハンナの顔にできたあざの縁を、震える指でそっとなぞった。

「全然」ハンナは笑い飛ばした。「相手の男たちを見るべきね、もっとひどいんだから」

オットーはあまりに激しく笑ったために、体を丸めて血を吐き出す結果となった。真っ白なハンカチに、あのナチの拳と同じように血の斑点がついた。ハンナは喉に上がってきた胆汁をのみ下した。

「休まないとね」ハンナは暖かい布をオットーの額にのせて言った。

オットーは抗わなかった。彼が疲れ切っていることを物語る、明確な合図だった。

翌日以降、オットーは起きている時間よりも長い時間、眠った。そのあいだずっと、ハンナはベッド脇に置かれた揺り椅子に座っていた。少し経ったころ、ハンナはオットーの入浴を手伝い、乾燥した汗と血を皮膚から丁寧にこすり落とした。ハンナが肩や太もも、脚の付け根や腹に石鹸を走らせると、オットーは顔をしかめ、ため息を吐き出し、それからうとうとと居眠りしそうになった。親密さを要するその行為は、本来であればもっと大変であるはずだった。しかしハンナは、まともに頭を働かせることができなかっただけでなく、下手をすれば自分の体よりもよく知っている体に対して、それほど神経質になるはずもなかった。

オットーをタオルで包むと、その体を慎重な手つきで拭いていった。その後オットーは眠った。ハンナは浴槽のお湯を入れ替えると、今度は自分が入浴した。

石鹼で体を洗いながら、ハンナは、あの乱闘を前になす術もなく立ち尽くしていたあいだ、自分の中で赤々と燃えていた激しい怒りを思い出し、それをしっかりと捉えようとした。

彼らがいたのはパリの目抜き通りだった。見知らぬ人たちに関しては、仕方がなかったと思えないわけではなかった。あれほど凶暴な乱闘に、自らあえて巻き込まれる所以(ゆえん)などないのだから。しかし彼らを取り囲むように集まった群衆の中には、ハンナの友人が非常に多くいたのではなかったか。彼らは自分たちのことを、ファシズムに対する戦争を戦う兵士だと考えていたのではなかったか。

ハンナは、言葉にはこの戦いに対抗できるだけの力があることを心底信じていた。非常に強く信じた結果、それは今ではハンナの人生(ライフワーク)をかけた仕事となっていた。図書館は重要だった。最初は象徴として、灯台として、そして防壁として重要だった。そしてそこから、より実用的な意味を持つようになった。そこで働く人びとは、彼らの提供する情報をもとに、人びとを説得させることに確かに成功していた。

しかし、この戦争を戦う一方が血に飢えた野蛮な男たちで構成され、もう一方が暴力を一目見るだけで凍りついてしまう人たちで構成されているのだとしたら、後者に勝機などあるのだろうか。

ペンが、時間をかけて一つの国家を破滅に追いやることは可能かもしれない。しかしそれが達成されるまでに、剣はどれほど多くの体を切りつけることになるのだろう。

ナチスがパリに侵攻してきたら、パリを占拠したら——ハンナはそれが現実になるとほとんど確信していた——、一体どうなってしまうのだろう。応戦する人間はいるのだろうか。

現実世界に〝勇敢さ〟など本当に存在するのだろうか。あるいはそれは、おとぎ話の中にしか存在しないのだろうか。

第二十八章

ベルリン
一九三三年三月

アルシアがデヴの部屋でカム・トゥー・ジーザス・モーメントを迎えた夜から二日後、ハンナが自転車二台とともに現れた。

「行こう」ハンナは鮮やかな黄色の自転車のサドルにまたがって、もう一方の自転車のハンドルを手で押さえていた。空色の自転車で、フレーム部分に複数の小さな薔薇が描かれていた。アルシアは自転車の前方についている籐のかごを見て、そこを本や花でいっぱいにするところを想像した。

「私、運動が得意じゃないの」アルシアはサドルに座りながら警告するように言った。

「赤ちゃんだって自転車に乗れるんだよ」ハンナが少し先から言った。「なんとかなるでしょう」

「私の運動能力のなさをみくびってると思う」アルシアは振り向きざまに叫んだ。前輪が、木に向かって一直線に進んでいった。

春先の嵐のせいで汚れた雪の塊がいくつか残っていたものの、その日は美しい日で、ハンナとともに通りを漕いでいくアルシアの顔に暖かな太陽の光が降り注いだ。

ハンナは大通りや幹線道路を避けて、静かな通りを選んで進んだ。大きな通りに出れば、アルシアがパニックに陥ることは避けられなかっただろう。

二人が進む先で目にするのは、古風な趣のある店舗や、ぶらぶらと歩くカップル、忍び笑いする子どもたちだけだった。シュプレー川に沿って自転車を走らせ、気が向いたら自転車を止め、休んだり、歩いたり、互いに似たり寄ったりの子ども時代の逸話などを披露し合ったりした。

公園まで来るとハンナは自転車から飛び降り、咲きはじめたばかりのチューリップ畑を探索するために草の上に自転車を倒した。アルシアがあとに続いた。顔に浮かべた小さな笑みだけが、アルシアがハンナのおしゃべりを嫌がっていないことを示していた。

二人は芝生の日だまりに手足を伸ばして横たわった。ハンナはアルシアの顔に日陰ができるよう、体の位置を調節した。

「ベルリンが好きなのね」アルシアはそれとはなしにそう口にしながら、ブラウスの腹のあたりを手でなでつけた。

「ここでなら、常に自分らしくいられたから」ハンナは言った。アルシアは、その声に潜む感情の深さを訝しんだ。「ナチスがいたんじゃわからないと思うけど、やつらに占領されるまでは、この市では、なりたいと願うどんな人間にでもなれた。そしてそんなありのままの姿を愛してくれる人を見つけることができた」

アルシアはハンナの言わんとしていることを解析しようとした。「キャバレーで、みたいに？」

「まさしく」ハンナは笑顔で応じた。「あそこでは、どんな服を着ていようと、だれと踊っていようと、どんな仕事で生計を立てていようと、そんなことは問題にはならないの。両親がどんな人間で、どんなところに住んでいて、どんな神に祈っているかも関係ない。必要なのは、自分の周りの人たちに感謝と尊敬を示すことだけ。そうすれば、彼らのもとに自分の居場所を見つけることができる」

ハンナの視線が、歩道を歩く二人のナチ党員たちのほうに向けられ、次に、近くの街灯に吊り下げられたかぎ十字へと移動した。「それに、ヒトラーはこの市を嫌悪してる。知ってると思うけど」

「そうみたいね」

「私の考えじゃ、ヒトラーが嫌う場所はどこだっていい場所なんだけど」ハンナは笑みを浮かべながらアルシアを見下ろして言った。

アルシアは頬を赤らめて顔をそらした。「ここに……」

その声は次第に小さくなり、消え入った。その考えをどのようにして言葉にするべきか、本当の意味ではわかっていなかったから。ここに来なければよかったと言うことはできなかった。そう言ってしまえば、嘘になるから。

しかしハンナはアルシアの返答を待たず、ブーツの爪先でアルシアのくるぶしをそっと小突いた。「すべてが起こっていないふりをして過ごせる日があったらいいのに」

アルシアはハンナの顔をじっと見つめた。しかしその表情は、陰に隠れてよく見えなかった。「そういう日が持てたら、何をするつもり？」

「自転車に乗る」ハンナはいたずらっぽく口を歪めて言った。「本を読んで、ワインを飲む。それからキスをする、きれいな……」

今度はハンナが言い終わらなかった。しかしアルシアは、その言葉がハンナの唇にとどまるのを見た。

バッグの中をまさぐる動作が、顔を下に向け、それがどんな感情であれ、アルシアの顔に宿っているはずの感情を隠す口実になった。「そうだ、本なら持ってるわ」

『不思議の国のアリス』だった。冬のマーケットで、自分の持っていた一冊を露天商の男性にプレゼントしたほんの数日後、改めて購入したものだった。あの夜からまだ数ヶ月しか経っていないにもかかわらず、もう何年も経過しているように感じられた。

「私のリストに、チェックマークを入れていくってことね？」ハンナがウィンクするような声色で言った。きっとこれがハンナの話し方で、アルシアは行間を読みすぎているだけなのかもしれない。が、臀部ににじむ汗と、わずかに震える手が、別の可能性を示唆していた。

アルシアはお気に入りの一節の載っているページを開くと、かろうじてハンナに聞こえる声の大きさで読みはじめた。そうすれば、二人だけの小さな世界に迷い込むことができる気がした。

〝「あ、ん、た、だれ？」と青虫。これでは会話がはずむはずがありません。アリスは、かなりもじもじしながら答えました。「あの、わたし、よくわからないんですけど、今のところは――少なくとも今朝起きたときは自分がだれだかわかっていたんですが、それから何度も変わってしまったみたいで……」〟

（ルイス・キャロル『不思議の国のアリス』（河合祥一郎訳）角川文庫より引用）

その章を読み終えると、アルシアは開いたままの本を胸に落とした。自らの心臓の隣で鼓動する別の心臓を感じながら、太陽を浴びてただ寝転がっているその感覚を享受するうちに、自然と目が閉じていった。ゆったりと感じられる数分ののち、ハンナの膝がアルシアの膝を小突いた。

「私たち、リストがあるんじゃなかった？」ハンナは、それが二人だけの秘密であるかのようにささやいた。それから立ち上がり、アルシアに手を差し出した。

温かい手のひらが、温かい手のひらに触れた。ハンナは軽々とアルシアを引き寄せて立ち上がらせた。アルシアは腰を上げたところでよろめき、ハンナの胸に体重を預けることになった。二人の肌が触れ合う部分がうずき、熱を帯びるのを感じ、アルシアは顔をそむけて体を引き離した。

二人は再び自転車にまたがった。アルシアは自分の目がハンナのほうに向くのを抑えることができなかった。目がハンナの横顔に、首の曲線に、肩の傾斜に、ペダルを漕ぐたびに収縮するふくらはぎにとどまろうとするのを、止めることができなかった。

数ブロック進み、小さなカフェの前までやってくると、ハンナがアルシアに自転車を降りるよう合図で知らせてきた。

ワインを一杯飲んでいこう。

二人はテラス席に座った。縞模様の日よけが陰を作る狭い空間に、テーブルがぎゅうぎゅう詰めに並べられていた。ウェイターが淡いピンク色のワインがなみなみと注がれたゴブレットを持ってきた。ハンナのリストの次の項目について考えないようにするアルシアの頰とお似合いの色だったはず。

「自分が作家になりたいんだって気づいたのは、いつだったの？」ハンナは指先をアルシアの手の甲にそっと走らせて訊いた。それからグラスを手に取り、椅子の背もたれに背中を預けた。触れたことに他意などなかったのかもしれない。が、ハンナの顔に浮かぶ、なんでもお見通しだと言わんばかりの笑みを見ると、やはりそうではないのだと思えてくるのだった。

「ずっと、かな」アルシアは恥ずかしさに打ち勝とうとしながら言った。「弟が気難しい子でね、それに、父は私たちが小さいときに死んじゃったから、ずっと母と私たちだけで暮らしてきたの。私は助けになりたいと思っていて、その結果として出てきたのがそれだった」

「物語」ハンナは言った。

「物語」アルシアは同意した。「弟が大きくなってからは……」そしてそこで言葉を切ると、唇を嚙んだ。

ハンナは自分のくるぶしをアルシアのくるぶしに当てると、そのままとらえられたように脚をそこにとどめた。ハンナのふくらはぎがアルシアのふくらはぎに押し当てられた。温かい連結点。

「とても小さい町で育ったの」そう言ったアルシアの声は、かすかに震えていた。「習慣になってたんじゃないかな。物語を作るのが。弟が物語を必要としなくなってからは、自分に聞かせるようになった」アルシアは飲み物に視線を落とした。

「わかるよ」嘲りではなく、愛情のこもった言葉だった。ほとんど。おそらくは。

「そもそも、ほかにやることがないから始めたことだったの」アルシアは言った。「時間を埋めるために、頭の中で物語を作っていた。でもそのうち……」アルシアはもどかしさに苛立った。話をすることは、口頭で何かを伝えることは、いつでも書くことよりも骨が折れる作業だった。「私、周りにうまく馴染めたことがなくて。口数が少なくて照れ屋で、自分に物語を聞かせるのと同じくらい、本を読むことが好きだった。関心を持たなきゃならない物事はいくらでもあったのに、ちゃんと気にかけずにきちゃった。

それにね、物語を書くときには、物語が具体的にどう進んでいくか、自分で決めることができるでしょ」アルシアは続けた。「現実世界のように、傷つかなくて済む」

「でもそれじゃあ、現実世界がもたらす喜びも感じることができないじゃない」ハンナは反論した。

アルシアは同意するように小さくうなずいた。これまでは、悪い点を除くことばかり優先させていて、よい点を求めようとは考えてこなかった。

ベルリンに来るまでは。

「ここに来るまで、世界は私にとって恐ろしいところだった」アルシアは打ち明けた。「子どもみたいに繊細だったの。だから、どんなに小さな傷一つでも、そこから永遠に血が流れてしまう気がしていた。実際にっていうより、心からっていう意味だけど」

「わかるよ」

「だから偽りで自分をくるんで、何ものにも触れられないようにしていた」アルシアは言った。「でも、ベルリンに来てみたら」アルシアは首を振り、それからハンナに目を合わせた。「ここで私が恐れなければならなかったのは何？　非情な嘲り？　そんなもの、比べものにならないくらいの――」

ハンナが手を伸ばしてアルシアの手首をつかんだ。「今日じゃなくていいよ」ハンナの親指が、アルシアの手首の内側をそっとなぞった。「お願い」

「そうね、だから私、自分自身に物語を作って聞かせていたの。私が〝変わった人間〟じゃない世界の物語を」アルシアはそう言ってから、頭を左右に振った。それは正しくはなかった。アルシアは慌てて訂正した。「そうじゃなくて、変わっていても大丈夫な世界。変わっていることはいいことだとされている世界の物語」

「いいね」ハンナは言った。その中立的な言葉の下に、先を促すような響きが潜んでいた。

「そうしたら、自分にはいろんな物語が作れるんだって気づいたの」アルシアは、これ以上心が開放的になる前に話し尽くしてしまおうとするように先を急いだ。「そうしたら、それもまた習慣になっていった」

ハンナがグラスの縁越しに微笑んだ。「今、私に何か聞かせてくれない?」

アルシアは顔を紅潮させたものの、急いで言葉を見つけようとした。ハンナが頼み事をすることなど、めったにないことだったから。最初のワインを飲み終え、二杯目を飲みながら、アルシアはいつも弟にしていたように語った。ハンナを主人公にした物語を。「あるところに、とても勇敢な娘がいて……」

アルシアは若きハンナを、村を恐怖に陥れているドラゴン退治の冒険に送り出した。しかし物語の中のハンナは、村の年長者たちがハンナにドラゴンを殺させたがっているのは、ドラゴンの金を盗むためだということに気づいてしまう。年長者たちは自分たちの畜牛を惨殺し、近隣住民の家を全焼させ、ドラゴンに関して作り上げた自分たちの嘘を人びとに信じ込ませようとしていた。

「どうやって終わるの?」ハンナは目を大きく見開いて訊いた。

アルシアは唇を噛んでから訊いた。「ハッピーエンドがいい? それとも、複雑なの?」

ハンナが時間をかけて考えている様子を見て、アルシアには、彼女がその質問を真剣にとらえているのだということがわかった。「複雑なほう」

「ハンナは村人たちに、年長者たちの欺瞞(ぎまん)を暴露するの。そして、その悪行のために年長者たちは、ドラゴンの生贄(いけにえ)にされるべきだということで話がまとまった」

「でも、ドラゴンは絶対に彼らを食べたりしない」ハンナは決めつけるように言った。アルシアはその反応に顔をほころばせた。

「そうね。そこへドラゴンが姿を現して、彼らを食べる代わりに村から追放したの」アルシアは言った。

「そこで終わりじゃないの？」ハンナは訊いた。

「ハッピーエンドがよければ、ここで終わってもいいかな」アルシアは言った。「でも、まだ終わらない。しばらくのあいだ、村は、ハンナとドラゴンの二人に守られて栄えていた。そのうち、年長者たちのいなくなった穴を埋めるために、新しいリーダーが選ばれたの。その男はハンナを敵とみなした。でも彼はハンナがとても勇敢な娘だとわかっていたから、ハンナの命ではなく、ドラゴンの命を脅かすことにした。ハンナは愛する友を守るために、村を去り、家族と離れ離れに生きることを余儀なくされた」

「ドラゴンも一緒に行ったの？」

「もちろん」アルシアはわずかにうなずいて言った。「ハンナとドラゴンは何日も歩きつづけて、ようやく新しい洞窟を、二人で住むのにちょうどいい洞窟を見つけるの」

「一緒に、居場所を見つけたんだ」ハンナは言った。ドラゴンと冒険の登場するくだらない物語には不釣り合いなほど、重々しい口調だった。

「ハンナとドラゴンは自分たちの村を作った」アルシアは続けた。「やがて、どこにも属していない人はだれでも、自分の家と感じられる場所を持たない人はだれでも、彼らのもとに居場所を見つけることができる、そんな噂が広く遠くまで伝わるようになった」

アルシアの顔をまじまじと見つめるハンナの口角がわずかに上がった。「思ったとおり」

「何が？」アルシアは訊いた。自分に向けられる熱い視線のせいで、体が熱く、軽く眩暈（めまい）がした。

「複雑なエンディングのほうがいいってこと」

第二十九章

ニューヨーク市
一九四四年五月

「アルシアの兵隊文庫入りを急ぐ必要があります」ヴィヴはスターン氏の向かいの席に滑り込むと、前置きなしに切り出した。ヘイルとともに飛び入りで野球の試合に参加することになった日の翌日のことだった。

スターン氏は、それがなんであれ作業中の資料から顔を上げると、眼鏡の奥の目を瞬かせてヴィヴを見た。「なんだって？」

「アルシア・ジェイムズです」その依頼は、〝大きな賭け〟になり得るようなものだったにもかかわらず、ヴィヴはあたかもそれが自明であるかのような口ぶりで言った。「『想像を絶する暗闇』は、八月の兵隊文庫の候補に挙がっています。でも六月に移動させないと」

「六月ということはつまり、明日ということかな」スターン氏は当然のことをあえて口にした。

兵隊文庫の予定変更は、控えめに言っても気が遠くなるような作業だと言わざるを得なかった。兵隊文庫のシステムは速さと効率を考慮して構築されていたものの、それでもプロセスの各段階を進めるにあたってはそれなりの時間が必要で、しかしヴィヴには時間がなかった。ヴィヴがこの無茶な願いを口にすることができている唯一の理由は、アルシアの作品の印刷がもう間もなく完成することを知っていたからだった。

「何か特別な方法で発送することはできませんか？」ヴィヴは訊いた。「限られたいくつかの基地だけにでも。配布のための予算に余裕があることはわかっています」

このところ郵便はいつも不安定だったが、必要とあればヴィヴは、兵士たちからの手紙をアルシア・ジェイムズのもとへ自分の手で届けるつもりでいた。

「何を為そうとしてる？」スターン氏は訊いた。つまり、〝ノー〟ではなかった。

「その、アルシアの作品はかなり政治的で、もし八月まで待てば、タフトの修正案によって規制の対象にされてしまうと思うんです」ヴィヴは言った。「でももし数週間のうちに発送することができれば、その法案の成立は、兵隊文庫の今月のシリーズを変更するのには間に合わなかったと主張できます」

「確かに」スターン氏は言った。

「それから、〈ハーパー・アンド・ブラザーズ〉社のアルシアの編集者と話をしたんです」ヴィヴは言った。ヴィヴの予想どおり、ハリソンはあっさりと電話の約束を取りつけた。「編集者は、私と会う機会を設けることで——彼の使った言葉をそのまま使うなら——〝彼女の信頼を裏切る〟わけにはいかないんだそうです。それでも、こちらの事情をアルシアに話してくれると約束してくれました。そしてそれを聞いたあとで、アルシア自身がどうしたいかを決めることになりました。作品を送るたび、作家のもとには、兵士からの手紙が殺到しますよね。配布地域が限定されたとしても、少なくとも袋いっぱいの手紙を受け取ることになるでしょう。その手紙が、アルシアを説得するのに役立つかもしれません」

「今日兵士たちに向けて彼女の本を送ったところで、イベントに間に合うようにアルシアのところへ手紙が届けられる保証はないよ」スターン氏は指摘した。「ほかの人を選んでみてはどうだろう？　アルシアはもう十年も公の場に姿を現していないんだ。一所にあまりに多くの希望を託している気がするけどね」

「アルシアがイベントで話してくれたら、どれほど多くのマスコミと関心を集めることになるか、わかりますよね」ヴィヴは言った。「ただ……編集者が言うには、アルシアは政治にかかわる話題となると、少し妙な態度になるらしいんです。きっと彼女は、この問題の法律にかかわる側面を警戒しているんじゃないかと思うんです。ナチスと過ごした時期に起こった、なんらかの出来事が原因で」

「ドイツ帝国に招待された人間なんだ、君が思っているような役割は果たしてくれないかもしれないよ」スターン氏はヴィヴの異議を遮るように片手を挙げて続けた。「いいさ、わかった、彼女がナチスの支持者かもしれないという事実は脇に置いておこう。それでも、兵士たちからの手紙がいくらか届いたところで、彼女がイベントへの参加を承諾すると、本気でそう信じているのかい？　君が想像しているように、彼女が政治を――それから注目を浴びることを――嫌悪しているのだとしたら」

ヴィヴは説得力のある材料がないものかと考えたが、思いつかなかった。そしてお手上げだと認めた。「そうですね、手紙だけじゃ不充分かも。でも、試してみることに害はないですよね？」

スターン氏は眼鏡を外して鼻筋をつまんだ。ヴィヴは、それ以上は言わなかった。口をつぐむべき時を心得ていた――それもまたヴィヴの特技の一つだった。

「ああ、まったく」スターン氏は言った。

ため息をもらすように吐き出したその言葉が、ヴィヴの気を引いた。その声から読み取れる倦怠(けんたい)感は、ヴィヴからの、ともすればシンプルな要求以外のものに端を発しているに違いなかった。

「なんなんです？」ヴィヴは訊いた。

スターン氏はヴィヴの背後をちらりと見やってから、息を吐き出した。しかしすぐに口を開くことはせず、立ち上がり、ドアを閉めにいった。それから自分の席に戻ってくると、再び沈黙を貫いた。

「極秘の話ですか？」ヴィヴは体を前傾させて、声を落として訊いた。

スターン氏はため息を吐き出し、自分自身に向かってうなずく素ぶりを見せた。「あることが、起こっているんだ」

「あることが」ヴィヴは言った。

「それについて、話せることはほとんどないんだが……」

　ヴィヴは〝先を続けて〟というように片手を振った。

「ルーズヴェルト大統領が、兵隊文庫の六月のリストに、特別な関心を――それはつまり、個人的な関心ということになるね――寄せている」スターン氏は、一言一言が重要な言葉であるかのように発したが、ヴィヴにはまだその意味が理解できていなかった。

　ヴィヴは首を振った。「どうしてそれが……」

　スターン氏はじっとヴィヴを見据えるだけだった。ヴィヴは必死で自分の頭に考えるよう命令した。ルーズヴェルトは、兵隊文庫プロジェクトは素晴らしい役割を果たしていると主張し、当初からこの取り組みを支持していた。部隊の士気を維持するためにも、日々命を危険にさらして戦っている兵士たちのためにも――

　ヴィヴははっと息を吸い込んだ。唾をのみ込もうとしたものの、口の中がからからだった。これはヴィヴが知るにはあまりに大きな事実だった。ヴィヴはできる限り丁寧に言葉を発した。「侵攻の計画が、あるんですね」

　スターン氏は、ヴィヴの口からすでに転がり出てきている言葉を止めようとするかのような音を発した。そして言った。「そこまではっきり言ったかな」

「いえ、でもそうでなければ、大統領自身が個人的に干渉してくることなんてありませんよね？」ヴィヴは床に視線を落として言った。ようやく頭が追いついた今、パニックを誘発するシンバルの激しい音が、頭蓋骨の壁に反響しなくなった。「大統領は、殺戮（さつりく）の場に向かう兵士たちに、本を持たせたいわけですね。信じられない」

「よすんだ、ヴィヴィアン。絶対に他言してはいけないよ、本気で言ってるんだ」スターン氏は言った。「何も知らないふりをするんだ」

「どうして私に……」ヴィヴは最後まで言うことができなかった。どうして私に教えたんですか？ どうして私に、こんな重荷を負わせたんですか？

「アイゼンハワー将軍は、侵攻に参加する兵士一人一人に本を持たせるようにしたいと要請してきた。だから三週間前にすでに、出版スケジュールを変更してしまっているんだよ」そう言ったスターン氏に、ヴィヴは鋭い視線を投げた。「六月のリストに、数冊追加しなければならなかったんだ」

「そのうちの一冊が、アルシアの作品だったということはありませんか？」ヴィヴはわずかばかりの希望にすがるような思いで訊いた。しかし、顔をわずかに傾けていたずらっぽい笑みを浮かべるスターン氏の表情を見れば、訊かずとも答えは明白だった。「あなたは、すべて承知の上で、私に言い分を主張させた――」

スターン氏は、ヴィヴの糾弾が加速する前にそれを止めた。「わかっていると思うが、これは必要最小限の人にしか知らされない情報として扱われている。役員会と軍の連絡将校だけに、最新の情報が入ることになっている」

ヴィヴは与えられた贈り物に難癖をつけるつもりはなかった。アルシア・ジェイムズの本が直近の船ですでに発送されているのであれば、来週までには兵士たちがそれを読んでいる可能性もあるということ。それでも手紙が届くタイミングとしてぎりぎりになることが予想されるが、本の配布から一ヶ月以内には、必ず二、三十通の手紙が届くことが期待できた。

スターン氏は咳払いをした。「もう一つ、君に知らせなければならないことがある。前にも言ったとおり、タフトの修正案が法律として成立したからには、今、私はそれに従わなければならないと思っている。しかし、昨日開かれた審議会の理事会では、役員たちがそれぞれに不安を口にしていたよ」スターン氏はそこで言葉を切ると、所在なげに指で机をこつこつと叩いた。ヴィヴに視線を合わせようとはしなかった。「ボストンでの『奇妙な果実』騒動についてもはっきりと言及していた。あの一件とタフトのあいだで、検閲運動が勢いを増しつつあるんじゃないかってね。その運動がどこへ向かうのか、それを案じているようだ」

「だからこそ私はこのイベントを開催しようとしているんじゃないですか」ヴィヴは、これほど明白なことを指摘しなければならないのかと不満に思った。

「審議会は、〈バイキング・ブック〉のマーシャル・ベスト氏と、〈レイナル・ヒッチコック〉のカーティス・ヒッチコック氏に、修正案に反対する正式な決議案を提出するよう依頼した」

ヴィヴはスターン氏に視線を向けたまま目を瞬かせた。ため息のような声を吐き出すことがやっとだった。「え？」

「理事たちは、当然、君の努力に感謝している」スターン氏は硬い口調で言った。悪い知らせを伝えるときに見せる、あのひどく形式張った態度だった。「しかし彼らは、タフトに修正案を撤回させるには、正式な決議案のほうがより確実な方法だと考えているんだ」

理事会の一部のメンバーが、ヴィヴのことを、経済的に余裕のある女性に与えられる意味のない称号を持つ、取るに足らぬ人間だと考えていることは知っていた。彼らは、ヴィヴが、兵隊文庫についての言及を探すために新聞を読み、その記事を切り抜き、それを指揮命令系統の上に送っているのだと考えていた。より地位の高い男たちから賛同を得たジャーナリストたちの言葉を、そのままそっくり引用しているのだと考えていた。他人が書いた原稿を読みながら、優れた図書館員たちに案内しているのだと考えていた。

外側から見れば、それが真実のように見えるのだろう、ヴィヴは思った。しかしスターン氏に関しては、彼自身もそういう人間たちに賛同しているのだとヴィヴに感じさせたことはなかった。今、この瞬間までは。

「私に、イベントを中止させたがっているってことですか？」ヴィヴは訊いた。

スターン氏は目を丸くした。「いやいや、違うよ。彼らは当然、イベントが必要なくなることを望んでいる。それでも、君のイベントを素晴らしい代替策だと考えているよ」

ヴィヴは、これまでの自分の働きがすべて不要になることを想像して息を吸い込んだ。そして吐き出した。しかしこれには利点しかない、そう考えることもできた。審議会がタフトに反対の意を表明することの公的な意味は、決して微々たるものではないはず。「私には、何ができますか？」

スターン氏は、真一文字に結んでいた口を緩めた。「怒ると思っていたよ」

「怒ってます」ヴィヴはそう認めながら、実際に感じているよりもはるかに平然とした態度で肩をすくめて見せた。「だけど、足を踏み鳴らしてここを飛び出しても、私が損することになるだけですから」

スターン氏は、ほとんど悲しげに見える笑みを浮かべた。「この決議案が、政治的な重要性を持つことはないだろう。一意見にすぎないからね。それでも、我々はこのことを全国の新聞に載せて、適当と思われる雑誌のできるだけ多くに、全面広告として掲載させたいと考えている。自由裁量費を使ってね」

ヴィヴは立ち上がり、ためらいがちに口ごもった。「どうして、アルシアの作品を選んだんですか？　それを選んだのは、私がイベントで彼女に講演してもらいたいと思うより前ですよね」

「発送する準備の整った本の一つだったからね」スターン氏は言った。ヴィヴは眉を上げ、無言で先を促した。スターン氏のため息が聞こえ、椅子に深く体を預けたのがわかった。「君も知ってのとおり、あの作品は検閲について書かれたものだ。私は……自分たちに有利な状況を作りたかったのかもしれない」スターン氏は笑った。「そう驚いた顔をしないでくれよ。私だって、君と同じように、タフトの修正案が成功しないことを望んでいるんだ。考えを変えさせるために、公の場で彼を辱めようとは思いつきもしなかったがね。それでも、兵士たちの手紙を読んでいるのは、君だけじゃないんだ。その手紙にどれほどの説得力があるか、私にもわかってる」

ヴィヴは唇をきつく結んで、顔がほころぶのをこらえた。「私たち、利己的になっていたりしませんよね？　兵士たちにとっては、別の本のほうがよかったりするんでしょうか？」

「あれはいい作品だよ。私があの本を選んだのは、タフトとの戦いのためだけじゃない」スターン氏は言った。「ジェイムズさんのもとには否応なく手紙が殺到するだろうからね、その手紙を読めば、ジェイムズさんは自分のことを、政治ゲームの駒以外の何者かとして見られるようになるかもしれない」

「当然、それでもまだなお彼女は政治の駒でありつづけるんでしょう。でも」――ヴィヴは首を振った――「それが自分のすべてではない、そう気づいてもらえるかもしれませんね」

第三十章

ベルリン
一九三三年四月

レジスタンスの集会はアルシアにとって恐ろしいものだった。それでもアルシアは、参加したことを誇りに思った。

ハンナと一日を過ごした翌日にはじめて集会に顔を出したとき、アダム・ブレヒトがアルシアを抱きしめた。

「どうしてアダムが喜ぶの？」アダムが再び別のところへ移動すると、アルシアはハンナに訊いた。

「あなたも言ってたとおり、私は特別な人間なんかじゃなく、ただの一人の人間にすぎないのに。私が参加することに、大きな意味なんてないはずでしょ」

二人は部屋の後方の席に着いた。ハンナがあまりに長いこと黙ったままでいたため、アルシアは、ハンナには答えるつもりがないのだと思った。

「アダムは必ずしも、あなた個人がナチスに対する考えを変えたことを喜んでるわけじゃないの」ハンナは言った。「ナチスのことをよく知れば、人は考えを変える可能性がある、その事実に喜んでいるの」

「私が希望を示したのね」アルシアはこれまで、多くの人びとに、多くの物事を示してきた。しかしこれは、それまで耳にした中で最高の褒め言葉かもしれないと感じた。

「希望が持てるのは、アダムにとっていいことだと思うの」ハンナは言った。その声に宿る何かを感じ取って、アルシアはハンナに視線を向けた。

「アダムのことが心配なのね」

「放火以来、クララが逮捕されて以来、アダムは変わってしまったの」ハンナは言った。「アダムを責めたりはしない、でも、そうだな、アダムが心配」

「アダムが何をすると思うの?」アルシアは訊いた。あまりにも馴染み深い恐怖という感情が、手に入れたばかりの勇気を窒息させようとしていることを嫌悪しながら。

ハンナは目を細めてアルシアの顔を見据えたものの、今度は長くためらうことはなかった。「世間の注目を集めるようなこと」

「たとえば、どんな?」アルシアの声が大きくなり、近くにいた数人が気づかわしげに振り返った。

アルシアは体を前傾させて、声を潜めた。「暗殺とか?」

「わからない」ハンナはそう応じたものの、実際にはその答えがわかっているような口ぶりだった。

「でもアダムはこのところずっと向こうみずになってる。拘置所のクララの隣に座ることになったって、だれのなんの役にも立たないのに」

男性であるアダムがナチスへの陰謀を企てて捕えられれば、処刑される可能性がはるかに高いことを、ハンナもアルシアも口にしなかった。アルシアが案ずる言葉を口にするまでもなく、ハンナはそれを充分すぎるほど理解していた。

「あなたの意見なら聞いてくれると思う?」アルシアが訊いた。「妙なことをしないように、あなたがアダムを止めたら」

「だれの意見も聞かないでしょうね」ハンナは言った。「デヴにも話してもらったの。オットーにも。でもアダムはしきりに、これ以上小さい規模で考えていてもだめだって、そう言いつづけてる」

アルシアの目がアダムをとらえた。前のほうで、彼より頭一つ背の高い女性と話していて、その表情からは、彼が極度に集中していることがうかがえた。常に、今目の前にいる相手がこの世でたった一人の人間だとでもいうような眼差しで、相手を見つめていた。

アルシアは、アダムの姿が、ひざまずく女性を前に、広場の聖アンデレ十字に縛りつけられていた男の姿と重なって脳裏に浮かんでくるのを止めようとした。しかしアダムは若いユダヤ人で、反骨精神と革命を求める魂の持ち主だった。二度会っただけのアルシアにさえ、そのことがわかった。

たとえハンナがアダムの企てている報復計画をどうにか阻止できたとしても、ディードリッヒやゲッベルス、ヒトラーのような人間であふれかえるこの国で、アダムにはどのような未来が待ち受けているというのだろう。

ハンナには、どんな未来が？

アルシアの腕に温かい手が触れた。ハンナの手だった。親指が、アルシアの手首の柔らかい部分をそっとなでた。なだめるようなその仕草は、二人の秘密の伝言になっていた。

触れると……その人の心を感じることができる。

集会は夜遅くまで続いた。戦略について——ナチス高官の車のタイヤを切りつけることや、線路妨害などについて——語る参加者たちもいれば、プロパガンダに焦点を当てて話す者たちもいた。彼らは今でも、郵便物や巧妙な落書き（グラフィティ）によって一般市民を説得することができると信じていた。また別の者は、褐色シャツ隊の餌食になっている人びとを助けるために、通りを巡回する必要性について話した。

最後にアダムが話をした。作家としてのアルシアは、それを、これ以上高まる余地のないほど過激だと評さずにはいられなかった。

アダムが再び『レ・ミゼラブル』の引用で演説を終わらせたとき、ハンナもアルシアも笑わなかった。

集会に参加することはアルシアのルーティンとなり、そのペースは、二月にキャバレーに足を運んだのと同じくらい頻繁になっていた。ディードリッヒは、アルシアが夜をどう過ごしているのかを自分に報告しなくなったことに不満をどんどん募らせていたものの、ゲッベルスに関わる仕事で多忙を極めていた。そのためアルシアは、彼の干渉をどうにか受け流すことができていた。

アダムの仲間は頻繁に集会を開くようになった。ナチスがはじめてユダヤ人事業に対する不買運動を始めてからというもの、その頻度は特に高まった。その不買運動自体は、ナチスにとってそれほど大きな成功と呼べるものではなかった――彼らは意図して、ユダヤ人企業の多くがそもそも休業している、ユダヤ教の安息日（シャバット）にそれを行（おこな）ったのだった。しかしそれは、間もなくやってくるとだれもが感じていたものの始まりとなった。それからわずか一週間後、ヒトラーはユダヤ人を公職から排除する法律を成立させた。そしてそこから事態は悪化の一途を辿ることとなった。

ハンナは目に見えてアダムへの心配を募らせていた。アダムが具体的に何を計画しているのかについてはまだ正確に把握してはいなかったが、それについて話すアダムの様子を伝えるハンナを見ていると、アルシアも彼女と同じくらいに不安になるのだった。アダムの頭の中にあるものは、自爆任務だとしか考えられなかった。

アルシアがその可能性について慎重にハンナに伝えると、ハンナは口を固く結んだものの、反論はしなかった。

「必要とあれば、アダムを椅子にくくりつけたらいいわ」デヴが言った。このところ、アダムについて話す際には、デヴでさえもその目の下に影を浮かべていた。

しかしすべてが最悪というわけではなかった。

集会が終わってみなが解散すると、ハンナはたいていアルシアを家まで送った。歩きながら二人は文学について話した。ちょうどアルシアとディードリッヒがしていたように。しかしハンナは、自分の意見を述べる番がくるのをただ待つのではなく、アルシアの話に耳を傾けていた。

「みんなを失望させるんじゃないかと思うと不安なの」ある晩、川沿いを散歩しながらアルシアが打ち明けた。「二作目の小説でね。最初の小説が、運よくたまたま売れただけだったら？　みんながあの小説を買った理由が、無学の少女がアメリカン・ドリームを手にする話に興味を持ったとか、そんなような理由だったら？」

「自分の芸術に対する他人の反応を操作することはできない。自分でどうにかできるのは、自分の作り上げる作品だけ」そこでハンナはふとアルシアの目を見た。「何について書くか、考えてるの？」

「恐れ」アルシアは確信を持って述べた。しかしそれが口から転がり出るその瞬間まで、自分がそれほど確信を持っていることに気づいていなかった。次の小説の背景をどのように設定するかはまだ決めかねていたが、〝恐れ〟が中心的な信条となることはわかっていた。「今起こっていることのほとんどが、恐れに端を発している、そうじゃない？　ヒトラーは人びとに恐怖を植えつけさえすればよかったのよ。すぐそこに怪物がいますよ、私の保護を受け入れなくては攻撃を受けることになりますよ、っていう具合にね」

「そのためにいくらか自由を犠牲にしなければならないとしても、それは法と秩序を守るための代償だから仕方がない、でしょ？」ハンナはアルシアの考えを引き継いで言った。

「そんなに単純じゃないことはわかってるの」アルシアは言った。「でもそれが根源の一つであることは確かで、しかもその根は深い」アルシアは、それが自分自身の問題の根源の一つ――しかもそれは魂の髄に巻きついている――にもなっているのではないかという不安については触れないでおいた。そしてハンナがその認識を共有する前に話題を変えた。「この先、何をするつもりなの？」

「大学を出てから？」ハンナは訊いた。アルシアがうなずくと、ハンナは首をかしげた。「私、自分に未来があるだなんて考えるのは、もうやめちゃったみたい」

夜の静けさの中、アルシアは荒々しく、大きすぎるほどの音を立てて息を吸い込んだ。「そんなこと言わないで」

「事実だもの」ハンナはそう言うと、口を真一文字に引き結んだ。「あるんだとしても、その未来は今、どうにか生き延びようともがいてるところ」

アルシアは反論したいと思ったが、できなかった。「なんでもできるんだったら、何をする?」

ハンナは首を振った。「素敵な妄想なんて、もっとこたえるよ」

「本に携わる仕事をするんじゃないかな」アルシアは力を込めて言った。背骨の付け根あたりに感じるむずがゆさに突き動かされての行動だった。幸福で、自由で、好きなことをやっているハンナを思い描く必要があった。ハンナにもアルシアにも、それが不可能だということがわかっていたとしても。

「こんな歌があるの」ハンナは言った。それから低い、ハスキーな声で歌い出した。「私たちは別の世界の子どもたち、私たちが愛するのは蒸し暑く官能的なラベンダーの夜だけ……」

アルシアはそのメロディに聞き覚えがあった。その歌の断片をキャバレーで聞いたことがあった。だれもが動きを止め、歌い、曲に合わせて体を揺らす歌の一つだった。アルシアにはその歌の意味がよく理解できていなかったが、ハンナはそれを、単なる歌詞と音符以上に意味あるもののように歌った。

「この歌の対象になっているのはね……」歌い終えるとハンナは言った。「私みたいな人たち」

「ユダヤ人?」アルシアは訊いた。

「いいえ」ハンナはそう応じたきり、それ以上の説明をしようとはしなかった。「千もの不思議をさまよう、のところが好きなの」

アルシアは正確な歌詞を思い出そうとした。

私たちはほかの人たちと違うだけ

最初は好奇心に駆られて千もの不思議をさまようくせに
最後には結局、平凡しか見ようとしない人たちとは

「できるなら、そうだな、本屋を開こうかな」アルシアが歌詞について充分に考える前に、ハンナが言った。「それで、その本屋に、その名前をつけようかな」

「千もの不思議」アルシアはその言葉の舌触りが好きだった。本というものを、物語というものを定義するのに、これ以上に適切な言葉などあるだろうか。

「どこに開きたい？」アルシアは訊いた。

ハンナはただ悲しげに微笑んだ。「ここ」

どんな話題も、私的な領域に踏み込みすぎることも、深入りしすぎることも、感傷的になりすぎることもなかった。二人はしばしば、手の甲をかすめ合いながら、肩を触れ合わせながら、遠回りをして家に帰った。

ある夜、ハンナはアルシアの家のドアの前からなかなか去らず、背後を通っていく歩行者を避けるようにアルシアのほうに体を寄せた。

アルシアは息をのんだ。体が熱くなり、そして冷たくなった。しかしハンナは、その親指をアルシアの手首の内側に滑らせただけだった。

ハンナはそのまましばらくアルシアを見つめていた。それから「おやすみ」とささやき、踵を返して通りを歩いていった。

どのようにしてかわからぬものの、アルシアは膝が動かなくなる前にどうにか部屋の中に入り、そして床にへたり込んだ。眩暈と混乱と興奮のすべてが、同時に襲ってきた。

アルシアは、これがなんであるかを知らぬ、無知な女学生ではなかった。ドイツに来た当初、ディ

ードリッヒをこれまで出会った中で一番美しい人間だと思っていたころ、同じ落ち着かなさに胸を掻き乱されたことがあった。同じ熱が、両脚のあいだにこもるのを感じたこともあった。

しかし今回のそれは、より強力だった。自分の体の一部になってしまったかのごとく骨に染み入ってくる感覚は、より恐ろしいものだった。

アルシアは臆病者で、このことを、自分とハンナが一緒になることを考えると、ベッドに潜り込んでもう二度と出てきたくないような気がしてきた。

しかし今自分は、ベルリン版のアルシア・ジェイムズなのだ。ベルリン版アルシア・ジェイムズはいちゃつき、笑い、まるで自分の一部を差し出すかのような笑顔を向けてくれるきれいな女性たちとキャバレーに行くのだ。

それならば、勇気を出すこともできるはず。今回だけは。

第三十一章

ニューヨーク市
一九四四年六月

ニューヨーク市の暖かい夏の日、侵攻が行われた。

その日の〈ニューヨーク・タイムズ〉紙を手にシャーロットがヴィヴを起こしにきたのは、午前六時をわずかに過ぎたばかりのころだった。

「朝の号外よ」シャーロットは新聞を差し出しながら、こわばった口調で言った。

ヴィヴは瞬き(まばた)をして眠気を覚まそうとしながら、新聞を受け取った。紙面上部の大半が、大見出しで占められていた。

連合軍、フランスのシェブール港に上陸

大規模侵攻始まる

その下には、イギリス海峡とフランス北部の地図が掲載されていた。ヴィヴは記事を貪るように読んだ。

夏の夜明けの灰色の光の中、連合国軍最高司令官ドワイト・D・アイゼンハワー将軍が米英軍の攻撃を開始した……アイゼンハワー将軍の最初の声明は簡潔で、敵軍にほとんど情報が伝わらないよう計算されたものだった……ドイツの放送局は襲撃の第一報を伝えた……アイゼンハワー将軍は彼の軍隊に、自分たちは〝大いなる聖戦〟を開始しようとしているのだと伝えた。さらに、世界中が自分たちに注目しているとし、「諸君がどこにいようと、自由を愛する人びとの希望と祈りは常に諸君とともにある」と告げた。

記事を読み終えるころには、ヴィヴの手は口を覆っていた。シャーロットの険しい目に視線を合わせた。「始まったのね」

二人はそれ以上言葉を交わすことなくキッチンへ向かうと、ラジオの電源を入れてストゥールに腰を下ろした。そしてそれから三時間、得られる限りすべての情報を聞きつづけた。

しかしそのうちヴィヴの肌がこわばり、かゆみを感じるようになり、脚がむずむずとしてきた。

「一日中ここに座っているわけにはいかない」

シャーロットは一度だけうなずいた。「そうね。でもまずは、教会に行かなくちゃ」

再び訪れた静けさの中、二人は着替えをしにそれぞれの部屋に向かった。ヴィヴは余計な時間をかけず、顔にかかった髪を後ろにかき上げてピンで留め、シンプルな白いシャツと灰色のスカートを身につけ、唇を塗り、死人のような真っ青な顔色をごまかすために頰に色をのせた。

しかし靴に足を滑らせたところで一瞬動きを止めると、化粧だんすの引き出しに目を向けた。今日が特別な日でないのだとしたら、一体いつがその日だというのだろう。

わずか二歩で部屋を横切ると、そこにしまってあったシルクのストッキングを手に取った。それからガーターベルトを引っ張り出すと、慎重な手つきで、それを身につけるという馴染みのある動作を行った。ナイロンが肌を滑っていく感覚は、ヴィヴを落ち着かせただけでなく、新聞の見出しを読んだ瞬間から考えないようにしていた未来をわずかにちらつかせた。

シャーロットとともに通りに出ると、最初は、いつもとなんら変わらない日のように感じられた。

ヴィヴはよりしっかりと目を向けた。

朝中ずっとヴィヴを悩ませてきた、悲しみと高揚感が奇妙に入り混じったものと同じものが、通りを行く人びと全員の顔に浮かんでいた。店々の前で寄り集まる人びとがいて、街頭演説の台の上に立って新聞からそのままニュースを読み上げる男たちもいた。建物の正面には、高々と掲げられたアメリカの国旗がはためいていた。男も女も子どもも、ヴィヴやシャーロットと同じように、どうにも落ち着かず家でじっとしていることができず、目的地を持たぬまま通りをさまよっていた。

教会に到着した二人を、新しく設置された看板が出迎えた。〝侵攻の日　お入りください。連合軍の勝利のために祈りましょう〟

教会内に空席はなく、ようやく立っていられるスペースが空いているだけだった。ヴィヴは見知らぬ人びとに体をぴったり密着させていることに気づいたが、その瞬間は、その人たちを赤の他人だとは感じられなかった。隣に立つ、頬をマスカラで黒く染めた女性の肩を抱きしめ、もう一方の空いているほうの手でシャーロットの手を握った。

司祭はミサを行っておらず、集まった人びとを祈りに導くだけだった。今日という日に何千人という兵士たちが命を落とすことになる――すでに落としている――ことを知って大きく開いた傷口に、司祭の言葉が軟膏のような役割を果たした。たとえ連合軍が勝利を収めたとしても、このように失われた命を祝うことはない。祝うことがあるとすれば、このような破壊行為が終わりを迎える可能性を祝うだけだった。

人の波が絶え間なく教会に流れ込んでいた。ヴィヴはシャーロットの手を強く握った。もう自分たちは充分長く教会にいて、そろそろほかの人たちに場所を譲るべきだろう、ヴィヴはそう考えた。シャーロットはうなずいた。

転がるようにして教会の外に出たところでシャーロットがつぶやいた。「タイムズスクエア」聖ヴィンセント・フェレール教会前の歩道は人であふれ、思うように移動することができなかった。

数ブロック歩いたところで、二十四時間門戸を開いているシナゴーグのそばを通り過ぎながら、ヴィヴはブルックリンの図書館員のことを思った。彼女はこのニュースにどのような反応を示しているのだろう。今日という日に、彼女を支えるだれかが、慰めるだれかがそばにいるのだろうか。いてほしい、ヴィヴはそう願った。

タイムズスクエアが機能停止に陥っているというのは正確ではないとしても、そんなふうに見えてもおかしくはなかった。だれもが一方向に体を向け、〈ニューヨーク・タイムズ〉社の電光掲示板(ティッカー)を見上げていた。そこには、〝連合国軍、欧州に侵攻〟とだけ表示されていた。タクシーがクラクションを鳴らして人びとに動けと命じていたが、みな硬直状態に陥ったようにたたずむばかりだった。

「ヴィヴ」雑踏の中からだれかの呼ぶ声が聞こえた。振り返ってみると、戦時図書審議会のバーニス・ウエストウッドが人混みをすり抜けながらヴィヴとシャーロットのほうに向かってきていた。ようやくバーニスがそばまでやってくると、ヴィヴはバーニスをきつく抱きしめた。「一人なの？」

「いいえ」バーニスは息を吐き出すと、話をしやすい距離まで体を引き離した。「彼がね、腕の骨を折って帰休中なの。信じられる？」

バーニスは涙ぐみながら笑った。恋人の強運に安堵する自分に対して罪悪感を感じているのに違いない、ヴィヴはそう思った。

ヴィヴはバーニスの両腕を力強くつかんで言った。「本当によかった」

「市長がね、マディソンスクエアで何か行うみたい。参加しない？」

ヴィヴは無言のままシャーロットの様子をうかがった。シャーロットはティッカーから視線を外して二人のやり取りを見ていた。すでにずいぶん長い時間歩いていて、ヴィヴは足の感覚がほとんど感じられなくなっていた。シャーロットの疲労がどれほどのものか、想像すらできなかった。

しかしシャーロットは何も言わずうなずいた。ヴィヴには、シャーロットの回復力を疑う権利などなかった。

「もちろん行くよ」ヴィヴは言った。

ネオンサインが勝利をせき立て、群衆の頭上でアメリカの国旗がはためいていた。チューバを抱えて国歌を演奏している男が、ものすごい勢いでヴィヴのそばを通り過ぎていき、ベルの部分をヴィヴの肘にぶつけていった。米軍の軍服を模した服を着た小さな子どもたちが、父親に肩車されて歓喜の悲鳴を上げていた。彼らの熱狂ぶりは、大人たちを抑制している緊張によってもくじかれることはなかった。

「兵隊文庫にとっては朗報よね」マディソンスクエアに近づいたところで、バーニスがヴィヴの耳元で叫んだ。収容人数の限られた前方のスペースに向かって、後ろからたくさんの人が押し寄せていたため、身動きを取ることすら困難になってきていた。

ヴィヴは、この瞬間にそんなくだらないことを考えているバーニスに平手打ちをしたいという衝動に抗(あらが)わなければならなかった。しかし実際、自分にはそんな資格がないとわかっていた。スターン氏の事務室で、侵攻が自分の計画にどのように影響するかに気づいた瞬間、ヴィヴの思考も同じような道をたどったのだから。「うん、そうかもしれない」

しかしシャーロットはヴィヴの苦悩を感じ取ったらしく、目立たぬようにヴィヴを自分のほうに引っぱった。ヴィヴをバーニスから引き離すにはそれで充分だった。すぐに、わずかに空いたそのスペースに三人の女性がなだれ込んだ。

広場の一端に仮説のステージが設置されていて、両側をアメリカ国旗に挟まれるような形でバンドが待機していた。一、二メートル先に置かれた車のボンネットの上に、映像撮影用のカメラを携えた男が立ち、その様子を撮影していた。

わずか数分後、フィオレロ・ラ・ガーディア市長がステージに上がり、彼の鼻にかかった声でも一番遠くの人にまで聞こえるように話者のほうに向けて設置されたマイクの束の前に立った。音響機器から発せられるキーンという不快な音に、集まった人びとがいっせいに縮み上がったのち、ラ・ガーディア市長が集まった人びとを祈りに導き、信じる気持ちを強く持ちつづけるようにと呼びかけた。「我々ニューヨーク市民は、謹んで主にお願い申し上げる。独裁から世界を解放するための、この偉大かつ勇敢な戦いにおいて、その腕に完全なる勝利をもたらしてくださいますように」市長が大声でそう言い切ると、彼の足元でチューバの演奏が開始された。

ヴィヴとシャーロットはその日の勢いにのみ込まれた。ラ・ガーディア市長の演説が終わると、歌手たちがステージに登場し、さらに何人かが演説をした。群衆の盛り上がりは波のように寄せては返した。すぐそばの角で男が瓶入りのコーラを売りはじめ、別の男はルーズヴェルトと部隊への支持を宣言するチラシを配りはじめた。群衆のさまざまな地点から音楽が鳴り響き、男たちは敬礼した。そしてすべての頭上に、アメリカ国旗がはためいていた。

やがてシャーロットがヴィヴの腰に手を回してきた。「そろそろ帰りましょう」

北に進むにつれて、通りは静かになっていった。ほんの数ブロック歩いたところでシャーロットが足を引きずりはじめたため、ヴィヴはシャーロットを地下鉄に導いた。シャーロットが、人生で一度でも地下鉄に乗ったことがあるかどうかはわからなかったものの、道路ではタクシーが歩道からあふれかえった人びとを回避して進むことができずに立ち往生していた。

二人が乗り込んだ地下鉄の車内で、三人の男がフィドルで悲しげなアイルランドの曲を演奏していて、彼らの隣に座った女がゲール語でその歌を感傷的に歌っていた。シャーロットはヴィヴの隣で静かに涙を流した。

「七ヶ月よ」シャーロットは絞り出すような声で言った。エドワードのことを話しているのだということがヴィヴにはわかった。なぜ神は、せめて戦争が終わるまで彼を生かしておいてくれなかったのか、そう問うているのがヴィヴにはわかった。

ヴィヴは陳腐な慰めの言葉をかけるつもりはなかった。二人とも、そうした言葉はもう聞き尽くしていた。

家に到着したところで、ヴィヴは、二人とも出かける前に簡単な朝食を食べて以来何も口にしていないことに気がついた。ヴィヴはシャーロットをキッチンのストゥールまでつれていくと、パントリーのフックにかけてあったエプロンをつかみ、腰に巻きつけた。

「パンケーキね」ヴィヴは宣言した。

「お夕飯に？」シャーロットは訊いた。その目はまだ赤みを帯びていたものの、涙は乾いていた。

ヴィヴは、それがエドワードの好物だったことには触れず、ウィンクして見せた。「私たちは冒険好きな女たちでしょ。パンケーキでいいはず」

「この冒険好きな女には、お供のポートワインが必要みたいだわ」シャーロットはそう言うと、うめき声をもらしながら床に足を下ろして立ち上がった。それから足を引きずってどうにかバーカートのところまでたどり着くと、二人分のグラスにたっぷりとワインを注いだ。再びうめき声とともにストゥールに腰かけながら、ヴィヴのグラスをカウンターの向こう側へと滑らせた。「一週間はまともに歩けなさそうだわ、まあ無理ね」

貴重な卵をボウルに割り入れながらヴィヴは微笑んだ。「お義母(かあ)さんをクレオパトラみたいに運んでくれる男たちを雇わないとね」

「あなたの考え方、好きよ」シャーロットはヴィヴに向かってグラスを掲げた。

ヴィヴが料理するあいだ、二人はおしゃべりを楽しんだ。しかし侵攻について、今日という日については話さなかった。憂慮すべきことがあまりに多かった。二人は暗黙の了解のうちに、それがいつもの夜であるかのようなふりをして過ごした。

二人ともうまくやっていた。シャーロットがラジオをつけるまでは。絶妙なタイミングで、大統領を紹介する声が聞こえてくるまでは。ヴィヴの耳には、一つのメッセージを聞くために電源を入れられた、千ものラジオから発せられるブーンというハム音ばかりが聞こえてくるのだった。

ルーズヴェルト大統領の声が、はっきりと、すぐそこにいるような臨場感を帯びてキッチンに響いた。「全能なる神よ、我が国の誇りである息子たちは、本日、我らが共和国を、宗教を、文明を守り、苦悩する人類を解き放つための壮大な戦いを開始しました。

彼らをまっすぐ、真実にお導きください。彼らの腕に力を、心にたくましさを、そして揺るぎなき信仰をお与えください」

ヴィヴは残りのワインを一気に飲み干した。

長く、暗い数ヶ月が始まろうとしていた。

❋第三十二章

パリ
一九三六年十二月

アルシアからの最後の手紙が届いたのは、冬のはじめだった。

そのときはまだ、それが最後の手紙になることにハンナは気づいていなかった。それ以降一通も届くことなく数週間が経過したころ、ようやくそのことに気づくことになるのだが、それまではその手紙は、アルシアが送ってきたほかの手紙と一緒に『不思議の国のアリス』の下にしまい込まれることになった。

封筒の裏側には、美しい筆記体でメッセージが書かれていた。

重要！　意固地にならないで

ハンナは実際、開けてみようかと考えたりもした。それは、それまでの手紙に比べて厚みがあった。腹立ち紛れに炎の中に放り込もうかとも考えた。それはハンナがアダムの死を知ってから最初に届いた手紙だった。そのせいもあってか、それを手元に置いておくのが余計に苦しく感じられたのだった。しかし、小さな声がくどくどとハンナに訴えてきて、ハンナの中の物見高く現実的な部分が、アルシアに指摘された意固地な部分に勝った。

ハンナは床板の下から箱を取り出すと、ほかの手紙と一緒になるようにその手紙を滑り込ませた。それから、擦り切れた『不思議の国のアリス』を取り出した。

アルシアが新しい小説を出版したことは知っていた。ハンナが文学に携わっていたこと、そしてアルシアの本が海外の出版社から非常に高い評価を得ていたことを考えれば、それを知らずにいるほうが難しかった。アルシアは今、アメリカ人にとって自慢の種だった。ハンナは考えた。ナチスは書店に、アルシアの新しい本を置くよう命じるのだろうか。

読んでみようという考えはハンナの頭をよぎりもしなかった。いや、一瞬よぎりはした。が、そのせいで引き起こされた頭痛が、そんなばかげた考えを断念させた。

なぜアルシアは自分に手紙を送りつづけるのだろう。罪の意識から、あるいは、それとはまた別の見当外れの感情からだろうか。すべてが悲惨な結末を迎える前でさえ、二人はほんの数ヶ月間しか互いを知らなかったというのに。それでもハンナは、アルシアが自分に惹かれていると気づかぬほど眼識がないわけでも、無関心なわけでもなかった。ハンナへの興味から、アルシアの目は頻繁に、柔らかく私的な部分に——ハンナの唇に、胸に、腰のあたりに——とどまっていた。

それでもアルシアは、二人のあいだに何が起こっているのかまでは気づいていなかった。あの夜までは。アルシアをパニックに陥れたに違いない、あの夜までは。

ハンナは時折、自身の最も深く暗い部分で認めることがあった。アルシアと恋に落ちていた可能性もあったと。あの熱心な眼差し、楽観的思考、ひどく妙なタイミングで垣間見えるユーモア。顔を赤らめる様子、チューリップ畑を歩いていく姿、恭しく本に触れる指先、まるで友であるかのように言葉を発する口元。

二人はさまざまな点で違っていたが、その差異はどれも二人の関係を悪化させるようなものではなかった。そして重要な点においては、二人はよく似ていた。

少なくとも、ハンナはそう思っていた。

すべてが音を立てて崩れたあと、腰抜けのようにベルリンを脱出したアルシア・ジェイムズからは、もう二度と連絡がくることはない、ハンナはそう思っていた。

パリの自分の部屋にアルシアからの手紙がはじめて届いたとき、ハンナが最初に見せた反応は〝疑心暗鬼〟だった。夜のうち荷物をまとめて部屋を出るべきだろうか、ナチスが階段の上り口で待機していたりはしないだろうか、そんなことが頭をよぎった。しかしそこでふと気がついた。アルシアは今でもデヴロー・チャールズと連絡を取っているに違いない。デヴは、ハンナの正確な住所を知っている数少ない人間の一人だった。

それからというもの、数週間に一度のペースで手紙が届くようになった。

ハンナは一度も返事を出さなかったどころか、一通たりとも開けることはなかった。それでもアルシアは手紙を書きつづけた。

近い将来きっと、好奇心がハンナのかたくなさをしのぐ日がやってくるだろう。

しかしそれは今日ではない。

ハンナはクローゼットの中の床板の下に箱を戻すと、仕事に出かける支度を始めた。

過去に生き、別の未来を願ったところで、得られるものは何一つない。現在こそがハンナが手にしているもので、今のところ、それで充分だった。充分でなければならなかった。

第三十三章

ニューヨーク市
一九四四年六月

その侵攻によって、ダムが決壊した。何週間、何ヶ月、何年にもわたって、アメリカ国民は真面目に生き、最善を尽くしてきた。しかしヴィヴは今、一日のどんな時間帯にでも、廊下で泣いている少女を目にするし、地下鉄の車内では赤の他人同士が喧嘩を始め、明け方近くになると、泣きながら歌う男たちがバーからあふれ出るのを見かけるようになった。

戦争はじきに終わりを迎えるかもしれない。しかしそこに到達するまでには、想像を超えるほどの喪失と悲しみに満ちた、残酷で重苦しい道のりが待ち受けているはずだった。

エレノア・ルーズヴェルトは侵攻の翌日、新聞に毎日掲載しているコラム『マイ・デイ』の中で侵攻について触れた。ファーストレディのその言葉が、ヴィヴの頭から離れなくなった。

〝妙な話ではあるが、私はわずかばかりの高揚感も感じていない〟ルーズヴェルト夫人はそう記した。〝もう何週間ものあいだ、私たちはこの日が来るのを待ちわび、そしてひどく恐れていたように思う。そしてついにやってきた今、あらゆる感情が枯渇してしまったように思える〟

あらゆる感情が枯渇してしまった。運命の日から数週間、ヴィヴは朝に目覚め、出勤し、兵士たちの手紙に返事をしたため、タフトのイベントの計画に取り組み、帰宅し、眠り、そして再び同じことを繰り返した。しかし動く先々に靄(もや)が立ち込めていた。それはヴィヴの手足を引っ張り、思考を曇らせ、無気力で気だるいにもかかわらず不安で眠れない状態にヴィヴを追いやった。

侵攻開始から十一日目、三千人以上のアメリカ人が死に、そのほかに一万三千人近くが負傷したと伝えられた。

一国が耐えるにはあまりに悲惨だった。ましてや一人の人間には、あまりに耐え難かった。ヴィヴは自分がコントロールできることに、兵隊文庫に意識を集中させた。ノルマンディ上陸作戦決行日(Dデイ)に関する報告がもれ聞こえるようになると、ヴィヴの耳に届く報告はことごとくヴィヴの信念を強固にするだけだった。この個人的な戦いは、外側から見れば小さな戦いに見えるかもしれない。しかしヴィヴのやっていることは重要なことだった。従軍記者たちから届いた手紙には、兵士たちは戦場となる海岸に必需品だけを持っていくことが許されていること、そしてそんな中、多くの兵士たちが軽量なペーパーバックを選んで持っていくことが記されていた。

侵攻から一ヶ月以上が経過した七月九日、兵隊文庫プロジェクトの最も有名な作家の一人であるベティ・スミスがあるエッセイを発表した。エッセイの中でベティは、だれにでも聞き覚えのある少年たちについて書いた。近所の家を次々に訪れては、キャンディを買うお金を稼ぎたいから芝を刈らせてくださいと頼んでいた少年たちや、自転車で新聞配達をしていた少年たち、それに母親たちから世界中の何よりも愛された少年たちについて書いた。ベティはそのエッセイを、戦地から離れたところにいる全国民一人一人に向けて、自分たちの役割を――それがどのような役割であれ――果たすようにと呼びかけて終えていた。

ヴィヴは新聞にそのエッセイを見つけると、それを切り抜き、世界中に駐留する軍人たちから舞い込んだ手紙の原本を正確に書き写したものと一緒にタフト上院議員に送った。遠くからこの侵攻を見守る軍人たちは、自分たちが同胞とともに戦っていないことに愕然とし、失望していた。兵隊文庫は彼らに、全世界の残りの人びとが同じように抱いている、なすべきことがわからぬ途方にくれた気持ちから逃れる術を与えていた。本が彼らに泣く口実を与え、笑うきっかけを与え、惨殺されるのが自分ではないことを安堵する気持ちに置き場所を与え、惨殺されるのが自分ではないことに対する罪悪感に置き場所を与えていた。

ヴィヴは、編集者宛ての手紙や意見記事、全国の新聞にあふれる大量の記事の記録をつけることにも多忙を極めていた。審議会がタフトの修正案に反対する正式な決議案を提出するということは、ヴィヴはもはやタフトに対して個人的な抗議運動を行わずに済むということ、そして心配性の出版社や加重負担を強いられている図書館から歩兵をかき集める必要がなくなったことを意味していた。広範囲に影響を及ぼす修正案にいきり立った部隊が立ち上がったのだから。

複数の新聞が、政策の影響を受けた本のタイトルを掲載した――その出所はヴィヴであったが、そんなことを気にする者はいなかった。記者たちは労を惜しまずにすべての本に目を通し、政治的な部分を確認しようとした。が、そのどれにも政治的な箇所は見つからなかったと報告された。

明らかに世論は審議会を支持していた。それでもなお、タフトはかたくなに意見を変えようとしなかった。

事務室のドアをそっとノックする音が聞こえ、考えに没頭していたヴィヴは慌てて我に返った。イーディスが手にバッグを携えて立っていた。

「睡眠を取ることを忘れちゃだめよ、お嬢さん」イーディスは顎で時計を示しながら言った。数字に焦点が合うまで、ヴィヴは何度も目を瞬(しばた)かせなければならなかった。もうすぐ午後八時になろうとしていた。

ヴィヴは疲れ切った手で顔を覆った。「最後にあと一つか二つだけ、やっておきたいことがあるの」

「待っててあげましょうか?」イーディスは心配そうに眉をひそめて言った。「もう外は暗いのに、地下鉄の駅まで歩かなきゃいけないじゃない」

ヴィヴはその提案をはねつけるように手を振った。「ほんの数ブロックだから平気。でも、ありがとう」

「あなたがそう言うなら」イーディスはためらいがちに言った。イーディスは、友達を赤ん坊のように扱うタイプの人間ではなかった。「じゃあ、おやすみね。あまり遅くならないようにね」

「すぐに帰るよ」ヴィヴは約束した。ヴィヴは、遥(はる)かテキサス州の地方紙から記事を二つ切り抜くと、翌朝タフトに送るつもりでいた封筒の中にそれを滑り込ませた。なんの役にも立たないかもしれない。それでもヴィヴは、タフトに圧力をかけつづける必要性を感じていた。

ヘイルは、タフトが自らの寛大さを示すためだけにではあれ、イベントに出席するだろうと考えていて、それがヴィヴにとってよりどころの一つとなっていた。

タフトの参加はヴィヴが期待することの一つではあったが、それでもやはりアルシア・ジェイムズに登場してもらいたいと願っていた。しかしながら実際には、イベントを締めくくるための別の人物を探さなければならない可能性がますます大きくなっていた。

ヴィヴはブルックリンの図書館のことを思い出していた。あの女性も、アルシア・ジェイムズよりはわずかにましながら、人目に触れることを嫌っている、そうヴィヴは理解していた。それでも少なくとも、彼女からは対面で話を聞くことができていた。

ヴィヴがようやく事務所を出るころには、タイムズ・ホールの館内は薄暗くなっていた。影は脅威ではなかった。ヴィヴはこの建物の隅から隅まで知っていて、そこを第二の家のように感じていた。ところが通りに一歩足を踏み入れたところで、防衛本能が作動した。ヴィヴは大きな市(まち)で育ち、たいていは深く考えることなく一人で通りを歩くことができた。しかしブロードウェイのまばゆいはずの照明の多くが、閉鎖のためか、あるいは一時的な電圧低下のためか、今は薄暗い光になっていた。ここでは影が自分の後から追ってくるように伸びていて、親しみよりも脅威を感じた。

地下鉄の切符を買うために前もって財布から出しておいた硬貨を強く握りしめた。それは、ずっと以前に学んだ危険の予防策だった。真の危険に関する知識を携えていることが、恐れずに一人で市(まち)を歩くために必要な要素の一つだった。

地下鉄の入り口まであと数歩というところで、暗い戸口の一つから男がすっと姿を現した。

ヴィヴは悲鳴を上げた。ひどく大きく、高く、絶望的な声だった。ハンドバッグに手を入れて、底のほうにあるはずのハットピンを探すあいだ、心臓がばくばくと音を立てていた。

しかし男が両手を挙げて一歩後退すると、街灯がその姿を照らし出し、男の頬骨や鼻、顎が浮かび上がった。背が低く、上等な身なりをしていて、茶色い髪の毛は白髪になりはじめ、先のほうが細りはじめていた。スリーピーススーツは専門店で誂えられたらしく、高価なものであることは明らかだった。靴には光沢があり、腕にはカルティエの時計をしていた。だからといって彼が危険をもたらす人間でないとは言い切れなかったものの、ヴィヴは頭を切り替え、この男は自分に何を要求するつもりだろうかと考えた。

ヴィヴはようやくハットピンを手で包み込むことに成功した。通りを見渡して助けを求められるかどうか確認したかったが、犯罪者である可能性のある男から視線を外す危険は冒せなかった。

「チャイルズ夫人、身構える必要などどこにもありませんよ、約束しましょう」男は南部の人間特有の糖蜜のようなねっとりと絡みつく口調で言った。

ヴィヴは一瞬、耳を疑った。「だれなの？　何が目的？　どうして私の名前を知ってるの？」

男の鉛筆のように細い眉が上がった。「どの質問に答えましょうかね？」

遊びに付き合っている暇はなかった。ヴィヴはバッグからハットピンを引き出すと、男と自分のあいだの空間にそれを突き刺すような仕草をした。「全部答えて」そして食いしばった歯を見せながら言った。「今すぐ」

「はいはい、わかりましたよ、落ち着いて」男は言った。「ここがブロードウェイだということを考えれば、こうした大げさな芝居を覚悟しているべきでしたね」

男は自分の冗談に満足げな薄ら笑いを浮かべたが、ヴィヴがピンをさらに男に近づけると、笑うのをやめた。

「十秒あげる」ヴィヴは脅すような口調で言った。

「子猫ちゃんには爪があったか」男は言った。「話をしにきた、それだけです」

「何を話しにきたの？」

男はまるでそれがばかげた質問だとでもいうように眉を上げた。「あなたをすっかりかっかさせて、いらいらさせていることについてですよ、チャイルズ夫人」

ヴィヴはひどく驚き、危うくハットピンを落としそうになった。「タフトの修正案？　このスパイ小説じみたふざけた行為が、私のイベントのせいだっていうの？」

「この件を、短剣やらの武器が登場するスパイ小説のように危険なものにしたのは、あなた自身ですよ」男はそう言うと、口に手を当てて咳をした。その目尻に寄った皺が、男がこれを面白がっていることを証明していて、ヴィヴは不快感を覚えた。「いや、ハットピンの登場する、かな。私はただ、あなたが出てくるのを待っていただけです。あなたが夜に一人で通りを歩いているのは、私の責任ではない。あなたに何が起こったっておかしくないんだ」

「何が目的？」ヴィヴの手が武器を握り直した。男がどれほど愚弄しようと、その金属がどれほどのダメージを与え得るかヴィヴにはわかっていた。

「非常に配慮に欠けていましたね」男はそう言うと、スーツの前面で両手を拭った。「自己紹介もしていませんでした。ハワード・デーンズです、お見知り置きを」

「何が目的？」ヴィヴは、一言一言が、激しく、重々しくハワードに伝わるような口調で繰り返した。

ハワードはため息をついた。あたかも自分はその寸劇の中で苦しみに耐えつづける辛抱強い男であり、ヴィヴは病的に興奮した女であるかのように。「話しにきただけですよ。私とあなたのあいだで話がまとまる、私はそう思うのですがね」

「タフトが修正案から罰金を削除するということを伝えにきたのでない限り——それか、修正案自体をなしにするのであればもっといいけど——、あなたと話すことなんてない」ヴィヴは言った。この男がスターン氏ではなく自分を選んで接触してきたことを考えれば、よい知らせを持ってきたなどとは考えにくかった。しかも夜に、ヴィヴが一人で、攻撃を受けやすい状態のところを狙ってきたとあればなおのこと。タフトが白旗を振っているのではないことは一目瞭然だった。

「あなたは賢い娘さんだ」ハワードはあの母音を引き伸ばしたねっとりとしたしゃべり方で言った。

「あなたのやってるその大げさなパフォーマンスでは何も達成し得ない、自分でもそうわかっているんでしょう」

それを聞いてヴィヴの緊張がようやくほどけた。「本気？　何も達成できないと思ってるの？」

「あなたのしようとしていることは称賛に値しますよ。しかしだ、君はもうお手上げ状態に陥っているんだよ、お嬢さん」ハワードは弱みを捉えたかのような口調で続けた。「私たち二人で、なんらかの妥協点を見つけることができると思うんだがね」

「妥協点？」

「君のご主人が、偉大なる我が国のために命を落としたことは知っている」ハワードは片手を心臓に当て、頭を垂れながら言った。その動作のために、ヴィヴの体が再びこわばる様子を見過ごした。

「タフト上院議員は、軍務に服したチャイルズ氏の勇気を称えて、彼の名前が公に認められるよう喜んで推薦しようと仰っている」

ヴィヴはこの卑しい男の口に平手打ちをして、そこからエドワードの名前が発せられるのを止めたいという衝動に駆られた。

「私の夫に、名誉勲章を与えようって言っているわけ？　彼と私の魂に対して、そんなに安い、安い報酬を？」ヴィヴは男と同じくらいにねっとりとした口調で言った。「私は売り物じゃないの。エドワードもね」

「チャイルズ夫人、合理的に考え――」ハワードは機嫌を取るような口調に戻って言った。

「いいえ」ヴィヴは男の言葉を遮って言った。「あなたは、私のしようとしている……パフォーマンス？　そう言ってた？　それでは何も達成できないって思ってるわけね。でもね、この四週間のあいだに、それまでの半年間で達成し得た以上のことをすでに達成できたの。どうして私にそれがわかるか、理由を聞きたい？」

男は罠を感知したかのように目を細めた。視界の隅でわずかな動きを捉えた瞬間、ヴィヴは思わず顔をほころばせそうになった。

「理由はあなた」ヴィヴははっきりと発音するよう留意しながら言った。「わかるかしら、もし私たち側になんの進展もなかったら、あなたはそもそもここに姿を現さなかったはず。そちら側の最新情報に感謝するわ」言い終えるとヴィヴは体の向きを変え、角を曲がろうとしていた夜間パトロール中の警察官に向かって手を振った。「お巡（まわ）りさん、助けてください」

それから最後に一度にやりと笑って見せてから、ハットピンをハンドバッグの中にしまい、ハワード・デーンズに背を向けて地下鉄の駅に向かって歩き出した。言葉に詰まりながら警察官に弁解するハワードをその場に残して。ヴィヴは疲れていた。妙な男との遭遇のために震えていた。そして、あれほどばかげた交渉が成立すると本気で信じている人間がいるという事実に心を痛めた。しかしそのどれにも増して、自分の行動は間違っていないのだという自信を、久しぶりに胸に感じていた。

第三十四章

ベルリン
一九三三年五月

「プレゼント、持ってきたわ」五月初旬のある日、デヴがガーメントバッグを携えてアルシアの部屋に入ってきた。

アルシアは大げさに興奮したふりをして手を叩いた。「プードルかしら?」

デヴはアルシアに視線を合わせてにやりとした。「あなた、意外と面白いことが言えるのよね。そんなふうには見えないけど」

アルシアはその褒め言葉に――皮肉なお世辞とも言えたが――顔を赤らめて、デヴがバッグから取り出して掲げているドレスに視線を移した。黒のビロードかと見紛(みまご)う紺地のドレスで、装飾された銀色のウェビングがその色に奥行きを与え、夜空のような印象を与えていた。

アルシアは息をのんで、慌ててデヴに視線を向けた。「これは着られないわ」

「おしゃれすぎるから?」デヴは熟練したやり方で片方の眉を上げて言った。それからドレスに合わせるためのハイヒールを取り出し、部屋の一角にあるパーテーションのほうへアルシアを向かわせた。

「私、〝ノー〟って返事は受け付けてないのよ、お嬢ちゃん」

「どこに行くの?」アルシアはドレスを受け取らずに言った。

「〈モカ・エフティ〉。まだあなたを連れていってないナイトクラブ」デヴは布の塊をアルシアの腕に押しつけながら言った。「私もう、あのレジスタンス集会にはうんざりなの。そろそろ楽しまなくちゃ。着替えて。ハンナが待ってるわ」

ハンナ。明らかにデヴは、それがアルシアを同意に導く魔法の言葉だとわかっていた。それでもアルシアはもう一瞬だけためらい、このドレスに身を包んだ自分を想像してみた。ファッションについては充分理解していた。その深みのある青がアルシアの幽霊のごとき青白い肌を光沢のある陶器のように見せ、ウェビングから放たれるちらちらとした光が顔を明るくし、スカートと胸元の裁ち方がほっそりとしたふくらはぎと繊細な肋骨を目立たせ、同時に曲線の少なさを隠してくれるはずだった。

「髪の毛はどうしたらいいのかな？」アルシアはやや必死で、やや絶望的な口調で訊いた。カーテンのように重たい髪の毛が、いつだって重荷になっていた。

　デヴはしばらくじっとアルシアを見据えてから、断固とした足どりで、わずか三歩で部屋の反対側にたどり着いた。「ピンをちょうだい」

　アルシアは急いで片手いっぱいにピンをつかむと、じっとデヴの前に立った。デヴはアルシアの髪の毛を三つに分けていった。そして陸軍大将のごとき緻密さで低い位置にシニヨンを作ると、部分的に髪を引っ張り出してふんわりとさせ、かっちりとした印象を与えすぎないようにした。鏡をのぞき込んだアルシアは、そこに映る姿に呆然と見とれそうになった。柔らかなヘアスタイルであるにもかかわらず、それがアルシアの顔に丸みを帯びさせることはなかった。アルシアがこうした髪型を自分で試すときには、いつもそうなってしまっていたのに。それどころか、その柔らかさは顎のラインをはっきりと目立たせ、唇の豊かさを強調していた。鼻を中心に散らばった少しばかりのそばかすさえもが、幻想的な印象を与える一助となっていた。まるで、デヴの手によって生み出されたモネ風の絵画のようだった。

　デヴは満足げにアルシアを見つめながら、その肩をそっと叩いた。「次はドレスね」

　アルシアがセットしてもらった髪を台無しにしないよう慎重に着替えるあいだ、デヴは慣れた様子で部屋中をうろうろと歩き回った。「そうだ、忘れてた。焚書（ふんしょ）については聞いてる？」

「何について？」アルシアは大声で訊いた。聞き間違えをしたに違いない、そう思った。

「恥ずべきことよね」デヴは言った。「学生の集団が、明日の夜に決行しようとしているらしいわ。ハンナは抗議しに行きたがってる」

「ひどいわ」アルシアはパーテーションから出てきて言った。「何の本を燃やそうとしてるの？」

「反ドイツ的な言葉が書かれた本すべて」デヴは目を回しながら言った。「ということはつまり、彼らが燃やしたいと思ってる本すべて、ってことになるんでしょうけど。あら、すっごくきれいじゃない。ハンナがうっとりしちゃいそう」

事情を知る者の愛情を込めた笑みを向けられて、アルシアは思わず床に視線を落とした。それでも、ハンナにこの姿を見せることを想像し、デヴの言葉に応えるように小さな笑みを浮かべずにはいられなかった。

新しいそのナイトクラブは、ショーというよりもパーティのような雰囲気を漂わせていた。店に着いて間もなくデヴはアルシアのために酒を注文した。それは砂糖と炎の味がして、時間をかけて酔うには不向きなほどおいしかった。

二人は、暗い隅のほうで幸せそうに円を描いて回転しながら踊るハンナとオットーを見つけた。ハンナはプラム色の――今ではアルシアは、それがハンナのお気に入りの色であることを知っていた――ドレスを着ていた。背中の部分が大きく開いていて、ハンナの滑らかな肌と、わずかに浮き出た背骨があらわになっていた。スカートは普段ハンナが身につけているものよりも丈が短く、ハンナがくるくると回りながらオットーから離れると、ガーターの一部がちらりと顔をのぞかせた。

「あら、ハンナが飲んでるのね」デヴは歓喜の声を上げた。「飲んでるときのハンナが一番面白いんだから。でも教えておくわね、それってめったにないことなのよ」

「友よ」アルシアとデヴを見つけるとハンナは声を張り上げ、オットーに絡みつけていた体を引き離して、二人の頬に湿っぽい唇を押し当てた。「一緒に踊ってよ」

アルシアがそこら中にグラスの中身をぶちまける前に、デヴはその手からグラスを取り、ハンナの腕に向かってアルシアをそっと押した。

バンドが、テンポの速い、派手な曲を演奏しはじめた。ハンナの手がアルシアの背中のくぼみあたりに置かれ、アルシアの体はハンナのほうへぐいっと引き寄せられた。二つの体はぴったりとくっついた。

部屋が回転していた。二人が音楽に合わせて体を動かしているせいではなかった。

「今日はすごくきれいだね」ハンナの唇がアルシアの耳の下あたりを、指がアルシアの腰の危険なほど下あたりをかすめた。「いつもすごくきれい」

これがアルシアの求めていたものだった。これこそが、アルシアがそのドレスを身につけたそもその理由だった。脚がハンナの脚に触れると、アルシアの中心部に熱が集中した。自らのドレスのシルク地にハンナの柔らかな胸の膨らみを感じて、胸の先が硬くなった。

目を上げたアルシアは、二人の距離がいかに近いかを意識した。二人は同じ空気を呼吸していて、その行為はあまりに親密で、期待感から喉がからからになった。最後の一センチメートルを消滅させるためには、重力に引き寄せられるままハンナの胸に身を預けてしまうだけでよかった。

そうすれば、アルシアの人生は一変するだろう。それ以上、気づかないふりをすることも、知らないふりを決め込むこともできなくなる。

アルシアの腰に触れていたハンナの指が曲がり、小指が臀部の繊細な曲線をなぞっていった。

突如として、限界に達した。

勇敢になりたかったが、勇敢ではなかった。ベルリン版のアルシア・ジェイムズになりたかったが、それが賢明ではないとわかっていた。

自分は、メイン州のアウルズ・ヘッドから来た愚かでつまらない娘で、それ以上の何者でもないことをわかっていた。

アルシアは身をよじってハンナから離れると、今にも泣き出しそうになりながら、おぼつかない足取りで群衆の中を駆けていった。ぶつかってくるたくさんの体、大きすぎる笑い声、まともに呼吸ができなくなるほど充満する煙草の煙、目に飛び込んでくる煌々（こうこう）とした光。

空気が感じられた。それはありがたく、しかし散漫な神経を落ち着かせるにはわずかに温かすぎた。気づくとアルシアは路地にいて、レンガの壁にもたれかかって必死に激しい呼吸を繰り返していた。そのために頭がくらくらしてきたものの、店内の熱狂的な大混乱に比べれば、そのほうがましだった。

不意に、何者かの手が首の後ろに触れた。アルシアは身をすくめ、目を大きく見開き、自らの身を守るように両腕を体に巻きつけた。しかしそこにいたのはデヴだった。穏やかな表情で見つめるデヴの姿が、アルシアの防御を完全に崩壊させた。

アルシアは目を瞬（しばた）かせてデヴを見上げた。歓迎されぬ涙が目尻からあふれ出した。

「ああ、かわい子ちゃん」デヴはため息をつくと、アルシアの肩を抱き寄せて大きな通りに向かわせた。待機していた車にアルシアを押し入れる際、デヴが「まったく、急いであれこれやりすぎよ」と言ったのをアルシアは耳にしたように思った。

家までの道中、時間はぼんやりとした色の中で経過していった。アルシアは意識的に、頭を空っぽにしておくよう努めた。ナイトクラブの奥の暗がりで、汗にまみれて脈打ついくつもの体に囲まれ、自らの体も同じような反応を見せていたあの瞬間のことは考えないようにした。ハンナの肌から漂っていた甘い香り、自らの肌にそっと押しつけられたハンナの両手の柔らかな感覚は、考えないようにした。

身をよじって体を引き離した瞬間にハンナが見せた、ひどくショックを受けたようなあの眼差しのが忍び寄ってきたころ、ようやく、眠ることを自らに許した。

アルシアはベッドに潜り込んだ。デヴが自分を寝かしつけているのがぼんやりと感じられた。今夜を境に変わってしまうであろうすべてのことを恐れ――今夜起こったことを、取るに足りぬことと言って笑い飛ばすことなどできないはずだから――、じっと窓の外を見つめつづけた。そうして夜明けが忍び寄ってきたころ、ようやく、眠ることを自らに許した。

アルシアの最大の恐怖の一つは、ハンナが自分と話をしてくれなくなることだった。しかし翌日、ハンナとデヴが焚書への抗議活動に連れ出すためにアルシアの部屋を訪れたとき、アルシアは、自分にはほかに憂慮すべきことがあったと気づいた。

ハンナは何事もなかったかのように振る舞っていた。

一方アルシアは、ハンナを直視することができなかった。

デヴはその緊張感漂うぎこちなさを、おしゃべりで打開しようとした。

「ゲッベルスが国中のドイツ人に呼びかけて、個人所有の本を燃やすよう指示してるみたいよ」デヴは言った。「それから、今夜のベルリンでの焚書の様子をラジオ放送する予定らしいの。かなりの人数が集まる見込みがあるのね」

「危険なことはないの？」アルシアは巨大な篝火を思い描いて動揺した。しかし当然、数人の過激派の学生たちが集まるだけであって、デヴが信じているような大規模なイベントの計画などあるはずがない。

「あなたは充分安全よ」デヴがそう言うと、ハンナは両手を挙げた。

「私は行くよ。行かないように説得することなんてできないから」ハンナは覚悟を示すように顎をわずかに上げて言った。

「どうしてこんなことが優れた戦略だと思うのかしらね、私にはさっぱり」デヴはアルシアのバッグをつかむと、二人をドアのほうに向かわせた。「そんなことしたって、本が読まれなくなるわけじゃないのにね」

インクと紙が灰と化す光景を想像して、アルシアは胃にむかつきを覚えた。

ハインリヒ・ハイネ（十九世紀に活躍したドイツ系ユダヤ人詩人）の予言について考えずにはいられなかった。〝本を焼く者は、やがて人も焼くようになる〟（ハイネによる戯曲『アルマンゾル』より）。

デヴとハンナが目を大きく見開いて振り返ってようやく、アルシアは自分がその一節を口に出して言っていたことに気づいた。

デヴは顔をしかめた。「ふん、詩人っていうのは大げさな生き物よね、そうじゃなくって？」デヴはふざけた調子でそう言ったものの、デヴ自身を含め、だれも笑わなかった。

三人は宵に引かれるように歩みを進めた。恐ろしい考えに気が沈み、みな無言のまま歩いた。国立歌劇場のすぐ横に位置するベーベル広場のそばまで来ると、たいまつの明かりが大勢の人びとを照らしているのが見えた。

「私はここでさよならね」デヴは二人に別れのキスをして去っていった。

「デヴ、今夜は仕事なのね、そうでしょう？」アルシアは訊いた。

「ナチスはこれを映像に収めておきたがるだろうから」ハンナは言った。「ナレーションを務める美人が必要なんでしょう」

アルシア自身もデヴと同じプログラムに招待された人間ではあったものの、なぜハンナがその事実をそれほどまでに冷静に受け止められるのかが理解できなかった。

「気にはならないの？」

「世界が違っていたらいいのに、そう思うよ」そう応じたハンナの声には、はねつけるような響きがあった。アルシアは自分が越えてはならない一線にあまりに近づきすぎていることを知った。ハンナは自分の友達に関して、アルシアから意見されることを望んではいなかった。アルシアにはそんな資格はなかった。

アルシアは、ヒトラーが首相に任命された夜のことを、自分よりもはるかに大きな何ものかの一部であることに喜びと眩暈を感じながら行進に参加した日のことを思い出した。アルシアには、デヴについてとやかく言う資格などなかった。

そんな考えは、暗くなりつつある夜空の星に向かって燃え上がる炎と、何百冊もの物語が焼き払われるのを見守る人びとの喜びと驚きに満ちた叫び声の中にのみ込まれていった。

うずたかく積まれた本が燃え盛る光景に、アルシアは膝から崩れ落ちそうになった。炎の山が、夜の空に向かって咆哮していた。与えられた餌をすべて食い尽くしていく、怒れるライオン。

そして餌は、大量に与えられた。

本が、広場の隅から隅までを埋め尽くすように積み上げられていた。広場に入ってくる学生たちは、目いっぱい本を積み重ねた手押し車を押し、若者たちは縫い目が破れんばかりの袋を担ぎ、車のトランクは開きっぱなしで、道路に何冊もあふれ出していた。

数冊の本ではなかった。単に象徴として焚きつけられた炎ではなかった。

数千、また数千、さらに数千という数の本が、火の中に投げ込まれた。

数千、また数千、さらに数千という人びとが歓声を上げ、うなり声を上げ、ナチス式の敬礼をした。

「我々は火だ、我々は炎だ。我々はドイツの祭壇の前で燃えるのだ」人びとは繰り返しそう唱えていた。

群衆が炎を煽るのと同じように、炎が群衆の熱狂を煽っていた。巨大なナチスの横断幕が、広場を囲む建物という建物に掲げられていて、窓から身を乗り出して眺める見物人たちは下に向かって焚きつけるような声を浴びせていた。バンドが演奏していた。その音楽は、狂乱状態で騒ぐ人びとに不気味な背景音楽を添えていた。

ハンナに腕をつかまれてようやく、アルシアは自分が泣いていることに気づいた。静かな威厳に満ちた涙ではなく、音を伴う、無様（ぶざま）なむせび泣きだった。

「冒瀆（ぼうとく）よ」アルシアは消え入りそうな声で言った。アルシアに教会があるのならば、それは本の表紙の中に存在していた。アルシアが宗教を持っているのならば、それは本に書かれた言葉の中に存在していた。ハンナはうなずくだけだった。

「わかってる」

実際、ハンナにはわかっていた。アルシアはそう確信していた。

小雨が降りはじめていた。神が、その残虐行為に涙しているかのように。

ゲッベルスがステージに上がった。炎がその顔を照らし、こけて、骸骨のように見せていた。アルシアはパーティの席ではじめてゲッベルスに会ったときのことを思い出していた。あのときゲッベルスの顔を照らしていたのは、ちらちらと揺れるろうそくの柔らかい炎だった。ゲッベルスはおどおどとしていて、少し変わっていたものの、おしなべて感じがよく、知的な会話に関心のある、好奇心の強い、思慮に富んだ人物に見えた。

しかし今のゲッベルスは、彼自身の悪夢の幻影だった。

「退廃（デカダンス）と道徳の腐敗に〝ノー〟を」ゲッベルスが演壇から叫んだ。ユダヤ的な知性主義や、古いドイツの汚れやごみに死をもたらす、そう説いていた。そして演説が終わりに近づくと、ステージめがけて押し寄せ、ゲッベルスの一言一言を聞きもらすまいと熱心に耳を傾けている学生たちのほうを手ぶりで示して続けた。「これは強く、偉大で、象徴的な行動である——世界中に知らしめるために、記録しておくべき行動である。十一月革命によって生まれた共和制は沈没しつつある。しかしこの難破船から、新たな精神が不死鳥のごとく誇らしげに舞い上がることになるだろう」

その言葉に人びとは狂喜し、雨の中で踊った。篝火の炎が、彼らの影を映し出していた。

「息ができない」アルシアはあえいだ。

ハンナはアルシアの背中をさすり、なだめる言葉をかけようとした。しかしその言葉は、四方八方から一斉に上がるたくさんの声にかき消された。

これは、単なる無意味な集会などではなかった。力のある演説家の口から出た空虚な言葉に煽られ、狂喜乱舞してわめき散らす人びとの集団ではなかった。ここに集まった人びとは、歓喜のうちに知識を、科学を、詩を、愛を、破壊しようとしていた。本来そうしたものを大切にすべき学生たちが、そのすべてが燃やし尽くされるのを、高揚感から頭をくらくらとさせながら眺めていた。

アルシアの表情が一変した。

アルシアは突然駆け出し、群衆を押しわけていった。ディードリッヒが、ナチスの仲間とともに、この大見世物をすぐそばで眺めているはず。

ハンナに名前を呼びかけられても、アルシアは止まらなかった。止まれなかった。

炎に放り込まれるのを待つ本の表紙の一つが目に留まった。アルシアは傷ついた声をもらし、無意識のうちにその本を救った。そして子どもを抱くようにその本を胸にしっかりと抱きかかえたまま、人の波をかきわけて進んでいった。

そしてディードリッヒを見つけた。想像していたとおりの場所にいた。

ディードリッヒは笑っていた。

アルシアの視界の端が暗くなった。自分で気づくより先に、ディードリッヒの目の前に立っていた。そして空いているほうの手をディードリッヒの胸の中心に置くと、最初の本が炎に放り込まれたのを目にした瞬間に生まれた怒りと痛みのすべてを込めて、その手を強く押した。

「野蛮な人」アルシアはほとんどむせび泣きにしか聞こえない声を絞り出した。ディードリッヒは後ろによろめいたものの、それはアルシアの力の強さのせいではなく、純然たる動揺のせいだろう、アルシアにはそう思えた。

「アルシア」ディードリッヒは、平手打ちをくらわすような口調で言った。「頭を冷やすんだ」

「これが気高い行為だと思うの？　正しいと？」アルシアは振り返って燃え盛る本の山を示しながら言った。「こんなの、狭量な男たちが、そっくりそのまま暴君の真似事をしているだけ、そんなふうに見えるのがわからないの？　あなたは軽率ないじめっ子以外の何者でもない。歴史はいずれあなたを、偏狭で不寛容な野蛮人と評することになるわ」

ディードリッヒは前に進み出てアルシアの顎を強くつかんだ。あまりの力に、アルシアはあざができることを覚悟した。群衆の騒々しさは少しも弱まる気配を見せなかったが、ディードリッヒの背後にいた男たちは水を打ったように静まり返った。

「自分の立場を忘れたようだな」ディードリッヒはアルシアの顔に向かって怒鳴りつけた。

そしてアルシアは……笑った。嘲笑した。この男に対する、この党に対する、公平なやり方で勝利することができず、そのために自分たちの砂上の楼閣を崩しかねないありとあらゆる〝考え〟を燃やし尽くそうとしている、この意志薄弱な政治家たちに対する軽蔑のすべてを、その笑いに込めた。

平手打ちに驚きはしなかった。しかしながら、その威力には驚いた。

ディードリッヒの手はアルシアの体を地面に叩きつけ、頬に突き刺すような火照りを残した。

唇から血が流れ、肘はずきずきと痛み、体には擦り傷とあざができた。この世には〝恐れ〟よりも大きなものが存在する、アルシアはようやくそのことを悟った。

第三十五章

ニューヨーク市
一九四四年六月

ヴィヴがシャーロットの主催するパーティに出席する時間的余裕を持てたのは、数週間ぶりのことだった。そうしたイベントは戦時国債を売ることを目的に開かれていて、当然それは重要なことであったものの、同時にそこでは上流社会の世間話や気取った態度が多く見られるのだった。自分の寛容さのほとんどを兵隊文庫プロジェクトに注ぐようになってからというもの、ヴィヴはそんなふうに夜を過ごすことに以前ほど寛容でなくなっていた。

このパーティはヴィヴにとって特別に興味深いものになるはず、シャーロットはそう請け合った。「モルガン・ライブラリーで開こうと思っているのよ。あなたのイベントのグランドフィナーレへの関心を集めるのに、うってつけの場になるでしょうね」

ヴィヴは少しのあいだ呆然として前を見据えていたものの、すぐにシャーロットに駆け寄ってその体を抱きしめた。「あなたって最高」

そして今、ヴィヴは、モルガン・ライブラリー内を歩き回っていた。片手にシャンパンのグラスを持ち、視線を天井から豪華なタペストリーへ、そして優美な金のケージの向こう側に並ぶ、値段もつけられぬほど貴重な本の数々に移動させていた。

ヴィヴは知名度の高い市の職員三人と、〈ニューヨーカー〉誌と〈サタデー・イブニング・ポスト〉誌の編集者たち——両誌の読者層は大いに異なるが、そのどちらも重要だった——、ニューヨーク市長室長、気に入った政治家に惜しみなく寄付をすることで有名な四人の裕福なご婦人方と話をした。

実のある夜の興奮からほとんど幸福感に浸っていたヴィヴは、影響力の見込まれるゲスト探しを続ける前に、十分ほど休憩時間を設け、その空間をもうしばらく享受することを自分に許した。

アルシア・ジェイムズの参加の可否がイベントの成功を左右するという概念を手放してから、二週間が経過していた。そうした考えを断ち切って以来、それ以前の三週間では達成し得なかったほどの成果を上げていた。ほかの講演者ではアルシアほどの大旋風を巻き起こすことは難しいだろうが、それでもだれ一人としてヴィヴからの招待を辞退していなかった。それどころか、市外の十を超える記者たちから、入場許可証を求める手紙が届いていた。

何より注目すべきは、タフトがヴィヴのもとへならず者を送るほどに神経質になっているという事実だった。

イベント開催まで一ヶ月余りとなっていた。思い描いているグランドフィナーレを確実に実現させるためには、やらなければならないことがまだ山ほどあった。が、すべてが形になりはじめている今、皮膚の下を這うようなぞわぞわとした感覚は少し落ち着いていた。

「世界中に図書館なら星の数ほどあるのに、よりによってこの図書館に来るなんて」背後から、ハンフリー・ボガート（映画『カサブランカ』の主人公を演じたハリウッド俳優。「世界中に図書館なら……」の台詞は、当該映画の"Of all the jin joints in all the towns in all the world, she walks into mine."（世界中に酒場なら星の数ほどあるのに、どうして俺の店に来たんだ）をもじったもの）のような堅い口調でだれかが言った。振り返って見ると、そこにヘイルが立っていて、ワインの入った新しいグラスをヴィヴに差し出していた。ヴィヴは空っぽのシャンパングラスをヘイルに渡して新しいグラスを受け取った。ヘイルはごく自然な動きで、空のグラスを歩き回っているウェイターに渡した。そうしながらも、称賛するような表情をたたえた視線をヴィヴの体の上から下へと移動させた。

ヴィヴはこの日のためにお気に入りのドレスを選んできたことを喜び、顔を赤らめた。三〇年代に流行した形のドレスだったものの、そんなことは気にならないくらい着映えのするドレスだった。シルクのような真珠色の生地が、臀部の緩やかな膨らみにまとわりついていた。襟ぐりは、前面が浅く、後ろはVの字に大きくカットされていて、そのラインに沿って並ぶ小さなボタンが、背骨と戦う小さな兵士のように見えていた。スカートは挑発的なまでに太ももにぴったりと張りつき、ろうそくの明かりは、その姿を仄暗(ほのぐら)さの中に隠すより、淡い光で浮かび上がらせているようだった。

その雰囲気は、青色のスーツと糊(のり)のきいた白いシャツに身を包んだヘイルともよく似合っていた。ヘイルはもう充分に長いこと政治の世界に身を置いていて、今では、チャリティの催しに漂う高尚な空気にも、シャツの袖をまくり上げて草野球をしているときと変わらずよく馴染んでいるように見えた。

「こんにちは」ヴィヴはぼんやりとつぶやいた。かつてのように戯れや冗談を考える力は尽きてしまっていて、今では普通の会話をするのさえ難しいと感じることがあった。

「こんにちは」ヘイルは優しい口調で応じた。しかしその目は、先ほどまでの鑑賞するような目ではなかった。隠しきれないヴィヴの疲労を読み取ったらしく、案ずるような目をしていた。ヴィヴは自分が、それを隠そうとさえしていないことに気づいた。ヘイルの前では、隠さなくていいと思った。ヴィヴは今、ヘイルが自分の壁の内側に入ってくるのを許していた。そう気づいたことはヴィヴにとってあまりに不思議な感覚だったため、ヴィヴはそれをしまい込み、あとになって考えることにした。

「何か手伝える?」ヘイルが訊いた。

ヴィヴは大きく息を吐き出した。「魅了するような接し方はやめて」

「すごく簡単に魅了されちゃうんだね」ヘイルが冗談を言うと、えくぼが浮き出た。

ヴィヴの中のすべてが、ヘイルに向かって傾いていた。ブルックリンでヘイルに再会したあのとき、かつてのような磁力に引き寄せられる感覚に陥らなかったことにほとんど安堵した。これまで、怒りや屈辱、痛みが、二人の絆を消滅させていた。しかしここ数週間で、大人としてのヘイルを知れば知るほどに、二人のあいだにはあの火花が今でも存在し、再燃するのを待っているということに気づかないふりをすることが難しくなっていた。

しかし今はそれについて触れるべきときではない。今はじっと黙っているべきだ、ヴィヴはそう心得ていた。それでも、ヴィヴは疲れ切っていた。直視することができずにいる共通の歴史を避けるようにその周辺を忍び足で歩くことに、嫌気がさしていた。どのみち、その歴史は二人の会話の周辺に今でも必ず存在していて、彼らの言葉が敵対的なものに変わるのを待っていた。

「どうして返事をくれなかったの？」ヴィヴは訊いた。

ヴィヴはヘイルの不意を突いた。ヘイルは政治家で、それゆえに自らの反応を隠すことに長けていた。しかしそのヘイルが体をこわばらせ、グラスを持つ指に力がこもった。「ここではよそう」

ヴィヴは抗議しようとした。しかしヘイルが混雑した読書室の外にヴィヴを連れ出したとき、〝ここではよそう〟は〝今はよそう〟という意味ではないのだと気づいた。

ヘイルがプライバシーを確保できる小部屋を見つけると、ヴィヴは大理石の壁にもたれかかって待った。

「そのほうが、君にとって楽だと思ったんだ」ようやくヘイルが口を開いた。「返事を書かないほうが」

「楽って、何が？」

「君の人生が」ヘイルは当然のことを話すような口調で言った。「ぼくはブルックリン出身の非嫡出子だったんだよ、ヴィヴ。ぼくたちの関係は、人目を忍んだキス以上のものにはなり得なかったんだ。当時のぼくに約束されていた未来ではね」

「そんなことわからないじゃない。私はあなたのことを愛――」

「違うよ」ヘイルはヴィヴを遮って言った。「ぼくたちは子どもだったんだ、ヴィヴ」

それはフェアではなかった。ヴィヴは、自分がどのように感じていたかわかっていた。それはヴィヴにとって稀な感情で、時の経過とともにその確信はさらに強いものになっていた。ヴィヴはヘイルを愛していた。心から、強く。愚かなほどに。

「子どもなんかじゃなかったよ。あなたは二十歳だった」

「もっと分別があってもいい年齢だったんだ」ヘイルは小さく頭を振りながら言った。「そのうち君も気づいていたはずだよ。君が自分で気づかなくて済むように、ぼくが終わらせたんだ」

「怖かったんでしょう」ヴィヴはうなずいて言った。突如として、すべてが腑に落ちた。ヘイルは傷つくことを、ヴィヴに拒絶されることをひどく恐れるあまり、自分から先にそうしたのだった。ヘイルは、ヴィヴのような地位と財力を持つ人たちから、自分とは関係のない人間だと面と向かって言われ、避けられ、背を向けられることに慣れていた。ヴィヴだけが例外のはずがあっただろうか。

「ぼくは現実主義者だったからね」ヘイルは正した。自己弁護しているようには聞こえなかった。今でもヘイルは、自分の選択は正しかったのだと信じていた。「君は、ぼくを愛してると思い込んでいた。ぼくと結婚することだってあり得るって。でももしそうなっていたら、あとになって、一年か、五年経ってからかもしれない、自分の人生を見渡して君は気づくんだ。自分はもっと多くを望めたはずだってね」

ヴィヴは落胆し、ヘイルの横顔をじっと見据えた。「私のこと、もっとちゃんとわかってくれてると思ってた」

「裕福な家に生まれた人間はいつでも、自分はお金がなくてもやっていけるって思い込もうとするんだ」そう言ったヘイルの声は辛辣で、事情なら心得ているというような響きがあった。「でも現実の生活は、おとぎ話とは違う」

ヴィヴがその点について反論する前に、ヘイルはさらに言葉を続けた。「どちらにしても、あのあと君は、エドワードに手紙を書きはじめたじゃないか」

ヴィヴは驚き、勢いあまって壁に頭を打ちつけそうになった。エドワードがヘイルに、ヴィヴとの関係についてどのようなことをほのめかしていたかはわからなかった。しかしヴィヴはこれまでずっと、エドワードは実際の関係どおりの名称――親しい友――でヴィヴを呼んでいたと思っていた。しかしヘイルの顎のこわばりを目にした今、その考えを訂正することになった。

「兄から弟に乗り換えたと思ってるのね」ヴィヴは悟った。

ヘイルはヴィヴの手に視線を落とした。

「エドワードから聞いて……」ヴィヴの受けた衝撃が顔に表れていたに違いなかった。ヘイルの表情に宿っていた確信が揺らいだのがわかった。

一瞬ヴィヴは、エドワードがここにいて、生前にしておくべきだった説明をすっかりしてくれたらと願った。三人が小さな部屋の中でひしめき合い、ヴィヴとエドワードの結婚について議論しているところを想像すると、それはあまりに滑稽で、不意に込み上げてきた忍び笑いを止めることができなかった。

「何がそんなにおかしいのか、教えてくれる気はない？」ヘイルは訊いた。怒りと痛みの境界線に爪(つま)先(さき)で触れるような類の感情に、表情をこわばらせていた。

一度笑い出してしまった今、ヴィヴはそれを止めることができなかった。肩を丸め、首をすくめて笑い声を押し殺そうとした。肋骨が痛み、太ももは震えていた。最後にこんなふうに全身を使って笑ったのはいつのことだっただろう。思い出せなかった。

おそらく、エドワードといたときのことだったはず。

本物の涙が込み上げてくるのを感じた。ユーモアではなく、悲しみから生じた涙が。しかしヴィヴはそれをこらえ、わずかに息を切らしながら、もう一度壁にもたれかかった。

「夫が、私を大切にするようにって自分のお兄ちゃんを脅迫しているところを想像してたの」ヴィヴはようやく打ち明けた。今さらこの問題をうやむやにすることに意味などないのだから。真一文字に結ばれていたヘイルの口元が引きつり、笑んでいるような表情を作った。「エドワードがあなたに話してくれると思ってたの。私たちが結婚した理由をじゃなくても、私たちは恋に落ちて結婚したわけじゃないんだっていう事実を」

「出征する前、あいつが何かのことで気をもんでるのには気づいてたんだ。でも、何もかもが一瞬のうちに起こって」ヘイルは言った。「あいつはぼくに、君のことを訊く隙を与えなかった」

「私にも、あなたのことを訊かせなかった」ヴィヴは言った。エドワードへの愛情が押し寄せてくるのを感じた。エドワードは二人の板挟みになり、自分の愛する二人の人間のうちどちらかをうっかり傷つけてしまうことになるのは望んでいなかったのだ。「シャーロットには、言わないでね」

「もちろん」

「あなたのお父さまの遺言がね」ヴィヴは慎重に話した。ヘイルは、自分が得る機会を失った財産が重要なものであったかのように振る舞うことはなかった。それでも、それが慎重に扱われるべき話題であることに変わりはなかった。

「セオドア・チャイルズ」ヘイルは訂正した。「ぼくの父親は、ウィリアム・ヘイルだ」

ヴィヴはわかったというようにわずかに頭を下げた。「セオドアは当然、エドワードに莫大な財産を残したの。でも遺書には、もしエドワードが結婚せずに亡くなった場合には、財産はすべて、さまざまな慈善団体の手に渡ることになるっていう文言があった。シャーロットには何も残さなかったの」

「セオドア・チャイルズは、慈善団体には一ペニーだって寄付するような男じゃない」

「そうはならないことがわかっていたんだよ」ヴィヴは言った。「セオドアはただ、エドワードが毎晩飲み歩いているのに我慢ならなくなっていたのね。エドワードは、許されるならいつまでも独身貴族を貫きかねなかったから……」

「でも戦争が勃発した……」ヘイルはヴィヴの考えを引き取って、その言葉を終わらせた。ヴィヴはうなずいた。

「エドワードは私に頼み込むまでもなかった」ヴィヴは言った。「エドワードも私も、シャーロットを一文なしにさせるなんて、そんなことは絶対にしないつもりだった。それに、シャーロットは誇り高い女性でしょ、私からお金を受け取るはずがなかったし」

「君もシャーロットを愛しているんだね」ほんの束の間、ヘイルはヴィヴの顔をまじまじと見つめてから言った。「そうだろうと思ってたよ。でも、エドワードのことも愛しているんだと思ってた。だからぼくは、自分がどうするのが正解なのか、わからなかったんだ」

「愛してたよ」ヴィヴは手を伸ばし、ヘイルの腕をつかんで言った。「大切な友達としてね」

「あいつの口から、あいつが何を手に入れたかを聞かされたとき、殴ってやりたいと思ったよ。ぼくは……どうやらぼくは、思い違いをしていたようだ」

「あなたが私に尋ねる手段があったらよかったのに。簡単に意思伝達ができる方法があったら、誤解がすべて解けたのに」ヴィヴは冗談めかしてそう言った。積年の傷が癒え、ほとんど見分けられないほどになっていた。人生には、ひどく残酷な瞬間が時折、あるいは稀に訪れるもので、そのために恨みを抱きつづけ、人との関係を焼き尽くし、地に塩をまき、思い返してみては怒りに震えるだけということがある。一方で、人は過ちを犯すものだと、欠点があるものだと、やり直す機会が与えられるべきだと受け入れることもできる。とりわけ、そうした誤った選択が、若く、自らの内部に根づいた痛みに苦しめられているときに行われたものである場合には。

ヘイルは頭を垂れたが、その顔にはひそやかな笑みが浮かんでいた。まるでヴィヴの声に、謝罪の響きを聞き取ったかのように。「毎日、毎時間、毎分、君がいなくて寂しいと感じていたよ」

「それって」ヴィヴは息を吐き出した。最後に残っていた一抹の憤りが燃えてなくなるのが、実際に感じられた。告白そのもののためではなかった。ヘイルが自分の書いた手紙をすべて読んでいただけでなく、何年も経った今でもそれを引用できるほどによく記憶していたことを暗黙のうちに知ったためだった。ヴィヴは、二十歳のヘイルが、ヴィヴの告白になびかないよう必死で耐え、気を許せば世界は再び自分を傷つけてくるはずだと自分に言い聞かせている姿を想像した。

ヴィヴは今にも泣き出してしまいそうで、冗談を言うよりほかなかった。「ああ、よかった。これでようやく、現在の失望に向き合う準備ができた」

ヘイルのほうでも、この感情的な話題から遠ざかりたくてたまらない様子だった。「アルシア・ジェイムズは、まだ君からの連絡を無視してるの？」ヴィヴがうなずくと、ヘイルは肩をすくめて言った。「だったら、君が彼女に会いに行くんだね」

「え？」

「直接会って、話をしないと」ヘイルはうなずきながら言った。「君がなぜこんなことをしているのか、それを説明してこないと」

ヴィヴは首を振った。「そっとしておいてあげるべきでしょ」

ヘイルは目を細めてヴィヴを見つめた。「ノルマンディから君のところに届いたのと同じ報告書を、ぼくも読んだ。兵隊文庫は、取るに足りないものなんかじゃないよ」

「なんていうか、形勢が一変したみたい」ヴィヴはまつ毛の下からヘイルの目を見つめた。「私に、この計画を前進させるよう説得してるんでしょ」

「ぼくが見込みのない理想を好きだってこと、知ってるだろ」ヘイルは、小さな、しかし心からの笑みを浮かべて言った。ヴィヴはその笑みを、ヘイルが自分にだけ見せてくれるのだと信じていた。

「結局のところ、ぼくはロマンチックな魂の持ち主なんだ」

「冷酷な政治家のスーツに身を包んでるけどね」ヴィヴはからかうようにそう言ってから、もう一度真面目な表情を作った。「気にかけてくれて、ありがとう」

「我が国の青年たちのことを気にかけるのに、君がぼくに感謝する必要なんてないさ」ヘイルは言った。

「じゃあ、アドバイスをくれて、ありがとう」ヘイル自身が疲れ切っているにもかかわらず、今でもヴィヴの大義のために手を貸そうとしてくれていることが、ヴィヴにとっていかに意味のあることかを議論する代わりに、ヴィヴはそう言った。

「結局は何もかも無意味になる可能性だってある。アルシアが承諾してくれたところで、タフトは考えを変えないかもしれない」

「でも？」ヴィヴは先を促した。

「でも、君が夜に眠れるようになるには、このことに君の持てる力をすべて出し切ること以外にないと思うんだ」ヘイルはもう一度目を上げて言った。その目は暗かった。「いい戦いっていうのは、勝つことだけを指すんじゃない。世界中の人びとに、挑戦することをいとわない人間がいることを思い出させること、それをいい戦いと呼ぶこともあるんだ」

❋ 第三十六章

パリ
一九三七年二月

十二月にアルシアから届いた手紙が最後の手紙だったのかもしれない、そう疑いはじめたとき、ハンナは皮膚の下にむずがゆさが居座るのを感じた。

図書館での仕事は活力を失い、それに伴って展示会の準備も中断されていた。ハンナはもはやそれに没頭して気を紛らわすことができなくなっていた。ルシアンの店に顔を出して、レジスタンス集会を開く予定がないか尋ねてみようかとも思った。しかし、拳と銃に対して新たに抱いた感謝の気持ちをよそに、ハンナは今でも慎重だった。

内なる怒りを秘めすぎていた。その炎にガソリンを注げば、それはハンナを完全に食い尽くしてしまいかねなかった。

代わりにハンナは、ナタリー・クリフォード・バーネイのサロンへ行くことにした。その日もそこにはパトリスがいた。絵の具汚れのついた、最近恋人を失ったばかりのパトリスが。二人は暖炉のそばで一本のワインを分け合い、世に出たばかりの詩人が数行朗読したり、きれいな作家が自分の作品の一章をつっかえつっかえ朗読したりするのに耳を傾けながら、途切れ途切れに会話をした。

「フランスに残るの？」朗読がいったん休憩に入ったところでハンナが訊いた。

「私が戦争に向いてるように見える？」

的を射た返答だった。パトリスはひ弱で、華奢（きゃしゃ）だった。ハンナは、パトリスが占領中に命を落とすところを想像するという残酷な行為を自分に許した。先にそれについて言及したのはパトリスのほうなのだから。

「あなたは、戦争に向いてるわね」パトリスは顔をしかめ、滑稽なほど真面目くさった表情を作って続けた。「いつだって陰気で、いつだって戦いの準備万端で」

「そんなことない」ハンナは反論した。自分に向いているのは言葉（ワーズ）であって、戦争（ウォーズ）ではない。しかし……自分はオットーを助けるために、乱闘に飛び込んだのではなかったか。

「私のために、ナチスのやつらを殺してよ、お願いよ？」パトリスはハンナの手をそっと叩きながら言った。「カリフォルニアに行くの。ハリウッドにね、そこで有名になるの」

ハンナは忍び笑いをもらした。ちょうどそこに通りかかったナタリー・クリフォード・バーネイと視線が合った。ナタリーは小さなブルドッグを腕に抱えていた。

「あら、ハンナ」ナタリーは声を上げ、ハンナたちのほうに向かってきた。「そうそう、私ね、あなたのお友達って人に会ったのよ」

ハンナは目を上げた。「だれのことでしょう？」

「デヴロー・チャールズ」

「デヴに？」ハンナは訊いた。最後にデヴに会ったのは、数年前にハンナがパリへ発つ前にベルリンで過ごした最後の夜だった。

「そう、その人」ナタリーは言った。「彼女が言うにはね、ナチスは今パリで醜悪な映画を作っているんですって。エッフェル塔とノートルダム大聖堂を背景に使いたいからって理由で。それで彼女、今週いっぱいは市（まち）にいるらしいわよ」

「ものすごく忙しいんでしょうね」ハンナはそう言いながらも、なぜデヴは自分に会いに来ないのだろうかと訝（いぶか）しんでいた。「いつのことです？」

「そうね、三日くらい前じゃなかったかしら」ナタリーは言った。「でもね、私もあなたの知り合いだって気づいた途端、彼女、あなたは元気でやっているのかって、とても熱心に訊いていたわよ」

「図書館に顔を出すつもりなのかな」ハンナは曖昧な笑みを浮かべて言った。デヴはいつでも気まぐれな人間だったが、ハンナの働いている場所は知っていた。アルシアに住所を教えたのはデヴだったのだから。時間ができれば会いにくるのだろう。

「昔の恋人？」パトリスが訊いた。

「ううん、友達。友達だったのは、別の人生でのことだったみたいに感じるけど」

「旧友に」パトリスはそう言ってグラスを掲げた。最初のボトルを空けると、二人は続けてもう一本開けた。ワインと戯れが、ハンナの皮膚の下のむずがゆいところを引っかいていた。

そもそもアルシアが手紙を送ってくるなどとは予想すらしていなかった。それなのに、手紙がこなくなったことがどうしてこれほどまでに気がかりなのか、自分でも理由がわからずにいた。

パトリスが〈ル・モノクル〉——パリで一番有名なレズビアン・バー——に行こうと提案してきたとき、ハンナはためらわなかった。二人は踊り、甘くて泡の多い酒を飲んだ。そして意味なく笑い声を上げながら千鳥足でハンナの部屋に向かった。

やがて二人は汗まみれで浅い呼吸を繰り返しながら、シーツの中でもつれ合った。パトリスが帰ったほうがいいかと訊いたとき、ハンナはその下唇に親指を押し当て、そっとなでながら、眠るようにと言った。

しかしハンナはパトリスに寄り添って体を横たえることも、一緒に夢の甘い安堵に浸ることもしなかった。起き上がり、体にシーツだけを巻きつけて窓際まで行くと、建物の向こうに太陽が顔を出すのを眺めていた。

そして考えた。デヴロー・チャールズは、本当はどんな目的でパリにいるのだろう。

ハンナは、デヴローがパリにいるという考えに心がむしばまれないよう努めた。デヴは今では世界的に有名な女優になっていて、パリに姿を現してもなんら不思議ではなかった。ハンナがパリに引っ越してからしばらく、二人は互いに手紙を出し合っていた。しかしデヴの生活スタイルに文通はふさわしいとは言い難かった。離れた国に住む友人たちにありがちなことではあるが、やがて二人のあいだの連絡は途絶えていった。

おそらく理由はそれだけではなかった。デヴは今でもナチスのもとで働き、キャバレーにいたころのデヴが容赦なく嘲笑していたような映画に主演し、脚本を書いていた。それでも一九三三年の春は、今とは違っていた。

気にはならないの？ 一度、アルシアにそう訊かれたことがあった。もし自分がアルシアに向き直り、「気になる」と答えれば、そしてアルシア自身も、ナチスのプログラムでちょうどデヴと同じような役割を与えられていることを指摘すれば、アルシアはそれを自分への非難だと受け取って、夜の闇に姿を消していたことだろう。

実際のところ、ハンナは、あの数ヶ月間で最も親しくしていた友人たち二人がそろいもそろって、厳密に言えばドイツ帝国の賓客であるという事実にやきもきしていた。

今のハンナであれば、そうしたことを黙って見過ごすことなどできなかっただろう。しかし当時は、それが全き現実のように思えた。ヒトラーが首相に就任できたのは、穏健派たちが彼をコントロールできると考えたからだった。当時政治に関心を持っていた大多数の人間が、ヒトラーは注目されることなくやがて世間から忘れ去られるものだと、彼の常軌を逸した言動は赤々と燃え盛りはするものの、すぐに鎮火するものだと信じていた。

それに、ナチスが、憎しみと偏見の言葉を祖国に広めてくれるという期待を込めて招いたアメリカ人を改心させることは、反政府的であり、心地よくもあった。

アルシアは、国会議事堂の放火後間もなく、自ら進んでナチスの人間と時間を過ごすことをやめた。ハンナにとって、アルシアがベルリンにいる理由を忘れるのは難しいことではなかった。

しかしデヴは……。

デヴはやめなかった。ナチスの手中から容易に逃れられるだけの金も名声も手にしていたにもかかわらず、デヴはやめなかった。

オットーには、デヴがパリにいることを知らせずにいた。このところオットーは、酒を飲みすぎ、阿片窟（あへんくつ）に出入りし、喧嘩を探してほっつき歩き、顎に消えかけのあざのある状態で図書館にやってくることでハンナの気をもませていた。

そのことについて訊くと、オットーは、自分を赤ちゃん扱いするなと言い、それから数日間は巧みにハンナを避けて過ごすのだった。やがてハンナは訊くのをやめた。

それでも、心配するのをやめることはできなかった。

まったくの偶然、あるいは運命のいたずらかもしれない。それから一週間後、ハンナとオットーはデヴに鉢合わせすることになった。

その午後、二人はセーヌ川左岸をのんびりと散歩しながら過ごし、気の向くままに店に立ち寄ったりしていた。太陽が昇りはじめていて、少々暑すぎた。ハンナがカフェで休憩しないかと提案しようとしたとき、オットーが突然立ち止まった。その目は通りの反対側に向けられていた。

「あれって……」オットーは視線の先をじっと見据えていた。「嘘だろ、間違いない」

ハンナがオットーの視線をたどると、そこにはそう、栄華を極めたデヴロー・チャールズの姿があった。シックなパンツと、思わせぶりに肩から落として羽織った黒いトップスで人を魅了するその姿は、目を留めずにいるほうが難しいほどだった。着る人によっては肌を土気色に見せてもおかしくない色を身につけていたにもかかわらず、それは彼女の肌の純然たる白さを引き立たせるだけだった。

大きなサングラスをかけ、短い髪の毛を頭の形に沿って後ろになでつけるという定番のヘアスタイルをしていた。

オットーはすぐに駆け出し、車が来ていないことをさっと確認しただけで通りを渡り切ると、デヴの体を抱え上げて熱烈な抱擁をした。

ハンナはより落ち着いた足取りでオットーのあとを追った。

「それにハンナも」デヴはハンナに気づくと、サングラスを頭の上に押し上げて言った。「考えてみればそうよね。オットーの行く場所には必ずハンナがいて、逆もまた然（しか）りよね」

かつてであれば、その他愛ない軽口を笑って聞いていただろう。しかし今、デヴの言葉には遊びがなく、棘（とげ）があるように感じられた。

「デヴロー」ハンナは応じた。「どうしてパリに？」

「他人行儀ね」デヴはハンナの肩を小突きながらからかうように言った。「人がパリに来る目的は何かって？　パリそのものに決まってるじゃない、ダーリン」

そのとき、デヴがハンナの背後にさっと視線を向けた。ハンナはデヴの体がこわばっていることに気づいた。今にもその場から逃げ出そうとするかのように、体を半分傾けていた。

「どのくらいいる予定？」オットーが訊いた。

「残念だけど、私たち、今夜発つの」デヴは赤い唇をわずかに突き出して言った。「今度来るときには、私を夕食とダンスに連れ出してくれなくっちゃ。昔みたいにね」

「私たち？」ハンナは訊いた。

デヴはたじろいだ。ほとんど感知できない程度にではあったものの、ハンナは注意深くデヴを観察していた。

「ごめんなさい、もう行かないと」デヴはそう言うと、二人に一瞬だけぞんざいな別れのキスをして去っていった。

数軒先の店からナチス将校の制服を着た男が出てくるのを眺めながら、ハンナは頬に触れ、そこに残る口紅の痕を拭った。

デヴは男の腕に腕を絡ませ、男の言った何ごとかに頭をのけ反らせて笑った。

一度たりとも、二人のほうを振り返ることはなかった。

第三十七章

ニューヨーク市
一九四四年七月

ヴィヴが勇気を奮い起こしてブルックリンにある〈禁じられた本の図書館〉を再び訪れることができたのは、侵攻から一ヶ月が経過してからのことだった。

アルシア・ジェイムズを探しにメイン州を訪れるという計画が、ヴィヴを突き動かしていた。作家に話をしにいく前に、図書館員の協力を仰ぐことができるという確実な代替案の準備を整えておきたいと考えたのだった。

つまり、図書館員に頼み込むべきときがきたということだった。

〈ブルックリン・ユダヤ人センター〉の最寄りの地下鉄の駅を出ると、遅い時間であるにもかかわらず空はまだ明るかった。そろそろ図書館員が仕事を終えるころだった。当然ヴィヴは図書館員に出くわしたいと思っていたものの、心のどこかでは、見つけられないことを願っていた。

幸か不幸か――ヴィヴには決められなかった――、ヴィヴが通りを渡ったちょうどそのとき、図書館員が階段を下りてきた。

そしてヴィヴに気づくと一瞬足を止めた。が、再び歩き出し、二人は歩道で挨拶を交わした。

「これって、これからも頻繁に起こるって思っておいたほうがいいわけ？」図書館員は訊いた。

「一切招待されていないのに、私があなたの職場に突然現れることが、ですか？」ヴィヴは重々しい口調にならないように訊いた。「迷惑だったら言ってください、もうしません」

「そうは言ってないんだけど」図書館員は警戒するような声で言った。「たぶん私、あなたがずっと詮索するような態度でいるのが気になっているんだと思うの」

　ヴィヴは片方の肩を持ち上げて言った。「友達がほしいんじゃないかな、と思って」

「もっとましな言い訳して」図書館員はそう言いながらも、その口調には楽しんでいるような響きがあった。

「そう思ったのは嘘じゃないんです」ヴィヴは言った。「でも、そうですね、それじゃ真実の全貌とは言えませんね」

「でしょうね」その言葉からは、経験に裏づけられた確信が感じられた。ヴィヴは、この女性に圧倒されたというだけの理由で、思わずその場ですべてを諦めてしまいそうになった。「だったら、その真実の全貌とやらを教えてくれない？」

「まずはお茶でもどうですか？」ヴィヴは提案した。その言葉を聞くや否や、図書館員は歩き出した。ヴィヴは嘘をついていたわけではなかった。ヴィヴは、図書館員と一緒に時間を過ごすことが本当に好きだった。

「タフト上院議員の参加するイベントで、話をしてもらいたいんです」近くのカフェに入り、席に着くや否やヴィヴが口火を切った。

　図書館員は目を瞬かせてヴィヴを見た。「もう一度言ってくれない？」

「すごく大変なお願いをしていることはわかっています」ヴィヴは矢継ぎ早に続けた。「わかってるんです。でもあなたが参加してくれたら、このプロジェクトは今より人の心を惹きつけるものになると思うんです」

「あなたはそう言うけど、私にはまだ、その関係性がよく理解できていないの」図書館員は言った。ヴィヴを傷つけようとしているのではなく、むしろ傷つけまいとしているようだった。「私のしていることと、あなたの兵隊文庫との関係性がね」

ヴィヴはイベント全体の重みを肩に感じながら、唇を舐(な)めた。
「最初にあなたの図書館を訪れたとき、私は、この戦いをどうやって前に進めたらいいのかわからない状態でした」ヴィヴは告白した。「でもあなたは、この戦いがどうしてそれほどまでに重要なのかということを、言葉で表現してくれたんです。私たちは……私たち人間は、互いに話を伝え合うのが好きですよね？　人間は、洞穴(ほらあな)の中で、円形劇場の中で、グローブ座（英国ロンドンで一五九九年に開場された公衆劇場）の中で、キッチンで、それにキャンプファイアを囲んで、塹壕(ざんごう)の中で、ずっとその行為を続けてきたんです。世界中のどの文化も、国も、どんな種類の人びとも、物語を伝えるんです。人は物語をささやき、歌い、紙切れに書き記してきました。そしてその行為はいつだってずっと、これから先もずっと、人間らしさを構成する、消し去ることのできない要素の一つなんです」タフトを前に繰り広げる自分の講演内容を練り上げるのに、あまりに多くの夜を費やしていた。不意にそのことを自覚したヴィヴは、顔を赤らめ、紅茶に視線を落とし、そこから目を離さなかった。「私が図書館に足を踏み入れたとき、あなたが、まるで物語の守護者のようにそこに立っていて、私はただただ……」ヴィヴは思い切り息を吸い込んだ。「私がタフトに挑んでいる戦いは、ちっぽけで、政治的なものに見えるかもしれません。でも私がこのことにこだわっているのは、これまでずっとこだわってきたのは、物語に込められた思想を守りたいからなんです。物語は、私たちがお互いを理解するのを助けてくれて、自分たちのことや世界のことを理解するのを助けてくれます。人生における最も暗い日々にさえも、ただ生き延びる以上の意味を持たせてくれます。あなたが図書館と本について語るとき、それはそのまま、あなたが世に送るメッセージになります。いつだってそうです」

図書館員は一瞬だけ間を置き、ヴィヴの話が終わったかどうかを見極めようとしているようだった。
「私をそのイベントに引っ張っていくよりも、あなた自身でその話をしたらいいんじゃないかしら」

ヴィヴはわずかに早口になって言った。「私はこのイベントの作者であって、登場人物じゃないんです」それから自嘲的な笑みを浮かべて図書館員の顔を見やった。「それに、私はもう何ヶ月ものあいだ、このことをずっと訴えつづけてるんです。でも一向に進展がない。私は、語られるべき物語ではないみたい」

「それで、私はそうだって思っているわけ？」図書館員は言った。

ヴィヴにとってその答えは、奇妙と思えるほど明白だった。「あの夜は、どんなふうでしたか？」ヴィヴはもう一度訊いた。前回彼女を訪れたときと同じ反応を呼び起こせることを期待して。「焚書(ふんしょ)の夜は」

図書館員は首をかしげた。訝しみつつも、協力はいとわない様子だった。「湿っていた」

ヴィヴの口角が上がった。「その質問に同じように答える人が、どのくらいいると思います？」

「一万人くらい？」図書館員は言った。

ヴィヴは首を振った。「いいえ、そんなにはいないはずです。ゲッベルスなら〝成功を収めた夜〟、あるいは〝愛国的〟と答えるでしょう。レジスタンス活動家たちは〝悲惨だった〟、そう答えるでしょう。そしてドイツ人学生は〝熱狂的〟と。だれが話すかによって、だれが物語を伝えるかによって、答えは大きく違うんです」

「それで、〝湿っていた〟っていうのが、より正確な物語だって言いたいわけ？」

「いいえ」ヴィヴは苛立(いらだ)ちながら言った。「あなたの回答は、あの夜をあなた自身の物語にするんです。そしてそれを聞いたとき、人は、その物語が偽りのないものであると感じるんです」

図書館員はしばしヴィヴの肩の向こう側の一点をじっと見据えていたが、ようやくため息をつくと、もう一度ヴィヴに視線を合わせた。

「何をしたらいいの？」図書館員は訊いた。ためらいがちな口調だったものの……〝ノー〟ではなかった。交渉の余地はあるということ。

「七月末に予定しているイベントで、講演をしてもらいたいんです。嫌でなければ、いくつかの取材も」すべてをシンプルに、それでいながら壮大なものとして伝えられるよう、ヴィヴは必死で説明した。「講演者たちに、物語の語り手のような役割を担ってもらおうとも考えているんです。最初に、このプロジェクトについて説明する図書館員たちが登場して、次に負傷した兵士たち、その次に作家たち、そしてあなた。それから……」

ヴィヴの声が次第に小さくなると、図書館員は眉を上げて訊いた。「それから？」

「その、理想を言えば、なんですけど、私はこのイベントを、あなたと、それから兵隊文庫の作家さんの一人で終えたいと考えています。その作家さんも、あの焚書の夜にドイツにいたんです」

図書館員が口を開いたとき、彼女の何もかもが、声までもが鋭くなっていた。「それって、だれのこと？」

「アルシア・ジェイムズです」

図書館員は椅子の背にもたれかかり、目を大きく見開いた。「だれって言ったの？」

「アルシア・ジェイムズです」図書館員には最初からちゃんと聞こえていたはずと知りつつも、ヴィヴは繰り返した。「アルシア・ジェイムズは、アメリカでけっこう有名な作家なんです。でもアメリカでは、公の取材に応じたこともなければ、どんなイベントにも顔を出したことがないんです。だからこそ、もし彼女が来てくれれば、かなり注目されることになると思うんです」

ヴィヴは図書館員の複雑な感情の揺れまでは読み取ることはできなかったものの、その顔がくしゃっと歪むのを目にした。最初ヴィヴは、図書館員は泣いているのだと思い、慌ててハンカチに手を伸ばした。しかしすぐに、その女性からこぼれてくるのが涙ではなく笑い声だと気づいた。制御されていない、空虚な笑い声だった。その声は彼女を、冷たい美しさを持つ女性から、ひどく魅惑的な女性へと変えていた。

図書館員が笑いをこらえられるようになるまでにしばし時間が必要だった。落ち着きを取り戻したあとでさえ、目頭の涙を拭いながら、幾度か忍び笑いをもらした。

「あの、大丈夫……」ヴィヴはその質問をどう終わらせるべきかわからなかった。どう見ても彼女は大丈夫だった。しかし実際は、大丈夫ではないのかもしれなかった。

「ごめんなさいね」図書館員は言った。そしてもう一度、気持ちを切り替えるように笑うのをやめた。笑いの波が過ぎ去った今、咳払いを一つして気持ちを落ち着けようとしているらしかった。「世界って、途方もなく、この上なく小さいんだなと思って」

「アルシア・ジェイムズを、ご存じなんですか？」ヴィヴは戸惑いながら訊いた。もしそれが事実であったとして、図書館員の反応はそれに見合うものではなかったから。

「そう言ってもいいかな」図書館員はつぶやいた。それから紅茶を一口すすると、意を決したように言った。「チャイルズさん、いいわ。あなたの物語になりましょう」

ヴィヴの中で勝利が清々(すがすが)しく弾けた。今しがた本当は何が起こっていたのだろうかという疑問は、口外されずヴィヴの中にとどまることになった。「よかった」

「いよいよ自己紹介しなくちゃならないときが来たみたいね」図書館員は言った。ヴィヴは、名を知らぬという謎に別れを告げるのが惜しいような気さえした。しかし当然、謎が明かされるほうがあらゆる点において重要だった。そしてその謎はまだ、うずきとして残っていた。図書館員は手を差し出し、かしこまった形で自己紹介をした。ヴィヴがその手を握ると、図書館員は言った。「お会いできて光栄です。ハンナ・ブレヒトです」

第三十八章

ベルリン
一九三三年五月

ディードリッヒはブーツをはいた片足を上げた——おそらくは、地面に横たわるアルシアの首を踏みつけるために。そこへハンナが現れた。アルシアの体を引っ張って立ち上がらせると、保護と匿名性を求めて群衆の中に引きずり込んだ。

「考えなしのおばかさん」ハンナはつぶやいた。苛立っているようにも、愛おしさを噛みしめているようにも聞こえた。「さあ、こっち」

二人ともずぶ濡れだった。霧雨はいつしか激しい雨に変わっていて、炎に投下される順番を待つ本たちを守っていた。二人は駆け出した。お祭り騒ぎをしている人たち——彼らの情熱の炎は、この悪天候によってもそぼ濡れることがなかった——のあいだを縫って、今しがたの経験から受けた衝撃に頭がぼんやりしているという以外に特別な理由もないままに忍び笑いをもらしながら、通りを駆け抜けていった。

アルシアは部屋の鍵を開けると、大急ぎでハンナを引き入れた。二人は途方に暮れて見つめ合った。不意に、アルシアが再び笑い声を上げた。今度は明るく、自由で、くつろいだ笑い声だった。

「私さっき、本当にやっちゃったの?」アルシアは放心状態で言った。そこでようやく、先ほどつかんできた本をまだ胸に抱えていることに気づいた。

『不思議の国のアリス』。

「本当にやっちゃったの」ハンナが言った。アルシアと同じだけ衝撃を受けているようだった。

アルシアは本を脇に置いた。「タオル、持ってきてあげる」それからハンナのドレスの状態を確認して、口をすぼめた。「服も、ね？」

「私の体に合わないかも」ハンナはからかうように言った。

「かもね」アルシアはため息まじりにそう言うと、自分の長くない脚を見下ろした。「ああ、せめて火をおこさなくちゃね」

「そうだね。でもそれって、古き共和制を焼き尽くして、ドイツ帝国の不死鳥を誕生させる火だったりする？」ハンナは抑揚のない調子で訊いた。

アルシアはにやりと笑いながら首を振った。「信じられない、思い上がったやつらだと思わない？」

「それがやつらの最も悪い特徴」ハンナは暖炉の火をおこしながら重々しい口調で言った。

アルシアはハンナを見ていた。ハンナの動く様子を、濡れたドレスが臀部の曲線を包み込む様子を、黒っぽい髪が青白い顔にかかる様子を。

それからハンナに背を向けると、タオルと着替えを取りにいった。

二人は床に座った。互いの太ももと肩が触れていた。炎をじっと見つめながら、アルシアが食器棚の奥に隠していた、わずかに残っていたウォッカを飲んだ。ウォッカが二人を饒舌にしていた。

「あいつに恥をかかせたね」ハンナは言った。「あいつ、ずっと忘れないと思うよ」

「私、この国を出るの」アルシアは自分自身に言い聞かせるように言った。そう口にするだけで胸が痛むようだった。この国の人たちから、この国から逃げることを案じていたのではない。そうではなく、離れることにアルシアが心を痛めていたのは……。

「遅すぎるくらいだよ」ハンナは言った。「でも慎重にやらなくちゃ」

「わかってる」アルシアは唇を舐めた。「それより私……あなたのほうが心配」

「アダムのせいでしょ」ハンナは言った。アルシアの考えを察するのは難しいことではなかった。

「アダムの話し方を聞いていると、不安になるの」それは今にはじまったことではなかった。アルシアとハンナはそのことについて頻繁に話し合い、アダムの怒りを鎮める方法を考えようとしてきた。しかし、口に出して言ったことはなかったものの、アルシアはハンナのこともひどく心配していた。「アダムの計画していることがどんなことであれ、あなたがそれに巻き込まれるんじゃないかって、私怖くて。あなたがアダムのそばで破滅するのが、怖いの」

ハンナはただ、炎をじっと見つめていた。

アルシアは警告を続けた。今ではアルシアは、おそらくハンナが気づいているよりもずっとよく、ハンナの気持ちを読めるようになっていた。「ハンナ」

ハンナの口が開き、また閉じた。

「ハンナ」アルシアは両手でハンナの両手を握った。「だめよ。近づきすぎちゃいけないわ。殺されるようなことをしないようにアダムを説得することも重要だけど、巻き込まれて……だめ、あなたはだめよ」

「でも弟なの」そう言ったハンナの態度があまりにも淡々としていて、アルシアはハンナの体を揺さぶりたくなった。

「そしてその弟は、正しい考え方をしていない」アルシアは言った。「あなたにもわかってるでしょ」

ハンナは後ろめたそうな表情を見せた。

「何か、したの？」アルシアは訊いた。胸が締めつけられ、部屋中の空気がなくなったように感じられた。

「アダムのあとをつけたの」

手に視線を落としたアルシアは、自分がハンナの両手をきつく握りしめていることに気づき、手の力を緩めようとした。が、指が、言うことを聞かなかった。「ああ、嘘でしょ。ついていったって、どこに？」

「〈ホテル・アドロン〉。ブランデンブルク門の近くにあるホテル」ハンナの声はどこか遠くから響いているようで、自分が話していることを自覚していないかのような口調だった。

そのホテルには聞き覚えがあった。外交行事の開催地として使われることから、〝小スイス〟と呼ばれることのあるホテルだった。アルシアは小さく罵りの言葉を口にした。

「アダムが何をしようとしているのかはわからない」ハンナは正直に話した。「でも、その場所っていうのが怖くて」

アルシアも怖かった。世界の首脳陣がそこで顔を合わせる。ナチスの指揮官たちが、そこで顔を合わせる。

どれほどアダムのことを気にかけていたところで、アルシアが優先すべきはアダムではなかった。

「あなたはそこに近づいちゃいけない」

「アダムを黙って死なせるわけにはいかないの」ハンナは言った。その目には、まだこぼれていない涙が浮かんでいた。「だって、こうする以外に、どうしていいかわからないの」

「生きていればアダムは、あなたが気にかけてくれていることに気づけるわ」アルシアは言った。今この瞬間にハンナにかけてあげられる言葉は、それですべてだった。ハンナや友人たち、それにレジスタンスの仲間たちはみな、筋道を立ててアダムを説得しようとしてきた。が、それが無駄であることは明白だった。ある時期から、みな、アダムが最後には正しい決断をすると信じるよりほかなくなった。「だれかが気にかけてくれていることを知るのは、アダムにとっていいことよ。それに気づければ、ばかなことを思いとどまるかもしれない」

ハンナは何も言わなかったが、その話題を終わらせようともしなかった。二人はしばらくのあいだ、じっと炎を見つめたままでいた。

ようやくアルシアが咳払いをした。胸のうちにあることを言っていいものか、決めかねている様子だった。しかしどのみち世界は炎に包まれる運命にあるのだ。「あなたにも、知っていてもらいたいの。あなたを気にかけている人がいるってことを。私は……私が気にかけてるってことを。あなたにもしものことがあったら、私は心を痛めることになる」

ハンナが息をのむ音が聞こえた。そしてその瞬間ようやく、我に返ったように見えた。ハンナはアルシアの手を取ると、その手首を自分の口元に近づけた。そしてアルシアの目から視線を離さずに、そこに唇を押し当てた。「私は平気。約束する」

アルシアの胸の中で何かが解きほぐれた。理由は説明できなかった。あの夜キャバレーで感じた恐怖を思い出し、同じものを自分の中に探そうとした。しかし見つかるのは、喜びと、興奮のざわめきばかりだった。

アルシアはこれまでの人生を、常に恐れを感じながら生きてきた。しかし、いじめっ子の目の前に立ち、〝ノー〟を突きつけ、体を押しつけ、押しつけられ、それでも生き延びた今、それ以上に恐ろしいものなど何もないように思えた。

この市（まち）に到着したとき、アルシアは、存在すらしない別の自分になろうともがいていた。ベルリン版のアルシア・ジェイムズになりたがっていた。しかし今ならわかる。自分以外の何者にもなる必要などない。

アルシアは立ち上がり、手を差し出した。

ハンナは息を吸い込んだ。美しい金色の瞳が、大きく丸く見開かれた。

驚いていた。

アルシアの耳の奥で、心臓が拍動するのが感じられた。思い違いをしていたのかもしれない、一瞬、そう思った。

が、ハンナはアルシアの手のひらに自分の手のひらを滑り込ませると、アルシアに手を引かれるままに立ち上がり、導かれるままにベッドに向かった。

アルシアはベッドに腰掛け、膝でハンナの太ももを挟んだ。ハンナは腰を折り、ディードリッヒの暴行によってできたあざの残るアルシアの顎を包み込んだ。親指でアルシアの頬骨をそっとなぞり、問うような表情でじっと待った。

「いいよ」アルシアは息を吐き出した。ハンナの唇がアルシアの唇に重なった。アルシアの言葉は、二人のあいだに着地する間も与えられずにのみ込まれた。

ゆっくりとしたキスだった。アルシアが思い描いていたものとはあまりに違っていた。最初は挨拶を交わすように、そっと唇を押しつけ合うだけだった。しかしそれはやがて濃度を増し、ハンナの舌が滑り込んできて、アルシアの口蓋（こうがい）の天井を這うように移動した。すべてが熱く、滑らかだった。ハンナはアルシアを包み込んだ。ハンナが唇を離さぬままアルシアの体を仰向（あおむ）けに横たえると、雨とオレンジの微かな甘い香りがアルシアを包み込んだ。

アルシアは自分の腰にかかるハンナの腰の重みを喜びとともに感じながら、マットに身を沈めていった。両脚のあいだから湧き上がる喜びを追いかけるように、ふくらはぎが上がり、ハンナの太ももに絡みつき、その体をさらに自分に近づけようとした。

ハンナのキスが穏やかになり、アルシアの下唇を噛んだ。刺すようなわずかな痛みにアルシアは背中をのけ反らせ、喉の奥から声を出した。「お願い」

アルシアには、自分が何を欲しているのかさえわからなかった。しかしハンナは理解した。唇を這わせながら下へ向かい、首へと移動し、開いた口を細い鎖骨に押しつけながら、片方の手はアルシアの体を上に向かってたどっていき、胸を包み込んだ。

ハンナの触れるあらゆる部分がうずき、アルシアはうめくような声をもらした。

「静かに、スイートハート」ハンナはささやいた。アルシアは、愛撫（あいぶ）のようなその呼びかけの温かさに身を沈ませた。この女（ひと）に体をばらばらにされたい、そう思った。この女（ひと）なら、その体を元に戻してくれると信じられたから。

やがて感覚はぼやけ、充分すぎるようにも、物足りないようにも感じられた。ハンナは時に優しく、穏やかで、また別の瞬間には、欲しがりで、挑発的だった。アルシアはまるで、踊りながらそのダンスを身に覚えさせているかのようだった。

すべてが静まると、二人は向き合う二つのカンママークのように顔を見合わせた状態で、アルシアの狭いベッドに横たわった。膝同士がそっと触れていて、手は互いの手を愛おしそうになでていた。

今やハンナはアルシアの物語の一部となり、アルシアの人生というタペストリーにしっかりと織り込まれていた。アルシアがこの国を去ったあとも、ハンナは消えずに残りつづけるだろう。

アルシアはハンナの下唇を指でなぞりながら言った。「私たちみたいな人間に、幸せな結末（ハッピーエンド）は訪れるの？」

そんなことを言おうとしたのではなかった。自分とハンナが〝いつまでも幸せに暮らしました〟という結末を望み得るなど、自分自身にさえ言うつもりはなかった。二人は遠く離れた別の世界に住んでいて、その事実は当分変わりそうもないのだから。

それでもこれは、このようなものが存在するのだという事実は、アルシアがはじめて経験することだった。その質問が、考える間もなく口をついて出たのは、そのせいだった。

「訪れるよ」ハンナはささやいた。その言葉はアルシアをしっかりと包み込んだ。ちょうど先ほど、ハンナの香りがアルシアを包み込んだのと同じように。「複雑な結末かもしれない。でも、だからって幸せが小さくなるわけじゃない。実際、複雑だからこそよりいいって、私はそう思ってる」

「絶対に？」アルシアは約束を迫った。

「絶対に」

太陽がすっかり昇りきるまで、二人はそうして漂っていた。アルシアがようやく眠りに落ちかけたちょうどそのときだった。激しいノックの音が聞こえてきた。

アルシアは体を起こすと、ドアに目を向けてからハンナを見た。ハンナは、アルシアがベッド脇の椅子にかけておいたシャツを身につけているところだった。

その唇はきつく結ばれていた。「出ないと。じゃないと、向こうが入ってくるよ」

アルシアは可能な限り素早く服を身につけると、ハンナが人に見られても平気な姿であることを確認してからドアに向かった。

ドアを開けると、ディードリッヒがそこに立っていて、拳を振り上げていた。その目はアルシアを通り越し、ハンナの立っていると思われる場所に向けられた。瞬時に、その表情が怒りで歪んだ。

思わず後ずさりしたアルシアは、そこでようやく、彼の背後に並ぶ褐色シャツ隊員たちに気づいた。

第三十九章

パリ
一九三七年三月

ハンナにとってパリは故郷ではなかったものの、そこに人脈がないわけではなかった。

ハンナは周囲の人間に、デヴロー・チャールズについて尋ねて回った。みなに共通する意見は、その美しい女優はナチスに寝返ったということだった。

一九三二年最後の数ヶ月と、三三年の初頭を思い起こそうとした。突如として、当時の思い出が、べたべたと甘ったるく、ひどい悪臭を放つものとして蘇った。キャバレーで過ごした夜々もあれば、レジスタンス集会に参加した夜もあった。大学に夢中になったが、失踪した学生たちや、ユダヤ人だという理由のためだけに退学になった友人たちもいた。景気回復の気配が漂っていたものの、通りでは、小競り合いの結果として人が亡くなることが当然のこととして受け入れられていた。

今になって考えてみると、どのようにしてデヴローに出会ったのかが思い出せなかった。おそらく、友人の友人のまた友人、そんなところだろう。デヴローはひどく華やかで、冷笑的で、そして世知に長けた女性に見えた。ナチスに対する彼女の侮辱的な言動は、大っぴらで、婉曲(えんきょく)的でさえなかった。それにデヴローは、ドイツ訪問の資金を提供してくれる存在としてナチスを利用していること、しかしながら彼らの味方についているわけではないという事実を隠そうともしなかった。

一九三三年当時、そうしたことは暗黙の取引として理解されるような風潮があった。

ヒトラーを権力の座に押し上げたのはそうした人びとだったのだ、今ハンナに考えられるのはそのことばかりだった。ヒトラーが彼の周囲に配置した不快極まりない男たちは、間違いなく今起こっている悲劇に加担していた。しかしながら、一見まともそうに見える人びとも同罪だと言えた。ヒトラーの嫌な部分を、目をつぶって受け入れさえすれば、その男の成功が最終的には自分たちの利益になると考えたのだから。

「私にわかるのは、〈ホテル・マジェスティック〉に滞在しているということだけよ」ハンナがデヴとの邂逅（かいこう）について尋ねると、ナタリーはそう答えた。「十六区にあるホテル。私には、もうじき発つんだって言っていたけどね、昨晩、〈ル・シャ〉で彼女を見かけた人がいるのよ」

「デヴについて、何か耳にしたことはありませんか？」ハンナは軽い好奇心から訊いているような口ぶりで言った。頭蓋骨の後ろにうずくような感覚をもたらし、この一連の質問を問いつづけさせるものがなんであるのか、自分自身にさえ説明ができずにいた。

「ナチの娼婦（ピュタン）」ナタリーは躊躇（ちゅうちょ）なく答えた。ハンナはまだ流暢（りゅうちょう）にフランス語を話すことができなかったものの、それでも〝娼婦〟などのような言葉は、外国に到着した人間が最初に覚える単語の一つだった。「ナチスの映画を作って、ひっかけられる中で一番位の高い男と寝ているんですって。そうやって男たちのあいだを行ったり来たりして、彼女を褒めそやす新聞記事を次々に書かせているの」

「それを読んだアメリカ人たちは、ナチスをより自然に受け入れるようになる」ハンナは一連の考えを引き継ぎ、終わらせた。ナタリーはうなずいて同意を示した。

「熱心な勧めなどなくても、多くのアメリカ人が受け入れるようになるわ」

「世界中の多くの人たちも同じでしょう」ハンナは反論した。ナタリーはそれに対してもうなずいて応じた。

「あなたが彼女の知り合いだったなんて、驚きだわ」

「彼女を知っていたのは、別の人生だったような気がしています」そう言いながら、ハンナの意識は過去へと舞い戻っていった。

不意に、過去の記憶に潜んでいた何かが意識をとらえた。歩道にうずくまり、目に涙を浮かべて、**私じゃない**とつぶやいているアルシアの姿だった。

日曜日の朝、ハンナは〈ホテル・マジェスティック〉の前にいた。ジャケットのポケットにしまい込んだオットーの銃の重さを体の片側に感じながら、巨大な建物の外の一角を当てもなくうろついていた。

そのホテルは、パリのほかの建築物と同じような建物だった。デザインはこれ見よがしで派手であったものの、外観は市中にあふれるあの落ち着いた白大理石の色だった。市全体を混じり合わせ、いつまでも記憶に残る一つのぼんやりとした塊のように見せる、あの色だった。

一時間かそこら待ったころ、艶のある黒いメルセデスベンツが滑り込んできて、そこからデヴローが歩道に飛び出してきた。明らかに昨晩から着ていたと思われる、体にぴったりと張りついた光沢のあるドレスは、スカートの片側がめくれ上がって太ももがあらわになっていた。

ナチスの制服に身を包んだ男が、同じようにふらつく足取りでデヴローに続いた。どちらもまだ酔いが覚めていないようだった。

二人は耳障りで大きな声を上げて笑った。ホテルのロビーを出入りする人たちは彼らを見て、憤慨して顔をしかめたり、面白がってにやにやと笑みを浮かべたりしていた。

ハンナは目をつぶり、ばか、どうかしてる、そう自分を罵った。しかし、首を一度縦に振り、意を決した。

ハンナは、ブリーフケースを持った年配の男性二人の後ろに身を潜めてデヴたちのあとを追った。

幸運にも、デヴがエレベーターのオペレーターに、呂律の回らない舌で部屋番号を告げるのが聞こえる距離まで近づくことができた。四階。

ハンナは階段を探すべく裏の廊下へと回った。そして一瞬だけ時間を割いて、パンツと歩きやすい靴を履いてきたことに感謝した。

途中、一人の女性とすれ違ったが、女性は振り返ってハンナを見ることなく通り過ぎていった。それでも、ハンナ自身が、自分は一体何をしているのか、何をするつもりでいるのかと問うていた。デヴの部屋番号を知っているからといって、何かが変わるわけではない。おそらくは性交中の、デヴとナチの恋人のいる部屋に押し入りでもしない限りは。

しかしそうした考えもハンナを思いとどまらせることはなかった。歩みを進め、四階のドアまでたどり着いたところで足を止めた。そしてエレベーターが到着したことを告げる音が聞こえてくるのを待った。

その手は銃のグリップを握りしめていた。

自分は本当にこんな人間だろうか？　この武器で、一体何をしようというのか？　そもそも何を疑っているのだろう？　わからなかった。唯一わかっていることは、この金属を指で包み込むことで、力が湧き上がり、一九三三年のベルリンで、自分の世界が粉々に崩壊したあのとき以来感じたことのなかった力が体の中心に集まってくるのを感じるということだった。

ハンナは階段から廊下に出た。

二人の姿は見えなかった。しかし彼らが通ったあとに、デヴの風鈴のような笑い声が、不快な香水のように消えずに残っていた。ハンナのなすべきことは一つ。その声をたどることだけだった。

角を曲がったところで、二人の姿を認めた。

デヴは部屋のドアのそばの壁に背中を押しつけていて、恋人のナチはデヴの首元に顔を埋めていた。デヴは上げた太ももを恋人の胴回りに巻きつけ、片手をその髪に絡ませ、彼の顔がより密着するように頭をのけ反らせていた。

ハンナが音を立てたわけではなかった。それは確かだった。しかし唐突に、デヴの視線がハンナに向けられた。その目はハンナが想像していたように酒で鈍ってなどいなかった。それどころか、はっきりと冴えていて、鋭かった。その視線が銃に落ち、それから再びハンナの顔に戻ってきた。次の瞬間、そこには、何もかもを理解したような厳然たる表情が宿っていた。

デヴは男の髪をつかむと、巧みな動きで部屋の中へと押し入れた。男がハンナの立っているほうを振り返ることはなかった。そしてさらに重要なことに、男は、ハンナが二人に向けてきつく握りしめている銃を振り返ることはなかった。

男がよろめきながら部屋の中に入ると、デヴはドアを閉めてそのドアに背をもたせかけた。そして目を細めてハンナをじっと見据えた。「わかっちゃったのね」

実際、ハンナにはわかっていなかった。しかし、手持ちのカードを捨てたくはなかった。「どうしてあんなことをしたの？」

デヴは息を吸い込み、そして吐き出した。そして廊下に視線を落としてから、もう一度ハンナを見た。「ここじゃだめ」

「どこならいいの？」

「屋上」デヴは天井を見上げて言った。

「どこだって、私があなたと一緒に行くと思う？」

デヴは落ち着き払った確固たる歩調でハンナの脇をすり抜けていった。途中、ハンナのそばで立ち止まると、身をかがめてその耳元にささやいた。「考えてもみて、上で私を殺すほうがよっぽどやりやすいじゃない」

ハンナはデヴについてエレベーターに向かった。

第四十章

メイン州　アウルズ・ヘッド
一九四四年七月

問題は、列車の標識が嘘をついたことだった。

標識には〝アウルズ・ヘッド〟と書かれていて、そこが最寄りの駅であることは一目瞭然だった。が、どうやらその標識の〝最寄り〟の定義は、ヴィヴの認識とは大きくかけ離れていたようだ。

ヴィヴはもうすでに一時間近く、どこへ通じているともわからぬ未舗装の道を歩いていて、今にも叫び出さんばかりだった。踵だけでなく、何キロメートルも延々と歩くことになるとわかっていれば、もっとずっと慎重に荷造りしてきたはずのスーツケースを引っ張る手にも、水ぶくれができていた。

これ以上は涙をこらえられそうにない、そう判断したところでようやく体を休めることにした。スーツケースを地面に下ろすと、その衝撃で舞い上がる砂埃を気にも留めずに、その上に腰を下ろした。泣くものか。

少なくとも、それだけはずっと自分に言い聞かせていた。

駅へ引き返し、ニューヨーク行きの列車に乗り込み、今日という日を一切なかったことにしようかと思っていたちょうどそのとき、エンジンの排気音を耳にした。

ヴィヴは両手を握りしめて感謝の祈りを捧げると、立ち上がり、それがだれであれ、こちらに向かって走ってくる赤い小さなトラックに乗っている人物に手を振り、車を止めにかかった。

それがだれであれ、水分不足、あるいは歩きすぎのために命を落とすよりはましなはず。

裾をまくって片脚をちらりと見せる必要すらなかった。フォード車はヴィヴのすぐそばまで来て止まった。運転手がベンチシート越しに腕を伸ばして窓を下げた。

「どうしました？」運転手は言った。

メイン州の男と聞いてヴィヴが想像するとおりの人物だった。体が大きくがっしりしていて、伸びすぎたひげと熊のような手をした男。

言葉を発しようとしたが、喉が土や砂で覆われていた。いかに美しくないかを知りながらも、ヴィヴは咳をしてそれを吐き出した。それからふさふさのまつ毛が、唾を吐き出すという無粋な行為を帳消しにしてくれることを願いながら、わずかに頭を下げて窓から車内をのぞき込んだ。

「アウルズ・ヘッドは？」

運転手はヴィヴのひどいありさまを面白がっている様子だった。「このまま三キロちょっと道を行ったところだよ」

「嘘でしょ」ヴィヴは無意識のうちに悪態をついた。が、すぐに運転手がドアを押し開けた。

「乗って」運転手は小さく手を振って言った。

ヴィヴは信じられないほどのありがたみを感じながらひびの入った革のベンチシートに乗り込むと、スーツケースをたぐり寄せて車内に引き入れた。「ご親切な方、あなたは私の救世主です」

「あんたの脚でもたどり着けてたと思うけど」

「かもしれません」ヴィヴは言った。「でもその脚は今、間違いなくあなたに感謝してます」

「近そうに見えるけど、駅からは意外と遠いんだよな」運転手はちらりとヴィヴを見やって言った。

「ニューヨークからか」

「そんなにわかりやすいですか？」ヴィヴはそう訊きながらも、自分がニューヨーカーであることが一目瞭然であることは自覚していた。旅行にふさわしい服装をしてきてはいたものの、それでもやはりまだ着飾っていた。服は上質でおしゃれで、髪型とメイクに関してはなおさらだった。

「ジョーだ」男はヴィヴの質問には答えずにそう言うと、たこのできた手を差し出した。ヴィヴはその手のひらに自分の手を滑り込ませた。

「ヴィヴィアンです」ヴィヴもジョーにならって堅苦しくない調子で応じた。

「何が目的でアウルズ・ヘッドに？」ジョーが訊いた。わだち道を通っているにもかかわらず、羨ましいほど自信たっぷりに運転していた。

「アルシア・ジェイムズを探しているんです」

「あーあー」ジョーはやじるように言った。「そういう連中の一人か」

「違います」ヴィヴは反論した。自分が、興味本位で作家を見つけ出そうとしているような人間だと思われていることが腹立たしかった。「私は実際に彼女と仕事をするんです」

「実際に仕事を」ジョーは嘲るように繰り返した。そのアクセントはヴィヴのものとは似ても似つかなかった。ヴィヴは、自分のほうを見ていないジョーがそれに気づくことはないという事実をよそに、ジョーに向かってしかめ面をした。「だったら、彼女とどんな実際の仕事があるっていうんだよ」

「あなたにはまったく関係ないことですから」ヴィヴは言い返した。

「彼女の弟でありマネージャーである俺には、関係あると言いたいね」ジョーはそう言うと、ヴィヴにきざな笑みを投げかけた。「それとも引き返して、あんたを駅まで連れ戻そうか？」

ヴィヴはシートに頭をもたせかけた。「小さい町ってこれだから」

「いつだってお見通しさ」ジョーは同意して言った。

「捨てられちゃう前に、せめてどこかで昼食をとらせてもらえません？」ヴィヴは訊いた。

ジョーはヴィヴを、大きな通りが一本と、住宅以外には何もない小さな通りが数本あるだけの、古風な趣のある町に連れていった。トラックから降りると、海の雄叫(おたけ)びが聞こえてきた。ヴィヴはこの場所に魅了されていることを認めざるを得なかった。

「俺の店」ジョーは、車を止めた目の前のパブを顎で示しながら言った。

店内はすべて黒っぽい革と高級感のあるマホガニー材で統一されていた。美しいバーカウンターが店の奥まで続いていて、背もたれの高いボックス席がいくつかあり、手入れの行き届いたテーブル席が残りの空間を飾っていた。

「フィッシュ・アンド・チップスで？」ジョーが尋ねると、ヴィヴはうなずいた。二人とも、ヴィヴにはほかに選択肢がないことを、そしてとにかく食事を欲していることがわかっていた。

料理がくると、ヴィヴは喜んでそれを食べた。ギトギトのフライドポテトは今まさに体が欲しているものだったし、魚は油が気にならないほど新鮮でおいしかった。

指を舐めていることに気づいてはじめて、ヴィヴは自分がどれほど空腹だったかを思い知った。

「さてと」ジョーがバーカウンターに寄りかかり、クロスを投げるようにして片方の肩にかけながら言った。「充分時間をあげたと思うけど。俺の姉と、何がしたいんだ？」

ヴィヴは説明した。兵隊文庫について、タフトの修正案について、これから行われるはずの検閲について、さらにはDｰデイについてまでも説明した。それだけでなく、ヴィヴがこれまで耳にしてきたあらゆることについて説明した。

「アルシアさんなら変化を起こせる、心からそう信じているんです」ヴィヴは残りの物語を仰々しく説明したのち、弱々しく話を終えた。

ジョーは一瞬ヴィヴをじっと見据えてから、どこかへ歩いていった。フックから分厚いパイントグラスを引っつかむと、そこに泡だらけのビールをなみなみと注いだ。そして一息で半分の量を飲み干してから、ヴィヴのそばへ戻ってきた。

「姉がどんな経験をしてきたか、知ってるんだろう？」

それは心の底から出た質問のように聞こえた。ヴィヴは正直に答えようと思った。「想像でしかありませんけど」

「俺は戦えないんだ」

ヴィヴは突然の告白を疑問に思ったりはしなかった。このところ人びとは、突如として妙なことを口にする。そこでヴィヴはただうなずいた。「そうなんですね」

「戦いたかったよ」ジョーは続けた。「でも、よりによって喘息でさ」

「お辛いでしょうね」ヴィヴはジョーをなだめるつもりはなかった。置いてきぼりにされた青年たちがどのような苦しみを経験するか、ヴィヴは故郷ですでに目にしていた。当然、外国に駐留する兵士たちは、より大きな苦しみを経験している。それでも、戦地へ行けなかった青年たちの痛みを、なかったことにすることはできなかった。すでにあまりに多くを失った年寄りや若い女性たちから向けられる視線に耐えねばならぬ青年たちの痛みを。ヴィヴは、ある少年が、戦地に赴いていないという理由でひどく非難されるのを見たことがあった。ヴィヴには、彼が片目を失明していることがわかっていた。とにかく青年たちを砲弾の餌食にしたがる人間が一定数いたし、また別の人びとは、一見健康そうな若者が、自分の家族よりも有利な立場にあるのを目にし、湧き上がる感情をどう処理していいのかわからず苦しんでいた。

「アルシアはナチスを憎んでる」ジョーは言った。ヴィヴは、彼のその話し方の特徴に気づきはじめていた。とりとめのない考え方が、また別のとりとめのない考えに続く、そんな話し方だった。

「みんなそうじゃありません?」ヴィヴは言った。

「いいや」ジョーのその容赦のない率直さに、ヴィヴは異論を口にすることができなかった。少なくとも、ナチスが吐き出す憎悪に満ちた主張に賛成するアメリカ人も存在することは確かだった。

「私は憎んでいますよ」ヴィヴはジョーを観察しながら言った。「私が真剣だってことを証明するために、何をしたらいいでしょう?」

「何もする必要はないさ」ジョーは言った。「わざわざこんな遠くまで足を運んだんだ。あんたに挑戦する権利を与えるよ」

ヴィヴは安堵からストゥールに沈み込んだ。「ありがとう」

「アルシアに会えるまで、感謝はいらないよ」ジョーは、店の奥のビールサーバーのところで作業をしているニキビだらけの少年に合図してから言った。「行こうか」

「今から？」ヴィヴはそう訊いたものの、すでにストゥールから飛び降り、バッグをつかんでいた。ジョーは少年に呼びかけて店を見ているよう頼んでから、アルシアと一緒に店の外に向かった。ジョーがトラックを指し示すと、ヴィヴは再びそこに乗り込んだ。移動中の車内は静かだったが、緊張感が漂っていたわけではなかった。運転席側も助手席側も窓が開いていた。ヴィヴはそれまで海のにおいをかいだことがなかった。コニーアイランドでならあったが、それは純粋な海のにおいとは違っていた。

ここでは、空気中に混じった塩の味を感じることができた。波の音がセイレーンの歌声のように響いていた。道は黒い崖に続いていて、ヴィヴは永遠に眺めていられると思った。これほどまでに自分をちっぽけに感じたことがあっただろうか。

地の果てかと思われるところに、一軒のコテージが立っていた。ピンクや紫、黄や白の花がその周囲を取り囲み、絵画に命が吹き込まれたかのような光景だった。

「終わったら、アルシアから俺に電話をかけさせるか、だめなら自転車で戻るしかないな」ジョーは頭を振って、自転車が立てかけてあるフェンスを示して言った。ヴィヴはここまでの道のりのことを思い、アルシアが自分を追い返す前に――そうするつもりであるのならば――せめて電話の使用を許可してくれたらと願った。

「ありがとう」ヴィヴはそう言ってから、両手に勇気を集めてトラックから降りた。

ジョーは車をバックさせながら一度クラクションを鳴らした。ヴィヴは顔をしかめた。ヴィヴが今ここにいることを隠すものは何もない。これからどんな言葉を口にすべきか、その準備をためらっている余裕はなかった。そんなことを考えているあいだにも、窓にかかるカーテンがわずかに動いた。今行くか、でなければ二度と行くことはない。ヴィヴは玄関ドアの前に立ち、拳を振り上げてドアを叩いた。

ほとんど間髪入れずにドアが開いた。

そこに立っていたのは、小柄で、豊かな髪の毛を肩のあたりまで垂らしている女性だった。かわいらしい丸い顔をしていて、わずかにそばかすがあった。そうした特徴が、彼女を三十六歳という実年齢よりも若々しく見せていた。

「何が望みだとしても」アルシア・ジェイムズは言った。もう長いこと喉を使っていなかった人間のように、しゃがれた声をしていた。「答えは〝ノー〟です」

次の瞬間、ヴィヴの目の前でドアが大きな音を立てて閉まった。

第四十一章

ベルリン
一九三三年五月

アルシアが連行されたのは、窓のない小さな部屋で、そこに漂う腐敗臭は耐え難いほどだった。殺風景なむき出しの壁を目の前に、呼吸がだんだんと浅くなり、やがて世界が針の穴ほどの大きさになるまで縮小していった。

アルシアをアパートメントの部屋から引きずり出した男たちは、彼女を強引に椅子に座らせた。アルシアの体は、まるで抵抗できないぬいぐるみの人形のように、男たちの力の言いなりに動いた。

自分自身を現実に引き戻そうと躍起になり、太ももの上で握りしめている指を一本一本数えていった。一、二、三……。これは現実だ。悲惨な悪夢などではない。

不意に、広場の中央に立つ聖アンデレ十字に縛りつけられていた男の姿が脳裏に浮かんだ。男は意識がなく、その足元ですすり泣く女の顔には、飛び散った男の血の痕が残っている。

ナチの顔には、わずかばかりの慈悲も浮かんでいなかった。

アルシアの額が、机の冷たい金属に押しつけられた。何もかもが痛んだ。

ディードリッヒが傲然(ごうぜん)たる足取りで部屋に入ってきた。悪どい笑みがその表情を歪めていて、アルシアには想像もし得なかったほど醜い顔を形作っていた。

「おまえがぼくを辱めることなど、できると思っているのか?」ディードリッヒは、低く、抑揚のない声で言った。抑制された声であるがゆえに、よりいっそう不気味だった。「おまえが。ごく平凡な、無知なアメリカ女が」

アルシアは怯まないよう努めた。アルシアには、ディードリッヒが恋愛対象として自分に興味を持ったことなど一度もなかったのだとわかっていた。すべてはアルシアを言いなりにさせておくための嘘だった。それでも、最初の数日間に胸の中で羽ばたいていた蝶たちの亡霊が、自身の愚かさを辛辣なまでに思い出させるのだった。アルシアは顔を背けて歯を食いしばった。

「おまえにはすごく親切にしてやったはずだ」ディードリッヒは腰の後ろで手を組み、狭い部屋を行ったり来たりしながら続けた。一、二歩進んでは引き返すことを繰り返さねばならず、今のような状況でなければ、その光景は滑稽に見えたことだろう。今のように、恐ろしい勢いで神経がすり減っていく中、どうにか正気を保つようにと必死でなければ。「おまえが人生で求め得るあらゆるものを、おまえには夢に見ることしかできないようなものを見せてやっただろう」ディードリッヒはそこで立ち止まると、自身を指し示しながら言った。「おまえには手に入れることを夢見ることしかできないような人間を」

「あなたをほしいと思ったことなんてない」アルシアはどうにか言葉を絞り出した。言葉を発しただけでなく、ディードリッヒに侮辱を浴びせることまでできた自分を誇らしく思った。両手が震えていた。しかし、それでもやったのだ。

ディードリッヒは一瞬のうちにアルシアのそばまで移動すると、親指と人差し指でアルシアの顎をつかみ、無理やりに目を合わせようとした。「おお、ペットのアルシアよ」そして甘い声で言った。

「そんなのが嘘だってことは、ぼくにも君にもわかっているじゃないか」

昨日であれば、アルシアは怖気づいていたことだろう。しかし昨晩、アルシアの中で何かが開花していた。自分に備わっていることすら気づかずにいた力に火がつき、その炎が、自分の礎の一つだと信じるようになっていた恐怖心を焼き払った。

「私の頭は、そのきれいな仮面に舞い上がっていたかもしれない」アルシアは可能な限りの辛辣さを言葉に織り込もうと努めながら言った。「それでも、その仮面の下の怪物がいかにおぞましいか、私にもあなたにもわかっているはず」

ディードリッヒは、無力な拳で攻撃してくる子どもを相手にするように笑った。そしてアルシアが何かを発した事実などなかったかのように続けた。「それなのに、君はどうやってぼくに応えた？あのユダヤの娼婦といちゃつくことで応えるなんてな」

アルシアは息を吸い込んだ。「彼女は、あなたより百倍は人間らしいわ」

ディードリッヒはアルシアの顔を握る手にさらに力を込めた。ディードリッヒの内面で激しい怒りが煮えたぎるのがわかった。が、拍子抜けしたことに、ディードリッヒはすぐにアルシアを解放すると、わずかに後退して壁に背を預けた。

耐え難いほどの沈黙が続き、アルシアはふとドアを見やった。そろそろ手下の悪漢たちを呼び入れて、気絶するまで自分を殴らせるつもりだろうか。あざだらけで血だらけの自分の体が床に転がるのを想像し、胃が上下した。あるいは、もっとひどい状態にされるのかもしれない。彼らなら、さらに悲惨なことをやってのけるはず。「私に何をするつもり？」

その質問こそ、ディードリッヒがずっと待っていたものらしかった。今では骸骨のように見えるその顔に、不穏な笑みがおもむろに広がった。邪悪さが、愉快そうな顔を模写したような不気味な顔を形作っていた。「何も」

その返答に安堵するべきだった。が、振り下ろされることはないと約束された拳が飛んでくるのを待つかのように、アルシアの全身はこわばっていた。「どういう意味？」

「アメリカから来た友を傷つけるようなことは絶対にしないんだよ」ディードリッヒはまだるっこい口調で言った。「おまえは体に傷ひとつない状態でこの国を去る。大使館の人間に訊かれたら、そう答えられるようにな」

アルシアは首を振った。内に潜む危機感が、消えることを拒んでいた。「わからない。だったらどうして、私をここに連れてきたの？」

アルシアは、アパートの部屋で、自分の背後に立つハンナを見た瞬間のディードリッヒの目の表情を見逃さなかった。あの怒りは政治の範疇(はんちゅう)を超えていた。ディードリッヒのような男が、屈辱を黙って受け入れるはずがなかった。アルシアを無傷で放免するはずがなかった。

これは友人宅への訪問などではない。単なる軽いお仕置きのはずがなかった。恐怖に頭が混乱していた。ディードリッヒが何を企(たくら)んでいるのか、アルシアにはわからなかった。

「おまえを男たちのところに投げ込んでやろうかとも思ったんだ」ディードリッヒは一言一言に冷めた侮蔑を込めて言った。「でもだ、どう考えたってこっちのほうがずっと面白い」

「どういう意味？」アルシアは、最後にもう一度不敵な笑みを見せてからドアに向かって歩き出したディードリッヒの背中に向かって声を上げた。答えが得られないとは知りながら、繰り返した。「どういう意味？」

小さな部屋のむき出しの壁に反響して聞こえてくる自らの声だけが、その質問に答えていた。

彼らはアルシアを十一時間収容していた。

一切れのパンと一杯の水が与えられ、付き添われて二度トイレに行った。

下級党員たちはだれ一人として、アルシアの質問にも、要請にも、半狂乱の懇願にも応えなかった。周囲を取り囲む壁が拍動し、両肩をかすめんばかりに迫ってきた。すえたかびのにおいが肺を苦しくしていた。苦しみの中、アルシアは目を閉じて、キャバレーで一緒に踊ったハンナのことを思った。ハンナの指がアルシアのあらわになった背中に触れ、心地よいパターンをたどるのを、そしてその目が静かで真剣であったことを思った。

アルシアはそうした瞬間をきつく胸に抱きしめ、その瞬間を吸い込み、吐き出そうとした。何日とも思えるほど長い時間が経過したのち、褐色シャツの男たちが間に合わせの独房のドアを開け、アルシアを廊下に引きずり出した。

視界の隅に暗闇が迫ってきて、心臓が胸郭の中で危険なほど大きく傾いだ。頭蓋骨の内部で甲高いサイレンが鳴り響き、目の中でいくつもの小さな点が破裂し、星になった。両手両脚の感覚がなかった。

やつらは自分を殺すつもりだ。アルシアはそう確信していた。

まぶたの裏で、人生が走馬灯のように流れていった。弟。アウルズ・ヘッドの崖。冬のマーケットで見た豆電球、本。ハンナがアルシアの顔に日陰を作りながらそばに座っていた、春先のあの日。昨晩、肌を温めた暖炉の炎。

死にたくはなかった。

アルシアは男たちに全体重を預け、天井に向かって悲鳴を上げながら引きずられていった。建物のロビーに着くころには喉がひりひりと痛んでいた。そこへ来て男たちはアルシアを解放した。思いがけず自由が与えられ、アルシアは床にくずおれた。男たちは一言も発することなく背を向けて歩き去った。

アルシアは慌てて立ち上がろうとしたものの、脚に力が入らず、頭はあまりに重く感じられ、胃には不快感があった。よろめきながらドアまでたどり着き、頼りない指で取手をつかむと、どうにか、やっとのことでそれを押すような形になり、外に出た。

悪臭を放つ恐怖と責め苦の名残に汚染されていない空気を吸い込んだ。

不意に、何者かの手がアルシアに触れた。アルシアはすくみ上がって後ずさりした。

しかしその手は柔らかく、優しく、丁寧だった。アルシアは目の前にある顔に焦点を合わせようと瞬きをした。

見えてきたのは、金色の温かい目だけだった。

あらゆる部分から力が抜け、アルシアは息を吐き出した。そしてハンナの頼もしい腕の中に身を沈ませた。

「アルシア、どうかお願いだから、どこも傷ついていないって言って」ハンナは必死で執拗ながら、どこか人を落ち着かせるような口調で言った。「何をされたの？」

アルシアは首を振りながら、感覚を失った唇を動かそうと、無駄な言葉を口にする以外のことをしようとした。

「何も？」ハンナは訊いた。「何も」そしてやっとのことでそう言った。その両手はまだアルシアの体を探り、骨折はないか、打撲傷はないか、裂傷はないかを確認していた。

アルシアは、急速に乾いた唇を舐め、なぜとはわからぬものの、緊張して答えた。「何もされていないの」

「でも、それじゃあ……」ハンナの声は次第に小さくなった。まるでアルシアのことが信じられないかのように、アルシアの言葉を額面どおりに受け取ることができないかのように。

「どうしてか、わからないの」アルシアは頭の中に立ち込める靄が晴れることを願いながら、ささやき声で打ち明けた。何かがおかしかった。しかしその正体がわからなかった。胸が張り裂けんばかりの不安を抱えた表情で自分を見つめるハンナを前に、何がおかしいのか考えることができなかった。

「待っててくれたのね」

「当然じゃない」ハンナはこらえきれずアルシアを抱きしめた。その力強い両腕は、口には出さずともアルシアが喉から手が出るほど欲していた癒しを与えてくれた。「あなたが連れていかれて……どれだけ怖かったか、あなたにはわからないでしょうね」

アルシアはハンナの首の温かく柔らかいところに顔を埋め、永遠にそこにとどまり、今日という日を、あのおぞましく圧倒的な恐怖を、そしてそれに続いて訪れた〝無〟を思い出す必要がなくなるよう願った。「ディードリッヒは復讐してくるはず、あなたはそう警告していたよね」

「それなのに、何もしてこなかったの?」ハンナはもう一度尋ねた。その胸からはごろごろという音が発せられていた。アルシアを抱く腕を緩めることなく、その体を自分の体にぴったりと寄り添わせ、両手でアルシアの背中にゆっくりと円を描いていた。

「何も」アルシアはおもむろに答えた。「こっちのほうがずっと面白い、そう言っていた」

「何がずっと――」

叫び声が二人を遮った。オットーだった。オットーの、ハンナの名前を呼ぶ声だった。

まだ半ブロックほど離れたところにいたにもかかわらず、その叫び声は二人の注意を引くのに充分なほど大きかった。アルシアは心ならずもハンナの抱擁から身を離し、二人はオットーを迎えるべく声のするほうに体を向けた。

オットーの首や頬がひどく紅潮していた。いつもであれば無造作に見えるようにセットされている髪が、つかんで引っ張られたかのように逆立っていた。ようやく二人のそばまで来たオットーは荒い息をしながら腰を折り曲げた。

「オットー?」ハンナは訊いた。冷静に警戒する、ハンナらしい態度だった。アルシアは思わずハンナの硬直した姿勢と同じ姿勢を取った。よくないことが起こっているのは明らかだった。

「アダムが連行された」

「どうやって?」ハンナは息を吐き出した。

「わからない。わからないいんだ」オットーは上体を起こしながら言った。大きく見開かれたその目は、焦点が合っていなかった。

「アダムがどこにいるか、だれも知らなかったはずなのに」ハンナの口から言葉が迸った。その事実を口にすれば現実を変えることができる、そう信じているかのように。「〈ホテル・アドロン〉からは出ていたの？」

「いいや、アドロンのロビーで一騒ぎ起こしたんだ」オットーは頭を左右に振りながら言った。「俺の耳にも届いたのは、そのせいだよ。ナチスのやつらがアダムを部屋から引きずり出してたって」

「でもアダムの居場所はだれも知らない――」

ハンナはそこで言葉を切ると、アルシアに視線を向けた。

その目はアルシアの顔に釘づけになり、やがてその背後に、先ほどまでアルシアがナチスに収容されていた建物に向けられた。それからその目はアルシアに舞い戻った。まるで、アルシアの体にはあざも傷もなく、完全に無傷で無事であることを改めて確認するかのように。

アルシアはハンナの一連の思考の陰でよろめいた。絶望と不安のために鈍った頭は、この会話を続けられるほど俊敏には動いてくれなかった。「違う」

「アダムがどこにいるか、知ってたよね」ハンナは言った。「私が教えたんだから」

オットーが不規則に息を吸い込む音が、三人のあいだに流れる空気を切り裂いた。オットーは何も言わなかった。

「違う、違う」アルシアは震える手でハンナの手をつかんだ。ハンナはたじろいで後ずさりした。アルシアは握りしめた両手を自分の胸に当てた。膝が崩れることを、歩道に倒れ込んでしまうことを恐れた。「ディードリッヒはすでに知っていたのよ、知っていたに違いないわ」

「どうやって？」その質問は、疑わしき点を好意的に解釈するつもりで発せられたものではなかった。それは平手打ちとして振り落とされたのだった。判断はすでに下されていた。

喉が危険なほど痙攣していたものの、アルシアはどうにか考えようとした。「ディードリッヒは……」そしてハンナの目に視線を向けた。「自分で私のことを痛めつけるよりも、こっちのほうがずっと面白い、そう言ってたの。すでにこのことを計画していたのよ、ハンナ」

しかしアルシアは完全にハンナを失っていた。ハンナの言葉がコンクリートのファサードに叩きつけられるのを見れば、その事実は明白だった。わずかばかりの柔らかさも、優しさも、出会った瞬間からハンナが自分に向けてくれていた愛情も——そのことに気づけたのは今になってようやくのことだったが——感じられなかった。

「お願い」アルシアは、何をするつもりでいるのかさえ自分でもわからぬまま、よろめきながら前に歩み出た。しかし再びハンナは後ずさりした。その顔の細部に至るまで、軽蔑の色が浮かんでいた。

「触らないで」ハンナは今にも唾を吐きかけんばかりだった。唾を吐きかけられたほうがまだまし、アルシアは思った。ハンナのその言葉はアルシアを直撃し、肌を切り裂き、〝傷〟をつけた。まさにそうした〝傷〟こそが、アルシアに欠けていたものだった。解放されたアルシアの体に〝傷〟さえ残っていれば、それがそのままアルシアの無実を証明するはずだったのに。

「私じゃない」それがアルシアに発することのできた唯一の言葉だった。身を守るように両腕を腹に巻きつけ、こぼれることを許さずにいる涙のせいで視界がぼやけていた。こぼれ落ちてしまえば、ハンナはそれを罪の意識だと理解するだろう。

オットーがようやく前に歩み出ると、ハンナの肩に腕を回して自分のほうに引き寄せた。そしてアルシアこそが今まさに欲している慰めを、ハンナに与えた。それからその長い指をアルシアに突きつけて言った。「俺たちに近づくな」オットーは、アルシアにはわからぬ呼び名でアルシアを呼んだ。それはアルシアの骨に焼き印のように刻みついた。

娼婦、反逆者、雌犬。その三つをかけ合わせた呼び名だろうか。しかしそんなことは重要ではなかった。嫌悪というものは、言語を超えて伝わるものだから。

「ハンナ、行こう」オットーはささやいた。ハンナは青ざめていて、オットーの支えなしにはまっすぐに立っていることさえもままならないといった様子で、オットーに体重を預けていた。

「アダムが連行された」そう言ったハンナの声はあまりに小さく、唇だけが動いていて、そこからはなんの音も発せられていないかのようだった。それでもアルシアには聞こえていた。「私が、アルシアに教えた」

アルシアは震える息を吸い込み、神を求めた。その場に立ち尽くし、自らの世界が崩壊していくのを眺める以外のことをさせてください、そう願った。

そのとき、頭の中でハンナの声が響いた。**これはあなたの問題じゃないの。**

アルシアのあらゆる部分が、ハンナに向かって手を伸ばし、その腕をつかみ、自分のことを信じさせたがっていた。嫌というほどハンナと話をして、間違いに気づかせ、ナチスにはアダムの居場所を知る別の方法があったはずだと認めさせることを、心から望んでいた。

しかし現状を考えれば、これはアルシアの問題ではなかった。

アルシアは身を退かせた。体が、自らの重みで崩壊しそうだった。「ごめんなさい」

ハンナもオットーも、それを自白の証としての謝罪だととらえるだろう。しかしそれでもかまわなかった。アルシアは後悔していた。これまでに起こったあらゆる出来事を、後悔していた。ディードリッヒに出会ったことを、ナチスの嘘を信じたことを、そもそもこの市(まち)に来るためにナチスの金を受け取ったことを。拷問されてアダムの居場所を暴露したわけではなかった。それでも、彼が捕えられたことに自分が一切加担していないと言い切れるだろうか。

ディードリッヒはこれをアルシアへの罰として画策したのだから。そのことについては疑いの余地がなかった。そしてそれはアルシアに始まってアルシアで終わるのだから。

唯一後悔していないことは、ハンナに出会ったことだった。世界が終わりに向かっていた。今になってようやく、アルシアは、ほかの人びとが本能的に把握しているらしいあることを理解できるようになっていた。愛は必ずしも激しいものとは限らない。カフェのテラスでワインを飲んでいる静かな瞬間も、汗のにじむ肌に触れる優しい指先も、書店の本棚を縫って踊りながら上げる笑い声も、言葉がなくとも理解し合える視線の交わりも、愛だった。

自分を見据えるハンナの顔に浮かぶ傷ついた表情が、アルシアに深く、いつまでも消えることのない傷を刻みつけた。たとえ百歳まで生きながらえたとしても、その瞬間自分に向けられたハンナの表情を忘れることは決してないだろう。

ハンナに見限られたことの重みが両肩にずっしりとのしかかり、アルシアの脚はついに動かなくなった。あまりにあっという間の出来事で、膝が路面を打つまでは、自分が転倒していることに気づかなかった。あざができるに違いない。今そのあざが目に見えたらいいのに、アルシアはそう願った。

「私じゃない」アルシアはもう一度つぶやいた。自分を見下ろして立つ二人に――報復の天使であるオットーと、打ちひしがれた天使であるハンナに――顔を向けることができなかった。

「嘘なら、愚かにもそれを信じる人間のために取っておくんだな」オットーはそう言うと、ハンナを引き寄せた。「さあ行こう、こんなやつ、信じるに値しないさ」

「そうだね」ハンナは静かに同意した。「信じるに値しない」

第四十二章

メイン州　アウルズ・ヘッド
一九四四年七月

結局ヴィヴは自転車で村まで戻ることになった。戻ってきたヴィヴの姿を目にしたジョーは、トラックのボンネットに片手をつかなければならないほど激しく笑った。

ヴィヴは、自分が無様で、よりいっそう分厚い埃をかぶったように見えているに違いないと想像した。

ジョーはヴィヴにパブの二階にある部屋を使わせてくれた。次の日、ヴィヴは自転車でアルシアの小さなコテージに向かった。それから次の日も、またその次の日も、向かった。

タフトのイベントの準備のためにニューヨークに戻らなければならない期限まで、あと二週間足らずだった。ヴィヴは持てる時間をすべて使い切るつもりでいた。

五日目、アルシアがヴィヴにコーヒーを出してくれた。それからすぐにいつものようにヴィヴの顔の前でドアを閉めたが、それでもそれはヴィヴにとって勝利と言えた。

その晩ヴィヴはパブで悦に入っていた。ジョーはそんな姿を見てあきれたように頭を横に振ったものの、その顔には小さな笑みが浮かんでいて、ヴィヴはそれをまた別のいい兆候だと受け取った。

八日目、日がすっかり沈みはじめたころ、アルシアが外に出てきた。小さなガーデンベンチで本を読んでいたヴィヴがその場で立ち上がると、アルシアは崖のほうを頭で示して言った。「一緒に来て」

ヴィヴは顔がにやけるのをどうにかこうにかこらえた。

二人は無言のまま崖沿いを歩いた。無理に会話をしようとするべきではない、ヴィヴはどこかでそうわかっていた。

二十分が経過したころ、アルシアが、ヴィヴが小脇に抱えていることさえ忘れていたペーパーバックを顎で示して言った。「何を読んでるの？」

「『虚栄の市』です」ヴィヴはアルシアが会話のきっかけを作ってくれたことに興奮し、落ち着きをなくして答えた。「兵隊文庫の、六月のリストに入っていたんです」

「私のと一緒にね」アルシアは物思いに沈んだ。「面白いの？　まだ読んでないの」

ヴィヴは考えた。「私は、面白いと思います。『主人公のいない小説』という副題がついているんですけど、それってこの小説にぴったりな警告だって気がするんです」

「好ましくない人物たちばかりが登場するってこと？」アルシアは訊いた。

「好ましくないというか、少なくとも、欠陥のある人物たちが」しばしの思案ののち、ヴィヴは言った。「でも、欠陥のある人物のほうが、ずっと興味深いって私は思います。きっとあなたもそうでしょう」

「私の本を読んだのね」

それは質問ではなかった。「読みました」

「だったら、永遠に続くお世辞を聞かせてくれるんでしょう？」アルシアは催促するように言った。顔が歪み、不快そうな表情に変わった。

「きっとお世辞なら、もう一生分聞かされてきたんじゃないですか」ヴィヴの言葉にアルシアは眉を上げて応じた。

「だれかに頼み事をするときには、先に相手のご機嫌を取っておくほうがいいと思うけど」アルシアは言った。その言葉とは裏腹に、承諾を示しているかのような口ぶりだった。

「お世辞ではあなたの心を動かせませんから」

でも、好奇心をくすぐれば。アルシアの次の言葉が、ヴィヴが正しかったことを証明した。「だったら聞かせてもらおうじゃない、あなた、私の何を知ってるっていうの？」

　ヴィヴの鼓動が速まった。もしこれに失敗したら、最初で最後の機会を失うことになる。「あなたは、お世辞がほしくて書いたわけじゃなく、悔悛のために書いたんですよね」

　アルシアは急に動かなくなった。自分の体を両腕で抱きしめ、ヴィヴの顔をじっと見据えた。その目は大きく見開かれ、ほとんど傷ついているようにさえ見えた。

　アルシアが何も言わずにいるのを見て、ヴィヴは続けた。「人は、悔悛したことで褒められたいなどとは思わないものです。許されたい、そう思うものです」

　アルシアの口が一度開き、また閉じ、真一文字に結ばれた。アルシアは急に背を向けて歩き出し、ヴィヴは崖の上に一人取り残された。再びドアが閉じられた。今回は、心のドアが。

　その晩、アルシアと交わした会話をジョーに詳しく説明し、諦めるべきかと意見を求めると、ジョーは考え深げにヴィヴを見据えた。「もう一日、やってみるんだね」

「本当にそう思います？」それが正解かどうかはわからなかったものの、ヴィヴは軽い調子でそう応じた。「散弾銃の間違った側に立つことになるのは避けたいですから」

「あんたのこと、面白いって思ってるはずだよ」ジョーは首を振りながら言った。「それがなんであれ、姉貴が何かに対して面白いって思ったのって、すごく久しぶりのことなんだ。もう一日、やってみたらいい」

　翌朝、アルシアは門のところでヴィヴを待っていた。そして一言も発することなく、崖へと続く道を顎で示した。ヴィヴは安堵から泣き出さんばかりだった。

「私に、ニューヨークに来てくれって言いたいんでしょ」三十分間におよぶ沈黙の散策の途中、アルシアがその日はじめて口を開いた。塩分を含んだそよ風を楽しんでいたヴィヴは、まどろむような恍惚状態から突如として引き戻された。

「そうです。報酬はお支払いします。もしそれが問題なのであれば」ヴィヴはそう言って顔をしかめた。アルシア・ジェイムズが、だれからであれ、いくらかでも金を払ってもらう必要があるはずがなかった。

アルシアは笑いたがっているように見えたが、笑いはしなかった。「私に、何を言わせたいの？その議員に対して」

「なんでもかまいません」ヴィヴは言った。「政府による検閲の危険性について、とか？」

「あなたはどうして私が、何かを語れるくらいにそれについて詳しいと思うわけ？」

試されているのだろうか、ヴィヴは考えた。「『想像を絶する暗闇』を書いた人だからです」

「私が焚書の夜に、ベルリンにいたからじゃなく？」

「その、それも、あります」ヴィヴは認めた。

「だと思った」

「あなただけに責任があるわけじゃありません」ヴィヴは言った。「私があなたに参加してもらいたいのは、アメリカ国民はあなたの物語につながりを見出すだろうと思うからです。でも、もしあなたが〝ノー〟と言うならば、私はこのまま帰ります」

「目の前でドアを閉めるだけじゃ、充分伝わらなかった？」アルシアはそう言ったものの、その声にどこかからかうような響きがあった。

「私、ずっと言われてきたんです……諦めが悪いやつだって」ヴィヴは言った。「あなたが今〝ノー〟を突きつけているのが何者なのか、わかってほしかったんです」

アルシアがヴィヴを見つめた。自分を試すつもりだ、ヴィヴはそう感じた。「一番好きな本は？」

「それ、私の台詞」ヴィヴは独り言のようにつぶやいたが、アルシアは鼻先で小さく妙な音を響かせるだけだった。「私、いつも人にその質問をするんです。それが私の指標なんです」

「どんなのが悪い答えだと思う？」そう尋ねたアルシアの声からは、はじめて真の興味が感じられた。

「読書が好きじゃない、かな」ヴィヴはかすかに笑みを浮かべて答えた。

「なるほどね、でもそれって、その人たちのせいじゃないじゃない。自分にふさわしい本に出会えていない人たちもいるから」アルシアは波を見下ろす石のベンチに向かってうなずいた。ヴィヴはその誘いが撤回される前に、急いでそこに腰を下ろした。

「兵隊文庫は、兵士たちが自分にぴったりの本を見つけるのを後押ししていると思うんです」ヴィヴは言った。

アルシアは面白がるように口をすぼめた。「仕事熱心なのね」

「骨を与えられた犬ですよ、どうしてもやめられない」ヴィヴは肩をすくめた。「でも冗談じゃなく、それが、出版社に賛同してもらうきっかけの一つになったんです。私たちは、楽しむために本を読むというのがどういうことか、それを理解できる新しい世代を生み出しているんです。以前であれば彼らは、学校で強制的に読まされる本以外には、実際に自分で好きになれるような本に触れる機会が一切与えられませんでしたから」

「自分の動機が正当なものだって、私を納得させようとしてるのね。でも、あなたがナチスのようだなんて思ってないから、安心して」アルシアは指先で脚をこつこつと叩きながら言った。「そういう人たちもいるんじゃないかって心配はしてるけど」

「全国の新聞で取り上げられてしまえば、人びとはあなたを執拗に追いかけまわすことになるでしょう」ヴィヴはようやく理解しはじめていた。

「崖の上での隠遁生活が気に入っているの」アルシアは言った。ほとんど謝罪めいた口調だった。

「そうすれば、厄介ごとから遠ざかっていられるから」

「でもそれだと、いいことからも遠ざかってしまうんじゃないんですか？」ヴィヴは訊いた。

「そんなことを気にかけてた時期もあったわ」アルシアは海を見つめながら言った。「でも今は、私たちにできる最良のことは、世界を私たち自身から守ることなんじゃないかって思ってる」

ヴィヴはアルシアの顔をじっと見据え、これから自分が言おうとしていることは、この人にどんなふうに受け止められるだろうかと考えた。「ご自身のことを、買いかぶりすぎだと思います」

アルシアはヴィヴに鋭い視線を投げた。ぞっとするような一瞬間、ヴィヴは、完全にアルシアを失ったと思った。が、アルシアはすぐに頭をのけ反らせた。笑い声が、眼下で弾ける波の律動的な音を切り裂いた。しばしのち、アルシアは目尻を親指で拭いながら言った。「ごめんね。さっきのあなた、昔知ってたある人によく似ていたから」

「だれです？」ヴィヴは訊いた。

アルシアの笑みが、消えはしなかったものの、薄れた。「思ったことを伝えるのに、決して言葉を和らげたりしなかった人。彼女、ナチスが権力を握ったことは私なんかの問題じゃないって、そう言ったの。それから、そんなふうに考えるなんて、私は恐ろしく自己中心的な人間だって」

「いえ、私はそんなつもりで――」

「言ってたわよ。でもいいの」アルシアはそっとヴィヴを遮った。「私また、自分が主役を演じているわけでもない物語の主人公ぶっちゃってたみたい。許してちょうだいね。私、かなり孤立した人生を送っているものだから」アルシアはそこで言葉を切った。「でもきっと、それがいつだって私の最大の欠点なのよね」

「私たち全員の欠点じゃないですか？」ヴィヴは小さな吐息をもらして訊いた。「私は今、ニューヨークに来るようあなたを説得することさえできれば、世界を一変させることができるという壮大な望みを胸に、こうしてここに座っています」

アルシアは了承を示すように小さくうなずくと、ヴィヴに刺すような視線を投げかけた。「教えてくれてないわよね。あなたの一番好きな本は？」

「その質問にはいつも、『フランケンシュタイン』と答えてきました」ヴィヴは言葉の重みを量るようにしながら言った。「私、メアリー・シェリーを崇拝しているんです。メアリーは時代にずっと先駆けた女性でした。当時、世界中が素晴らしい存在とみなしていた男たちに囲まれて過ごしながらも、彼女の残したものは、同世代のどの男たちが残したものよりも長く存在しつづける、そう私は確信しています」

アルシアは小首をかしげた。「それは本当の答えじゃないの？」

「私が批評家だったら、ひどい批評家だったでしょうね」ヴィヴは片方の肩をすくめて言った。「いつだって、そのときに読んでいる本が一番のお気に入りになってしまうんですから。厳密に言えば、その本が、それまで大好きだったどの本よりも優れているとは言えなくても、です」ヴィヴはうっすらと笑いを浮かべて続けた。「それでも私、やっぱりその質問が好きなんです」

「その答えを聞けば、その相手を好きになれるかどうか、一瞬で判断できるから？」アルシアはヴィヴを横目で見やって言った。「あなたなら、ヒトラーの好きな本に、ダンテやジョナサン・スウィフトが含まれていることを知っているでしょう？　読書が好きだということは、よい人間であるということと同義じゃないわ」

「そのとおりです」ヴィヴはお辞儀をするようにわずかに頭を下げて言った。世界的に有名な作家がその議論を持ち出すとは思いもよらなかったが、そのためによりいっそうアルシアのことが好きになった。文学界にはお高くとまった考えがはびこりがちで、それが一般の人びとから、楽しんで読むことのできる本に出会う機会を奪っていた。ヴィヴは、人が読んで楽しいと思える本が漫画であっても、殺人事件の起こるミステリ小説であっても、めでたしめでたしで終わるロマンス小説であってもかまわないと考えていた。〝一番好きな本は？〟というヴィヴの質問に対する答えに正解はなかった。すべてが正しい答えだと言えたから。「あなたの一番はなんですか？」

「本のこと？」アルシアはそう訊いたものの、ヴィヴにはそれが修辞疑問であるように思えて、何も言わずに待った。「人生のいろんな段階で、それぞれ違った本が好きになるの。母が装丁の美しい『グリム童話』を持っていて、小さいころはその本が大好きだった。それから『アイヴァンホー』がお気に入りになって、次は『不思議の国のアリス』」アルシアは最後の言葉を口にしながら顔を歪めた。「今はどうかって？　『夜はやさし』かな」

「F・スコット・フィッツジェラルド」ヴィヴは無意識のうちにつぶやいていた。「彼の一番人気のある作品ではありませんよね」

「フィッツジェラルドの作品はいつも、数年経ってからのほうがよく感じられるの。ちょっと暗いしね」アルシアは冷ややかな調子で言った。それから海に向き直って続けた。「フィッツジェラルドはその小説で、人生のある特定の時期に人を愛することについて書いているの。一人の人間を永遠に愛するということについてではないけれど、人には〝その昔〟という物語が、他人を愛することを知るきっかけとなった物語が存在していて、これからもそれは存在しつづけるということを思い出させるようなお話」

「ロマンチックですね」ヴィヴはできる限り中立を保つよう努めながら言った。足元の氷が、どういうわけかひどく薄く感じられた。

「フィッツジェラルドがそれを書いたのは、妻のゼルダが心を患って入院していた時期だったのよ」アルシアはまたしても、皮肉にも思えるような口調で言った。「でもそうね、ロマンチックよね」

その後、二人はしばらく波を眺めていた。背後で、太陽が空の低い位置まで滑り落ちていくほど長いあいだ、そうしていた。

ようやくアルシアが両手で脚を叩いて立ち上がった。「わかったわ、あなたのために〝踊る猿〟になってあげましょう」

「あなたなら間違いなく、最低でも火の輪くぐりをするライオンと同ランクですよ」ヴィヴは軽い調子でそう言ったものの、アルシアの承諾にさまざまな感情が絡み合い、それらの感情が鳥の翼のごとく肋骨を打ちつけながら羽ばたいていた。

アルシアは声を上げて笑った。出会ってはじめて、生き生きとして、明るく、美しく見えた。「ローラースケートを履いたカバくらいで手を打つわ」

二人はコテージへの道を戻りはじめた。無理に会話をしようとするべきではない、ヴィヴにはそうわかっていた。嘘ではなく、わかってはいた。しかしアルシアにも致命的な欠点があるのならば、ヴィヴだって同じだった。「どうして決断してくださったんです？」

「私は、だれかの物語のヒーローになる器ではないかもしれない」アルシアは両腕を体に巻きつけて言った。「でも今回は、悪役にならない決断なら、自分の力で下せると思うの」

第四十三章

パリ
一九三七年三月

〈ホテル・マジェスティック〉の屋上は空気がぴりっと冷たく、デヴローに向けて銃をかまえるハンナは身震いした。

神経が過敏になっているせいではない、ハンナは自分に言い聞かせた。寒さのせいだ。

デヴは気だるそうに手すりにもたれかかったまま、イブニングバッグの中に手を入れ、そこから厚みのない煙草入れを取り出した。その視線は一度たりとも武器に向けられることがなかった。

「なんという運命の巡り合わせかしら」デヴは自身の吐き出す煙が消えてなくなるのを眺めながら、物思いにふけるような表情を浮かべた。「あなたが結局パリに行き着くことになるなんてね。あたしが、パリに行き着くことになるなんてね」

ハンナは何も言わなかった。デヴのほうでは、ハンナがパリにいることを知っていたのだ。ハンナとの邂逅（かいこう）がデヴにとって驚きであるはずがなかった。

「そうね、あなたがどこにいるか、あたしにはわかっていたけど」まるでハンナの心の声が聞こえていたかのように、デヴがそれに応えるように言った。「でもパリっていうのは、すごく大きな市（まち）でしょう」

「私の仲間にとっては、決して大きくはないけど」舌が分厚く、ぎこちなく感じられたが、それでもどうにか言葉を絞り出した。それでも平静を保っているように見せられているかもしれない、そう願った。

「ナチスと、ナチスから逃げようとしている人たち」

「それで、あなたはどっちなの？」ハンナは訊いた。

「まだ判断しかねているっていうの？」デヴはすぐに言い返した。そして屋上に足を踏み入れてはじめて、銃を指し示した。「あたしがどっちの味方か」

ハンナはもうずっと以前に、アルシアがナチスのあの建物から、涙ながらに、無傷で姿を現したちょうどそのあたりから、人を信じることをやめてしまっていた。しかし同時に、答えというものは時に、見えている以上に複雑になり得ることもわかっていた。「私が訊いてるの」

デヴは非の打ちどころのない女優だった。しかしそんな彼女でさえ、その瞬間の驚きを隠すことができなかった。しかしその表情は浮かんですぐに消え去った。まるで、瞬きをしていれば見逃していたであろう稲光のように。デヴは何気ない様子で煙草をもみ消したものの、その動作は彼女にハンナから目をそらす口実を、ハンナから隠れる口実をも与えていた。

再びハンナに目を向けたとき、デヴの仮面は元どおりに戻っていた。「あたしが、アダムの居場所を教えたの」

殴られたような衝撃など感じるべきではなかった。が、その告白はハンナの体を実際に後ろによろめかせるほどの威力を持っていた。今この瞬間までは、納得していなかった。デヴが関わっていると疑うこと自体、自分がどうかしているのではないかと思っていた。「どうして？」

「ナチの娼婦だから、っていうのじゃ不充分？」デヴは二人のあいだに、手榴弾（しゅりゅうだん）を放るかのごとく事実を投げつけて訊いた。もしもハンナが数年前に、今とまったく同じ口調を嫌というほど耳にしていなければ、デヴのその言葉を信じたかもしれなかった。あのころ、デヴはハンナと同じくらいにナチスを憎んでいたから。

本当にすべて演技だったというのだろうか。

ナチスを嫌悪しながらも、結局ナチスの活動に加わった人びとが大勢いることはハンナにもわかっていた——恐怖のために、極度の疲労のために、そうしなければ自分の人生が崩壊することがわかっていたために。しかしデヴにはその必要がなかった、その事実に変わりはなかった。

デヴは祖国に帰ることができたのだから。

「不充分」ハンナは可能な限り冷静に言った。

またしても、あの驚愕(きょうがく)の表情が浮かび、消えた。デヴは何も答えずに新しい煙草を取り出した。

「アダムは死んだ、あなたも知っているんでしょう」ハンナは言った。「十一月に」

デヴの顎の筋肉が引きつった。それでも何も言わなかった。

「でもやつらは先に、アダムを拷問したはず」ハンナは、そこに参加している人物ではなく、その場面を離れて眺めている人物のように、どこか客観的な心地で話しつづけた。「最後にはすごく小さくなっていたって、ヨハンが教えてくれたの」

デヴはハンナを見ようとはしなかった。

「あなたのせいよ」ハンナは悪意を込めて言い放った。「心が痛みはしないわけ?」

「当然するわ」デヴは噛みしめた歯の隙間から言葉を絞り出した。それから、そんなことを認めるつもりではなかったとでもいうように、重々しく息を吐き出した。「あたしがいなければアダムは捕まっていなかった、そう思っているわけ?」

ハンナは声を上げて笑ったが、その声は辛辣で、不信感が漂っていた。「あの子を引き渡したのは、あなたでしょ」

「自爆任務についていているあの子をね。あたしなんかより、あなたのほうがずっとよくわかってるはずよ。アダムを説得して思いとどまらせることなんてできなかった。アダムは理性に耳を傾けるのを拒否していた」デヴは冷静さを失いつつあった。「あの場で殺されていてもおかしくなかったのよ」

「あの子の命を助けるために、ナチスに引き渡しただなんて言わないでよね」ハンナは言った。「いくらあなただって、そこまでばかじゃないはずでしょ」

デヴは再び煙草を押しつぶした。そのときハンナは気づいた。先ほどとは異なり、煙草を消すデヴの手が震えていた。

「どうして？」ハンナはそっと繰り返した。同情ではなく、優しさを込めて。その瞬間、答えを求めるのであれば優しさが必要だ、そう判断した。

その問いは二人のあいだを漂った。それは重く、二人はそこに向かってたぐり寄せられた。世界が息を止めた。

「ナチスに何か渡さなければならなかったの」デヴがようやく口を開いた。言葉が震えていた。「嘘の情報を、渡しすぎていたから」

世界が再び息を吸い込んだ。ハンナも息を吸い込んだ。音がどっと戻ってきた。鳥たちのさえずり、路上で繰り広げられるおしゃべりの声、はるか遠くで聞こえるエンジンの爆発音。ハンナの両腕がだらりと垂れ下がり、銃口が下に向けられた。ハンナの四肢は、もはや主人の指示に従ってはいなかった。

「あなたはスパイなのね」ハンナは消え入りそうな声で言った。

「未熟な、ね」デヴは歪んだ、自嘲的な笑みを見せて言った。ハンナはそこに強い嫌悪の色を認めた。

「少なくとも、当時は。今ではもっと腕がいいわ」デヴはそこで地面に視線を落とすと、首を振ってから銃を見やった。「腕がいいと、思い込んでた」

「よかったよ」ハンナはつぶやくと、もう一度銃を持ち上げた。「教えて」

デヴはひるまなかった。「何かを期待してベルリンに行ったわけじゃなかったの。あたしは女優で、脚本家で、監督だった。それだけ」

「でもチャンスを見つけた」ハンナは確認するように言った。

「ほとんどすぐにね」デヴは同意した。「当時、我が国の政府内にナチスを問題視する人たちは少なかった。わずかにはいたけれどね。あたしは方々をかぎ回って、役に立つこともあるだろうと思って自分を売り込んだの」

「アメリカ政府は、ナチスのことは気にかけていなかったとしても、競合国の内部情報には興味があったはずだからね」ハンナは言った。

「ご名答」デヴは答えた。「でもあたしとの連絡係だった政府の人間は、説得を受け入れる柔軟性のある男だったの。彼の上司たちはナチスの脅威に気づいていなかったけれど、あたしが彼に、ナチスが世界に向けて掲げている美しい壁の向こう側で本当はどんなことが起こっているかを詳しく説明しはじめると、彼はすぐにその脅威を理解したわ」

「つまり、アダムは一体なんだったっていうの？」ハンナは訊いた。「あなたが常に新しい情報を手に入れるために必要な、不幸な犠牲者っていうわけ？」

「これは戦争なのよ、ダーリン」デヴは言った。しかしその表情はひどくこわばっていて、ハンナには、その顔が粉々に割れてしまうのではないかと思えた。「宣言はまだ出されていなくたって、これから何が起ころうとしているのか、あなたにだってあたしと同じくらいよくわかっているはず。戦時には、簡単な答えなど存在しないの」

「もちろん。それでも、間違った答えなら存在する」ハンナは反論した。「アダムは、あなたのゲームの駒なんかじゃなかった。アダムは、人間だったの」

「アダムは、ナチスを抹消するために自分の人生が使われるのであれば、その人生はより意味のあるものになるって、そんな決断を下した人間だった」そう反論したデヴは、もう震えても、動揺してもいなかった。ハンナがそれまで目にしたことのない静かな決意が見て取れた。「アダムが彼自身を引き渡す前にあたしがアダムを引き渡すことができれば、それはあたしにとって、信頼を取り戻すことを意味した。その信頼のおかげで、一体どれだけ多くの人の命が救われてきたか、あなたにわかるかしら？」

「つまり私たちは今、命を取引しているっていうの？」ハンナは訊いた。「ナチスと変わりないじゃない。一人のユダヤ人の命は、何人分の命に相当するの？」

その質問にデヴは、平手打ちをされたかのように後ずさりした。「醜悪だわ」

「あなたの選択もね」ハンナは言い放った。

「あたしは自分の立場を利用して、何百人っていうユダヤ系ドイツ人を国から脱出させるのを手伝ったわ」デヴは言った。「別に、あたしの正当性をあなたに示す必要なんてないんだけど」

ハンナは銃を持つ手をわずかに振った。「実際、必要あるの」

「撃つなら撃ちなさいよ」デヴは挑戦的な姿勢で顎先を上げて言った。「あたしは毎日、自分の決断の重みに耐えながら生きてる。でも、それがあたしの現実なの。今さら後悔なんてできないの」

「謝罪すらしないつもり？」ハンナは訊いた。「自分の命が、私の手中にあるっていうのに？」

「あたしの空虚な言葉がほしい？」デヴは訊いた。「だったらあげるわ。でもそんな言葉、なんの意味もない。あの計画を遂行したら、アダムは捕えられて殺されていたわ。あなただってわかってるでしょう」

わかっていた。ハンナは数えきれないほどの夜を費やして、アダムの思いつきがいかに無益であるかを納得させようとした。しかし、それまでアダムは失敗を経験したことがなかった――人を虜（とりこ）にするあの魅力と、知性のなせるわざだった。それまでの人生を通してアダムは、自分はいつでも正しいのだと納得して生きるようになっていた。そして世界はいつでもそのことを証明してくれる、そんなふうに考えていた。その計画は行き当たりばったりで、検討不足で、失敗する運命にあったというのに。

それでもアダムは、その計画がなんらかの変化をもたらすと信じて疑わなかった。

ハンナはデヴの選択を決して許すつもりがなかった——それに、自分が同じような選択を迫られた場合には、そんな決断を下す前に自ら命を絶つだろうと思った——が、心のどこかでは、可能性があるというだけにせよ、デヴの選択を理解している自分がいることに気づいていた。

それでも……「あなたはアダムの居場所を知らなかったはずでしょ。アダムがあなたに教えたんじゃないことはわかってる」

デヴはじっとハンナを見据えた。

ハンナは首を振った。何かが腹の中でよじれていた。が、なぜそれほどまでの痛みを発するのか、そのときはまだ、気づいていなかった。「知っているのは三人だけだった。アダムと、アルシアと、私の三人」

「ああ、ダーリン」デヴはため息にしか聞こえない声を吐き出した。

「嘘」体から感覚が失われていく中、ハンナの指は冷たい石を求めてさまよった。「嘘よ」

「あなたが打ち明けたのは、アルシアだけじゃなかったはずよ」デヴは優しく言った。優しすぎて痛いほどだった。

ハンナはその事実から逃げ出そうとするかのように後ずさりした。しかしデヴが正しかった。当然、正しかった。「まさかそんな。あの子がそんな——」

世界が圧縮されて、針で刺した穴ほどの大きさになった。すべてが暗闇に包まれた。暗闇の中、デヴの表情だけが浮かんでいた。後悔、理解。憐(あわ)れみ。

「お酒の問題については知っていたんでしょう」デヴは言った。「でもあの子、ギャンブルの問題については決してあなたに話さなかった。恥じていたからね。あの子は返済しなければならない借金を抱えていて、あたしが必要としていた情報も持っていた」

ハンナは激しく目を瞬いた。真実を認めた今、涙が、止めどなくこぼれ落ちた。体中が痛み、皮膚が切り裂かれるように感じられた。選択肢が与えられるのであれば、この痛みより、ナイフによる傷を選んだことだろう。

ハンナが息を吐き出したとき、それはある人物の名前となって吐き出された。「オットー」

第四十四章

ニューヨーク市
一九四四年七月

アルシアがタフトのイベントで講演することに同意してくれてからというもの、すべてが急速に展開した。

ヴィヴは、アルシアと〈コロンバス・ディスパッチ〉紙のマリオン・サミュエルの、そしてアルシアと〈タイム〉誌のレオナルド・アストンとのインタビューを設定した。記事が世に出るのは八月、つまりタフトのイベントの数週間後になる予定だったが、ヴィヴはそれを絶妙なタイミングだと考えた。そのころタフトが動揺し、足元の危うい状況に立たされていれば、人前に姿を現すことのないベストセラー作家アルシア・ジェイムズに関する両記事は、彼に立ち直れないほどの打撃を与えることになるはずだった。

西ヨーロッパへの侵攻はいまだに続いていて、審議会に届く手紙の数は増えつづける一方だった。任務につく兵士たちに読むものを与えるようにというルーズヴェルト大統領のこだわりが、士気を維持するという観点における兵隊文庫の重要性を強固なものにしていた。ヴィヴはアルシアに、複数の袋では運びきれないほどの手紙を届けなければならなくなった。

アルシアを〈プラザ・ホテル〉に滞在させるよう取り計らわれた。というよりも、厳密に言えば、ヴィヴが自費でアルシアのために部屋を用意した。

「歴史の正しい側に立つためなら、そんなの安いくらいだよ」ニューヨークに戻った日、ヴィヴはヘイルにそう話した。

ヘイルはただ笑みを浮かべ、肘でヴィヴを小突いた。「君を誇りに思うよ」
数週間前であれば、ヴィヴはその言葉に腹を立て、ヘイルの声に皮肉を探していた。しかし今はその言葉にわずかに顔を赤らめた。そのような率直さに不慣れなせいもあり、ほとんどが恥ずかしさからくる反応だった。ヴィヴは返事をする代わりにヘイルの肩に額をぶつけ、それからすぐにヘイルから離れて仕事に向かった。タフトの訪問に先駆けて、十四もの緊急の案件が発生していた。

ヘイルに関しては、新たに発覚した厄介な事実に、いずれは対処しなくてはならなかった。しかし、気の遠くなるような時間をかけて計画してきたイベントを数日後に控えた今は、その時ではなかった。一方ヘイルは、いつまでも辛抱強く待つつもりでいるようだった。ヴィヴが彼の人生に再び足を踏み入れた瞬間からそうであったように、ヘイルはヴィヴのペースに合わせることを楽しんでいるようにさえ見えた。

その晩、ヴィヴがアルシアに手紙を届けにいくと、アルシアは半ば魅了されたような、半ば怯(おび)えたような様子でその手紙を凝視した。

二人は豪華なホテルの部屋の床に座り、ホテルが提供してくれたシャンパンを飲みながら手紙を開封し、一緒に読み、できる限り感情を表に出さないよう努めながら涙を流した。

「〝ずいぶんと長いこと、自分がなんのために戦っているのか忘れてしまっていました〟」ヴィヴは読んだ。「〝夜、目を閉じるたびに頭に浮かんでくるのは、水面下の体の感触、岸を目指して歩く自分の足が踏みつけた、いくつもの体の感触のことばかりでした。はじめのころ、私は全員を嫌っていました。士官や下士官を罵りながら、目にあざを作って力任せに進んでいきました。キャベツ野郎(クラウト)たちよりもひどい破壊行為をしていながら、自分を止めることができませんでした〟」

アルシアは聞いていることを示すように喉から低い音を出したものの、口を挟まなかった。ヴィヴは続けた。

「〝ある晩、私の友があなたの本を取り出しました。彼は最初の章を読み、続けて第二章も読みました。それから彼は言いました、もしみんな生き残れたら、明日の夜に続きを読もう、と。そのときでした、船を下りて以来はじめて、生き延びたいと心から感じたのです〟」

ヴィヴは続けた。「〝私はもちろんその本が気に入りましたが〟」――アルシアはそのささやかな褒め言葉を鼻先で笑った――「〝そんなことよりも何よりも、今朝目が覚めると、私は願っていたのです。銃弾が自分の心臓に命中するようにではなく、銃弾が私の体を外れるようにと願っていたのです。ジェイムズさん、もしあなたがこのことから何かしら得ることがあるとすれば、あなたは少なくとも一人の惨めな兵士に、朝に目覚め、もう一日戦う理由を与えたということを覚えておいてください。あなたに神のご加護がありますように。第二歩兵師団、トミー・ダヌンツィオ軍曹〟」

「さてと」アルシアは半分空（から）になったシャンパンのボトルに手を伸ばして言った。ヴィヴがもう一本注文しようかと考えているところだった。アルシアはグラスを掲げた。「小さな勝利に」

夜はそんなふうに過ぎていった。やがて太陽が部屋に忍び込んできて二人を驚かせた。

ヴィヴは立ち上がって伸びをすると、うめくような声をもらした。「ベーグルなんていかがです？」

ヴィヴが見かけ以上にユダヤ人社会とつながりを持っていることがわかり、アルシアの表情が滑稽なほど明るくなった。ニューヨークのほとんどの人が、ベーグルがなんであるかさえ知らなかった。二月に、トラックいっぱいの千五百個のベーグルが犯罪組織に盗まれた際、警察は何が盗まれたのかさえわからず混乱した。

「ベーグルが買えるの？」アルシアは訊いた。

ヴィヴはウィンクをした。「ごく少数の限られた人間だけが知っているんです」

ベーグルを売っている一番近くのパン屋は、四ブロック先にあった。決して遠い距離ではなかったが、一晩中部屋に閉じこもっていた二人にとっては、一息つけるいい時間になった。

「向こうで、何があったんですか？」ヴィヴは訊いた。ひどく疲れていたため、質問をこらえることができなかった。

アルシアはあくびをしてから太陽に向かって顔を上げた。「特別なことは何も」

ヴィヴにはアルシアが嘘をついているように思えたが、自分の質問がぶしつけだったとも感じていた。ヴィヴは口をつぐんで歩きつづけた。

二人はこれから何をしたらいいものか決めかねて、街角に立ってサーモンベーグルサンドイッチを食べた。

ヴィヴにはアルシアの気持ちを代弁することができなかったものの、体がひどく疲れ切っているその感覚は、夜通し街で遊んだあとに迎える朝の感覚によく似ていた。ベッドに入るという選択肢はないように思われたし、かといって仕事に行くということも考えられなかった。九時間にわたって殺風景な壁を見つめつづけることに、ある一定の効果はあるのかもしれないが、タフトのイベントが二日後に迫っていることを考慮すれば、それは理想的な考えとは言い難かった。

ヴィヴは、もう一度アルシアと会話を始めてみようと思った。「新しい作品に取りかかっていたりするんですか？」

「いつでもね」アルシアはうっすらと笑みを浮かべて応じたが、ヴィヴにはその意味がよくわからなかった。「理論上は。じゃあ実際にはどうかって？　自分にこれ以上言いたいことがあるのかどうか、よくわからないの」

「常に何かを伝えることが、あなたの仕事なんですか？」ヴィヴは言った。アルシアの傷を突くつもりはなかった。純粋に知りたいと思った。

「何かを伝えるのでなければ、作家は何をするの？」

「わかりませんけど、たとえばあの手紙」ヴィヴは、そうすることに何か意味でもあるかのように、ホテルに向かって頭を振った。「あの兵士は、小説が伝えようとするメッセージにはあまり関心を示していなかった。つまりその、それについて認めるほどには、っていう意味ですけど。彼が興味を持ったのは、物語の筋でした」

「あなたはその二つを別物だと考えるの？」アルシアはそう訊いた。攻撃的な口調ではなかった。

「あなたのメッセージは、この国の価値観のために戦争に行く男たちを奮い立たせるにはまさにぴったりです」ヴィヴは、世界的に有名な作家の隣に立ちながら、その本人を侮辱することがないよう、霧がかかったようにぼんやりとした頭でしっかり考えようとした。「彼は手紙の書き出しに、自分がなんのために戦っているのかわからなかったとさえ書いていましたから。それでも……」

「次に何が起こるか、そっちのほうにより興味を掻き立てられた」アルシアは言った。ヴィヴの言わんとすることを理解しつつあった。「ある種の真理を明らかにすることよりも、彼の注意を引くことのほうが意味があった」

「誤解しないでください」ヴィヴは慌ててつけ加えた。「あなたの提示する主題は重要です。ただ……」

「ただ？」

「人はときどき、小説の文学的な権威にとらわれてしまっているように思うんです」ヴィヴは小さく肩をすくめて続けた。「読書は楽しいものであるべきだという考えが、失われてしまっています」

「『千夜一夜物語』」アルシアの言葉に、ヴィヴは頭を下げて同意した。

「作家の仕事が、常に世界に変化をもたらすことであるとは、私は思っていません」ヴィヴは言った。「世界をより楽しいものにすること、それも作家の務めだと思うんです。ほんのわずかな時間だけでも」

「でもあなたの兵隊文庫プロジェクトは」アルシアは言った。「常にメッセージを伝えているわ」

痛いところを突かれ、ヴィヴは笑った。「私の兵隊文庫プロジェクト」

「この戦争がすぐに終わって、私の新しい本が、不運な兵士の力になることがないようにと願っているわ」アルシアは言った。ヴィヴはアルシアの腕を強くつかみ、同意を示さずにはいられなかった。

「そうなったとしてもあなたは、タフトへの攻撃から手を引くつもりはないわよね？　数ヶ月後に、そのすべてが現実的な価値のないものになるとしても」

ヴィヴは首を振った。「戦争が明日終わることになったとしても、この行為の必要性がなくなることはないと考えています。出征した兵士たちはこれから先、戦地で目にしたものに取り憑かれることになるはずです。本を取り上げてしまったら、彼らには何が残されるというのでしょう？　悪夢、それだけです」

「本があったって彼らは悪夢を見るわ」彼女自身が悪夢に悩まされていることをほのめかすような口調だった。

「そうです」ヴィヴは言った。「それでも、悪夢だけが彼らに残されるということはなくなります」

第四十五章

ベルリン
一九三三年五月

アルシアはどうにか歩道から体を引き離して立ち上がった。脚が協力を拒んでいたが、腕も同じだった。そのためにバランスが取れていた。アパートに向かって歩いたものの、正しい方向に進んでいるのかどうかさえ定かでなかった。それに、正しいかどうかなど、どうでもいいように思えた。

ハンナの表情が頭から離れなかった。一歩踏み出すたびに、あの傷ついた目とあざのできた唇、心を閉ざした顔が浮かんできた。輝くばかりのあの一夜だけ、アルシアはあの壁の向こう側に入ることを許された。そして今、その道は永遠に封鎖された。

部屋までの階段が難関として立ちはだかっていたが、アルシアは無理やりに脚を動かして一段一段上っていった。両腕は体の中央に巻きつけたままだった。そうすることで、実際に攻撃から身を守れると信じているかのように。

部屋の中に入ったころには、起こってしまったあらゆる出来事の重みがのしかかり、体のあらゆる部分が震えていた。

アルシアを打ちのめしていたのは、アダムに関する知らせだけでなく、ナチスによる拘束だけでなく、残虐な遊戯として実行されたディードリッヒの報復だけでなかった。その前の夜の、柔らかなあの瞬間だった。ハンナがここにいた。アルシアの顎をつかみ、その唇に唇を押しつけ、両手を、まるで所有権を主張するかのごとくアルシアの体に這わせていった。

キャバレーでは、ハンナの唇がアルシアの顎をかすめると、それと同時に湧き上がった感情に恐怖を感じた。しかしここでは、この聖域では、アルシアの体に火がついた。アルシアは焼き尽くされ、灰と化した。そしてその残骸の中から新たな人間として立ち上がった。

あんなふうに感じられるのだとは、思いもよらなかった。想像だにしていなかった。二つの体のあいだで交わされる、言葉を介さない会話。アルシアはいつも自分自身について、だれかを魅了するには不充分だと感じていた。あまりに動揺しやすく、あまりに面白みがなく、あまりに自意識が強いと。そこへハンナが現れた。その目は黄金色でとても温かく、その指先はひどく優しく、力強かった。

膝の痛みが耐え難いほどになってはじめて、自分が床に膝をついていたのだと気づいた。体重を移動させ、膝立ちではなく尻をついて座り、部屋をじっくりと見回した。しわくちゃなままのシーツ、二日前の夜から置かれたままの紅茶の入ったマグカップ、テーブルに置かれた本。

無意識のうちに、指がその本を求めて動いた。『不思議の国のアリス』。

ナチスがその本を燃やそうとしていたことは不合理だった。それはナチスの信念を否定するような物語ではなかった。誤ってあの本の山に積まれてしまったのだろうか、アルシアは考えた。どちらにせよ、もしこの本が燃えるところを目撃していれば、アルシアは自分の一部を永遠に失っていたことだろう。

あの冬の夜に――アルシアが若く世間知らずだったころに――思いを馳せた。露天商が本をプレゼントしてくれて、お返しに『不思議の国のアリス』を手渡したのだった。

ディー（ザ）・ブッヒャー（ブック）・フロインディン（フレンド）。

本の友。

ラベルが汚れていて、まるで腐敗しているように見えた。

この国を出られるのは三週間後。ディードリッヒはアルシアを追い詰めにきたりはしないだろう。

罰ならすでに受けているのだから。アルシアがディードリッヒを辱め、そのためにディードリッヒはアルシアを破滅させた。彼がいかにしてアダム・ブレヒトの居場所を突き止めたのかはわからなかった。しかし、そんなことはもうどうでもよかった。

ハンナは別の可能性について考えようともしなかった。そのことが、何より深くアルシアの心を傷つけた。

涙がシャツの襟を濡らし、アルシアはその中に潜り込みたいと思った。そのシャツを身につけた朝のことを覚えていた。ハンナは、愛情のこもった眼差しでアルシアを見守っていた。少なくとも、それが愛情であるとアルシアには思えた。

アルシアは首を振った。自分はその世界についてはあまり詳しくないかもしれない。それでも、二人のあいだにあったものが本物だったということはわかった。はじめからずっと、ディードリッヒの愛情が本物ではないとわかっていたのと同じように。

ほかのものはどうであれ、ハンナはそれを与えてくれていた。

アルシアは頬を拭うと、どうにか体を起こして立ち上がった。予定より早い船で帰国する方法があるはずだった。自分が去るのをナチスが止めようとするとは思えなかった。彼らにとってアルシアは、完全に用済みだったのだから。

部屋を横切ってクローゼットの前まで行くと、バッグを引っ張り出してベッドの上に放った。そしてそのときになってようやく、自分がまだ『不思議の国のアリス』を抱えていることに気がついた。

厚みのない版で、手の中にあっても重くはなかった。しばしその本に視線を落として考えた。それからそれを脇に置くと、数ヶ月間〝家〟と呼んだ、小さなアパートの一室の荷造りを始めた。美しさよりも、速さを重視して作業した。

ロストックの港行きの列車に乗るべく駅へ向かう途中、アルシアは回り道をしてハンナのアパートメントに向かった。

呼び鈴を鳴らすつもりはなかった。温かく迎え入れられるはずのないことはわかっていたから。代わりにアルシアは、包装し、〝ハンナへ〟と記した『不思議の国のアリス』を、エントランスに置かれた小さなテーブルの上に置いていった。ハンナの手元に届くかもしれないし、届かないかもしれない。

それでも、アリスの言葉を借りて、標題紙に最後のメッセージを記しておいた。

〝今朝起きたときは自分がだれだかわかっていたんですが、それから何度も変わってしまったみたいです〟

そしてその引用の下に〝ありがとう〟と走り書きし、ハンナが理解してくれることを願った。

第四十六章

ニューヨーク市
一九四四年七月

タフトのイベントの朝、目覚めると、ヴィヴの胃は鋼のように強く、両手はしっかりと落ち着いていた。構想を練り、計画を立て、この日を作り上げるのにあまりに長い時間を費やしていたため、イベントなど実際には開催されないのではないかと疑いはじめていた。

しかし、イベントは開催される。ヴィヴはウェリントン公爵(アーサー・ウェルズリー。ワーテルローの戦いでナポレオンを破ったとして知られるイギリスの軍人)で、これはヴィヴにとっての——ようやくこのときがやってきた——ワーテルローの戦いだった。

ヴィヴは、一分の隙もない、紫がかった灰色(ダヴグレイ)のスーツとペンシルスカートを丁寧に身につけた。ジャケットの下には皺のない白のブラウス。それからストッキング——大事な最後のストッキングをだめにしてしまったせいで、新しいそのストッキングに二十二ドルも支払うことになった——を引き上げた。そして赤い口紅を塗った。それが鎧(よろい)としてヴィヴに考えられる唯一のものだった。

寝室から出ようとしたところで、ノブに手をかけたまま足を止めた。振り返り、通りを見渡せる窓をじっと見つめた。

そして大股で素早く部屋を横切ると、ガラス窓を開け放った。

ガオー、エドワードはそう言っていた。

ヴィヴは頭をのけ反らせ、自らの内部に宿るあらゆるものを込めて、朝の空に向かって大声で叫んだ。

この三ヶ月のあいだに生じたあらゆる疑念、恐怖、痛み、そして一抹の喜びが、その声の中に、原始的な叫びの中に、層をなしていた。

ヴィヴは吠えた。『オリバー・ツイスト』を読んでいたエドワードを思って、崖の上のアルシアを思って、本棚の合間で暮らすハンナ・ブレヒトを思って。ゴムベラを巧みに扱うシャーロットを、地下鉄の中で涙を流すシャーロットを思って。ハーレムのあのクラブにいたジョージアを思って、Dーデイの日のバーニスを思って、単純に野球をすることを欲していたブルックリンで出会った子どもたちを思って、ヴィヴは吠えた。

それから、半年前の自分自身を思って、裕福な友人たちに戦時国債を売ること以外にはスケジュール帳を埋めるものを持たなかった一年前の自分自身を思って吠えた。

ヴィヴの声が次第に小さくなると、通りにいた男性が「黙りやがれ！」と怒鳴り声を上げた。ニューヨークにいれば、そうしたことに遭遇するのは呼吸をするのと同じく不可避なことだった。

ヴィヴは笑い、男に向かって中指を立ててから窓を閉じた。

やると決めたら、ヴィヴはどんなことでも成し遂げることができる。それは真実であるはずだった。世界一大切な友人が、そう言ってくれたのだから。

シャーロットは、愛情をたっぷり込めて用意したパンケーキの朝食と、大げさなまでの褒め言葉——ヴィヴが頬に色をのせる必要がなくなるほどの褒め言葉だった——のあと、ヴィヴをきつく抱きしめてから送り出した。

地下鉄に乗車中、ヴィヴは兵隊文庫を取り出したりはしなかった。今日は集中していなければならなかった。本の代わりに、〝やることリスト〟に目を通していき、見落としている点が一つもないことを確認した。

タイムズ・ホールのロビーに到着したヴィヴをバーニスとイーディスが出迎えた。二人とも、命令に従う準備の整った歩兵のような、意を決した笑みを浮かべていた。ヴィヴは一人ずつ引き寄せて抱きしめた。二人の明白な支持表明に、喜びの感情が湧き上がってくるのを否定することができなかった。ヴィヴは二人に仕事を頼んだ。今日という日に、援助の申し出を断るなんてばかげていた。一時間と経たないうちに、記者たちが列をなして入ってくるはずだった。しかしヴィヴには、ロバート・タフト上院議員がすでに到着しているような気がしていた。

スターン氏の事務室の外の壁に寄りかかるハワード・デーンズの姿を目にした瞬間、その疑いは確信に変わった。

ハワードはヴィヴに気づくと、自らの潔白を大げさに示すように両手を挙げてみせた。「警官をけしかけたりせんでくださいよ、お嬢さん。誓って言いますがね、私は招待されて来ているんですから」

その声にはあの夜と同じ不遜なユーモアが宿っていて、ちょうどあの暗い通りでそうだったのと同じように、ヴィヴの肌をすりおろさんばかりだった。「私に、ハットピンを取り出させないでよね」ヴィヴは脅し文句を吐いてから、返答を待たずにハワードのそばをすり抜けた。ハワードの笑い声が、スターン氏の事務室の中まで付きまとった。

タフトが机のそばに立ち、その肉厚な指をスターン氏の肩に強く絡ませていた。ヴィヴは自分が、壁にかかっているプロパガンダポスターに対する暴言を中断させる形になったことに気づいた。この戦争において本は武器となる、そう訴えるポスターだった。

ヴィヴが咳払いをすると、二人は目を上げてヴィヴを見た。タフトの視線がヴィヴの体を舐め回すと、ヴィヴは不快感から背筋に震えが走るのを感じた。

「ミルク入りのコーヒーを頼むよ」タフトは、あのなれなれしい、ゆったりとした口調で言った。タフトが激高すると、そのまどろっこさが消え去ることをヴィヴは知っていた。

ヴィヴは唇をぎゅっと結ぶことによって、返答が口からこぼれ落ち、まだ始まってもいない今日という日を台無しにするのを防いだ。忍耐力をぎりぎりまで高め、穏やかな口調で言った。「ロビーにコーヒーマシンを設置しています。だれか、そこまで案内してくれる人がいるはずです」

　スターン氏は面白がってもらした鼻息を咳でごまかしてから、席を立ち、改めて彼らを引き合わせた。「タフト上院議員、おそらく覚えていらっしゃることとは思いますが、こちらはチャイルズさん、審議会の広報部長です」

　だれ一人として、レストランでの奇襲については触れなかった。

「今日のイベントの計画には、彼女の力が必要でした」スターン氏は続けた。

「チャイルズさん」タフトは、まるで〝ヒトラー〟の名を口にするかのような軽蔑を込めて、ヴィヴの名前を口にした。

「タフト上院議員、私はこのプロジェクトが……学びのあるものになることを願っています……あなたにとって」ヴィヴは糖蜜のように甘ったるい声色で言った。「あなたが出席してくださったことに、私たちは心から感謝しています。海外で任務につく青年たちにとって、兵隊文庫がどれほど大きな意味を持つか、本当の意味であなたにわかっていただけると思いますから」ヴィヴはそこで一度言葉を切った。「当然、それがあなたにとって一番気がかりな点でしょうから」

「兵士たちを助ける方法ならいくらでもある」タフトはスーツの下襟を強く引っ張って言った。「おそらく、私が発起人となった復員兵援護法（GIビル）については聞いたことがあるだろう。帰国した兵士たちに、教育を続ける機会を提供する法律だよ」

「知っています」ヴィヴは食いしばった歯の隙間から声を出すように言った。「これらの取り組みがうまく連動しているなんて、素晴らしいことですよね」

　タフトは、これについて腰を落ち着けて議論を始めようとするかのように目を細めた。しかしスターン氏が緊張を和らげるようにもう一度咳払いをした。「勝利はいたるところにありますね」

「そのとおり、ですね」ヴィヴはどうにかそう絞り出した。ヴィヴはスターン氏が、タフトにこの場を体裁よく切り抜ける道を提供しようとしていることに気づいていた。ヴィヴの中の天使がスターン氏に同意するようささやく一方、肩に宿る悪魔は、災いの種となったこの男を、言葉でめちゃくちゃに踏みつけたがっていた。

タフトは同意も否定もすることなく、その話題を終わりにしてドアに向かって呼びかけた。「デーンズ、コーヒーだ」

ヴィヴは、皮肉屋のあの小男がくだらない雑用に使われているところを想像して、思わず笑みをもらしそうになった。視線を合わせると、スターン氏は一度だけうなずき、ヴィヴに向かって脱出の許可を与えるメッセージを送ってきた。こんな自惚（うぬぼ）れた男のために、もうわずかにでも自分の時間を無駄にするつもりはなかった。ヴィヴは開いたドアから体を滑らせ、廊下に出ていった。

ヴィヴは忌々しい男を頭から追い出し――少なくとも今は――、報道陣が集まりはじめているメイン舞台の片隅に向かった。

みなお揃（そろ）いかと見紛うスーツと髪型の人びとの中に、レオナルド・アストンの姿を見つけた。レオは小さな集団の中を縫うように進み、顔見知りの記者に挨拶をし、まだ知らぬ記者たちに対しては、このイベントへの参加に対する感謝を述べていた。

「タフトは卑しい、利己的な政治家だよ。やつの本心が、今日、明るみになるだろう」ヴィヴが近づくとレオはそう請け合った。「やつがしくじることがないように、多過ぎるほどの目がやつを注意深く見守ることになる。命取りになるような発言を一つでも引き出せれば、君はたちどころに大衆の支持を得ることになるはずだ」

「でも、タフトは頭の切れる男ですよ」ヴィヴは、その日の朝に丁寧に首につけたネックレスをもてあそびながら言った。

「ふん」レオは鼻に皺を寄せて言った。「やつは尊大で、連邦議会（キャピトル・ヒル）の外に出てしまえば人から慕われるような男じゃない。政治的な隠れ蓑（みの）さえあれば、みんなやつから距離を置く理由を探しはじめるさ。そしてこれが」――レオは、少しずつ埋まりはじめている座席を、議員や知識人、著名人、それに何より重要なことに、市（まち）の最も裕福な政治資金提供者たちの集まるその場所を指し示した――「これが、政治的な隠れ蓑だ。よくやった」

　すでに皺一つないスカートを震える手でなでつけながら、ヴィヴはうなずいた。「彼らは世論の動向を気にしますもんね？」

「いつだってそうさ」レオはそう言うと、ヴィヴの肩に手を乗せ、一度ぎゅっとその手に力を込めてから、ほかの記者たちの中に紛れていった。

　ヴィヴは出席者たちの様子をうかがいながら通路を進んでいった。誇りと愛情が、均等にヴィヴの神経を覆っていた。集まった人びとに関してレオが言っていたことは大げさではなかった。イベントに姿を現したのは報道関係者だけではなかった。聴衆の中には、ヴィヴが図書館のボランティアだと気づいた女性たちが十数人と、年配の堅苦しい上司たちに付き添われたハリソン・ガーディナーと、ほかの出版社の若手有望株の集団、それにハンナ・ブレヒトの働くユダヤ人センターに勤める年配の男性と、ハンナの同僚と思しき人たちが数人いた。ヘイルと、それからヴィヴが政治家であると判別できる男たちが少なくとも二十人以上は姿を見せていた。ヴィヴがヘイルに嬉しそうな笑みを向けると、ヘイルもすぐに笑みを返した。

　舞台のそばで、ベティ・スミスが人びとの注目を集めていた。ベティは黒っぽい髪をかっちりと後ろにピンで留めていた。ヴィヴはこれまでに四、五回ベティに会ったことがあったが、会うたびに改めて彼女の魅力にはっとさせられるのだった。『ブルックリン横丁』で名を上げたという事実が、今日（こんにち）のベティの人気を確固たるものにしたことは確かだったが、彼女の思慮深い立ち振る舞いこそが、人気を絶やさずにいる理由だった。

ヴィヴと目が合うと、ベティは一度だけうなずいた。ほかの女性たちの顔にも浮かぶ賛同の表情を目にして、ヴィヴの胸の中で温かな何かが花開いた。

ヴィヴは、あの五月の酔いどれた午後のことを、ハリソンがバーでテーブルに指を突きつけた日のことを思い出していた。

もしこれが本だったら、今自分たちはどのあたりにいるか、君にはわかってるんだろう？ ……〝何もかも失った〟場面ってとこだな。

そして今、ショーの準備は整っていた。部隊も集まった。

ヴィヴに必要なのは、それが何もないところからハッピーエンドを引き出すのに充分な力を持つと信じることだけだった。

第四十七章

パリ
一九三七年三月

ハンナの肺が自らの重みで押しつぶされ、震えながら吐き出した息を最後に、空気が尽きた。「オットー」

デヴは腕を前に出してハンナを見ていた。ハンナがくずおれたときに備えて、支える準備を整えているかのように。ハンナをこんな状態に押しやったのは、自分ではないとでもいうように。

ぞっとするような一瞬間、ハンナは自分が銃を放つ姿が目に浮かんだ。デヴの胸に大きく開いた傷口からふき出す血、そうすることで元の形に戻そうとするかのように、裂けた肉をまさぐる指。息絶え、地面に倒れ込む直前のデヴの顔をかすめる最終的な気づきの表情。

ハンナは銃を落とした。銃がコンクリートを打ち、大きく、耳障りな音を立てた。デヴはその音に身を縮めた。

「同じことをする?」ハンナは訊いた。その質問が、果てのないトンネルを進んでいくのが聞こえた。その言葉は、穏やかに、不明瞭に響いていた。「こうなるとわかっていても」

「一瞬の迷いもなく」デヴは答えた。

その答えはハンナを驚かせはしなかった――これ以上、自分を驚かせる出来事が起こり得るのかどうかさえ定かではなかった――が、それでもその答えを聞く必要があった。

ハンナはうなずきながら後ろを振り返り、脚に言うことを聞くよう命じた。そうしてよろめきながらホテルの屋上から抜け出すドアに向かった。

「ハンナ」デヴはハンナの背中に向かって声をかけた。憐れみの入り混じる声だった。「オットーのせいじゃないわ。だれかを責めないと気が済まないのなら、あたしを責めるのね」

ハンナは止まらなかった。ためらいもしなかった。一生涯の大親友がいかにして自分を裏切ることになったか、そのことについて詳しい説明をせがんだりもしなかった。

数年前、ベルリンのあの歩道の上で、アルシアが涙ぐんだ、後ろめたそうな目をしていたとき、ハンナは自身の純真がすべて失われたと感じた。

しかしデヴが言ったように、オットーに対する信頼はあまりに自然に身に染みついたもので、すでにハンナの一部になっていた。そのため、それについて考えてみることさえなかった。それを疑うということは、自分の手が自分の胸にナイフを突き刺せるかどうかについて考えるようなものだった。

パリの市が周囲から圧迫してきた。息苦しく、静かな日曜の朝だというのに騒々しかった。自分がしっかり歩いていて、正しい道を選んでいて、車や自転車を避けながら進んでいることはわかっていた。それなのに、体がどこにもつながれていないように感じられた。

どのくらい歩いただろう。気づくと、オットーの部屋の前にたどり着いていた。木製のドアが、ハンナが手を挙げてそれをノックすることができずにいるのを嘲っていた。太陽が首の後ろをじりじりと焼き、背筋を流れていく汗が背中のくぼみに溜まっていく。あまりにも長い時間じっと動かずにいたため、体の重みで脚が震えてきた。

しばらくのち、ノブが回り、ドアが開いた。オットーがそこに立っていた。両目の下にできたあざや、げっそり痩せた顔、口の両側に深く刻まれた皺を見れば、すべてがよりいっそう腑に落ちた。

ドイツを出たあと、オットーはすっかり変わってしまった。酒を飲み、ハンナから距離を置くようになり、泣き、ナチスと乱闘し、あろうことか銃まで持つようになっていた。兆候ならいくらでもあったではないか。

オットーは今でも返済できないほどの借金を抱えているのだろうか。そうに違いない。その種の悪習は、一晩でやめられるものではない。

　オットーは食い入るような眼差しでハンナを見つめていた。それから一度うなずき、言った。「気づいたんだね」

　それからハンナの返事を待たず、ドアを開けたまま背を向けて、狭いアパートの一室のキッチンへと続く暗い廊下をよろめきながら戻っていった。窓の下に長い腰かけがあり、そこはハンナのお気に入りの場所だった。そこで体を丸め、紅茶を飲みながら窓の外を見やると、アパートの裏手にある、植物の青々と生い茂る小さな庭に鳥が飛んできては飛び去っていくのを眺めることができた。

　その腰かけの前に置かれたテーブルの上には、今、空の酒のデキャンタがのっているだけだった。オットーはクッションの上に身を投げ出すと、両手足をだらしなく大の字に広げて横たわった。そんなふうにくつろいだ様子で体を伸ばすその仕草は、ハンナがオットーの顔にあまりに明白に表れていると感じた緊張感と矛盾していた。

　そこへたどり着くまでに酒の瓶をつかんできたオットーは、瓶に直接口をつけて、酒を喉に流し込んだ。そうしながら、世の中に疲れ切った若者特有の、気だるそうな冷淡な眼差しをハンナに向けていた。

　それは当然見せかけだった。だからこそ余計に、ハンナはオットーに平手打ちしたくなった。これ以上、一秒たりとも長くオットーに目を向けていることができなくなったハンナは、キッチンに向かって歩き出した。シンクの上部に設えられた窓から、まだ蕾(つぼみ)のままの薔薇が見えた。

　静寂が二人のあいだに広がる中、ハンナは、オットーとのあらゆる思い出一つ一つに思いを馳せた。花畑の中を走り抜けた幼少時代、田舎にあるオットーの両親の家の裏に流れる小川で魚釣りをしたこと、キスの練習をしたこと、どちらもその行為にはあまり興味がないと気づいたこと、暖かい夏の日にこっそり抜け出して木の下で本を読んだこと、秘密を明かし合ったこと、一番大きな秘密を打ち明け合ったこと。それから、ベルリンでの大学生活、ナイトクラブ、子ども時代には夢見ることしかできなかった自由。ハンナがオットーの劇に出演して、オットーは書店での朗読会に参加するハンナに付き添った。酩酊(めいてい)した夜々と、それに続いて訪れる朝に襲ってくる頭痛。

アダムとアルシア、そしてナチス、周囲で崩壊していく人生。異国の市(まち)で新たな人生を築き上げたこと。オットーがそばにいなければ、そこを〝我が家〟のように感じることはなかった。

ハンナは理由を知りたかった。が、唇が、動かなかった。

オットーが先に口を開いた。いつだって口火を切るのはオットーだった。

「何か言ってくれない？」オットーは怒鳴り声を上げ、骨の髄まで染み込んだ大げさで劇的な動作で、飛び上がるように勢いよく立ち上がった。目は大きく見開かれ、空っぽになったデキャンタを握りしめる拳の関節は白んでいた。あれを力任せに壁に投げつけたいのだろうか、ハンナは思った。自分のすぐそばで、何かが粉々に砕けるのを目にしたいがために。

「いくらなの？」ハンナは訊いた。その言葉が柔らかければ柔らかいほど、余計にオットーの傷を深くすることを知りながら。「私の弟の命は、いくらの価値があったの？」

オットーの胸から、ひどく打ちのめされた、野蛮な音が押し出された。「そんなこと知って、意味ある？」

ハンナは絶え間なく押し寄せる痛みの波にのみ込まれないよう目を閉じた。「あるよ」

「一万マルク」オットーはささやき声で言った。

「ああ、オットー」同情が心に忍び入ってくるのを防ぐことができなかった。最愛の人、ハンナのすべて。どれほど怖かったことだろう。どれほど絶望したことだろう。

それでも、恐怖を味わったのはアダムも同じだった。絶望も。ナチスのあの収容所で向かいに座っていたアダムは、顔の骨が折れ、腫れ上がり、ほとんどだれだかわからない状態だった。

「どうして」――悲しみに締めつけられる喉から、どうにか質問を絞り出した――「私に言ってくれなかったの」

「言ったら、何か変わってたと思う？」オットーは言った。その表情に宿る異常な興奮が、声にも及んでいた。神経が高ぶり、引き絞られた弓のように張り詰めていて、そのためにほとんど身も震えんばかりだった。酩酊し、罪の意識に苛まれながらも、そのどちらでもないふりをしようとしていた。

「きっと、何も変わらなかった」ハンナは同意すると、オットーのほうに向き直り、腕を組んで腰をシンクにもたせかけた。

オットーは顔を背けた。顎がこわばっていた。「俺に何を言わせたいわけ？」

ハンナは笑い声をもらした。オットーに、何を言わせたいのだろう。〝ごめんなさい〟から始めるのがいいように思えたものの、ここにはその選択肢はなさそうだった。そのほかにどんな言葉が望めるというのだろう。弁解や釈明は聞きたくなかった。オットーが、ハンナを裏切ったのがアルシアではなく自分だと正直に話さなかった理由ならわかっていた。それを打ち明けるのは難しいことで、オットーはいつだって難しいことをするのが嫌いだった。ともすると、あの秘密をもらしたのは自分だけではなかった、そう自分を納得させてさえいたかもしれない。

オットーは、アルシアの表情に浮かぶ罪の意識を目にした。それを見て、自分が売り渡した真実は決定的なものではなかった、そんな都合のいい物語を自分自身に言い聞かせていたのかもしれない。

ハンナに話していたところで何も変わらなかった、オットーは心からそう信じていたのだろう。ハンナはアルシアから届く手紙について、あの一件以来、何年にもわたってアルシアがハンナに手紙を書きつづけていることについて、オットーに話したことがなかった。もしもハンナが、あの中の一通だけでも開封することができていたら。

何か変わっていただろうか。

しかし今となってはもう、それもどうでもいいことだった。最終的にオットーは、何が正しいかよりも、何が簡単かを選んだ。ハンナは、国全体が幾度となく同じ選択を繰り返すのを見てきた。同じ選択をする者なら世の中に星の数ほどいるだろう。しかし今のハンナには、そうした人びとに対する寛容さが残っていなかった。

オットーが単に酔っ払い、秘密を軽率に扱ってしまったのであれば、ハンナは心のどこかにオットーを許す気持ちを見出すことができていたかもしれない。しかしオットーが下した決断は非情だった。オットーは、アダムの命を値踏みした。究極なまでに利己的な判断を下した。

「さよならを、言ってもらいたいの」ハンナは、その瞬間までと変わらぬ穏やかな口調で言った。それでも、ハンナのその言葉はオットーの喉を切り裂いたも同然だった。オットーの顔がくしゃくしゃに歪み、体の残りの部分がそれに続いたのを見れば、それは明白だった。床にくずおれたオットーは、涙を流しながら、まるでそれがなんらかの慰めを与えてくれるかのようにデキャンタを抱きしめた。人生でただ一度、涙がオットーを醜い姿に変えていた。

「ハンナ」オットーは泣きじゃくりながらその名前を絞り出した。「こんなこと、やめてくれよ」

ハンナは部屋を横切り、オットーの目の前にひざまずくと、その頬を両手で包み込んだ。オットーは安らぎを求める子どものように、その手のひらに鼻をこすりつけた。ハンナは、オットーの目の下に親指を滑らせて涙を拭ってやると、身を寄せてその額にそっと口づけた。それから踵(かかと)に尻を預けると、オットーに自分の目を見させた。

「あなたは私に、許しを請わなかった」ハンナは言った。「それでも私は、あなたを許すよ。ただ、もう二度と、あなたに会いたくはない」

かろうじてオットーにできたことといえば、今にも途絶えそうな息を吐き出すことだけだった。ハンナは待った。もう一度だけオットーにチャンスを与えるつもりだった。しかしそこに見えていたのはオットーではなく、アルシアだった。やってもいないことのために謝罪する、アルシアの姿だった。無実であるにもかかわらず、ハンナを傷つけたことに対して謝罪していたアルシア。オットーとアルシアの対比が、粉々になったハンナの魂を拾い集め、縫い合わせた。

自分を一番に考えない人間も存在するのだ。

オットーが何も言わずにいると、ハンナは悲しげな笑みを浮かべ、立ち上がり、廊下に向かって歩き出した。

「アダムはどのみち死ぬ運命にあったんだ」オットーは挨拶するのと同じ調子でハンナに呼びかけた。若く、図々しく、自己防衛的な調子で。再びハンナの指が、オットーに平手打ちを食らわしたい衝動にうずいた。しかしハンナはそれをこらえた。

ハンナは振り返り、取り乱したオットーをまじまじと見た。「私は、自分を責めてきたの」

オットーはすすり泣いた。しかし何も言わなかった。

「アルシアに、アダムのことを教えたことで」ハンナは、オットーがその含意を汲み取れないかもしれないと案じ、先を続けた。「アルシアに対する怒りが、自分に対する怒りを上回ったことなんて一度だってなかった。あなたは、何年ものあいだ、そんな苦痛を私に背負わせてきたの」

オットーの口が動いたが、そこからはどんな音も出てこなかった。

「あなたは毎日、目を覚まして、私に告白しないことを選択した。そのどの一日にも、私が自分への嫌悪をわずかにでも小さくする可能性が秘められていたのに」ハンナは言った。もはや言葉を和らげることなど意識にはなかった。「あなたは毎日目を覚まして、私のことよりも自分を優先させることを選択した。人生は、そうした選択の積み重ねでできているの。あなたという人間は、そうした選択の積み重ねでできているの」

オットーはさらに体を小さく丸めた。「今なら、君自身を憎む代わりに、俺を憎むことができるじゃないか」

「私にとっても、あなたにとっても、それはもう充分」ハンナはデキャンタに視線が落ちるに任せた。

「さようなら、オットー」

ハンナは再びオットーに背を向けた。これが、本当に最後だった。

ハンナは考えることを自分に許さなかった。迷い、案じ、執着することを許さなかった。歩き慣れた家路を、オットーと一緒に、あるいはオットーなしで、数えきれないほど歩いた家路を進んだ。気がつくと自分の部屋まで戻ってきていた。壁に背を押しつけ、これまで一度も開けたことのなかった、手紙を押し込めた箱を膝の上に抱えていた。一番上に、『不思議の国のアリス』がのせられていた。

慎重な手つきで一通ずつ封筒を開封し、手紙を読んでいった。非難、謝罪、あるいは嘆願さえ書かれているかもしれないと予期していた。が、ハンナが受け取ったのは、ある物語だった。今さらながらハンナは、それがアルシアの二作目の小説だと気づくことになった。

最後の封筒を、ほかの封筒よりも重たい封筒を、外側に〝意固地にならないで〟と書き殴られた封筒を開けると、そこにはアメリカへのビザと船のオープンチケット、それから最後の手紙となる紙切れが一枚、入っていた。

そこには献辞が書かれていた。完成した本には決して入ることのなかった献辞が。

読みながら、ハンナは涙を拭った。


あらゆる物語が必要とするヒーローでいてくれるハンナに感謝を込めて。

第四十八章

ニューヨーク市
一九四四年七月

ヴィヴは、アルシアが気を失って自分に倒れかかってくるのではないかと不安になった。アルシアの顔はあまりにも青白く、口は真一文字に結ばれ、両手をあまりにきつく握りしめているために関節が白んでいた。

「呼吸を忘れないで」アルシアを控え室――劇場の稼働中、出番の合図を待つ役者たちが待機する楽屋になっている部屋――へと案内しながら、ヴィヴはささやいた。そこにいれば、これから目の前で話をすることになる圧倒的な数の聴衆を、アルシアが目に入れずに済むことが保証されていた。「観客全員が下着姿でいるところを想像するといい、そう聞いたことがあります」

自分に投げかけられたアルシアの目を見て、ヴィヴは、驚き、動揺した馬を思わずにはいられなかった。

「いえ、やっぱりなんでもないです、私の話なんて無視してください」ヴィヴは廊下にバーニス・ウエストウッドの姿を認めるとそう言った。バーニスに呼びかけたとき、自分の声にわずかな狼狽が聞き取れた。「バーニス、ジェイムズさんと一緒に座っていてくれない？　少しのあいだでいいの」

今この瞬間、アルシアにとって最悪なことは、沈黙の中で悶々と気をもむことだった。バーニスならばそれをうまく回避してくれるはず。

「もちろん、喜んで」バーニスは、アルシアが腰かけ、自分の任務を完璧に果たすべく準備を整えている青いソファの肘かけに寄りかかった。「〈パブリッシャーズ・ウィークリー〉誌の編集者二人について、ある噂を耳にしたんですよ。二人ともつい先日知ったばかりなんですけどね、実は二人とも、同じ女性と不倫して……」

ヴィヴは満足げに微笑みながら部屋を後にし、途中いくつかの小さな問題の火種を消して進みながら、ハンナ・ブレヒトを探した。

アルシアが今にも精神的に崩壊しそうな状態にあるように見えているのに対し、ハンナはすっかり落ち着き払っていた。舞台の袖に立ち、うっすらと楽しむような表情を浮かべて喧騒を眺めていた。ハンナはその日、あまりに早く到着した。そのためヴィヴはハンナを自分の事務室に案内し、フィッツジェラルドの『グレート・ギャツビー』——次回の兵隊文庫の一作品であり、芳しくない売れ行きのために、プロジェクトに追加するにあたってイーディスが戦わなければならなかった作品——を渡していた。

しかし聴衆が席を埋めはじめると、ハンナの意識はその動きに引きつけられた。

ヴィヴは立ち止まり、そのまま少しだけハンナを観察した。ハンナは見映えのする緑色のシャツワンピースを着ていた。その色は、ハンナの目の温かな色を引き立たせていて、肩のあたりで揺れている黒っぽい巻き毛との美しい対比を生み出していた。舞台の照明が、ハンナの半身を影で覆い、もう半分を明るく照らしていた。ハンナはまさにそうやって人生を生きてきたのだろう、ヴィヴは思った。日向と日陰がハンナを分かち合い、そして同時に、ハンナに神秘的な雰囲気を与えていた。

「緊張していますか?」ハンナのそばに立ち、ヴィヴは訊いた。ハンナは聴衆から目を離さずに答えた。

「緊張、っていうのとも違うんだけど」ハンナは、ユーモアではないものの、それに似た何かを込めて、ゆっくりとした口調で応じた。

「ふうん」ヴィヴは鼻から音を出した。ハンナの寡黙さにはついぞ慣れることがなかった。自分自身を、世界で生きる一員としてではなく傍観者として捉え、そこから世界を眺めるようなハンナの態度には、慣れることができなかった。あまりに多くの物事に対して懸念するのをやめることができないヴィヴにとっては、ハンナのそうした態度は衝撃だった。ヴィヴがハンナとうまく世間話をすることができないのはそのためだった。しかしそもそも、ハンナは世間話など必要としていないようだった。

「ジェイムズさんが出席するって言ってたよね？」ハンナはようやくヴィヴに目を向けて訊いた。

ヴィヴはこの日のためにつけてきた細身の腕時計を確認した。「はい。でも実は、ほとんどの講演者がいなくなるまで、彼女を呼びにいかずに待っていようと思っているんです。ジェイムズさんはその……緊張しているみたいで」

ハンナは口元を引きつらせたものの、ただ腕を組み、スターン氏が大股で舞台に上がり、最初のゲストを――春に両脚を失い、病院で兵隊文庫を読むことに楽しみを見出している男性を――紹介するのを見ていた。

ヴィヴはこのイベントを企画した際、自分で責任を持つ講演者をハンナとアルシアだけに絞ろうと考えたわけではなかった。ヴィヴは、審議会のボランティア朗読者として活動してくれた図書館員たち、故郷への最後の手紙の中で兵隊文庫について書いていた兵士の家族、イタリアの病院で兵隊文庫に出会った退役軍人、兵士たちとともに太平洋基地に駐在した従軍記者にも協力を求めていた。もしこのつるべ打ちに対抗できるのであれば、タフトという人間はヴィヴが思っている以上にひねくれた人間だということになる。

しかしここで重要になるのはタフトの支持者であり、ヴィヴは、同胞であるアメリカ人たちを味方につけられることをほとんど確信していた。

イベントにおけるハンナの出番が近づくと、ヴィヴは周囲を見回し、近くを行ったり来たりしていたイーディスを見つけた。「ジェイムズさんを迎えにいくね。順番がきたら、ブレヒトさんに知らせてあげてくれない？」

「了解」イーディスはそう応じると、腕を伸ばしてハンナを自分のほうに引き寄せた。ハンナはたじろぎ、一瞬、何か言いたげな表情でヴィヴを見たものの、すぐにハンナらしい控えめな笑みを浮かべ、イーディスのほうに振り向いた。

ヴィヴは、ハンナが群衆に対面する前に本当に慰みを必要としているかどうかわからず、一度立ち止まった。しかし心の中で熟慮したのち、ハンナの反応を深読みしないことに決め、控え室に向かった。

ヴィヴが楽屋に足を踏み入れると、アルシアはまだ目を見開いたままの状態だったものの、恐怖を感じているよりも、バーニスの噂話に興味をそそられているという印象を受けた。

「準備はいいですか?」バーニスがアルシアに小さくウィンクするのを見てからヴィヴは言った。

アルシアは皺のない白いブラウスと、もう少し背の高い女性のほうが似合いそうな赤いチェック柄のスカートを身につけていた。それでも、その姿からは厳粛なオーラが発せられていて、それが聴衆に好意的に受け入れられることがヴィヴにはわかった。

「あなたの前に、もう一人だけ話す人がいるんですが、あなたも見ておきたいかと思いまして」ヴィヴはアルシアを抱きしめて安心させたい衝動を抑えて言った。いくらこの女性と親しくなったからといって、彼女がついこのあいだ、自分の鼻先でドアをぴしゃりと閉めたことを忘れたわけではなかった。アルシアの神経の高ぶりを見抜いたところで、歓迎も感謝もされないかもしれない。

「だれなの?」アルシアはそう訊いたものの、その口調から、本当はそんなことには関心がなく、これから行うことになる演説以外の何かに意識を集中させたがっているだけという印象を受けた。

「私が、ニューヨークで出会った女性です」二人は舞台袖のところまで来ていた。スターン氏がハンナを紹介しているところで、ハンナはイーディスのそばに立って待っていた。「ブレヒトさんは、ナチスによって禁じられた本ばかりを集めた図書館がある、〈ブルックリン・ユダヤ人センター〉で働いています。それ以前は、パリにある、同様の図書館で働いていたみたいです」

ヴィヴの隣でアルシアが凍りついた。その目はハンナのシルエットに釘づけになっていた。「ハンナ」

それは実際、吐息にすぎなかった。そしてそれは、ハンナが舞台に歩み出た瞬間に聴衆から起こった拍手にのみ込まれた。

「そうです」ヴィヴはハンナとアルシアのあいだで視線を行ったり来たりさせながら言った。すでに血の気のないアルシアの顔がさらに青ざめ、泣くのをこらえて顎が震え出さんばかりだった。「ブレヒトさんは、あなたのことを知っていると言っていました」

アルシアの目が閉じ、笑い声がもれた。「むかしむかし、ね」

第四十九章

ニューヨーク市
一九四四年七月

アルシアが最後にハンナ・ブレヒトを目にしてから、十年以上が経過していた。それでもアルシアにはそれがハンナだとわかった。その立ち姿を見ただけで、背筋を伸ばして頭を上げる姿勢から、髪の毛がはらりと顔にかかる様子や、腰を揺らしながら歩く歩き方から、すぐにわかった。

アルシアは、脚の震えに屈して床にへたり込みたかった。それ以外には何も望んでいなかった。ハンナ・ブレヒトがアメリカにいる。アメリカにいるだけでなく、ニューヨーク市に、自分の数メートル先にいる。

ハンナ・ブレヒトは生きていた。どこかの共同墓地に埋葬されてはいなかった。

ハンナが生きているかどうか、ずっとわからずにいた。ナチスがパリに侵攻して以降は。アルシアは、ハンナが自分の送った最後の手紙を開けてくれることを願っていた。そうしてくれるはずと、自分自身に言い聞かせてきた。しかし戦争は、一人の人間から飛び散る火花をことごとくもみ消すように意図されているも同然だった。希望は、愚かさよりも悪く、危険なものにさえ思えた。

ハンナが聴衆に向かって挨拶すると、再び音が戻ってきた。マイクが、ハンナの声の歪(ひず)みを拾い上げた。その声は、多くの失われた人生や、彼女が目にし、生き延びた多くの恐怖、今ここでどんな言葉で伝えようとしたところで、その素晴らしさを正確に伝えることのできないほど優れた人びとや演説について伝えていた。

しかしヴィヴィアン・チャイルズは、その目を不安そうに細めながら、ハンナではなくアルシアを見ていた。アルシアはヴィヴのほうを見やって、幾度か目を瞬かせた。ヴィヴを安心させるためにどんな言葉を言えばいいのか、それすらわからない様子だった。

「彼女、私がここに来ること、知っていたの？」アルシアの耳に、そう尋ねる自分の声が聞こえてきた。

「はい」ヴィヴは穏やかな口調で答えた。その表情はいつになく柔和だった。アルシアはヴィヴのことをよく知っているとは言えないが、今では充分長い時間を一緒に過ごしていて、電話番号を知っている仲のように思えた。ヴィヴは若く、快活で、情熱的で、アルシアには、自分がそうだったことなど一度もなかったように思えた。世界がどれほど悪いものになり得るかを目の当たりにしようとも、ヴィヴは、それがよいところになり得るのだと信じて疑わない人間だった。

たった一晩、夜を徹して兵士たちからの手紙を読んだだけで、アルシアは完全に打ちのめされ、引き裂かれ、血を流した。ヴィヴは毎日それを行いながら、それでも自分が目撃した不正を正そうと必死でもがいていた。

ヴィヴがそんなふうに人生を歩んでいくのを眺めるうち、アルシアの中に自分を恥じる気持ちがめばえてきた。十年以上にもわたって世間から身を隠し、自分の傷口を舐める以外、自分は一体何をしていたというのだろう。もしあのときドアをノックしたのが別の人間であれば、アルシアは今でもその中に閉じこもっていただろう。しかしヴィヴを目にしたあの瞬間、アルシアは、自分が若かったときになりたかった姿を彼女に見たのだった。

アルシア・ジェイムズは、常に、別の人間になりたがっていた。

ヴィヴィアン・チャイルズがそんなことを考えたことは一度もないはず、アルシアは思った。

ヴィヴのそばにいると、アルシアはもう一度信じてみようという気になった。願いさえすれば世界を変えることができる、そう信じられるような気がしてきた。

しかし、もしハンナがこのイベントに姿を現すとわかっていたら、アルシアは……。

なんだというのか。アルシアはその先を考えることができなかった。自分はここに来ただろうか。あるいは、この十年間そうだったように、感覚を失ったままただ呆然と過ごしていただろうか。恐怖と罪悪感、そして怒りのために。怒りは確かに存在していて、それを否定するつもりはなかった。怒りは胸の中で永遠の炎のように燃え上がり、ハンナが傷ついた目をこちらに向け、今まさに自分を責めようと、自分がハンナを裏切り得るのだと今にも信じようとしていたあの一瞬一瞬を蘇らせた。

戦争は、それまでの痛みをすべて取るに足らぬものに変えてしまいがちだ。しかしハンナの姿を見た瞬間、あの痛みが燃え上がり、再び命を宿した。

それでも、ハンナが人びとの前で話をしている今、その痛みすらもたいした問題ではなくなった。

「祖国が死にゆくのを目にしなければならない人間は、そう多くはありません」ハンナは言った。その抒情的な声は、穏やかであるがゆえによりいっそう魅惑的だった。

アルシアは自分がハンナに惹きつけられているのに気づいたが、それは聴衆たちも同じだった。

「私はそれを経験した人間で、その経験は貴重と言えば貴重ではありますが、喜ぶべきものであるかは疑わしいです。はっきりと言えることは、それは反逆的な叫び声としてではなく、秘密めかしたささやき声として現れるということです。その亀裂は、見たこともないほど狡猾(こうかつ)な動きで、忍び入るようにそっと走ってきます。それは報道機関への不信や、自分の家族や子どもたちを脅かしかねないという政敵に関する噂から始まるのです。金曜の夜にパブで交わされる、科学や芸術、文学に対する侮蔑的な意見によってますます深められるのです。それは愛国主義と祖国への愛を隠れ蓑に近づいてきて、その隠れ蓑を、あらゆる批判に対する鎧(よろい)として利用するのです。

今日(こんにち)、人びとがドイツについて語るのを耳にするとき、私の心は張り裂けんばかりになります。現代の偉大な思想家や芸術家の中には、我々の国の出身者が多くいることを覚えている人はあまりいません。アルベルト・アインシュタイン（理論物理学者）、エルヴィン・シュレーディンガー（理論物理学者）、トーマス・マン（小説家）ハンナ・アーレント（哲学者）、数え上げればきりがありません。プロパガンダポスターが何を信じ込ませようと企もうと、国外に亡命したこうした人たちこそ、現在支配的な立場にある気のふれた人間たちよりも、はるかによく、私の知っているドイツを象徴しています。私は、知性主義や分別、礼儀正しい対話を重んじる場所で、本に対する畏敬の念を持つ国で育ちました。『グリム童話』とゲーテの叙事詩を生んだ地で育ちました。民主主義の中で育ちました。その民主主義はまだ未成熟であったかもしれませんが、批判的思考や言論の自由を促すような、過激な考えや不愉快な議論を許容していました。

　私が一九三三年のベルリンでの焚書について話すとき、多くの人たちは、それを先導したのが、そして薪の山に火をつけ、燃えさかる炎の中に本を放ったのが学生だったと聞いてショックを受けます」

　アルシアは目を閉じ、細かく降る雨を、手押し車にうずたかく積み上げられた本の山を、対峙したときのディードリッヒの歪んだ表情を思い出していた。

「なにしろ、そんなことが起こり得るなんて、だれの想像も超えていますから。当の学生たちは、本を大切にしていた人たちでした。あの夜以降、国中の多くのドイツ人たちが自分たちの蔵書を焼き払いましたが、彼らも同様に、本を大切にしていた人たちでした。しかしながら彼らは、本よりも、自分たちの信念をより愛していました。そうした種類の愛とは、一体どういうものなのか？　それは人間を内部から腐敗させます。一つの国を、内部から腐敗させます」

　ハンナはいとも簡単に聴衆の心を惹きつけた。まるでそこに繋がる糸を手に握っていて、その糸を引っ張っているかのように。

「ときどき、夜眠れずに考えることがあります。私の知っていたドイツが失われるきっかけになった出来事は、一体なんだったのかと。最初の正式な戦争行為となった、ポーランドへの侵攻がそれだと指摘する人もいるでしょう。あるいは、ナチスによるオーストリア併合（アンシュルス）を挙げる人もいるでしょう。そうした出来事なら、数え切れないほど起こりました。水晶の夜（クリスタルナハト）（一九三八年に勃発した反ユダヤ主義暴動）、長いナイフの夜（一九三四年、ナチ党によって行われた突撃隊（SA）幹部に対する粛清事件）、ユダヤ系企業への不買運動、人種法（一九三五年に制定されたニュルンベルク法。ユダヤ人の公民権を剥奪した法律）、強制収容所の開設、あまりに多くの苦痛を生み出す結果となった十一月の休戦調停。でも私は思うことがあるんです。結局、本にガソリンが注がれる直前のあの瞬間こそが、すべての引き金となったのではないだろうかと。世界で最も教養のある国が、自ら進んで、喜んで、知識から全面的に目を背けようとしていたあの瞬間こそが」

ハンナはそこで視線を落とした。メモを見ようとしたのではなく、自分自身を奮い立たせようとしているようだった。「私は今日、ある聡明で情熱的な若い女性に頼まれてここでこうして話をしています。彼女は、政府による検閲の危険性について、私には、語るべき大事なことがあると信じていました。そしてきっとそれは正しいのです。世の中には、世界中の人びとに、自分たちの考えだけを信じさせたがる人間がいます。実際ヒトラーは、全国規模に及ぶことになった焚書を煽（あお）り立てるまでの力を持つようになるよりずっと以前に、著書『我が闘争』の中でこのようなことを言っています。賢い読者は、本から、自らの信念を支持する考えだけを読み取り、それ以外の考えを無益なものとして葬り去るべきだ、と」

ハンナは最後の部分を、あたかもそれがヒトラーの言葉を直接引用したものであるかのように、特に強調して言った。

「本を禁じること、燃やすこと、封鎖することは、多くの場合、人や信念体系、文化を抹消するための手段として使われるのです」ハンナは言った。「そうした声はここにはそぐわないと示すための手段として。そうした本を書いた作家たちこそ、国の最も優れたものの象徴であるというのに。

権力を切望する男たちが、ある考えによって引き起こされる恐怖やパニックを利用して、自分たちのほしいものを手に入れようとするやり方についてなら、いくらでもお話しすることができます」ハンナは続けた。「五月のあの夜、ゲッベルスとヒトラーがやったのがまさにそれでした。彼らは国中の人々に、自分の気に入らない、あるいは賛成できない言葉たちに火を放つことで、自分が〝正しい〟人間になれるのだと信じ込ませました。しかし、何より私が伝えなければならないのは、私が目にした〝死〟についてだと思うのです。ドイツの民主主義が灰と化し、自らの重みに押しつぶされてしまったことについてだと思うのです。

私は今、みなさんに警告するためにここにいます。本のページに燃料が注がれるのをただ傍観しているのは、とても簡単なことです。しかし、一旦火花が散ってしまえば、火がついてしまえば、炎は、あなたがたが大切にしてきたすべてのものを焼き尽くしはじめます。世界には、それを消し止める術が何一つ存在しないのです。

私たちは、すでに深く根づいている信念を、さらに揺るぎないものにすることだけを目的に読書をする個人を止めることができません」ハンナは繊細な拳で演壇をこつこつ叩きながら、一語一語、明瞭に発音して言った。「しかし相手が独裁者であれば、圧政者であれば、自らの流儀を他人に強いようとするいじめっ子であれば、私たちにも止めることができます。今この瞬間のことは、この部屋で、善意から起草された法案に対する一修正案について話しているこの瞬間のことは、取るに足らぬ瞬間のように思えるかもしれません。それでも、私がここで確信を持って言えることは、歴史というのは、そうした重要ではないように思われる瞬間の積み重ねで成り立っているということです。あの焚書の夜、私たちは、それが特別な意味を持つ事件だとは思っていませんでした。数人の学生たちが数冊の本を燃やす、想像していたのはその程度のことでした。あの場所に到着し、山のように積み重ねられた小説本や研究誌を目にしたときでさえ、そのあとにどんなことが起こることになるのかについては気づいていませんでした。

一九二八年には、私の父は、ドイツ中のほかの人たちと一緒になってヒトラーを嘲っていました。彼らはヒトラーを物笑いの種にしていました。容易に操ることができる男で、みなが彼の常軌を逸した客寄せ口上を聞いてしまえば、すぐに燃え尽きていなくなる存在だろう、そう考えていたのです。しかしそれからわずか数年後、弟が強制収容所に連行され、私たち一家はドイツを脱出しなければならなくなりました。そしてその収容所で、弟は、自らの信念のために殺されることになりました。

歴史は、重要ではないように感じられる瞬間の積み重ねでできています」ハンナは繰り返した。アルシアは、ハンナから発せられる一言一言が、これほどまでの重みを持ってのしかかることに驚きを禁じ得なかった。「だからこそ、どの瞬間においても、我々は自問しなければならないのです。自分はガソリン缶を手渡す人間になりたいだろうか？　それとも、その火を消そうとする人間になりたいのだろうか？」

「そのとおり」聴衆から拍手が湧き起こる中、ヴィヴがつぶやいた。

アルシアは笑った。圧倒され、途方に暮れていた。目が涙に濡れ、魂がうずいた。意識が、あの広場に、人生でたった一度だけ勇敢になれたあの瞬間に舞い戻った。この世界で、ほかには何一つ正しいことを成し遂げられなかったとしても、アルシアにはいつでも、誇れる瞬間としてあの夜の記憶があった。ヴィヴはわずかに熱を帯びた様子でアルシアに向かって微笑んだ。「さあ、次はあなたの番です」

アルシアはヴィヴにウィンクして言った。「あれに続けって言うわけね？」

第五十章

ニューヨーク市
一九四四年七月

ハンナ・ブレヒトが舞台袖にはけてくると、ヴィヴは再び影に溶けていった。しかしそれに気づく者はいなかった。ハンナの視線は、まっすぐにアルシアに注がれていた。

ヴィヴは先ほどのアルシアの反応から、二人のあいだにはむかしむかしに知り合いだった以上の何かがあるのかもしれないと感じていた。が、二人が熱を帯びた眼差しで互いを見ているのを目の当たりにした今、それは確信に変わった。もしもこの場に二人きりであったならば、二人はすでに互いの腕の中に飛び込んでいたかもしれない、ヴィヴは密かにそんなことを思った。

「来ていたのね」アルシアはささやき声で言った。

「あなたが来るって聞いたから」そう答えたハンナの声は、それほど震えてはいなかった。ハンナの手がアルシアの手首を包み、二人は自分たちだけの世界に閉じ込められた。

ヴィヴはこの再会を邪魔しなければならないことを心苦しく思ったが、現実問題として、聴衆がアルシアの登場を待っていた。そしてイベントは、何があっても続けられなければならなかった。ヴィヴは自分の存在を思い出させるように一歩前に踏み出した。驚いた四つの目が、さっとヴィヴに向けられた。

「ごめんなさい、ただ……」ヴィヴは声を次第に小さくしていき、舞台に向かって頭を振って合図した。舞台にはスターン氏がいて、無言のまま期待するような様子で待っていた。「アルシア?」

アルシアは小さく首を振ると、口を開けてハンナに向かって何か言おうとした。が、すぐに口を閉じ、ヴィヴに向き直って微笑んだ。「行きましょう」

ハンナは最後の最後までその場を動かなかった。ようやくアルシアの目の前から一歩退いたとき、ちょうど歩き出したアルシアの肩がハンナの肩をそっとかすめた。

ヴィヴは驚いたように眉を上げてハンナを見た。しかしハンナはヴィヴに笑みを見せ、首を振った。ヴィヴが嬉しく感じたことがあるとすれば、ハンナとの再会によって――この再会をアルシアがどのように感じているかはともかくとして――アルシアの顔に色が差したことだった。今のアルシアなら、強風になぎ倒されそうには見えなかった。

ヴィヴのいるところからは、話しはじめる前にアルシアが不安げに息をつくのが確認できた。しかし聴衆はそれに気づかなかっただろう。聴衆は立ち上がっていて、沸き起こるけたたましい拍手の音はヴィヴの体をのけ反らせんばかりだった。

これこそまさに、ヴィヴが思い描いていた光景だった。

みなが再び席に着くまでに数分かかった。しかしアルシアはそのごたごたをほとんど気に留めていない様子だった。

「アメリカ兵がノルマンディの海岸に突入したとき、彼らのポケットに私の本が入っていたそうです」アルシアが話しはじめると、総立ちの拍手喝采の余韻としてかすかにその場に残っていた話し声がぴたりとやんだ。「これまでに私は、兵士たちから、彼らの家族から、彼らの指揮官たちから届いた手紙を、数えられないほどたくさん読んできました。手紙の中で彼らは、私の本が彼らを救った、そう言ってくれます。私はおそらくそのことについてお話しすべきなのでしょう。兵隊文庫がいかに人の人生を変え、尊い兵士たちを楽しませ、あれやこれや云々と」アルシアはそこで言葉を切って息を吸い込んだ。「しかしそれについて話す代わりに、私が喜んでナチスに加わっていたかもしれなかった、あの数ヶ月間のことをお話ししようと思います」

アルシアのその言葉に、聴衆からざわめきが起こった。

「私は一九三二年に、ナチスの宣伝組織を率いていた――それもかなりうまくやっていた、と補足しておかなければならないでしょう――ヨーゼフ・ゲッベルスによってドイツに招かれました」アルシアは続けた。「ヒトラーが首相に指名されたあの夜、私はその祝賀行進に加わっていました。お察しのとおり、私は世間知らずでした。当時の私は、政治というものは市民のためのものである、そう思っていました。世界の指導者は、規範に制約されているのだと、戦争は起こり得るし、実際に起こったこともあったけれど、それは道理をわきまえた人間たちの行うものだと思っていました。

それより以前、私は政治に関心を持ったことがありませんでした」アルシアはそこで小さく肩をすくめた。「政治は私になんの影響ももたらさない、そう自分に言い聞かせていたのです。それに実際、私なんかに何ができたというのでしょう？　できることといえば、投票することだけ。しかしそもそも、なぜ政治のために何かしなければならないのでしょう？　世界はそれまでと変わらず回りつづけるというのに。私にとって政治というのは、私の人生から遠く離れたところで済まされる<ruby>ものの</ruby>、暇を持て余した男たちのするゲームのようなものでした」

前列に座る議員たちの数人が不愉快げにつぶやく声がヴィヴの耳に届いた。が、そこここから上がる笑い声が、そのつぶやきをかき消した。

「私がベルリンに到着すると、ナチスは私のその無関心さを利用しました。私は彼らから、経済復興や、かつてないほどに偉大なドイツへの回帰、若者たちの不満から生じた運動などといった、嘘のような魅惑的な話を延々と聞かされました。一方で彼らは、私に、実体のない恐怖を植えつけました。共産党員に通りで目を合わせれば、その瞬間に殺されるだろう、彼らはそう信じ込ませようとしたのです。しかし実際には、そんな野蛮なことを平気で行うのは、ナチ党員たちのほうでしたが」

ハンナがヴィヴの隣でうなずいた。

「それが兵隊文庫となんの関係があるのか、そう疑問にお思いでしょう」アルシアはかすかに自嘲的な笑みを浮かべて言った。「ドイツでひどい形で目を見開かされることになった私は、それからの十年、それまでよりも政治に注意を払って生きてきました。しかし政治というものに対する私の意見はあまり変わってはいません――今でも私には、人びとが集まってポーカーや野球、フットボールをやっているのと同じように感じられます。それぞれの党が、そこに関わる人びとの人生などおかまいなしに、自分たちの勝敗を数えています。たいていの場合はそれで問題ないのでしょう。事態は左に傾き、右に傾き、そして私たちの前には、その中間に浮かび上がるうわべだけの政府が現れるのです」

アルシアの講演はヴィヴが期待していたよりもやや辛辣なものであったが、話者がアルシア・ジェイムズとあっては、自らの印象を悪くする危険を冒してまで中座しようとする者はいないようだった。

「たいていの場合、それで問題ないのでしょう」アルシアは繰り返した。「しかしそれでは、政治が単なる政治ではなくなったとき、それに気づけない可能性があります。ヒトラーがポーランドに侵攻する以前、世界の指導者たちはこの男をどうにかなだめようとするだけでした。彼らはヒトラーを、ルールに従ってゲームを行うほかの政治家と同じように扱っていたのです。白昼に何百万人という市民が忽然と姿を消すことのないようにするのは暗黙のルールでした。攻撃的な党員が、市の広場で敵対する人物を殺害しないようにするのは、暗黙のルールでした。国同士が近隣諸国に残忍な仕打ちをしたり、自国民を殺戮したりしないようにするのは、暗黙のルールでした。

ブレヒトさんは先ほど、みなさんがここに座っているこの瞬間は、みなさんが感じている以上にはるかに重要な意味を持つと語っていました」アルシアは言った。ヴィヴには、ハンナの口元がわずかに引きつるのがわかった。「あの焚書の夜、彼女とともにあの現場にいた人間として、私も同じ意見だと言わざるを得ません」

それを聞いた聴衆のあいだには、二人の講演者が結びついたという事実に対する驚きと喜びが、さざ波のように広がった。

「私はもう、メイン州のアウルズ・ヘッド出身の無知な少女ではありません。あのころの私は、充分に関心を持たなかったがゆえに、有頂天になって目を輝かせていました。そしてその目では、残酷な行為の数々を正しく見ることができませんでした」アルシアは言った。「この場では触れてはいけない話題なのかもしれませんが、私には、なぜこの修正案が存在するのかわかっています。その背後にある政治を知っています。ルーズヴェルト氏が四選を果たすことは、あなたにとっての実体のない恐怖なのですよね、タフト上院議員」

ヴィヴは手にしていたクリップボードを握りしめた。「彼女、中途半端なことができない質(たち)なんですね」

「そうね」ハンナは愉快さをこらえきれない調子で言った。「どう見ても」

「そしてあなたは、自分側のスコアボードに、対戦相手よりも高い点数を入れたがっているんです」アルシアは、はっきりと、断固とした口調で言った。「しかし、もしもあなたが今日という日から、兵隊文庫が海外に駐在する兵士たちにどれほど大きな喜びと慰めをもたらしているかについてのあらゆる証拠から顔を背けて歩き去るのであれば、あなた以外の全員が現実世界で生きる中、あなた一人だけがコートにとどまってゲームを続けることになるでしょう。

この世界には、政治よりも大きなものが存在します」アルシアは続けた。「この世界には、自分のチームに勝利をもたらすためだけに点数を求めることよりも大切なことがあります。あなたがたの中には、こんなのは大げさで感傷的な過剰反応だと感じる人もいるでしょう。本に関して、これほどまでに騒動が巻き起こるべきだという考えを嘲っているかもしれませんね。一九三三年の五月にも、同じように感じていた人たちが大勢いました。でも約束します。私がベルリンでの滞在から学んだことがあるとすれば、それはこういうことです。本への攻撃、理性への、知識への攻撃は、取るに足らぬ内輪もめなどではなく、むしろそれは〝炭鉱におけるカナリアの死〟（危険の前兆の意。カナリアの体には人間よりも先に有毒ガスの影響が現れることから、危険を検知する手段として炭鉱に持ち込まれた）を意味するのです。

人生には、どの党に投票するかよりも、何が正しいかを優先させるべき瞬間があります。まだ危険性が低い段階でもそうした瞬間に気づくことができるようでなければ――断言できます、危険性が高まったときでさえ、その瞬間に気づくことはないでしょう。ご清聴ありがとうございました」

「すごいじゃない」ヴィヴはつぶやくと、ハンナに向かって笑いかけようと隣を振り向いた。が、そこにはだれもいなかった。ヴィヴは面食らってうろたえたが、それについて考えている暇はなかった。気づくとアルシアが目の前に立っていて、ヴィヴは自分より背の低いその女性を抱きしめずにはいられなかった。

「あなたを誇りに思います」ヴィヴはアルシアのこめかみに息を吐きかけるようにして言った。ヴィヴがアルシアを〝誇りに思う〟と言ったことが、アルシアの気に障るかどうかなどということについては考えも及ばなかった。

アルシアはぎこちない手つきでヴィヴの背中を叩いた。「私のせいで、あなたがタフトにひどい目に遭わされないといいけど」

「そんなこと、どうだっていいんです」ヴィヴはアルシアから少し体を離して言った。「新聞があなたの発言を部分的にしか引用しなかったとしても、タフトがこの議論に執着しつづけるようであれば、世間は彼を狭量な人間だとみなしますよ」

「それに、ハンナの言葉が新聞に掲載されれば、世間はタフトをナチ党員のような人間として、歴史の流れに逆行している人間だとみなすでしょうね」アルシアはそう言うと、ヴィヴの背後に視線を滑らせた。が、そこにハンナの姿はなかった。ヴィヴは舞台裏のどこにもハンナを見つけることができなかった。アルシアはがっくりと肩を落とし、再び周囲に壁をめぐらせた。アルシアがヴィヴに笑みを向けたとき、それは無理やりに作られたものであったが、ヴィヴはアルシアを励ますことができるほどには彼女のことをよく知らなかった。「おめでとうございます。イベント後、タフトは間違いなく修正案を取り下げると思います」

「ぼくもそう思う」通路へと通じる階段から声が聞こえてきた。

ヴィヴが振り返ると、そこにヘイルが立っていた。非の打ちどころのないスーツに身を包み、あえて無造作にセットした髪型で立つその姿は、どこからどう見ても堂々とした下院議員そのものだった。しかしヴィヴは、ヘイルの皺の寄った目元に、抑制した笑顔に、ヴィヴを自分の両腕で抱きかかえたくてたまらないというように――ちょうどヴィヴがアルシアを抱擁したように――ヴィヴに向かって身を傾けたその仕草に、喜びを読み取った。

「充分だと思う？」ヴィヴはわずかに息を弾ませて訊いた。ヴィヴはこのイベントを成功させるための準備に何ヶ月も費やしてきた。そして今、実際に成功を宣言することができたとしたらどうだろう。それは夢のように素晴らしいことだった。

「そうだね」ヘイルはヴィヴのそばまできてその肩をぽんと叩いた。肩に軽いパンチを受けたヴィヴは、ヘイルの顔を見上げてにこりと笑った。「充分だったと思うよ」

そしてヘイルは正しかった。

マスメディアはすでに審議会の理念を支持する側にまわっていたものの、ニューヨークでのイベントを受けて、全国の新聞がその要求水準を高めた。ほとんどすべての出版物が論説を掲載した。ほぼすべてに共通するメッセージは、国のために命を懸けた男たちには、読みたい本を自ら選択する権利が与えられるべきである、というものだった。

しかしヴィヴを何より喜ばせたのは、本は単なる本ではないという一般的な合意が成立したことだった。海外に赴任する疲弊した兵士たちに、自分がなんのために戦っているのかを――思想の自由のために、アメリカ的な価値のために、反ファシスト感情のために——思い出させたのは物語だった。何年ものあいだ反ナチスのプロパガンダを刷り込まれてきた国にとって、ヒトラーと彼の独裁主義的な思考と結びつく考えは、忌まわしいものでしかなかった。

タフトに決定打を放つきっかけを作ったのはレオナルド・アストンだった。レオの書いた、アルシア・ジェイムズと、彼女がナチスの賓客としてドイツで過ごした時間に関しての記事は〈タイム〉誌の最もよく売れた号の一つになったものの、決定打となったのはその記事ではなかった。

そう、その記事ではないのだ。それよりも何よりも、レオは、ニューヨーク・タイムズ・ホールを出るタフトの会話を小耳に挟むことに成功していた。タフトはスタッフの一人に、投票の機会が与えられれば、軍人たちの七十五パーセントがルーズヴェルトに投票するであろうこと、それゆえに自分は兵士投票法に反対しているのだと話していたのだった。その会話の引用が世間に広まるようになると、タフトの支持者たちでさえもが、彼と、彼の過度に広範な修正案から距離を置きはじめた。

それはヴィヴが伝えようとしていた物語ではなかった。ヴィヴはそのことを知らしめるために莫大な労力を費やしてきたわけではなかった。それでも結果的には、そのイベントはヴィヴに、彼女の望んでいたものをもたらすことになった。

八月中旬までには、修正案を否決すべく、それまで身を潜めていた議員たちが動き出した。

議会はヴィヴがそれまでに見たこともないほどの速さで動き、議員たちは圧倒的多数でタフトの修正案を実質的に廃案に追いやった。大統領はすぐにそれに署名した。あっという間に審議会は、自分たちの選んだどんな本であれ、自由に兵隊文庫のリストに含めることができるようになった。

ヘイルはヴィヴを〈デルモニコス〉に誘い、本物の政治家らしいやり方で、赤ワインと分厚いステーキでヴィヴの勝利を祝った。ヴィヴはそれを不快に思わなかった。議員たちと同じように、ヴィヴもその祝い方が気に入った。

「これからどうするつもり?」ヘイルがデザートメニューをじっと見つめたまま訊いた。

「世界は同じことを繰り返す」ヴィヴはそう言うと、ため息を吐き出し、椅子の背にもたれかかった。その日は暑く、ヴィヴは汗まみれだった。しかし薄暗く涼しい店内で、ヴィヴはこの上なくリラックスしていて、もう一度あの暑さに立ち向かう気にはなれなかった。「可能な限り力を尽くして戦いつづけるつもり、かな」

ヘイルは、半分閉じた瞼の下の、罪深く、暗く、憂いを含んだ目でヴィヴを見て言った。「戦争が終わったら、何をするつもり?」

「それっていつのこと?」

「君には、ぼくと同じように、不吉な前兆を察知する力がある」ヘイルは非難するような調子で言った。「ぼくのところで働かない?」

「それって、正式な仕事の依頼?」ヴィヴはかすかな笑い声をもらして言った。

「そうでもあるし、そうじゃなくもある」そう言うとヘイルはメニューを机に置き、全意識をヴィヴに向けた。「そうでもあるっていうのは、君がチームに加わってくれたら、すごく助かるだろうなと思うから。そうじゃないっていうのは、君が了承してくれるとは思えないから」

ヴィヴはにやりと笑って言った。「今回のことから学んだことがあるとしたら、私は政治以外のことに携わっていたいってこと」

「ともかく誘ってみたことで、ぼくを責めないでくれよ」ヘイルは何気ない調子でそう言うと、近づいてきたウェイターに向かって笑みを見せ、チョコレートケーキを一つとエスプレッソを二つ注文した。「でも冗談じゃなくさ、何をするつもりでいるの?」

「もっといい戦いを探そうかな」ヴィヴはそう応じながら、自分の足でヘイルの足を突いた。ヘイルがヴィヴの足首に自分の足首を絡めると、ヴィヴはとらえられた状態のまま、足を離さずにいた。

「それって政治みたいに聞こえるけど」ヘイルはうっすらと笑みを浮かべて言った。

「あなたには、なんだって政治に聞こえるんだよ」ヴィヴは言い返した。しかしすぐに真剣な表情に変わり、ヘイルの鋭い視線から目をそらした。「きっと、本に関わること。私たちは、海外にいる人たちの中に新しい読者を生み出した。兵士たちが帰国したら、出版社は忙しくなるはずなの」

「物語を伝えるんだ」ヘイルはうなずきながら言った。上から目線ともとらえられかねない発言だったが、そうは聞こえなかった。「みんな、君になら自分の物語を委ねることができるよ」

ヴィヴは拳の上に顎をのせた。「そうだといいけど」

ヘイルは、ヴィヴの空いているほうの手に触れ、指を絡めた。「ぼくだったら、君にぼくの物語を委ねるよ」

「私をひいきしてるからね」ヴィヴはからかうような笑みを浮かべて言った。

「かもしれない」ヘイルは親指でヴィヴの指の関節をさすりながら言った。数週間前であれば、ヴィヴはその手を引き離したかもしれない。が、今はそうはしなかった。ヴィヴを見つめるヘイルの顔にユーモアがにじみ出ていた。「幸せ？」

「幸せな人なんている？」ヴィヴは本心に反して軽々しい調子で訊いた。ヘイルが真剣な表情を崩さずにいるのを見て、ヴィヴは逃げ出したくなるのを必死にこらえなければならなかった。「幸せになるのは、難しいよ」

「戦争のせいで？」

「うん、いつだってそう。でもそれだけじゃなくてね、私、自分が小説の影響を受けすぎているんだと思うの」ヴィヴは、離れずにつながっている二人の手に視線を落として言った。

「どういう意味？」ヘイルは訊いた。

もしこれが本だったら……。

「本には語り手がいて、物語を少しずつ、少しずつ作り上げていって、解決に向かっていくでしょ」ヴィヴは頭の中の散漫な考えを拾い集めて、筋の通ったなんらかにまとめようとしていた。「それから、大詰めを迎えて、結末が訪れる」

「君の問題も解決した」ヘイルはヴィヴの言わんとするところをすぐにつかんで言った。「それでもまだ、人生は続いていく」

「幸せな結末（ハッピーエンド）っていうのは、小説の中のものであって、現実世界のものじゃない」ヴィヴはそう言い、髪を振り払った。「誤解しないでほしいんだけど、もしこれが私の結末なのだとしたら、私、怒っちゃうと思う」

　ヘイルは、ヴィヴの言わんとすることを理解するかのようにうなずいた。「それでも、これまでと同じように仕事に行って、支払いを済まして、コーヒーを買うっていうのは、妙な気がするね」

「アルシア・ジェイムズは言っていたの。自分のことを、あらゆる物語の主人公のように考えすぎていたことに罪悪感を覚えているって」ヴィヴは言った。「今ならそれが理解できる気がする」

「今回のことに関しては、君が主人公だよ」ヘイルはヴィヴの手の甲の柔らかい部分を親指で押しながら言った。「死に物狂いで戦って、任務を全うしたんだから」

「でもこの次は、脇役かもしれない」ヴィヴは言った。

　ヘイルは笑った。その表情はヘイルによく似合っていた。不意にヴィヴは、自分はいつもこれができる人間になりたいと思った——ヘイルを笑わせることのできる人間に。

「これは断言できる」ヘイルはヴィヴの手を自分の口元に近づけた。その唇がヴィヴの手の甲をかすめると、熱い吐息が感じられた。そしてその目は、二人の共有しているこの瞬間には不釣り合いなくらいに熱を帯びていた。「君がぼくにとっての脇役になることは絶対にない」

「ばか」ヴィヴはたしなめた。しかし、腹部に、泡立つシャンパンのような黄金色の温かさを感じた。その温かさはヴィヴに、もしも自分にこれを受け入れる勇気があるならば、これは本当に幸せの幕開けになるかもしれないと信じさせた。

「かもしれない」ヘイルは眉を歪めて言った。「でも、ばかなぼくだからこそ、好きでいてくれるんだろ」

「そうだね」ヴィヴは言った。ヘイルが輝くような笑顔で笑いかけてきたのを見て、ヴィヴも笑み返さずにはいられなかった。「あなたはやっぱり、遍歴の騎士だってことだよね」

第五十一章

ニューヨーク市
一九四四年七月

アルシア・ジェイムズは、ニューヨーク中の名所を案内するというヴィヴィアン・チャイルズの申し出を断った。

代わりにアルシアはヴィヴに、自身の勝利と、明らかにヴィヴに首ったけの恋人との時間に浸ってほしいと言った。ヴィヴは驚くべきことをやってのけた。たとえ結果として目標を達成することができなかったとしても、自分はやれるだけのことはやった、そう納得できていただろう。

そう思えることは、勝利そのものよりもずっと重要ではないだろうか。

アルシアはそう確信することができずにいた。そうだと自分に言い聞かせはした。しかし勇気を出して自分自身をさらけ出したにもかかわらず、結局ハンナは立ち去ってしまったという事実が、予期せぬ痛みとしてアルシアを襲った。

ハンナは以前からずっとそうであったように、堂々としていて、刺激的で、勇敢だった。

あの瞬間、アルシアは、賛美に値するあの空間でついにハンナとの再会を果たせたと思った。

しかしアルシアが舞台からはけると、ハンナはすでにいなくなっていた。ハンナはわずかにでもそこにとどまり、自分の話を聞いただろうか。

聞いていたところで、何か変わるとでもいうのだろうか。

最終的にアルシアは、講演を行(おこな)ってよかった、自分のコテージにずっと身を潜めているより、何か現実的なことを成し遂げることができてよかった、そう思えた。あまりにも長いあいだ、誤った判断に自分の行動を委ねてきた。一九三〇年代初頭のあの数ヶ月間に、ナチ党をまっとうな政党だと思い込んでいたからといって、それがなんだというのか。アルシアよりずっと賢いはずの世界各国の指導者たちの大多数が、同じように思い込んでいたのではなかったか。

あれ以来ずっとまつわりついていた罪悪感から解放されるには、今ではもう遅すぎるくらいだった。アルシアの取った行動は、終身刑を言い渡されるほどひどいものではなかったのだから。

ハンナが傷ついたという事実には心を痛めたものの、その原因となったのが自分ではなかったということが、今ならわかった。アダムの拘束は確かに、アルシアの行動に対する罰であったかもしれない。しかしナチスには彼を捕えるのに口実など必要なかった。ナチスがアダムの陰謀に気づいていたとしたら、彼らはどのみちアダムを拘束していたはずなのだから。それをアルシアに対する罰としたのは、ディードリッヒへのボーナスにすぎなかった。

長きにわたって、ハンナは、アルシアのあらゆる行動に影響を及ぼす裁判官であり、陪審員であり、死刑執行人であった。しかしそれに関してアルシアは、自分自身を責めるよりほかなかった。ハンナの亡霊がアルシアの人生のあらゆる場面に姿を見せたのは、アルシアがそうする許可を与えたからにほかならなかった。

目覚めているあいだ中ずっと付きまとっていたあの声は、ハンナの声などではなく、自分自身の声だったのだ。アルシアはようやくそのことに気づいた。

アルシアは三ヶ月間ナチスの味方につき、そのために十年間その報いを受けつづけてきた。

もう充分だった。

もう前に進むべきときだった。自分自身を、ハンナを、許すべきときだった。

アルシアは物語のヒーローになれる瞬間をずっと待っていた。しかしヒーローになる必要などないことが今ならわかった。世間の注目を浴び、怪物を退治した――あるいは、退治するのを手伝った

――ものの、自身の抱える問題は依然として残ったままだった。

正しい行いをすれば、果敢に戦えば、罪から救われる、アルシアは本気でそう信じていた。しかし贖罪(しょくざい)とは、ある一瞬間に存在するものでは決してなかった。それは、千もの瞬間の中に存在していた。アルシアが偏見や憎悪について書くとき、そうした偏見や憎悪がいかにして魂の奥に沈み込み、固定され、そこから離れなくなるかについて書くとき、贖罪はそこに存在した。

ナチス・ドイツで、歩行不能になった脚のせいで強制収容所に送られることになった隣人に食料品を届けるとき、友人の軽率な中傷に意義を申し立てるとき、他人がそこから学ぶことがあるようにと自らの失敗を隠し立てすることなくさらけ出すとき、贖罪はそこに存在した。

アルシアはもう二度とヒーローになることを望んだりしなかったが、一つ一つの行動によって、悪役ではないことを証明できると信じていた。アルシアは精一杯善(よ)く生きようとする一人の人間、その過程でだれかが傷つくことがないよう努める一人の人間にすぎなかった。

ヴィヴはアルシアにハンナの家の住所を教えていた。ヴィヴは、あたかもそれがハンナの秘密を守る鍵であるかのように、慎重に、丁寧にその住所を扱った。その姿にアルシアは感謝の気持ちが込み上げた。

タイムズ・ホールでの大イベントから三日が経過していたものの、アルシアはいまだにハンナの部屋のドアを叩く勇気が出せずにいた。

ハンナは返信をくれなかった、そのことが引っかかっていた。ハンナがアルシアの手紙を、特に、アルシアが力の限りを尽くして手に入れたビザを同封した手紙を開けたことは確かだった。それなのに。ともするとハンナは、今でも、アダムが捕えられたことでアルシアを責めているのかもしれない。

しかしそれならばなぜ、舞台から降りてきたとき、アルシアを見てあんなふうに微笑んだのだろう。

アルシアはハンナのアパートメントの向かいにある小さな公園の中を歩き回った。ブルックリンの活気に満ちた地域に立つ、アルシアが腰を落ち着けてもいいと思えるような立地にあった。子どもたちが通りでスティックボールをして遊んでいて、女たちは玄関前の階段で噂話をしていて、歩道では年配の男たちがチェッカーをしていた。その光景にアルシアは故郷を思い起こした。アルシアにとっての故郷は、いつだって崖と海だったが。

故郷とは、場所ではなく、人なのではないか、そんなことがふと頭をもたげた。

住所に視線を落とし、あの夜に思いを巡らせた。

私たちみたいな人間に、幸せな結末（ハッピーエンド）は訪れるの？ アルシアはハンナにそう尋ねたのだった。

複雑な結末かもしれない。でも、だからって幸せが小さくなるわけじゃない。

アルシアは息を吸い込み、勇気を奮い立たせた。

通りを横切り、階段を上り、そのドアをノックした。

❋ 第五十二章

ニューヨーク市
一九四四年七月

ハンナは逃げたのだった。

自分を臆病者だと思うことはめったになかったが、そのときばかりは臆病者になることを自分に許した。

アルシアは目を見張るほどに素晴らしく、力強かった。その口から発せられる一言一言が、ハンナの体を震わせた。

ハンナが恋に落ちたのは、大きな目と大きな感情を持った少女、心の内を率直に打ち明け、息をするのと同じくらい頻繁に顔を紅潮させる少女だった。その子がハンナを破滅に導き、魂の一部に爪を立て、その傷口に塩をすり込んだ。

しかし目の前にいた女性は、自信に満ちた態度で話をしていた女性は、はるかに人を惹きつける魅力にあふれていた。ハンナはその事実に怯えた。

ハンナはアルシアの送ってくれたビザを使い、パリから、そしてこれから起こるはずのあらゆるものから逃れた。オットーから、彼の取り憑かれたような目から、逃れた。

しかしハンナは自らアルシアを捜し出そうとはしなかった。何年ものあいだ、無実の罪のためにアルシアを責めていたのだと打ち明けたら、アルシアはどんなふうに応えるだろう。それを知るのが怖かった。あれからずっと、アルシアを怪物だと信じ込んでいたと打ち明けたら、どんなふうに。

ニューヨークに到着したとき、逃れてきたすべてのものをハンナに思い出させたのは、アメリカという国そのものだった。ハンナはそこで、黒人が白人とは別の冷水器で水を飲む写真や、ユダヤ人を西洋の疫病神だと記した写真を目にすることになった。その瞬間、ナチス・ドイツが鮮明に思い出され、ハンナは嘔吐しそうになった。

自由と平等の国は、ハンナを心から歓迎してくれてはいなかった。ブルックリンに到着して三週間後、目を覚ましたハンナは、部屋のドアにペンキで誹謗(ひぼう)中傷の言葉が書かれているのを目にした。ユダヤ人センターは、窓から投げ込まれるレンガのために頻繁に窓を交換しなくてはならない状態だった。

ハンナは自分自身を鼓舞した。よい人間も存在すること、しかしながら恐怖と憎悪も存在するのだということを知った。たいていの人間は、自らの信じる世界観と、自らを生き延びさせてくれる現状を維持するためになら、どんなことでもするのだろう。

その新しい地では、人間らしさはそのために戦うに値するものだという考えを変えるような出来事にはほとんど遭遇しなかった。そのためハンナはじっとこらえ、自分の人生を生き、近所で見つけた真に親切な人びとと親しくなり、何もかもがいっぱいいっぱいになったときには本に没頭するようになった。

しかし再びアルシアを目にしてしまった今、ハンナの中で何かが変わった。

アルシアには、あの講演で行(おこな)ったように、自身に注目を集めるようなパフォーマンスをする個人的な理由がないはずだった。彼女の本はすでに兵士たちのもとに送られていて、マスメディアや書評家たちからは称賛と注目を得ていた。議員たちに対して、兵士たちの要求を前にあまりに利己的で冷淡であると、明確な非難を表明する必要性などなかった。

それでもアルシアはそれを行(おこな)った。

人の長所というのは、生まれながらに備わったものではないことがある。時にそれは、対立や奮闘、失敗によってもたらされる。あるいは、成長によってもたらされることもある。

アルシアは冷酷になっていてもおかしくはなかった。良心の呵責(かしゃく)のまったくない政党に利用され、恋人にぬれ衣(ぎぬ)を着せられたのだから。あてもなく漂い、卑劣な人間になっていてもおかしくはなかった。そうなっていたとしても、だれもアルシアを責めなかっただろう。

しかしアルシアはそうはならず、各地の戦線で死と隣り合わせの状態にある兵士たちのために世界をよりよい場所に変えられるよう、なけなしの力を振り絞った。

ハンナはそれを称賛せずにはいられなかった。

それでも、やはり容易なことではなかった。

自らが拒絶した相手と――最悪の人間だと信じ込んでいた相手と――顔を合わせるのは、容易なことではなかった。自分が魂を破壊してしまった相手の目を直視するのは――その相手に許しを求めるのは――容易なことではなかった。

オットーは、求めなかった。

その事実は、何年ものあいだハンナの胸骨の下で息づいていた。オットーの死を告げる知らせが――アヘンによる自殺だった――届いたあとでさえも、それは生きつづけた。ハンナは嘆き悲しみ、川を見つけ、百合(ゆり)の花のリースを水面(みなも)に浮かべた。祈りをささげ、別れを告げ、潮流が変わるほどたくさんの涙をそこに流した。

それでもなお、オットーが許しを請わなかったという事実を忘れることはできなかった。

アルシアの講演が終わるまで残っているべきだったのだろう。あの暗い空間で、アルシアに向き合い、長いあいだ二人が背負ってきた重荷から解放されるべきだったのだろう。

今だけは、ハンナはオットーに同情した。自分が間違っていたことを認めるのは、想像していた以上に難しいことだった。

しかしハンナはそれを実行するつもりでいた。ヴィヴィアン・チャイルズから、アルシアの正確な住所を教えてもらうつもりでいた。しかしその前に、一度しっかりと呼吸をする必要があった。

そのとき、ドアをノックする音が聞こえてきた。

ハンナはキッチンから玄関ホールに出て、ドアをじっと見据えた。ハンナを訪れる者などいなかった。ハンナのこの聖域を訪れる者など、いなかった。

またノックの音がした。

ハンナはキッチンクロスを両手で握りしめたままゆっくりと前進しながら、百万もの可能性に思いを巡らせた。そのすべてがアルシアに帰した。

ドアに近づき、のぞき穴に目を当てた。

それから木製のドアに額を押しつけた。

アルシアからの手紙のことを、大きすぎる目でアルシアに見つめられた夜のことを、歩道にくずおれていったアルシアのことを思った。『不思議の国のアリス』と、ベルリンを探索したあの春の日々のことを思った。温かいシーツの敷かれたベッドと、温かな肌を喜んで探索したあの指先のことを思った。

いくつもの可能性のことを思った。

ハンナには迎える価値さえないかもしれない〝幸せな結末〟のことを思った。

ハンナにふさわしいはずの〝複雑な結末〟のことを思った。

そしてハンナはドアを開けた。

✻ エピローグ

ベルリン
一九九五年五月

ベーベル広場で〈焚書を記憶する記念碑〉の除幕式が行われる中、遠くのベンチに座ってその光景を見守る二人の女性がいることに気づいた者はほとんどいなかった。

しかしマーサ・ヘイル・シューマッハは、この式典の始まりからずっと二人を見ていた。マーサは母親の肘に触れ、女たちのほうに向かって頭を傾けた。

ヴィヴィアン・ヘイルは娘の指し示すほうを目で追うと、その先に二人の姿を認めて目元を和らげた。

「あそこからじゃ見えないでしょうに」マーサは口を尖らせた。その記念碑はそっくりそのまま地面に埋められていて、そう簡単に目につくものではなかった。その日の早い時間、マーサは人混みをかきわけて記念碑のそばまで行き、足元に埋められた空っぽの白い本棚を、一九三三年五月のあの夜に焼き払われた二万冊の本を収容することのできる本棚を、その目で見ていた。

永久に空っぽのまま、人びとの記憶にとどめられる図書館。

「見る必要がないのよ」ヴィヴはマーサの腰に腕を回して言った。七十五歳になった今でも、マーサの母親は、娘の体を自分に引き寄せることができるほど力強く、その頭上に口づけられるほど背が高かった。

母のそうした気を紛らわすような行動はあまりに馴染み深いもので、マーサはそのまま身を預けることにした。ヴィヴはスキンシップがとても好きで、それが自分の子どもを――というより実際は、だれであっても——なだめるときのヴィヴの基本的なやり方だった。マーサは、四十九年という自分の人生の大半を、母に隣にぴったりと引き寄せられて過ごしてきたような気がしていた。

　スキンシップの多さに関してはマーサの父親も母親と大差なく、十代のあいだはほとんどずっと、両親が互いの手を離すことができずにいつでも手をつないでいるのを見て、ひどく恥ずかしい気持ちと、密かにそれを喜ぶ気持ちを抱いて過ごしたものだった。

「二人とも、本当は来たくなかったんだと思う？」マーサは自分が、母と同じように、時に人に対して強引になりすぎるきらいがあるのを承知していた。それに、〈空っぽの図書館〉に関する記事を読んですぐに、ベルリンへのこの旅を思いついたのはマーサだった。おばたちはマーサに〝ノー〟と言ったことがなかった。そしてマーサがその事実をうまく利用したことは、一度や二度ではなかった。

「そんなことないわ、ダーリン」ヴィヴはマーサの腕を叩きながら言った。「二人とも、ここに来たがっていたの。ただね、二人とも、長い人生の中で、たくさんの演説を聞いてきた。これ以上聞く必要がないのよ」

　それは正しいのかもしれなかった。しかし、あの二人こそが、マーサがドイツに来た理由だった。マーサは母の腰をもう一度ぎゅっと抱き寄せてから、集まった大勢の人びとから離れた。途中、アメリカの国旗の描かれたサーフパンツとビーチサンダルをはいた旅行客を巧みによけながら、二人の女性に向かって歩いていった。

　マーサが目の前に立ち、太陽の光を遮断すると、ハンナはにこりと微笑んだ。もうすぐ九十歳を迎えるハンナは、はじめて会ったときと変わらず美しかった。温かみのある、金色の目はわずかに濁っていたものの、その曇りの向こうに宿る知性は変わらず鋭いままだった。

「式典を見逃しているじゃない」ハンナが言った。

「私の台詞だよ」マーサはからかうようにそう言うと、ハンナの足を自分の足で小突きながら、二人のあいだに視線を落とした。二人は手をつないでいて、長旅のせいで消耗しているはずであるにもかかわらず、疲れを一切見せず、リラックスした様子で座っていた。

「これまでの人生の中で、そういう式典なら充分経験してきたから」アルシアが、唇の両端をわずかに上げ、苦笑いを浮かべて言った。その言葉は、意図せずして、この問題に対するヴィヴの考えのこだまになっていた。

　マーサは異議を唱えたかった。自分と母親が数週間という時間を費やして、四人のためにこの旅行を計画したのだと伝えたかった。パスポートや航空券を手配して、最高の状態とは言い難い腰を抱える年配の二人が宿泊するのに適したホテルを手配したのも自分たちなのだと伝えたいと思った。

　しかしマーサは一度気持ちを落ち着けて、二人の顔を観察した。表情こそ穏やかだったものの、その姿からは緊張が感じられた。二人は記憶の中に、両者の記憶の中に、閉じこもっていた。感動的な瞬間を思い描きながらこの旅を計画したというだけの理由で、二人をそこから引きずり出す資格などマーサにはなかった。

　それに、マーサにはわかっていた。二人は〝活動家〟と呼ばれることもあったが、ベルリン時代について話すことを喜びとしているわけではなかった。二人は、彼らの人生の一部である子どもたち――マーサと、マーサの弟たちも含めて――に、善良な人間が顔を背けてしまえば、どれほど容易に残虐行為が行われ得るかについて伝えるのを決して忘れなかった。しかしそれは、二人が自由な時間につくづくと考えたいと思うような話題ではなかったはず。

　そうでなくとも二人は、仕事上、それについて嫌というほど頭を悩ませてきたのだから。

　アルシアは、三つの小説で驚異的な成功を収めたあと、健全な民主主義がいかにたやすくファシズムの中に死に絶えていくかについて書いたノンフィクションをいくつか発表した。講演巡業を行い、公共放送サービス（PBS）のドキュメンタリー番組の取材まで受けることになり、みな晴れ着に身を包んでその様子を見守った。そして六十歳になったのを境に、子ども向けの本を書きはじめた。それまでと同じメッセージを主題としながら、子どもに伝わるような物語を書いた。ドラゴンやプリンセスなどをたくさん登場させ、ほかの児童書によくあるお決まりの結末ではなく、複雑な結末を用意した。そのシリーズは大変な人気を博し、マーサの本棚は、シリーズ全巻のサイン入りの初版本で埋め尽くされた。マーサはその本を自分の娘に読んで聞かせた。

ハンナは〈ブルックリン・ユダヤ人センター〉内にある〈焚書された本のドイツ図書館〉に勤務しつづけ、同センターが一九七〇年代、冷戦感情の重みに耐えきれず閉鎖に追い込まれるまでずっとそこで静かな戦いを続けた。その後、アルシアとヴィヴの協力を得て、小さな個人出版社〈千もの不思議〉を立ち上げ、フェミニズム論について書かれたチャップブック（十八世紀ころのイギリスで発行された、安価なポケットサイズの本）からエイズの蔓延(まんえん)について論じた極めて啓蒙(けいもう)的な小冊子まで、ありとあらゆるものを出版した。

彼らはブルックリンにある小さな店舗にその出版社を構えた。そこはマーサの父親の最初の選挙事務所から通りを一本進んですぐのところにあった。アルシアとハンナが、知識人や学生、詩人や哲学者の集会所になることを願って設営したロビーは、ほとんど常に人であふれていた。踏み込んではいけない話題など何もない、それが彼らの設けた唯一のルールだった。

マーサはそこで育った。そしてそこで過ごしたのと同じだけ長い時間を、選挙遊説先で過ごして育った。そして七歳になる前には、さまざまな政治形態についても、法案を可決させる方法についても理解するようになっていた。

そして何よりも、本は――それが賛同できない、あるいは楽しめない本であったとしても――神聖であるということを学んだ。

「どうして好きになれなかったの？」アルシアはマーサから、直感的な反応ではなく、知的な返答を引き出そうとするのだった。このおばが、容赦ない態度で批判的思考(クリティカルシンキング)を教え込もうとしたという事実こそが、自分が史上最年少で下院議員に当選できた理由だとマーサには断言できた。

そうしたすべてのことに思いを巡らせてようやく、なぜハンナとアルシアが今日のような厳かな儀式を必要としないのかが理解できた。

彼ら自身がこの上なく素晴らしい記念碑であり、彼らの生き方そのものが称賛されるに値するものだった。

マーサは二人を無理にベンチから立ち上がらせようとはせず、これまでずっと〝おば〟と呼んできた女性の隣に腰を下ろした。そして幼いころからずっとそうしてきたように、その体にぴったりと体を寄せた。「お話を聞かせてよ」

アルシアは空いているほうの手でマーサの髪をなで、笑った。そしてこれまでずっとそうだったように、願いを聞き入れてくれた。「むかしむかし……」

謝辞

一冊の本を出版するには、非常に多くの人たちの協力が必要だ。私の本が出版を迎えることができたことは、感謝の念に尽きない。

はじめに、私のエージェントとして支えてくれたアビー・ソールに深い感謝を。歴史小説を書きたいという私の願望を熱心に励ましてくれたことに対して、その素晴らしい編集者の眼力で、私が本書の核心を見つけるのに辛抱強く手を貸してくれたことに対して、無事に着地することを願いながら私とともに崖から飛び降りてくれたことに対して、シャンパンでの祝杯と図書館での祝賀会、そしてそのあいだに起こったあらゆることに対して、ありがとう。この壮大な冒険にあなたが付き添ってくれたことを、心から嬉しく思う。

テッサ・ウッドワードに多大なる感謝を。あなたは作品がまだ未完成であった時点で、すでに本書を非常によく理解してくれていた。あなたの編集の展望について聞かせてもらったその瞬間から、この物語があなたの力によって最高で最強な姿へと引き上げられるのを想像し、そしてその過程で、私もよりよい作家になることができるだろうと期待し、胸が躍ったのを覚えている。

〈ウィリアム・モロー〉社のチームのみんな、本当にありがとう。人目につかないところで、非常に多くの人たちが協力し、読者の手に一冊の本を届けるべく情熱と才能を注ぎ込んでいる。あなたがたと仕事をすることができたことを誇りに思う。

#TeamLarkのみなさん、あなたたちは作家仲間を支える方法を最もよく示す手本となってくれている。あなたたちの賢さと冗談、そして友情に感謝します。

本を書きはじめると、みな口をそろえてこう言ってくる――友達にそれを読んでもらえると期待しないほうがいい。しかし私にとっては、いつもその逆こそが真実だった。中には、作品のプロモーション活動に、家族や家族の友人までをも引き入れてくれた友人たちもいた。みんな、大好きだよ。たくさんの友人たちの中でも、アビー・マキンタイア、ケイティ・スミス、マリッサ&ヘスース・カール＝アコスタ、ジュリー・ヴォルナー、テレサ・ゴンサルヴェス、トーニャ・オースティン、ジェシー・シルコウ、キャスリーン&ケンドラ・ヘイデン、キャサリン・クラインに、特別な感謝を伝える。

私の素晴らしい家族――デブ、バーニー、ダナ、ブラント、レーガン、グレイス――の支えなしには、これをやり遂げることはできなかった。私の最愛の人たち。大好きだよ、そして愛を捧げます。

冒頭で〝非常に多くの人たちの協力〟と述べたが、それにはあなたがた読者も含まれています。この本にチャンスを与えてくれて、この本のために、苦労して稼いだお金と、近ごろでは特別に価値があるように思われる時間を費やしてくれて、本当に感謝します。ヴィヴ同様、私も、読者に数時間、現実を離れる機会を与えることが、読者の心を軽くすることが、そして読者に何かを〝感じて〟もらうことが、作家の務めだと考えている。私を信じ、その手伝いをさせてくれたことに感謝します。

最後に、ナチスから本を守るために尽力してくれた、すべての素晴らしく、勇敢な人びとに謝辞を捧げたい。世界中があなたがたに深く感謝しています。

あとがき

私は子どものころから本の虫で、いつもページのあいだに顔をうずめていて、ジャングルジムよりも図書館に行きたがる子どもだった。やがて、暇な時間ができると〈バーンズ・アンド・ノーブル〉で何時間も立ち読みをするティーンエイジャーに成長し、成人してからは、何か読む物を携えずには外出しない人間になっていた。

本は常に私の人生の礎(いしずえ)であり、もし可能であるならば、いつか本たちに向けてラブレターを書きたいとさえ思っていた。そんな中、私は、モリー・グプティル・マニングの最高傑作*When Books Went to War*（『戦地の図書館 海を越えた一億四千万冊』（松尾恭子訳）東京創元社）に出会うことになる（そう、私は暇があると戦争に関する本を読む、歴史マニアでもあるのだ）。

第二次世界大戦について書かれた本ならば、それまでにも数多く読んでいたものの、〝兵隊文庫〟については聞いたことがなかった。私は瞬時にしてその構想に心を奪われた。人生における最も暗い瞬間にいる兵士たちに物語を届ける取り組み。本の力をたたえるのに、これ以上によい方法などあるだろうか。このような思いから生まれたのが、『葬られた本の守り人 *The Librarian of Burned Books*』である。

歴史小説の読者たちが知りたがることがある。何が真実で、何が虚構で、何がその中間にあるか。『葬られた本の守り人』では、主要な登場人物たちはみな私の創作であるものの、彼らが関わることになるいくつかの出来事や、物語を形作るのに重要になる多くの歴史的瞬間、そして何人かの脇役に関しては、私の創作ではない。

兵隊文庫の取り組みは、〈戦時図書審議会〉が実際に行(おこな)った驚くべき活動だった。素晴らしい人びとが関わることによって、本に大変革をもたらしたのだ。ペーパーバックを一般的なものにし、取り組みの過程で新しい世代の読者を生み出した。一九四三年から一九四七年のあいだに、千三百以上の作品の、約一億二千二百万冊のコピーが印刷され、海外に駐留中の兵士たちに送られた（『グレート・ギャツビー』が世に知られるきっかけの一つとなったのが、まさにこの兵隊文庫プロジェクトだった）。本書で触れている兵隊文庫はすべて、実際にこの取り組みのなかで送られた本の一部であるが、この物語の時系列に合わせるために、いくつか日付を変更したところもある。それから、これについても伝えておかなければならないだろう。審議会は、アイゼンハワー将軍がノルマンディ上陸作戦に参加する兵士一人一人に兵隊文庫を持たせたがっていたという事実については知らなかった。部隊は、すでに配布された本をすぐには兵士に渡さず、ノルマンディ海岸に侵攻する数日前に、集結地域に集まった兵士たちに配布すべく、百万冊もの本を確保していた。

オハイオ州出身のロバート・タフト上院議員は実際に、一九四四年、兵士投票法にねじ込んだ過剰なまでの修正案によって兵隊文庫プロジェクトを無力化しようとした。タフトは、全国各地の論説が修正案の撤廃を呼びかけていたにもかかわらず、断固としてその声に耳を傾けようとしなかった。そして一九四四年に行われた審議会との会談後、ようやく態度を変えた。ここが、私が歴史に一番手を加えた点だ。私はこの部分を変更し、タフトとヴィヴにとって劇的な決戦の場に作り変えた。審議会がタフト議員の修正案に反対する運動をしたことは事実だ。しかし、両者の最後の会談は、感極まった講演者とともに熱狂的に行われたのではなく、騒々しい報道陣が外で待ち構える中、落ち着いたビジネスランチとして行われた。複数の記者たちが、ランチを終えたタフトが立ち去り際、ルーズヴェルト大統領と、兵士に与えられる選挙権を痛烈に批判する言葉を口にしたのを聞いていた。この失敗を機に、同僚議員たちはたちどころにタフトから距離を置くようになり、そうして彼の修正案は実質的に廃案となった。

審議会や兵隊文庫プロジェクト、その前身となる運動——戦勝図書運動（Victory Book Campaign）——について、兵士たちが実際に作家に宛てて書いた手紙とともにより詳しく知りたければ、マニングの著書を読むことを強くお勧めする。ノンフィクションの形式で書かれたものは、本が、ヒトラーやナチスとの戦いにおいて武器としてどのような役目を果たしたかについて、より広く、より徹底的な考察がなされている。

第二次世界大戦と本について考えるとき、ある衝撃的なイメージ——暗い空を背景に燃え上がる炎、腕いっぱいに抱えた本をその炎の中に放り投げる学生たち、嬉々として彼らに声援を送る観衆たち——が思い浮かぶのは避けられない。

本を愛する人ならだれでも、一九三三年の五月のあの夜が象徴するあらゆるものに取り憑かれている。登場人物に私自身のなんらかの部分を投影しているのかと訊かれることがよくある。ほとんどの場合、私は〝ノー〟と答える。が、燃え盛る炎を目の当たりにしたアルシアの反応は例外だ。

〝「冒瀆よ」アルシアは消え入りそうな声で言った。アルシアに教会があるのならば、それは本の表紙の中に存在していた。アルシアが宗教を持っているのならば、それは本に書かれた言葉の中に存在していた。ハンナはうなずくだけだった〟

私が本書の執筆を始めたのは二〇二〇年のことで、当時はまだ、現在アメリカで過熱している禁書運動が叫び声というよりもざわめきに近かった。しかし、（マーク・トウェインも言ったように）歴史は繰り返さないとしても、確実に韻を踏む。私が調査に身を投じはじめていたナチス時代との類似点は目につきやすく、そのため私には、自分たちがどこにたどり着くのかがわかっていた。

最も暗い時間の中でも、いつでも光は存在する。

私はその光を、パリとブルックリンの図書館で偶然見つけることになった。その図書館に関する記録は、時の経過の中でほとんど残されておらず、図書館が開館した当時の記事、ウィキペディアに掲載された一つ、二つの記事、あるいは、おそらくそのアクセス数の約半分に私が貢献した一握りほどの学術論文が現存しているだけだ。それらの図書館には有名な後援者(パトロン)や支持者(サポーター)がいた——非常に多くのパトロンやサポーターの中に、パリの図書館にはH・G・ウェルズとマン兄弟が、そしてブルックリンの図書館にはアインシュタインとアプトン・シンクレアがいた——ものの、その存在は歴史からほとんど忘れ去られてしまった。それでも私は、その図書館の構想を知ると、あっという間に魅了された。なぜならそれは、恐怖や憎しみ、不寛容ではなく、共感と好奇心、感嘆の念を持って世界に向き合おうとする際に私たちが体現し得る最高の姿を象徴していたから。

過去を振り返り、本を破壊したいという衝動が非常に人間的であり、不可避のものであったと考えるのは簡単だ。しかしそれならば、私たちの、本を守りたいという願望も同じだ。

二〇二二年、ニューヨーク公共図書館とブルックリン公共図書館が、一般的に禁書の対象とされている本を、全国の人びとが利用できるようにするプロジェクトを立ち上げた。メイン州の小さな島にある図書館は、禁書リストに名前が挙げられることになった本だけで、図書館にあるすべての本棚を埋め尽くすことを使命とした。オハイオ州の母親たちのあるグループは、禁書にすべく異議を申し立てられている本を確認することのできる地図を載せたウェブサイトを作成した。

いつだって光は存在する。

異議申し立ての多くが、クィアについて書かれた本やその著者を対象にしたものであることは無視することのできない事実だ。私は、本書のアイディアを思いついた当初から、女性同士のラブストーリーを書こうと考えていたわけではなかった。しかし、ハンナがページ上に姿を現した——自転車にまたがり、悲しみに暮れながらも、打ち込まれた釘(くぎ)のように頑丈な姿でパリの通りを駆け抜けていく姿を現した――その瞬間、彼女はアルシアに恋をするのだ、私はそう悟ったのだった。

一旦それが定まると、私は螺旋(らせん)を駆け巡るように調査を進めていった。そしてやがて戦間期のベルリンとパリにたどり着き、そこではクィアコミュニティが存在していただけでなく繁栄していたことを知るに至ったのは、喜ぶべき発見だった。

とりわけベルリンでは、キャバレーやナイトクラブはもちろん、クィアの経験に焦点を当てて作られた人気映画やヒット曲、雑誌までもが存在していた。焚書(ふんしょ)が行われるより少し前、同市にあるマグヌス・ヒルシュフェルトの研究所がファシストに襲撃された。マグヌスは、クィアのアイデンティティに関する研究において、彼の時代の十年先を進んでいる人物だった。当時、人びとはそこで公然と生きていた。しかしそれ以降の数十年間、そうした開放的な姿が再び見られることはなかった。この時代のこの市(まち)についてより詳しく知りたいかたには、ロバート・ビーチーの*Gay Berlin: Birthplace of a Modern Identity*を読むことをお勧めする。

一九三〇年代のパリは、ベルリンほど進んではいなかったものの、クィアの住人が参加することのできる活気のあるコミュニティが存在していた。モンマルトルにある〈ル・モノクル〉はパリで最も古い、そして有名なレズビアンのためのナイトクラブの一つで、ナタリー・クリフォード・バーネイは実際に、パリ左岸に位置する自宅で毎週文学サロンを開き、ガートルード・スタイン（アメリカ出身の詩人、劇作家、美術収集家）をはじめとする多くの人びとがそこを訪れていた。

ＬＧＢＴＱに関する歴史のどんな物語にも、消えることのないトラウマや痛みが存在するとよく耳にする。そのため、過去を舞台にした楽しいクィアの恋愛物語は、非現実的、あるいは空想的だとみなされることがある。そうした傷が存在することは否定できないが、傷があるからといって、そこには幸福と愛も確かに存在していたのだという事実をなかったことにはできない。クィアの人びとはいつでも〝好奇心に駆られて千もの不思議をさまよう〟ことができ、最後には単なる平凡以上のものを目にすることができるのだから。

作品の中で取り上げた歴史を大局的な視点で見れば、ほぼすべての出来事や歴史上の人物に関して、私の知る限り正確に描写してある。しかし私は非常に人間くさい人間であるため、誤って事実とは異なる描写をしている点もいくつかあるはずだ。その点については、あらかじめご了承いただきたい。

私がアルシアの視点を一九三三年の前半に設定したのは、その時期に焚書が行われたという理由からだけではない。その特定の期間には、非常に多くのことが矢継ぎ早に起こったため、私はいつもその数ヶ月間に魅了されていたのだ。ドイツがいかにして戦争やホロコーストに向かっていったか、その軌跡をすべて含めようとしていたら、本書は教科書になっていただろう。政権を握って間もないころのヒトラーについて興味があるならば、トーマス・チャイルダーズの *The Great Courses: A history of Hitler* をお勧めする。

歴史においては、ヒトラーの成功に手を貸した人物として男性ばかりに焦点が当てられるが、私はこの中に、世界屈指のピアノ製造会社、ベヒシュタイン社のヘレーネ・ベヒシュタインも含めたいと考える。ヘレーネと、彼女のように裕福で力のある女性たちは、ヒトラーを〝小さな狼〟と呼び、テーブルマナーやその他の礼儀作法を指導し、彼がベルリンの上層部の舵を取る手助けをした。ヒトラーが上流階級の資金提供者たちに受け入れられ、権力の座につくのを後押ししてもらったという事実は、ヒトラーにとって極めて重要なことであった。女性は多くの場合、歴史の中から排除され、そのために人類にとって重要な瞬間――よりよくなるための転換点となる瞬間はもちろん、時には、悪いほうへ向かう瞬間だってある――に私たち女性が果たし得る役割は容易く忘れられてしまう。

アダムが暗殺を企てているのではないかというハンナの恐怖が、ハンナがパリを去ったとする時期よりもずっとあとに起こった出来事に基づいていることも伝えておかなければならないだろう。一九三八年、ユダヤ系ポーランド人のヘルシェル・ファイベル・グリュンシュパンがドイツの外交官を銃で撃ち、ナチスはその事件を〝水晶の夜〟を決行する口実として利用した。

本書の歴史的背景のほとんどは、現実に起こった出来事に基づいている。私が一番大きな変更を加えた点――タフトとの最終決戦がより劇的になるよう手を加えた点を除けば――は、ゲッベルスの文化交流プログラムについてである。実際にゲッベルスは、ヒトラーの第三帝国の文化的な議題の設定を任されていたが、私はその取り組みを、アルシアがナチスを理解するに至る手段になるものとして創作した。

本書で描いた歴史のいくつかに興味を持ってもらえることを願っている。しかし最終的には、何より、物語が読者のみなさんの心を動かし、心に響き、この読書によってみなさんが笑い、涙を流し、百万もの異なる感情でしか表現することのできない、胸を締めつけるような思いに駆られることを願っている。

〈ニューヨーク・タイムズ〉のベストセラー作家ジュエル・パーカー・ローズは、「私は歴史小説が大好きだ。なぜなら、そこには正真正銘の事実と、感情的事実が存在するから。フィクション作家が創り出そうとするものは、その感情的事実の部分だ」と言っている。

あなたがた読者のためにそれを成し遂げることができていれば、私は究極の目標を達成したことになる。

読んでくださり、本当にありがとうございました。

訳者あとがき

〝本を焼く者は、やがて人も焼くようになる〟

これは本書にも引用される、ユダヤ系ドイツ人ハインリヒ・ハイネの戯曲『アルマンゾル』の一節だ。十九世紀に活躍したこの詩人の著書は、百年以上の時を経て、第三帝国の首相アドルフ・ヒトラーによって焼き払われた。そして詩人のこの恐ろしい予言は的中した。彼の本を焼いた男は、のちに大量虐殺によって世界を震撼させることになった。

本書は、ヒトラーがドイツの首相に任命された一九三三年から第二次世界大戦に向かうベルリン、パリ、ニューヨークを舞台に、史実や実在の人物を織り交ぜながら、本を守るために奮闘した三人の女性たちの姿を描いた物語だ。歴史小説として史実を伝えるだけでなく、愛と裏切り、友情、悲劇と奇跡を描いたロマンス小説でもある。

物語の背景について少し説明しておこうと思う。一九三三年、ナチス政権下のドイツで大規模な焚書が行われた。主人公の二人——米人作家アルシアとユダヤ人ハンナ——はこの焚書を目撃した。その夜を境に、二人の運命は大きく変わることになる。現実に話を戻すと、この焚書を皮切りに、〝非ドイツ的〟とされた一億冊以上の本が焚書や発禁によって葬られた。それから数年後、第二次世界大戦中のアメリカでは、ナチスの書物大虐殺とプロパガンダ作戦に抗うべく、「思想戦における最強の武器と防具は本である」をスローガンに戦勝図書運動が起こった。兵士たちに希望を与え、士気を高めるために、戦地に本を届けるべく全国から寄付を募ったのがこの運動だ。これに出版業界が賛同し、戦時図書審議会が設立され、兵隊文庫が誕生した。寄付本と兵隊文庫を合わせ、約一億四千万冊が戦地に送られたという。兵士に生きる希望を与えた本の数は、ナチスが葬った本の数を上回った。ナチスは思想を弾圧することによって、ナチズム、ヒトラー的な民族主義が「不死鳥のごとく」生まれると信じていた。しかし皮肉なことに、彼らが焼き払った本の灰から蘇(よみがえ)ったのは、自由と民主主義を守ろうとする力、本への渇望だった。ところが同じアメリカで、本の力を象徴するはずのこの兵隊文庫が政治の駒として扱われ、廃止の危機に追いやられた。戦勝図書運動を支持していた時の大統領ルーズヴェルトの四選を阻止しようとしたロバート・タフト上院議員が、兵隊文庫に検閲を行おうとしたのだ。物語の中では、戦争未亡人となった米人女性ヴィヴが、戦時図書審議会の一員として、この検閲の危険性を世に訴えるべく立ち上がる。著者は、独裁政治や戦争の恐ろしさを描くことで、そうした恐怖から人間を救うものとしての〝本の力〟を伝えている。そして同時に、本、言葉、思想が制限され、禁じられることの危険性も訴えている。

著者ブリアンナ・ラバスキスは大学でジャーナリズムを学び、政治記者としての経歴を持つ。作家としてもすでに十冊以上の小説を発表しており、今秋には新作が出版予定だ。こうした経験から培われた多様な表現力は本書の魅力の一つになっている。リアリティのある描写で厳しい現実を読者に突きつけたかと思えば、恋人たちを描く場面では、甘美な会話や触れ合いを繊細な筆致で表現している。読者の中には、ロマンスを重要視しないという方もいるかもしれない。しかし本書でも指摘されるとおり、ヒトラーの成功の陰にも、彼を熱烈に支持した女性たちの存在があった。本書にも登場するヘレーネ・ベヒシュタインなどの上流階級の女性たちはヒトラーを〝リトル・ウルフ〟と呼んで可愛がり、社交界にふさわしい紳士にすべく教育したという。恋愛、あるいは色情がいかに人間の行動や思考に影響を与え得るか、世界を大きく動かすきっかけとなり得るか。歴史を振り返ってみれば、あるいは自分の周囲を見回してみれば、このことを証明する事例を探すのは難しいことではないだろう。

歴史小説、ロマンス小説としての面白さだけでなく、本当の裏切り者はだれかという謎が物語のクライマックスまで残されたままであるという点も、読者を飽きさせない要素の一つだ。だれがどういう理由で裏切ることになったか、一番罪深いのはだれか、この大きな謎がようやく明かされる場面では、戦争によって人生を狂わされる人びとへの憐憫（れんびん）が胸の中で最も大きく膨れ上がることになるだろう。

三月に発表された第九十六回米アカデミー賞では、「原爆の父」として知られる物理学者ロバート・オッペンハイマーの半生を描いた『オッペンハイマー』が作品賞を含む七部門で受賞し、日本作品からは、核実験によって変異したゴジラが戦後の日本を襲う『ゴジラ-1.0（マイナスワン）』が視覚効果賞を、戦争で母を失った少年を主人公にした『君たちはどう生きるか』が長編アニメーション賞を受賞した。さらに国際長編映画賞には、アウシュビッツ強制収容所の所長とその家族の暮らしを描いた『関心領域』が選ばれた。核や戦争を題材にした作品に焦点が当てられた背景には、この地球が今まさに、反戦への強い意志を確認すべき局面に立たされているという事実があるのではないかと感じた。各地で戦争や内戦が続き、核兵器の再利用に対する危機感が高まり、まだ表面化せずとも争いの火種がそこここにくすぶり、民主主義の危機が論じられる今だからこそ、本書は読まれる意味のある作品だと思う。個々人の小さくとも強い思いが、新たな争いを止める力になり得ると信じたい。

本書を通して一冊の本の重みに改めて気づいた今、その過程で尽力してくださるみなさんに感謝を伝えたいと思います。みなさん、本当にありがとうございました。

二〇二四年三月

高橋尚子

本書で紹介された書籍

以下に挙げるのは、本書の中で、アルシアの二つの架空の小説とともに、言及された本のリストです。

＊訳者より

ここに挙げられた作品は、日本では版によってタイトルが異なる場合があります。

また、日本で未邦訳の作品も含まれます。

兵隊文庫に選ばれた本

Oliver Twist　『オリバー・ツイスト』チャールズ・ディケンズ

The Adventures of Huckleberry Finn　『ハックルベリー・フィンの冒険』マーク・トウェイン

The Adventures of Tom Sawyer　『トム・ソーヤーの冒険』マーク・トウェイン

The Grapes of Wrath　『怒りの葡萄』ジョン・スタインベック

Candide　『カンディード』ヴォルテール

Yankee from Olympus　『オリンパスから来たヤンキー』キャサリン・ドリンカー・ボーエン

The Call of the Wild　『野性の呼び声』ジャック・ロンドン

Wind, Sand and Stars　『風、砂、星たち』アントワーヌ・ド・サン=テグジュペリ

Tortilla Flat　『トルティーヤ・フラット』ジョン・スタインベック

Strange Fruit　『奇妙な果実』リリアン・スミス

A Tree Grows in Brooklyn　『ブルックリン横丁』ベティ・スミス

Chicken Every Sunday　『チキン・エブリ・サンデー』ローズマリー・テイラー
Vanity Fair　『虚栄の市』ウィリアム・メイクピース・サッカレー
The Great Gatsby　『グレート・ギャツビー』F・スコット・フィッツジェラルド

❋ その他

Adventures of Alice in Wonderland　『不思議の国のアリス』ルイス・キャロル
Reinmar von Hagenau's poetry collection　ラインマル・フォン・ハーゲナウの詩集
Too Busy To Die　『死ねるほど暇じゃない』H・W・ロデン
Romeo and Juliet　『ロミオとジュリエット』ウィリアム・シェイクスピア
Siddhartha　『シッダールタ』ヘルマン・ヘッセ
Of Mice and Men　『二十日鼠と人間』ジョン・スタインベック
The Ingenious Gentleman Don Quixote of La Mancha
『才知あふれる郷士ドン・キホーテ・デ・ラ・マンチャ』ミゲル・デ・セルバンテス
Parnassus on Wheels　『馬車でパルナッソスへ』クリストファー・モーリー
Les Misérables　『レ・ミゼラブル』ヴィクトル・ユーゴー
All Quiet on the Western Front　『西部戦線異状なし』エーリヒ・マリア・レマルク
Grimm's Fairy Tales　『グリム童話』ヤーコプ&ヴィルヘルム・グリム
Ivanhoe　『アイヴァンホー』ウォルター・スコット
Tender is the Night　『夜はやさし』F・スコット・フィッツジェラルド
One Thousand and One Nights　『千夜一夜物語』

著❋ブリアンナ・ラバスキス　Brianna Labuskes

ペンシルベニア州ハリスバーグ生まれ。ペンシルベニア州立大学を卒業し、ジャーナリズムの学位を取得。10年間にわたり報道機関で政治記者として働き、2016年に歴史ロマンス小説『かりそめの婚約(One Step Behind)』を発表。〈Dr. Gretchen White〉シリーズ、〈Raisa Susanto〉シリーズなどのサイコスリラー小説、犯罪小説を出版し、2023年に本作『葬られた本の守り人』を発表、各メディアで高い評価を得る。新作はナチスにより略奪された文献の回収に取り組む図書館司書を描いた『The Lost Book of Bonn』。

訳❋高橋尚子　Naoko Takahashi

1983年石川県生まれ。北海道出身。早稲田大学第一文学部英文学科卒業。訳書に、E・バーンズ『きれいなもの、美しいもの』、H・ハンシッカー『名もなき西の地で』(以上、DHC『ベスト・アメリカン・短編ミステリ2012』収録)、C・マッキントッシュ『その手を離すのは、私』『ホステージ 人質』、D・セッターフィールド『テムズ川の娘』(以上、小学館文庫)などがある。

編集❋皆川裕子

葬(ほう)られた本(ほん)の守(も)り人(びと)

2024年5月27日　初版第一刷発行

著者　ブリアンナ・ラバスキス
訳者　高橋尚子
発行者　庄野 樹
発行所　株式会社小学館
〒101-8001　東京都千代田区一ツ橋2-3-1
編集03-3230-5720　販売 03-5281-3555
DTP　株式会社昭和ブライト
印刷所　TOPPAN株式会社
製本所　株式会社若林製本工場

　ISBN978-4-09-356749-7